Le Chamane
du Bout-du-Monde

Du même auteur

AUX MÊMES ÉDITIONS

JEAN CLOTTES ET JEAN COURTIN
La Grotte Cosquer
Peintures et gravures de la caverne engloutie
1994

Jean Courtin

Le Chamane du Bout-du-Monde

roman

Éditions du Seuil

ISBN 2-02-030682-4

A Jean Clottes.

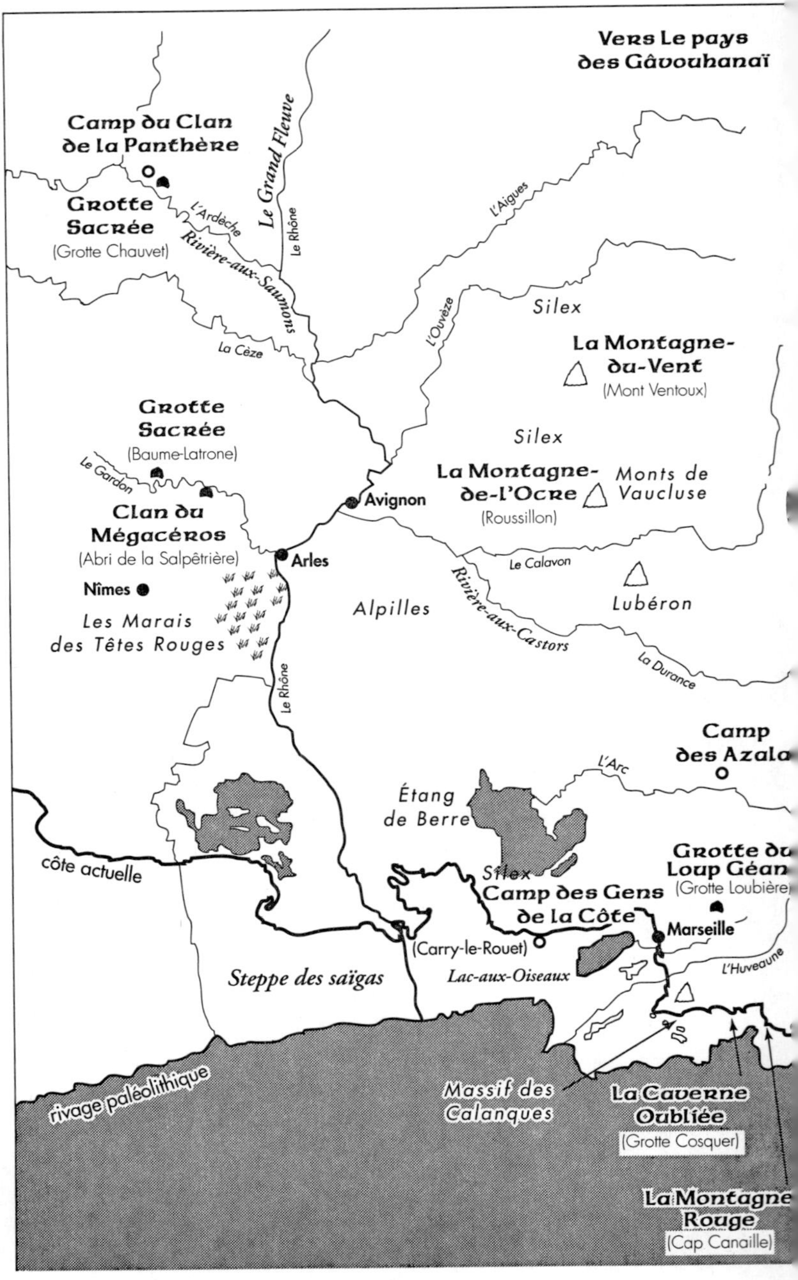

Vers le pays
des Gâvouhanaï
Camp du Clan
de la Panthère
Grotte
Sacrée
(Grotte Chauvet)
L'Ardèche
Rivière-aux-Saumons
Le Grand Fleuve
Le Rhône
L'Aigues
L'Ouvèze
Silex
La Montagne-
du-Vent
(Mont Ventoux)
La Cèze
Grotte
Sacrée
(Baume-Latrone)
Le Gardon
Clan du
Mégacéros
(Abri de la Salpêtrière)
Silex
La Montagne-
de-l'Ocre
(Roussillon)
Monts de
Vaucluse
Avignon
Arles
Nîmes
Le Calavon
Rivière-aux-Castors
Lubéron
Alpilles
Les Marais
des Têtes Rouges
La Durance
Le Rhône
Camp
des Azala
L'Arc
Étang
de Berre
côte actuelle
Silex
Camp des Gens
de la Côte
Grotte du
Loup Géan
(Grotte Loubière)
Marseille
(Carry-le-Rouet)
Steppe des saïgas
Lac-aux-Oiseaux
L'Huveaune
Massif des
Calanques
rivage paléolithique
La Caverne
Oubliée
(Grotte Cosquer)
La Montagne
Rouge
(Cap Canaille)

Le voyage de Roud et de Léti

La journée de marche, estimée à environ 25 km, tient compte des difficultés de parcours et des haltes de chasse.
La descente du Grand Fleuve en radeau ne prend que quelques jours. Il y a 20 000 ans, le niveau marin se trouvait 120 m plus bas qu'aujourd'hui. Le Rhône avait donc une pente beaucoup plus forte, coupée de rapides.
Le littoral de l'époque se situait très au large de la côte actuelle ; ainsi tout le golfe de Marseille se trouvait émergé, de même que la totalité du golfe du Lion.

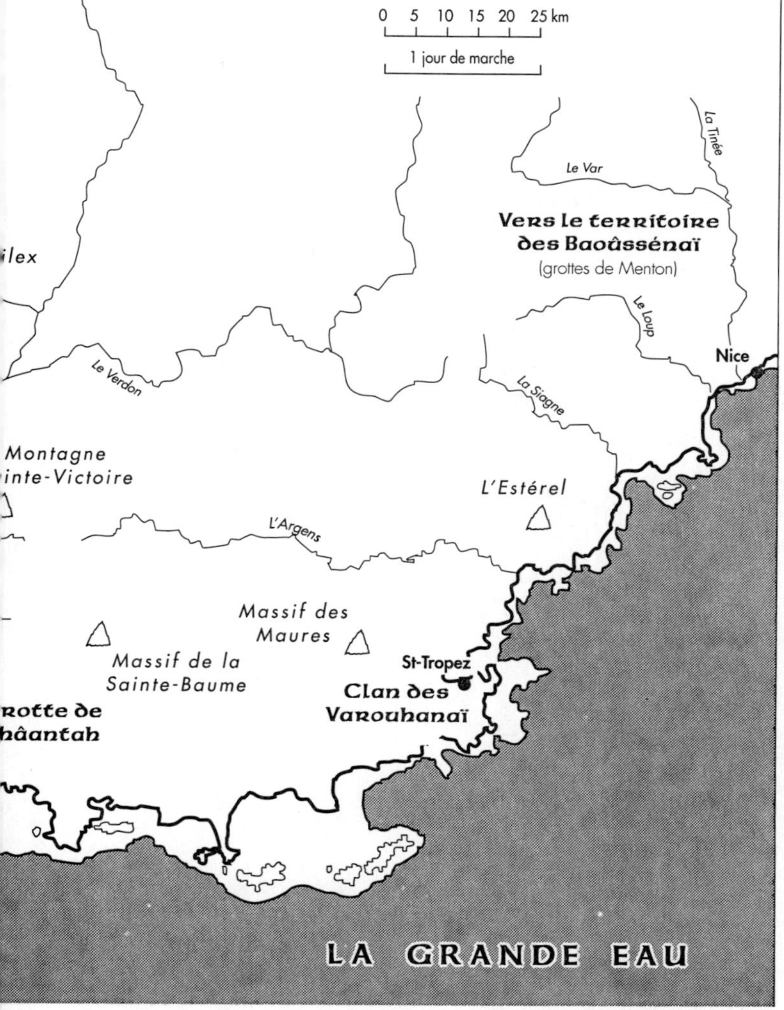

« Ceux-ci sont nos ancêtres,
Et leur histoire est la nôtre. »

Jack London, *Avant Adam.*

« La Terre n'avait alors qu'une seule langue, et qu'une même manière de parler. »

Genèse XI,1.

PREMIÈRE PARTIE

Roud

Assis au bord de l'à-pic, le jeune homme contemplait le paysage. Un arc était posé à ses pieds, à côté du cadavre d'un jeune bouquetin, ainsi qu'un étui fait de la peau d'une loutre dont on avait conservé la tête avec ses oreilles rondes et ses moustaches. Du carquois dépassaient quelques flèches à pointe de silex finement taillées. Dans sa main gauche, le chasseur tenait un court javelot armé d'une pointe d'os poli.

Il portait des vêtements de peau qui laissaient deviner un corps bien découplé et des muscles étonnamment développés pour son âge. Ses yeux perçants de coureur des bois scrutaient attentivement l'horizon.

Très loin à l'ouest, un soleil pâle, bas sur l'horizon, éclairait de ses derniers rayons la crête des falaises, piquées de genévriers accrochés à la roche, qui surplombaient la vallée.

Un rideau de bouleaux et d'aulnes indiquait la présence d'une rivière dont on entendait les rapides. Sur les sommets, où s'étendait une forêt de pins sylvestres, le vent du soir faisait bruisser les cimes des arbres.

Il faisait déjà froid. Très haut dans le ciel tournoyait un grand rapace. Des vols de corbeaux rejoignaient leurs dortoirs dans les falaises. A la pointe d'un rocher, la silhouette hiératique d'un bouquetin se profilait sur le ciel. Au loin, dans l'ondoiement des hautes herbes, l'œil exercé du jeune homme distinguait des formes imprécises : chevaux, bisons, aurochs. En longues files, ils allaient avant la nuit s'abreuver aux mares. Les points d'eau se devinaient sous les bosquets d'aulnes, de bouleaux et de trembles où s'abattaient en tournoyant des nuées d'étourneaux.

Le chasseur plaça son arc et son carquois en bandoulière, lia les pattes de sa proie, la chargea avec peine sur ses épaules et, son javelot dans la main gauche, entreprit la longue descente dans les éboulis jusqu'à la vallée.

Fourbu, il parvint enfin en vue du camp. Au pied d'une paroi rocheuse s'ouvrait le porche d'une vaste caverne, en partie masqué par de très vieux pins et d'énormes genévriers. Une palissade de troncs entrecroisés servait à la fois de coupe-vent et de barrière contre l'intrusion éventuelle d'un fauve en maraude.

Sur le terre-plein, devant la grotte, un petit groupe d'hommes étaient assis sur des troncs d'arbres autour d'un feu qu'ils semblaient apprécier. Sous l'auvent du porche, la carcasse d'un cerf aux bois démesurés, un mégacéros à demi dépecé, était suspendue à un tronc de pin ébranché, appuyé en oblique contre la paroi. Plusieurs femmes s'affairaient à découper des quartiers de viande à l'aide de leurs couteaux de silex au manche en bois de renne.

L'arrivant salua d'un geste deux jeunes filles accroupies qui, sous la direction d'une vieille aux cheveux gris, grattaient la peau du cerf tendue entre des piquets et déjà partiellement enduite d'ocre mêlé à de la cendre. « Te voilà de retour, Roud ? », dit l'une d'elles en souriant. Leurs longues chevelures aux reflets sombres, leurs formes harmonieuses attiraient le regard. Les yeux des hommes s'attardaient sur les poitrines altières qui tendaient les vêtements de peau souple. D'après les Sages de la tribu, c'était là une magie mystérieuse qui, surtout au printemps, captivait le regard des mâles et attirait irrésistiblement leurs mains vers les rotondités troublantes des jeunes femmes.

En ces temps reculés des matins du monde, c'était la même magie qui, toujours d'après les Sages, faisait s'accroître chaque année l'effectif du groupe. Les nombreuses naissances compensaient en effet de façon heureuse la disparition brutale de jeunes gaillards robustes, décapités par le coup de patte d'un lion des cavernes ou d'un grand ours, encornés ou piétinés par un bison blessé ou un rhinocéros furieux ou – beaucoup plus rarement – transpercés par la sagaie d'un rival jaloux.

La vie alors était aussi brève que risquée. Malgré et à cause de cela, elle était intense et exaltante, ponctuée par les émotions fortes de la chasse, souvent aussi dangereuse qu'excitante, mais également par des joies simples lorsque, à l'abri rassurant de la caverne, les jeunes chasseurs réparaient leurs armes en écoutant les récits des Anciens, ou lorsqu'on savourait près d'un bon feu la viande juteuse d'un cheval des steppes, tandis que les femmes, installées sur des peaux, attendaient en riant entre elles que s'éveille le désir des mâles…

Les quatre chasseurs qui devisaient ce soir-là près du feu, gardien de la caverne, jouaient aux osselets avec des astragales de bouquetin qu'ils lançaient en l'air d'une main et tentaient de rattraper sur le dos de la même main prestement retournée.

La partie semblait animée et fort plaisante, car les joueurs riaient tout en croquant de temps à autre des brochettes de foie de bison qui grésillaient sur les braises à leurs pieds en attendant le repas du soir : un énorme rôti de mégacéros farci d'airelles et d'herbes parfumées. Il serait précédé en entrée de quelques saumons grillés, pêchés le matin même dans la rivière par des adolescents, qui s'entraînaient ainsi au maniement du harpon, avant d'être admis à participer aux grandes chasses.

L'un des joueurs était Arkham, le vieux chamane, détenteur des traditions, chef spirituel du clan de la Panthère. C'était un homme de grande taille, sec et ridé, mais encore robuste. Sa longue chevelure blanche soigneusement nattée et la barbe fournie qui s'étalait sur sa poitrine ajoutaient à sa prestance et contribuaient à lui donner fière allure. Seuls ceux qui atteignaient un âge avancé, ceux qui méritaient le titre d'« Anciens », portaient une longue barbe. Bien que ce ne fût pas une règle stricte, les hommes jeunes avaient coutume de la maintenir courte, en la taillant régulièrement avec une lame de silex. Dans certains clans, l'usage était même de se raser complètement la barbe.

Comme ses compagnons, Arkham portait des culottes de peau cousues avec de fines lanières de cuir et des tendons. Les femmes du clan utilisaient depuis longtemps des aiguilles en os, ce qui permettait d'assembler avec précision des vêtements mieux adaptés au froid. Une casaque en peau de renne, longuement assouplie avec un galet et teintée à l'ocre, l'habillait jusqu'à mi-cuisses. Fixés le long des coutures, alternaient des canines percées de carnassiers, des disques découpés dans des os plats, des croches de cerf, des coquillages venus de contrées lointaines. Un collier de canines d'ours pendait sur sa poitrine. Le lacet de cuir qui nouait sa chevelure était orné de trois plumes d'aigle.

A sa droite, il avait posé son bâton, en buis poli par l'usage, qui semblait en vieil ivoire jauni. Il y avait suspendu une lanière de peau retenant des serres d'aigle et des griffes d'ours, insignes de son rang.

Il émanait de sa personne une impression de solide assurance qui imposait à tous le respect. Sa parole était écoutée avec attention et ses avis toujours suivis, car il était réputé pour sa grande sagesse. Mieux que quiconque, Arkham connaissait les secrets des plantes comme ceux des animaux, ceux des rochers comme ceux des eaux.

Sa mémoire était prodigieuse : il se souvenait avec précision de tous les lieux qu'il avait parcourus, du nom des divers clans disséminés dans l'immensité des plaines ou les vallées reculées. Il connaissait les gîtes de silex, l'emplacement des cavernes accueillantes au chasseur surpris par la tempête et celles à éviter car occupées par les fauves : lions, panthères, ours, loups et hyènes. Arkham savait où trouver les repaires de tous les animaux.

Dans sa jeunesse, il avait participé à de nombreuses chasses, puis plus tard, avec son ami Boroum, il en avait dirigé un nombre important, préparant les plans de traque, postant les meilleurs lanceurs de sagaie aux endroits clés, saisissant d'un coup d'œil les avantages ou les inconvénients des aspérités du terrain. Son courage et son expérience lui avaient permis d'affronter avec succès le bison et l'aurochs au galop puissant et aux cornes acérées. Il avait combattu l'ours et le lion des cavernes aux crocs et griffes redoutables, parfois même l'immense mammouth et le rhinocéros laineux, dont la charge pouvait broyer les hommes comme des coquilles de noix, mais qui, enlisés dans les marais, devenaient des proies moins inaccessibles. Parfois, il avait escaladé les falaises pour y surprendre les grands rapaces, dont les plumes et les serres étaient des talismans qui symbolisaient les pouvoirs du chamane.

Il faisait partie du petit nombre d'initiés qui osaient s'aventurer dans les cavernes profondes et braver les mystères effrayants du monde obscur, du ventre de la Terre. En effet, les clans installaient toujours leurs campements dans les abris sous roche ou les porches des grottes à la lumière du jour. Au-delà, s'étendait le domaine des Esprits, un monde terrifiant accessible seulement à de rares élus.

C'était là, dans les profondeurs des ténèbres, qu'étaient tapies les Forces de la Nuit. Seuls de puissants chamanes, tel Arkham, avaient le pouvoir d'entrer en contact avec les esprits des animaux surgis du cœur de la roche.

Arkham passait de longues heures, et parfois jusqu'à deux ou trois jours, dans le dédale des cavernes sacrées. Il en ressortait épuisé mais rassuré. Il prodiguait alors au clan des conseils longuement médités, toujours judicieux et empreints de la sagesse née de sa confrontation avec l'Indicible.

Plusieurs cavernes sacrées jalonnaient les falaises qui bordaient la rivière en aval du camp, le long du canyon qui conduisait aux limites du territoire connu. Bien peu l'avaient parcouru en totalité, car cela représentait plusieurs jours de marches pénibles et risquées à cause des fauves. D'après les récits de courageux voyageurs, le canyon débouchait sur d'immenses plaines balayées par des vents violents, où le danger était partout.

Parmi les cavernes sacrées, celle qui possédait la magie la plus puissante était celle de la Panthère, dite aussi de l'Homme-Bison. Elle était presque mythique car nul, pas même Arkham, ne pouvait dire l'origine des mystères qu'elle renfermait. Selon les Anciens, c'est de cet antre obscur qu'était né le clan, dans des temps si éloignés qu'ils ne se comptaient qu'en milliers et milliers de lunes. Au fond de la caverne se cachaient les Esprits, embusqués dans les replis du rocher ou dans les ossements du Grand Ours, animal totem comme l'était la Panthère, qui jonchaient le sol des salles les plus reculées. Nul ne devait toucher les crânes énormes qui, avec leurs longues canines et leurs orbites vides, terrorisaient les initiés admis à accompagner le chamane en de très rares occasions.

Depuis longtemps, Arkham vivait seul. Sa dernière compagne était morte, emportée par la rivière en crue alors qu'elle ramassait des bois flottés. S'il jetait parfois un regard distrait sur les jolies femmes du clan se lavant dans une crique, nul désir ne venait plus troubler un esprit qu'il maîtrisait, vivant en tant que chamane dans un monde de pensées et de rêves.

Son affection s'était reportée sur le jeune Roud, qu'il avait découvert un jour à demi gelé auprès de ses parents morts de froid et d'épuisement lors d'une tempête de neige.

Le couple, qui revenait lourdement chargé d'une expédition vers les gîtes de silex, à plusieurs journées de marche vers le sud-ouest, avait tenté de se soustraire à la morsure du blizzard en s'abritant contre une paroi rocheuse qui offrait la protection toute relative d'un léger surplomb, dans une dépression moins exposée à la bourrasque. La violence de la tempête ruinait toute tentative d'allumer un feu. Serrés les uns contre les autres, les voyageurs avaient senti peu à peu la torpeur les envahir. Dans un dernier réflexe, les parents avaient enfoui au mieux l'enfant sous des fourrures, après lui avoir fait un rempart de leurs corps.

C'est ainsi qu'Arkham, intrigué par le vacarme d'un vol de corbeaux dans le silence du givre, les découvrit le lendemain.

Le vent s'étant calmé, Arkham avait gagné, par un sentier connu de lui seul, la lisière du plateau qui surplombait la grotte des Ours Morts. Parfois, l'espace confiné du canyon l'oppressait et il aimait alors méditer dans les solitudes, souvent sur une crête d'où la vue s'étendait jusqu'aux confins du territoire connu. C'est ce goût pour la méditation qui avait sauvé Roud. Quand Arkham l'avait découvert, l'enfant gisait inconscient, sa respiration n'était plus qu'un faible souffle. C'est sans grand espoir de le sauver que le chamane avait emporté le petit corps jusqu'au campement, non sans difficultés. Sa compagne d'alors avait accueilli l'enfant avec joie ; n'ayant pas de descendance, elle l'avait tout de suite adopté.

Plusieurs hommes partirent avec Arkham afin de

ramener la dépouille des parents de Roud et leur aménager une sépulture selon les rites.

Roud avait grandi. C'était à présent un jeune homme robuste. De sa mère, il avait la chevelure brune et bouclée et les yeux rieurs. Il avait hérité de son père des jambes élancées et une musculature imposante, développée par les longues courses en compagnie des autres chasseurs, ou la nage dans la rivière qui restait toujours glacée, même au cœur de la saison chaude.

Il était beaucoup plus calme et réservé que les jeunes hommes de son âge. Boroum, un chasseur à la stature de colosse, qui aimait rire et plaisanter, le taquinait parfois en lui disant sans méchanceté : « La neige a gelé à moitié ton esprit. Depuis, il est resté engourdi. C'est pourquoi on t'a appelé Roud, ce qui veut dire Tête froide. »

Au contraire, Roud possédait une intelligence supérieure à la moyenne. Curieux de tout, il avait appris de Tixân, le meilleur tailleur de silex du clan, l'art de débiter de longues lames et de façonner, par des retouches habiles, de fines pointes de javelot ou de flèche. Car les gens du clan de la Panthère connaissaient l'arc, la première machine née de l'esprit humain.

Pour faciliter la taille des pointes de flèche, on chauffait le silex dans des fosses remplies de sable ou de cendre au-dessus desquelles on faisait brûler un feu régulier pendant plusieurs heures. Le silex ainsi chauffé, puis lentement refroidi, se travaillait beaucoup plus aisément par pression. En appuyant en un point précis l'extrémité d'un andouiller de renne, le tailleur faisait sauter de petits éclats de pierre et donnait peu à peu la forme voulue à la pointe.

La plupart des clans utilisaient la lance ou la sagaie lancée à la main ou à l'aide d'un propulseur, sorte de court bâton muni d'un crochet qui, manié un peu comme un levier, permettait de projeter un javelot avec davantage de puissance et de précision. Rares par contre étaient ceux qui savaient confectionner et utiliser un arc et des flèches.

Roud avait tout de suite été captivé par Ahrbar, un petit homme mince et nerveux qui savait choisir le jeune tronc ou la branche d'if ou de frêne susceptible de fournir un arc efficace. Il fallait que le fût soit exempt de nœuds, ce qui était souvent le cas des arbres poussant dans le canyon, au pied des parois exposées au nord. Ahrbar refendait le bois avec des coins de pierre, en respectant le sens des fibres. Puis il le taillait et le dégrossissait à l'aide d'un assortiment de couteaux, racloirs et burins en silex. Pour finir, il le ponçait avec un morceau de grès ou une curieuse pierre râpeuse et légère rapportée des territoires du nord-ouest, là où, paraît-il, les montagnes crachent le feu.

Ces travaux s'effectuaient dans la caverne, où des feux permanents maintenaient une température douce et régulière, pour que le bois puisse sécher lentement sans se déformer.

Pour contrôler ou rectifier la courbure, Ahrbar chauffait doucement le bois en l'exposant à un petit feu ou en le pressant contre des galets brûlants. Tout au long du travail, l'artisan psalmodiait des incantations : « Que l'arc soit puissant et son tir précis, qu'il ne se rompe pas au milieu d'une chasse et qu'il soit toujours le fidèle compagnon du chasseur… » L'arc était presque toujours fabriqué à la demande, pour tel ou tel chasseur. Ahrbar savait en effet qu'il y a une proportion à observer entre la longueur de l'arc et la taille de l'archer.

Parfois il renforçait l'arc avec des tendons prélevés sur les pattes d'un renne ou d'un cerf. La poignée était recouverte d'une ligature de tendons ou d'un morceau de cuir. Pour la corde, il divisait les tendons, puis torsadait les fils ensemble en les roulant sur sa cuisse.

Les flèches exigeaient encore davantage de soin. Il fallait rechercher des tiges rectilignes, des rejets de noisetier ou de cornouiller par exemple, les écorcer, les redresser au mieux en les chauffant, comme pour l'arc, sur des galets de grès brûlants, les polir ensuite à la perfection. L'empennage était obtenu avec trois plumes de rapace, d'oie, de canard ou d'outarde, ligaturées par une fibre de tendon. On renforçait l'encoche avec une autre ligature, pour éviter que le fût ne se fende lors du tir.

La pointe en silex en forme de feuille étroite ou munie d'un cran latéral – qui pouvait être aussi une pointe en os poli – était fixée à l'aide de brai, colle très efficace tirée de l'écorce de bouleau ou de la résine des pins mélangée avec de l'ocre, puis ligaturée.

Chacun décorait ses flèches avec de l'ocre rouge ou du charbon pilé mêlé à de la graisse ou à du sang, ce qui permettait au premier coup d'œil d'identifier le chasseur qui avait tiré la flèche décisive.

Arme perfectionnée, l'arc permettait d'envoyer une flèche moins puissante, mais plus précise, que le javelot ou la sagaie. On pouvait l'utiliser dans la forêt à travers les branches ou les taillis. C'était une chasse à l'affût ou à l'approche, qui se pratiquait en solitaire, voire à deux, et qui exigeait une stratégie très différente des grandes battues collectives menées dans la steppe ou dans les défilés où l'on poussait les hardes affolées.

Initié par Ahrbar, Roud s'était passionné pour cette quête silencieuse. Il était capable d'approcher à faible distance un renne ou un cheval broutant dans la steppe ou dans une clairière, un cerf ou un sanglier cherchant des glands dans la forêt.

Ahrbar lui avait aussi appris comment prendre le vent. Il lui avait surtout enseigné la patience : ne pas tirer trop vite, choisir le moment où l'animal détournait la tête, viser avec soin un point vital précis. « Vise la mouche qui est sur le poitrail, pas le poitrail », répétait-il à son jeune élève. Avec un choc sourd, la flèche s'enfonçait dans les chairs, coupant une artère, perçant le cœur ou les poumons, provoquant une hémorragie fulgurante. N'ayant perçu aucun bruit, ne voyant nul prédateur, l'animal restait sur place, hébété de stupeur et de douleur, perdant rapidement son sang, bientôt titubant, avant de s'effondrer. « Il est mort, mais il ne le sait pas encore », disait Ahrbar.

D'autres fois – et c'était souvent le cas pour les grands animaux –, le gibier, bien que blessé grièvement, s'enfuyait. Il fallait alors suivre la piste du sang, chercher le moindre indice marquant la direction prise par la bête. Les chasseurs savaient juger la gravité de la blessure à la couleur des taches de sang : des éclaboussures de sang clair mêlé de bulles indiquaient que la flèche avait atteint les poumons ; il s'ensuivait une hémorragie rapide. L'animal, dans ce cas, s'effondrait à quelques dizaines de mètres à peine. La même chose se produisait s'il s'agissait de flaques rouge vif, indices d'une grave blessure à une artère, ou de sang abondant rouge sombre, marque d'une flèche au cœur. Par contre, si le projectile avait atteint le ventre, l'animal pouvait s'enfuir au loin, échappant au chasseur, pour devenir alors la proie des loups et des hyènes.

Roud avait presque vingt printemps. Vivant au contact constant de la nature ainsi que des bêtes de la steppe et des bois, il était depuis longtemps averti des mystères troublants de la vie et de la reproduction, mais la chasse occupait davantage ses pensées que le sexe.

Dans le domaine de la sexualité, les adolescents bénéficiaient d'une certaine liberté. Connaissant un éveil précoce aux jeux de la vie, les jeunes gens imitaient souvent les adultes. Nombre de filles avaient des expériences avec des partenaires de leur âge bien avant de prendre un époux. Il n'en existait pas moins, au sein du clan, des règles strictes concernant les unions. Bien que l'on tienne compte des penchants naturels et des affinités de chacun et chacune, nulle jeune fille ne pouvait s'unir à un homme sans en référer à sa famille et à l'autorité du chamane.

Ainsi était la coutume, mais la réalité des lois naturelles assouplissait la rigueur des lois humaines et l'on fermait souvent les yeux sur les incartades amoureuses des jeunes, ou des moins jeunes, sauf si elles menaçaient la bonne entente du clan. Dans ce cas, il revenait aux Anciens, assistés du chamane, de prendre les décisions graves : leur arbitrage était toujours plein de bon sens.

Depuis longtemps, Roud était irrésistiblement attiré par Léti, une des filles de Boroum. Fort heureusement, la jeune fille n'avait pas hérité de la stature imposante de son géant de père ; elle ressemblait à sa mère, dont elle avait la longue chevelure brune et soyeuse et les yeux verts. Roud pensait qu'ils avaient la couleur de l'eau au fond des gouffres de la rivière, avec des paillettes dorées qui éclairaient son regard lorsqu'elle riait ; et elle riait souvent, au grand plaisir de tous.

Son corps svelte aux attaches fines cachait une résistance surprenante, acquise lors des longues quêtes qu'elle menait avec sa mère à la recherche de plantes comestibles ou médicinales. Le seul petit défaut qu'on pouvait lui trouver était d'avoir les dents un peu en avant. Cette particularité accentuait sa mine butée lorsqu'elle se fâchait, ce qui se produisait parfois.

Elle avait appris dès son plus jeune âge à seconder les femmes dans les tâches quotidiennes : ramasser les branches mortes dans la forêt ou les bois flottés au bord de la rivière, récolter les fruits, les baies, les graines et les racines, et parfois les champignons, dont sa mère savait distinguer les espèces consommables.

On lui avait encore enseigné à dépecer le gibier, préparer les repas, récupérer, mâcher et effiler avec les dents les précieux tendons, ainsi que choisir et nettoyer les os longs des herbivores dont on tirait des poinçons, des alênes et des aiguilles.

Le travail le plus pénible, car le plus fastidieux, était la préparation des peaux pour les vêtements, les couvertures ou les tentes, utiles lors des expéditions lointaines. Il fallait écorcher soigneusement l'animal avec un couteau de silex, en prenant bien soin de ne pas entamer la peau. On la tendait ensuite sur un cadre fait de perches ou sur le sol entre des piquets, afin d'enlever au grattoir la moindre parcelle de viande et de graisse. Nettoyée, la peau était frottée avec un mélange de cendre, d'ocre et de moelle ou de cervelle, avant d'être lissée et assouplie avec un galet de grès fin. Ces opérations duraient plusieurs jours, surtout s'il s'agissait de la peau d'un grand animal : cheval, bison ou aurochs.

Seule la peau du grand mammouth, trop épaisse, n'avait guère d'utilisations pratiques, mais on en prélevait les longs poils que l'on tressait pour en faire des ficelles et des cordes. On en conservait aussi des fragments comme talismans car il était exceptionnel que l'on s'attaque à un mammouth, pas plus qu'au redoutable rhinocéros.

Parfois le clan surprenait et achevait un animal malade, affaibli par des blessures ou enlisé dans une fondrière lors du dégel printanier. C'était alors pour tous une grande fête, une orgie de viande. Le surplus était découpé en lanières, boucanées ensuite au-dessus d'un feu de branches vertes. Cette viande séchée était précieuse lors des expéditions en terre lointaine car, sous un faible volume, elle était très énergétique. Dure comme du cuir racorni, il fallait l'écraser entre deux pierres, puis la mâcher longuement, malgré la robuste denture qui était celle des gens du clan.

Roud plaisantait souvent avec Léti en l'accompagnant au bord de la rivière lorsqu'elle allait relever les nasses ou y guetter les saumons et les truites, armée d'un harpon à double tête en bois de renne. Mais jamais il n'avait osé lui avouer combien elle le troublait, ni avec quelle fièvre il pensait à elle durant les longs affûts solitaires dans les rochers ou la forêt.

Il n'était pourtant plus un enfant, ayant été initié aux jeux de la nature par Yoella, une veuve encore jeune aux rondeurs attirantes, friande de jeunes hommes robustes et ardents.

Comme beaucoup de chasseurs, son époux avait connu une fin tragique, déchiré par un lion qui l'avait surpris alors qu'il venait d'abattre un bouquetin. Acculé dans un défilé, il n'avait pu que faire face au fauve courageusement, armé d'un épieu à pointe d'os, arme dérisoire que le lion lui avait arrachée d'un coup de patte, avant de lui broyer la nuque.

A la surprise de tous, Yoella n'avait guère manifesté de chagrin. La mésentente régnait au sein du couple, car le chasseur défunt était un homme violent, solitaire et coléreux. Elle s'était vite consolée et n'avait pas choisi d'autre compagnon. Les Anciens étaient indulgents car elle n'accueillait dans sa hutte que les célibataires, et elle le faisait discrètement. De plus, elle avait grand cœur et rendait volontiers service aux autres, s'occupant des jeunes enfants, aidant à soigner les blessés et les malades.

Mais si Roud apaisait parfois avec Yoella la fougue de son jeune corps débordant de sève, il ne pouvait s'empêcher de penser très fort à Léti. Il lui offrait de menus présents : une fourrure de martre, de castor ou de renard polaire, si douce et chaude, des pierres aux formes étranges ou aux vives couleurs trouvées au hasard de ses courses. Il avait confectionné pour elle un collier de dents de renard, patiemment percées au foret de silex, qu'elle ne quittait jamais.

Il aurait aimé satisfaire les désirs les plus secrets de la jeune femme, pour la seule joie de la voir sourire. Pourtant, il existait une chose qu'il lui avait toujours refusée, malgré son insistance.

*

« Roud, répétait-elle, mon cher Roud, pourquoi ne m'emmènerais-tu pas dans la Grotte sacrée de la Grande Falaise ? Nous pourrions nous y glisser à la nuit, Arkham n'en saurait rien, et j'aimerais tant la connaître avec toi.

– Tu ne devrais même pas oser me demander une chose pareille. Tu sais bien que c'est interdit. Nulle femme ne doit pénétrer dans la grotte, les Esprits en seraient offensés. »

Roud tenait bon dans son refus, mais son obstination était peu à peu ébranlée par les demandes incessantes de la femme qu'il aimait.

Un matin, Arkham partit pour quelques jours, s'enfonçant dans le canyon, avec pour escorte deux chasseurs d'âge mûr, compagnons habituels de ses expéditions, son grand âge lui interdisant désormais de s'aventurer seul dans les solitudes qui entouraient le camp.

Rusée comme toutes les femmes, Léti en profita pour harceler une fois de plus le jeune homme, conquis par sa grâce et subjugué par le charme des yeux verts : « Je t'en prie, c'est l'occasion de prouver que tu m'aimes vraiment... Bien que tu ne me l'aies jamais dit, ajouta-t-elle avec un sourire espiègle qui remplit Roud de confusion. Cela ne nuira à personne puisque le secret restera entre toi et moi. »

A court d'arguments et bien que tourmenté à la seule

pensée d'affronter le courroux des Esprits, Roud finit par se laisser convaincre.

Au crépuscule, ils s'esquivèrent sans bruit et gagnèrent à travers les fourrés et les éboulis l'entrée de la caverne interdite, là-haut dans les pentes rocheuses.

L'endroit était isolé. C'était une sorte de vallée très encaissée où jadis avait dû couler la rivière, mais qui à présent était envahie par des arbres. Roud avait caché dans une anfractuosité une provision de torches résineuses en cœur de pin sylvestre. Dans sa sacoche – une besace large et profonde en cuir rendu luisant par l'usage –, il avait placé son nécessaire à feu, un morceau de graisse de cheval, du lichen bien sec pour confectionner la mèche d'une lampe et un paquet volumineux enveloppé dans une peau.

L'entrée de la grotte était marquée par des offrandes : crânes de bisons et d'aurochs, de bouquetins et de chamois suspendus aux branches des arbres et blanchis par le soleil, massacres de rennes et de cerfs accrochés à des piquets de bois fichés dans des fissures.

Gêné par la pénombre, Roud, inquiet, examinait le sol du porche pour déceler d'éventuelles traces de fauves. « Personne, ni homme ni animal, ne semble être entré récemment, conclut-il. Mais là, on voit comme d'anciennes traces d'ours, à peine visibles. Pourtant, il y a très longtemps qu'on n'en a pas aperçu un seul dans les environs ; je dois me tromper. Nous effacerons nos propres traces en repartant, pour ne laisser aucun indice. Marche soigneusement dans mes pas pour ne marquer qu'une seule piste. »

Accroupi, il fit tourner entre ses paumes une broche de noisetier placée dans une encoche taillée dans une planchette en peuplier coincée sous ses pieds. De la fumée s'éleva, puis apparut de la sciure incandescente sur laquelle il plaça de la mousse sèche tirée de son sac, tout en soufflant doucement. La petite flamme magique jaillit, miracle qui chaque fois l'émerveillait. A l'aide de son couteau, il détacha des esquilles d'une torche et alimenta le feu, avant d'y allumer la torche elle-même. L'un suivant l'autre, les jeunes gens s'enfoncèrent dans l'obscurité.

Après une entrée relativement étroite, la cavité se poursuivait par une galerie qui allait en s'élargissant, autant que permettait de s'en rendre compte la lueur tremblotante de la torche. Le plafond s'élevait rapidement, se perdant dans le noir. Des colonnes et des draperies de calcite étincelante en descendaient, les unes blanches, d'autres ocrées. C'était un monde irréel, un monde minéral, figé et silencieux, oppressant car noyé de nuit opaque. Si Roud avait déjà accompagné Arkham dans les profondeurs de la terre, c'était pour Léti une première expérience terrifiante. Impressionnée, elle se blottissait contre le dos du garçon, n'osant émettre un son au risque de profaner le silence.

Le sol était argileux mais peu humide, souvent recouvert d'une fine couche de calcite brillante. Avançant lentement, ils débouchèrent dans une salle immense dont ils distinguaient à peine les parois et la voûte. Léti s'arrêta comme paralysée ; muette, les yeux écarquillés, elle désignait à son guide quelque chose sur le sol à sa droite : « Là ! Là ! chuchota la jeune fille, les Esprits de la Nuit ! »

Roud s'était agenouillé, les bras étendus, paumes ouvertes en signe de respect. Il lui répondit à voix basse, subjugué lui aussi par le mystère des ténèbres qui les entouraient : « Ce sont les restes du Grand Ours, Léti. Nous sommes dans son domaine. Mais tu n'as rien à craindre. Vois : ce sont les crânes et les os des Ours Géants ; ils sont morts il y a bien longtemps. Dans les Temps anciens, ils étaient très nombreux ; aujourd'hui, ils sont devenus rares. Heureusement, car ce sont des êtres redoutables. Malheur au chasseur qui ose les irriter ! » En effet, le sol irrégulier, creusé de sortes de cuvettes, était jonché de squelettes d'ours des cavernes ; les crânes monstrueux gisaient en désordre, leurs longues canines brillant à la lueur de la torche.

Longtemps avant que les hommes n'osent pénétrer dans les ténèbres de la grotte, elle avait servi de refuge hivernal à des générations d'ours, qui y creusaient leurs bauges pour y passer la terrible saison froide. Au fil du temps, beaucoup mouraient, certains de vieillesse, d'autres faute d'avoir pu accumuler des réserves de graisse suffisantes pour affronter l'hibernation. Sur les parois se voyaient de longues stries verticales, parallèles : les traces de leurs griffes redoutables qui avaient entaillé le calcaire.

« L'esprit du Grand Ours est caché dans la pierre, et les Anciens savaient le faire apparaître. Regarde, là. » Roud indiquait à Léti stupéfaite un grand ours peint en rouge sur la roche étincelante de blancheur. « Celui-ci, c'est le gardien du passage. Ne le regarde pas trop longtemps, il ne faut pas attirer sa colère, car il sait que tu ne devrais pas être ici, dans son domaine secret. »

A mesure qu'ils avançaient, la lueur de la torche

découvrait de nouvelles formes tracées en rouge sur la roche : des mammouths, un rhinocéros à la longue corne, des félins, des rangées de gros points rouges, des signes bizarres en forme de rapace aux ailes étendues auquel manquait la tête, et des mains rouges, les doigts écartés. « Ce sont les mains des Anciens. Arkham dit que c'étaient des hommes comme nous, mais qu'ils communiquaient avec les animaux de la steppe et de la forêt. Ils savaient parler aux lions, aux ours géants, aux rhinocéros et aux mammouths. Arkham, lui aussi, sait comment faire apparaître les animaux cachés dans la pierre au fond des cavernes, mais il dit que la main des anciens chamanes était guidée par les Esprits mêmes des animaux. Vois comme ils paraissent vivants. »

C'était vrai. Les animaux de la Grotte sacrée étaient stupéfiants de vérité et de mouvement. On reconnaissait les lions, les rennes, les mammouths, les rhinocéros, les ours, les bouquetins, fixés d'un trait sûr dans leurs attitudes familières. Tous ces animaux avaient été tracés en rouge, avec de l'ocre apparemment, car la couleur était plus foncée que l'argile du sol.

Sur une retombée de voûte, deux grands animaux tracés eux aussi en rouge étaient figurés tête-bêche : une grande hyène tachetée au garrot puissant et une panthère à la longue queue, dont on avait soigneusement dessiné les ocelles du pelage. Plus haut, on distinguait les contours d'un grand ours. « Vois. C'est la mère du clan : la Panthère. C'est elle qui protège les chasseurs. Nous ne la chassons pas et elle ne nous attaque pas. Jadis, elle a fait alliance avec le Grand Ours, mais l'ours a rompu l'alliance et à présent il attaque les humains. »

Tout en chuchotant à l'oreille de Léti, Roud avait

extrait de son sac un paquet entouré d'une peau qu'il déroulait. C'était la tête d'un jeune bouquetin, aux cornes encore courtes, tué la veille. « J'ai apporté une offrande pour l'Esprit de la Panthère : la cervelle du bouquetin, c'est ce qu'elle préfère. Prends et dépose la tête au pied de la paroi. Ainsi la Panthère te connaîtra et elle pardonnera ton intrusion. »

La torche fumait. Roud la frotta contre un grand pilier de calcite pour en ôter les résidus charbonneux, et la flamme jaillit, plus claire. Il ficha le morceau de bois dans une fissure et alluma une seconde torche. « Ainsi nous aurons un repère pour le retour. J'ai pénétré ici plusieurs fois en compagnie d'Arkham, mais je n'y suis pas revenu depuis longtemps. »

Ils franchirent en se courbant un passage bas et débouchèrent dans une salle allongée dont le fond se perdait dans la nuit. Là aussi, des ossements d'ours jonchaient le sol. Sur les parois se succédaient divers animaux, presque tous de grande taille et à peu près de grandeur réelle : les plus nombreux étaient les rhinocéros, monstres à la corne démesurée, doublée d'une corne plus courte.

Ils étaient représentés en file ou en troupeau, comme s'ils se pressaient les uns contre les autres. Leurs oreilles ridiculement courtes étaient curieusement dessinées en arc de cercle, comme de petites ailes, et cela sur les animaux en rouge comme sur ceux en noir, leur conférant un air de famille. En effet, dans la première partie de la caverne, les dessins étaient tous rouges, mais dans les galeries les plus reculées il n'y avait que des animaux noirs, peints apparemment avec du charbon de bois et représentés avec peut-être encore davantage de mouvement et de vérité que les rouges.

Bien qu'effrayée, Léti était émerveillée par tous ces mystères nouveaux pour elle, car aucune femme n'avait jamais été admise dans les cavernes sacrées. Aussi, les récits les plus extravagants avaient-ils cours dans les conversations féminines.

Les vieilles du clan racontaient que ces cavernes étaient habitées par des êtres monstrueux, mi-animaux mi-humains, qui étaient capables de se cacher dans l'épaisseur de la roche et d'en sortir à volonté. Seuls les chamanes avaient le pouvoir de leur parler et de les comprendre. Parfois même, disait-on, ils s'accouplaient avec eux dans la nuit éternelle du ventre de la Terre.

Brusquement, Roud saisit le bras de la jeune fille et lui chuchota sur un ton presque imperceptible : « Ne bouge pas, attends. Surtout ne dis rien. J'ai entendu du bruit. »

Ils s'accroupirent derrière un bloc de concrétions aux formes tourmentées, scrutant l'obscurité devant eux. Un souffle rauque accompagné de grattements semblait provenir du fond de la galerie. Puis, soudain, la lueur de la torche éclaira deux points rouges luisant dans le noir.

De la pénombre, à quelques mètres seulement des jeunes gens terrorisés, émergea une silhouette massive. « Un ours ! Un ours géant ! bégaya Roud en reculant. Cours ! Cours vite ! Ne te retourne pas ! » Ils se précipitèrent sur leurs pas, affolés, trébuchant, car leur course faisait vaciller dangereusement la flamme de la torche.

Léti fuyait, suivie par son compagnon qui, fréquemment, jetait des regards inquiets vers le couloir obscur. Le fauve avançait pesamment : on entendait son souffle puissant et ses grognements sourds. Pourtant, il ne gagnait pas de terrain. Parvenus à l'endroit où ils avaient laissé une torche allumée fichée dans la paroi, ils ralentirent, essoufflés.

« Aïe ! J'ai mal ! » Léti venait de s'affaler parmi un amoncellement d'os. Elle tenait sa cheville en grimaçant de douleur. « Je ne peux pas marcher, j'ai trop mal. Laisse-moi, sauve-toi.

– Non. Jamais je ne t'abandonnerai. Je vais t'aider. »

Un chaos de blocs s'élevait vers la voûte. Portant son amie, la poussant, la soutenant d'un bras passé autour de son buste, le jeune chasseur s'éleva avec elle jusqu'au sommet de l'éboulis. Il avait perdu sa torche. Tombée sur le sol, elle continuait pourtant à brûler, sa lueur s'ajoutant à celle de l'autre torche fichée dans la fissure.

L'ours arrivait, soufflant péniblement. Ils virent alors à leurs pieds l'énorme animal, sa fourrure grise aux poils souillés d'argile, le mufle puissant, les crocs brillant de chaque côté de la langue rouge qui pendait hors de la gueule de l'animal à bout de souffle.

« C'est le Grand-Père des ours ! », dit Roud avec autant de respect que de crainte, comprenant enfin pourquoi la bête ne les avait pas rattrapés.

C'était un très vieil ours aux crocs usés, aux articulations malades de trop nombreux hivers passés dans les cavernes humides, et boitant d'une ancienne blessure à une patte antérieure. Maintes fois il avait traversé les tempêtes de neige des plateaux et les flots glacés des rivières. Mais à présent, demeuré seul, vieux et malade, il était revenu péniblement, guidé par l'instinct obscur de l'espèce, vers la caverne où jadis hibernaient ses semblables.

Il s'était enfoncé dans le noir des galeries sans y rencontrer d'autre présence que les ossements de ses congénères, gêné pourtant par une odeur qu'il n'aimait guère, celle de ces êtres verticaux, bruyants et agressifs, qu'il avait parfois affrontés, les hommes.

Il errait dans la nuit éternelle du désert minéral lorsqu'il avait senti, soudain plus fortes, les odeurs qu'il haïssait le plus : celles de l'homme et de la fumée. Les torches le tenaient pourtant à distance du chaos de rochers qui procurait un refuge précaire aux jeunes gens.

L'œil infaillible du chasseur saisit rapidement la situation : « L'ours est vieux et il boite ; il ne pourra pas grimper sur les blocs glissants. Ici, nous sommes en sécurité. » Roud tira de son sac le nécessaire à feu et réussit à allumer une autre torche. Il tentait de rassurer sa compagne. Terrorisée par la proximité du fauve, prostrée, épuisée par la course et sa chute, Léti ne disait mot. Elle tremblait, blottie contre Roud.

« L'ours n'aime pas le feu. Il finira par s'en aller. Ne crains rien ; ta cheville n'est pas brisée », dit-il après avoir palpé la blessure, ce qui arracha à la jeune fille un cri de souffrance. Le garçon racla de l'argile dans une fissure de la voûte et l'appliqua sur la cheville blessée qui enflait déjà. « Cela va calmer la douleur ; ne bouge pas. De toute façon, il ne nous reste qu'à attendre. »

Perchés au sommet du chaos, sur un replat exigu, ils voyaient à leurs pieds l'ours aller et venir, visiblement gêné par la fumée des torches.

« Tu crois qu'il s'en ira ?

– La faim et la soif le chasseront hors de la caverne. Il faut économiser nos torches et nos forces. Repose-toi. »

Les heures passèrent. Prudemment, Roud avait éteint la torche et confectionné une lampe fixe en utilisant un creux de la roche. Il y avait placé de la graisse de cheval tirée de son sac, puis une mèche de lichen torsadé. Ce type de lampe éclairait peu, mais offrait l'avantage de durer longtemps. La petite flamme tremblotante les rassurait.

L'ours s'était couché dans un recoin, la tête posée sur ses pattes avant, mais le jeune chasseur ne se fiait guère à son apparente torpeur. Il savait avec quelle rapidité le fauve pouvait bondir, attaquer l'intrus et lui porter un coup de patte armée des terribles griffes. Pour se défendre, Roud n'avait que son couteau de silex. Il avait bien emporté un javelot à pointe d'os, mais il l'avait caché dans un buisson à l'entrée de la grotte, le jugeant inutile et encombrant pour leur exploration sous la Terre, monde d'où les armes était généralement exclues.

Malgré la tiédeur relative de la caverne, l'humidité traversait peu à peu leurs vêtements de peau, et le froid commençait à gagner leurs membres. Cette longue attente devenait pesante. La jeune fille s'était assoupie, mais Roud réfléchissait, tous ses sens en éveil.

Il tira de sa besace une des torches en pin et entreprit de la refendre avec son couteau de pierre. Il lia ensuite les bâtonnets résineux avec une lanière de peau, de façon à les maintenir écartés comme un faisceau. Léti s'éveilla et se dressa sur ses coudes :

« Que fais-tu ?

– Nous n'allons pas attendre indéfiniment ; je vais tenter d'éloigner l'ours. Tiens-toi prête. Penses-tu pouvoir descendre et marcher ?

– J'essaierai... Je pense que oui. Je me laisserai glisser le long des blocs jusqu'au sol et m'appuierai contre la paroi pour ménager ma cheville. »

Le chasseur alluma à la flamme de la lampe la torche refendue en plusieurs baguettes. Il descendit à mi-pente le long des blocs en direction du fauve, faisant de grands gestes pour attirer son attention.

L'ours se redressa péniblement. Ses articulations engourdies le faisaient souffrir. Il s'approcha, surpris de l'audace de ce petit être qui osait le défier.

Roud descendit encore un peu. D'un geste précis, il lança alors la torche enflammée sur le museau de l'animal, en hurlant et en gesticulant pour se donner du courage. Handicapé par sa patte blessée, l'ours se mouvait avec peine : il ne put esquiver le projectile. La résine brûlante colla aux poils, la flamme roussit la fourrure. Le fauve grogna de douleur et de colère, un œil atteint par un brandon, puis s'éloigna en trottant maladroitement.

« Il s'en va, nous sommes sauvés ! dit la jeune fille, soulagée.

– Non, ne bouge pas ; attendons encore. Il faut être sûrs qu'il est parti. »

Ils demeurèrent encore un long moment perchés sur leur refuge. Les torches s'étaient consumées ; seule la graisse alimentait encore une petite flamme dans le creux de la roche. Roud alluma une autre torche. « Viens maintenant, je vais t'aider. »

La descente fut plus aisée que l'escalade. S'appuyant

sur son guide, Léti clopinait sans trop de peine, en serrant les dents. Ils avançaient prudemment, suivant les empreintes énormes laissées dans l'argile par l'ours qui les avait précédés vers le porche.

En peu de temps, ils parvinrent à la sortie, qui se découpait sur le ciel à la lueur de la lune. Laissant là sa compagne, Roud fit quelques pas à l'extérieur et scruta longuement la pente. « L'ours est loin. Il est probablement retourné vers sa tanière. S'il était proche, on entendrait ses pas dans les éboulis. » Il récupéra la sagaie cachée dans un fourré et éteignit la torche.

L'un soutenant l'autre, ils entreprirent de regagner le fond du vallon.

Léti geignait mais, courageusement, elle continuait d'avancer. Ils durent cependant faire plusieurs haltes pour qu'elle reprenne son souffle et étende sa jambe, irradiée de douleur par la marche forcée qu'elle lui imposait.

Au levant, une lueur grandissait à travers la brume qui montait de la rivière : le jour pointait.

Lorsque, enfin, ils rejoignirent la grotte du clan, épuisés mais soulagés, le feu fumait sur le terre-plein. Tous étaient encore endormis dans le froid du petit matin.

Les jours qui suivirent ressemblèrent à tous les autres. Aux questions des siens, Léti avait répondu en expliquant sa blessure par une chute dans les éboulis qui l'avait immobilisée loin du camp. Elle raconta que c'était Roud, de retour d'une chasse infructueuse, qui l'avait providentiellement trouvée et soignée jusqu'à ce qu'elle puisse marcher jusqu'à la grotte.

Chacun fit semblant de la croire, mais tous furent persuadés qu'il s'agissait d'une fugue amoureuse, ce qui n'étonna personne, les deux jeunes gens ayant été vus souvent ensemble. La mère de Léti soigna la cheville foulée avec des compresses de plantes et elle guérit en quelques jours.

Pour Roud, cette aventure était un secret qui le remplissait de gêne en présence d'Arkham-le-Chamane. En amenant une femme dans la grotte-sanctuaire, il avait transgressé la Loi. Son geste sacrilège venait hanter son sommeil, mais il gardait un souvenir très doux de son exploration de la Caverne sacrée en compagnie de Léti. En fermant les yeux, il revoyait son corps souple serré contre lui pendant de longues heures au sommet du chaos rocheux, et la chevelure qui caressait son visage tandis qu'il aidait la jeune fille à marcher.

*

Avec son arc pour seul compagnon, Roud reprit le chemin des bois. Se glissant comme une ombre parmi les troncs et les buissons, il épiait les moindres bruits de la forêt : un écureuil rongeant une pomme de pin, le martèlement d'un pivert sur un arbre mort, le grognement d'un sanglier se souillant dans une mare, les cris perçants des geais, toujours en alerte, qui mettaient en fuite le gros gibier. Son œil infaillible savait distinguer la silhouette d'un cerf broutant dans un taillis, celle d'un sanglier au repos dans un hallier.

L'approche était pour lui le moment le plus excitant. Le vieux chamane puis Ahrbar lui avaient enseigné comment contrôler le flot d'excitation qui le submergeait à la vue de la proie, comment se calmer et vérifier l'encochage correct de la flèche sur la corde de l'arc. Ils lui avaient appris à évaluer la distance, à estimer le meilleur angle de tir que ne gênerait aucune branche, à monter doucement l'arc à hauteur du visage en évitant tout geste brusque, à viser un point vital en bandant l'arc au maximum. Autant de gestes qu'il avait perfectionnés au fil des années au prix parfois d'échecs cuisants.

Puis venait l'instant décisif : décocher sans à-coup, rester immobile alors que l'animal, frappé à mort sans avoir vu venir le danger, restait comme paralysé, avant de s'effondrer dans l'herbe.

Le chasseur pouvait alors se détendre, respirer librement et accomplir les rites indispensables : il fallait prélever une touffe de poils, un morceau de viande ou d'abats et les offrir aux Esprits de la Terre en les enfouissant là où l'animal était tombé.

Si le chasseur était seul, et donc incapable de rapporter un gibier volumineux, il devait soustraire la proie aux fauves avant de retourner au camp chercher de l'aide. La meilleure solution était de découper l'animal et de hisser les quartiers dans un arbre, s'il en existait un à proximité.

Tout gros gibier était équitablement partagé et réparti dans le groupe. Seuls les petits animaux, tels les lièvres, lapins, marmottes, écureuils, oiseaux, restaient à la discrétion du chasseur, car c'était là généralement le butin des adolescents faisant leurs premières armes. Aux femmes étaient dévolues la pêche dans la rivière ou les mares et la cueillette des produits de la forêt.

Cependant, à la traque, Roud préférait la tactique de l'affût, que peu pratiquaient car elle mettait les nerfs du chasseur à l'épreuve. Il fallait choisir judicieusement l'emplacement propice, toujours sous le vent par rapport à la direction d'où l'on supposait que l'animal arriverait. Parfois, après de longues heures, le vent tournait et l'attente se révélait vaine. « Le chasseur a irrité les Esprits », disait le chamane pour expliquer l'échec.

Ahrbar avait montré au jeune Roud comment confectionner et utiliser un leurre. Le chasseur revêtait la peau d'un cerf, d'un renne ou d'un bouquetin. La tête de l'animal, bourrée d'herbe sèche, munie de ses bois ou de ses cornes, était sommairement fixée sur celle de l'archer qui, dissimulé derrière des buissons ou un chaos rocheux, faisait dépasser et bouger doucement son leurre. Intrigué par cet étrange animal, le gibier s'approchait sans méfiance jusqu'à portée de tir. Un bon archer pouvait décocher deux, et même trois flèches s'il manquait son but, avant que l'animal ne s'enfuie.

Pour rendre le tir encore plus silencieux et éviter le claquement de la corde, Roud avait imaginé de fixer sur celle-ci, de part et d'autre du point de décoche, deux touffes de fourrure : astuce géniale qui augmentait ses chances de réussite. Tenace, persévérant, il était rare de le voir rentrer bredouille au campement après une longue traque. Cela lui valait l'admiration de certains, mais aussi la jalousie de quelques-uns, en particulier celle de Yackou, jeune chasseur de son âge, lui aussi attiré par la beauté de Léti. A maintes reprises, il avait fait à la jeune fille des avances trop directes qu'elle avait régulièrement repoussées.

Yackou était un garçon musclé et bien bâti, mais solitaire car emporté et agressif. Ses cheveux jaunes et ses yeux d'un bleu pâle surprenaient parmi les gens du clan, où dominaient chevelures sombres et yeux noirs. Constatant l'attirance manifeste de Léti pour Roud, il en avait pris ombrage et son caractère avait empiré, d'autant plus que Boroum, le père de la jeune fille, montrait ouvertement sa préférence pour Roud.

Les jours s'écoulaient, calmes et paisibles. Le feuillage des arbres changeait de couleur ; les ors de l'automne illuminaient les abords de la rivière tandis que les crêtes, couvertes de résineux, conservaient leurs teintes sombres. A l'aube et au crépuscule, des vols de canards et d'oies venant du nord survolaient la vallée. Le pelage des animaux rapportés par les chasseurs était désormais plus fourni.

Depuis leur escapade, le secret de leur aventure souterraine unissait Léti et Roud d'un lien nouveau. Seul dans la forêt, le jeune chasseur ne cessait de rêver à son amie qui, à présent rétablie, vaquait aux occupations familières en lui adressant, lorsqu'ils se rencontraient, des sourires charmeurs et quelques mots d'amitié.

Un matin qu'il longeait les criques de la rivière, l'arc prêt, en quête d'un castor ou d'une loutre à la précieuse fourrure, Roud surprit la jeune fille qui, accroupie sur un rocher surplombant un rapide, guettait le saumon ou la truite qui passerait à portée de son harpon. Amla, une autre jeune fille également experte à la pêche, l'accompagnait.

Connaissant les sentiments que les jeunes gens éprouvaient l'un pour l'autre, elle s'écarta en souriant à Léti d'un air complice.

« Comment va ta cheville, Léti ? Elle semble parfaitement guérie, mais tu devrais être prudente ; ces rochers sont glissants et les remous violents par ici.

– Tiens ? Te voilà tout à coup bien préoccupé de ma santé ? Pourtant depuis quelque temps je ne te vois plus guère. On dirait que tu cherches à m'éviter », répliqua la jeune fille, moqueuse.

Roud semblait embarrassé : « Je... J'ai beaucoup à faire. Je dois chasser chaque jour pour aider à préparer les réserves de viande fumée pour le Temps du froid, et aussi procurer des fourrures à ceux qui en manquent. Tu connais le vieux Skâlou, celui qui ne peut plus guère marcher et qui passe des heures à observer le ciel et les oiseaux ? Il prétend interpréter les présages et dit que la saison du Grand Froid sera très dure et que de grands malheurs s'abattront sur le clan.

– Mais, Roud, je ne te fais aucun reproche ; je sais bien que tu es très occupé. Pourtant, tu pourrais trouver un moment pour que nous retournions à la grotte. Tu ne m'as pas montré tous ses secrets, et l'ours ne reviendra plus depuis que tu l'as brûlé à la tête. D'ailleurs, avec toi je n'ai pas peur : tu es si fort et courageux ! »

Flatté, ému à la pensée de se retrouver seul avec celle qu'il aimait, le jeune homme était profondément troublé. Il resta un moment songeur.

« A moins que ma compagnie t'ennuie ? On dit que tu préfères la grosse Yoella..., continua Léti.

– Mais c'est faux ! Celui ou celle qui t'a dit ça a menti ! Et puis, Yoella n'est pas grosse, elle est même très...

– Tu vois ? Tu te trahis ! répondit Léti en riant aux

éclats. Écoute, je veux bien oublier tout cela, mais promets-moi que nous retournerons à la grotte.

– Euh… Bon… Nous irons dès que ce sera possible. Mais il faut être sûrs que personne ne se doute de rien. Arkham serait furieux contre moi… et contre toi aussi d'ailleurs. »

Ce n'est qu'une semaine plus tard que l'occasion se présenta. Un jeune homme arriva, venant d'un camp de chasse établi à une journée de marche au nord. Un chasseur s'était grièvement blessé en tombant d'un rocher lors d'une traque.

Or, Arkham avait la réputation méritée d'être un puissant guérisseur, expert dans les cas de fractures. De plus, il connaissait le blessé, un traqueur de bouquetins et de chamois émérite. Arkham céda volontiers à la requête du jeune messager et partit avec lui, escorté de deux autres compagnons.

Léti ne perdit pas un instant pour rappeler à Roud sa promesse.

Comme la première fois, ils profitèrent de la nuit tombante pour s'esquiver, alors que chacun s'enveloppait de fourrures et que seuls quelques vieillards devisaient encore autour du feu.

Lorsqu'ils parvinrent en vue de la grotte interdite, Roud crut entendre un bruissement dans les fourrés qui couvraient la pente. A tout hasard, il encocha une flèche sur la corde de son arc. Grâce à la lune, la nuit était assez claire, mais pas suffisamment pour qu'il puisse distinguer une silhouette furtive qui les observait, accroupie derrière un genévrier.

« Sans doute un petit animal que nous aurons effrayé, un lièvre ou peut-être un renard ? Nous sommes presque arrivés, encore un effort. »

Ils gravirent les derniers éboulis et firent halte sur le replat qui précédait le porche. « Attends ici un instant. Je vais laisser l'arc et le carquois dans un trou de rocher. On ne doit pas emporter d'armes dans le domaine des Esprits, tu le sais. »

Il ne conserva que la sacoche qui ne le quittait jamais, avec son nécessaire à feu, des lanières de cuir et son couteau de pierre. Comme précédemment, il s'était muni d'un paquet de torches de pin. Il fit du feu et alluma les torches. Accroupi, il scruta longuement le sol de l'entrée. « Cette fois-ci, je veux être certain qu'aucun animal n'est entré récemment. »

Le sol pulvérulent ne recelait aucune empreinte. Apparemment, ni l'ours ni aucun autre fauve n'était revenu.

Chacun muni d'une torche, ils pénétrèrent dans l'antre obscur, bravant une nouvelle fois l'interdit.

Sous une apparence calme et décidée, Roud n'était pas à son aise. Des sentiments confus l'agitaient. Bien sûr, il était heureux de se retrouver seul avec Léti pour lui faire découvrir ce que bien peu de gens du clan avaient eu le privilège de contempler. Mais au fond de lui se mêlaient le remords et la crainte : le remords de tromper la confiance du chamane, son père adoptif ; la crainte de l'inconnu, la peur que leur incursion soit un jour connue de tous, la crainte d'avoir offensé les Esprits tout-puissants.

Cependant, ils refaisaient le chemin déjà parcouru plusieurs semaines auparavant. Cette fois, Léti avançait d'un pas plus assuré, bien que prudent, évitant de piétiner les restes d'ours qui jonchaient le sol des galeries. Ils passèrent sans s'arrêter devant les peintures rouges, les ours, les mammouths, les félins, les rhinocéros.

Devant la Panthère, Roud, inquiet, arrêta la jeune fille : « Vois ! La tête de bouquetin que j'avais apportée en offrande est toujours là. L'Esprit de la Panthère n'y a pas touché. Elle est irritée contre nous ; nous ne devrions pas continuer. Repartons !

– Mais non, Roud. Simplement, la Panthère a dû être contrariée par l'intrusion du Grand Ours. Il n'y a pas de raisons de t'inquiéter. Tu dois me montrer la caverne jusqu'au bout ; tu me l'as promis », dit-elle en se serrant contre lui.

Le contact de ce corps tant désiré effaça les dernières réticences du jeune homme. « Bon. Suis-moi. Mais, cette fois-ci, fais bien attention à ne pas te blesser et surtout ne touche à rien ! »

Ils étaient parvenus devant la fresque des rhinocéros noirs. C'étaient des animaux redoutés, que les Anciens avaient voulu privilégier en les représentant nombreux sur les parois, au plus profond de la Caverne sacrée.

Après les rhinocéros, les grands lions venaient en seconde place. C'étaient des fauves impressionnants, concurrents directs et redoutés des chasseurs car ils traquaient le même gibier : rennes, chevaux, bisons, bouquetins. On les rencontrait surtout dans les steppes du plateau, mais l'hiver ils se rapprochaient des falaises où ils savaient trouver des gîtes confortables dans les grottes. Seul le feu pouvait les tenir à distance. Il n'y avait que les mammouths et les rhinocéros à ne pas les redouter, encore que les félins aient parfois osé s'en prendre à un très jeune animal séparé du troupeau.

Les Anciens avaient su les représenter à la perfection, dans des attitudes pleines de souplesse et de vie, avec une impression de puissance irrésistible qui subjuguait l'observateur. Dans les Temps anciens, les lions étaient légion, mais depuis plusieurs décennies des hivers de plus en plus longs et rigoureux les avaient chassés, sans doute vers le sud, car ils se raréfiaient. Nul d'ailleurs ne s'en plaignait. Les loups par contre devenaient chaque année plus nombreux et plus audacieux.

Il y avait aussi sur les parois de la galerie profonde beaucoup d'autres animaux gravés. A l'aide d'un outil de silex, on avait dessiné, d'un trait large, dans la fine couche de calcaire altérée par l'humidité, les contours de chevaux, de mammouths et de bouquetins. Ces gravures recoupaient les griffades d'ours, beaucoup plus anciennes.

Au centre de la salle, sur un pendant de la voûte, était tracé par raclage un grand oiseau à la tête ronde surmontée de ce qui évoquait de courtes cornes, en fait des plumes dressées : un grand duc. Ces rapaces au vol silencieux étaient nombreux dans les falaises proches de la rivière, mais on ne les apercevait guère qu'au crépuscule, fantômes volants qui longeaient les falaises sans bruit, fondant parfois sur un lapin ou un écureuil attardé.

Leurs larges plumes duveteuses, tachetées de brun et de fauve, étaient très recherchées pour empenner les projectiles et aussi pour la parure, de même que leurs serres. Leur vol n'était guère rapide. Un archer adroit embusqué sur leur trajet pouvait les abattre d'une flèche. On les surprenait également dans les anfractuosités où ils se réfugiaient dans la journée.

Guidée par Roud, la jeune fille avançait prudemment, examinant avec une crainte respectueuse les représentations d'animaux, scrutant en même temps le sol pour éviter les ossements des ours, dont les énormes pattes avaient laissé de profondes empreintes dans le sol argileux, traces qu'un voile de calcite avait consolidées et scellées à jamais. Ils contournèrent le squelette complet d'un ours mort sans doute de vieillesse pendant son sommeil hivernal. Tous les os étaient demeurés en connexion. Le crâne, long comme le bras d'un homme, montrait ses canines impressionnantes. Debout, l'animal devait atteindre près de trois mètres, ce qui expliquait des traces de griffes sur les parois à des hauteurs très diverses.

A partir de là, la galerie se divisait en deux : l'une relativement large à gauche, l'autre plus étroite à droite. Mais au point de jonction, au fond de la grande salle, s'étendait face aux visiteurs, sur plus de dix mètres, une immense fresque d'animaux peints en noir, comme si l'on avait voulu rassembler là, pour combler les rêves d'un chasseur, tout le gibier d'une vallée.

Des aurochs au cornage en volute étaient suivis par des chevaux aux naseaux frémissants, la crinière drue et dressée, les lèvres entrouvertes comme s'ils venaient de courir. Deux rhinocéros s'affrontaient en une joute de mâles. A leur droite, d'autres aurochs, un grand lion, des chevaux encore. Des rennes aux bois imposants et aux pattes fines étaient pour la plupart tournés vers la gauche, ainsi que les autres animaux, comme s'ils étaient en marche vers une destination mystérieuse au plus profond de la caverne.

Le panneau se terminait par un grand renne trottant en

sens inverse, vers la droite, tête et queue dressées, une grosse touffe de poils ornant son poitrail. Au-dessous, un bison aux longues pattes galopait lui aussi vers la galerie de droite. On distinguait encore un ours, des cerfs, des bouquetins, un bison dont les pattes multiples donnaient une impression de vitesse. L'artiste des millénaires oubliés avait manié son crayon de charbon avec un génie remarquable, étalant ensuite la couleur noire pour accentuer des reliefs naturels, inventant dès l'aube de l'art la technique de l'estompe.

Hypnotisés par les animaux qui semblaient leur montrer le chemin, les jeunes gens empruntèrent la galerie de gauche, en fait une autre salle, moins vaste que les précédentes, aux parois couvertes de gravures et de peintures noires : aurochs, rennes, bouquetins, mammouths. Au milieu de la salle se dressait un bloc rocheux de forme cubique entouré d'une profusion de crânes d'ours, sans doute regroupés là par les mystérieux Anciens, puisqu'il n'y avait pas d'autres ossements.

Puis ils durent progresser pliés en deux car la voûte s'abaissait. Les ours étaient venus jadis jusque-là : des ossements jonchaient à nouveau le sol, et les parois étaient couvertes de griffades. Aux endroits les plus resserrés, les parois étaient comme polies par le frottement de la fourrure des ours au cours des siècles ou peut-être même des millénaires.

Ils se trouvaient au plus secret de la grotte. Le couloir se terminait par une barrière minérale infranchissable formée de concrétions colorées scintillant à la lueur des torches.

Les hommes aussi étaient venus jusque-là et y avaient laissé une gravure de cheval et des signes géométriques, des sortes de croisillons, message symbolique à jamais perdu.

Ici, l'argile du sol était plus humide. Leurs pas s'y imprimaient nettement, mais ils n'y prêtaient plus attention, subjugués par la magie des lieux. Lorsqu'ils étaient entrés dans la grotte interdite, Roud avait ôté ses chaussons de peau souple ; sa compagne l'avait imité. C'était la règle : on ne devait toucher que pieds nus la terre des grottes sacrées.

Léti trébucha et tomba en avant, imprimant ses mains dans le sol. Elle se releva, gênée de sa maladresse, mais déjà Roud la pressait : « Retournons vers les chevaux noirs, il y a encore un endroit que tu n'as pas vu ; je me souviens y être allé avec Arkham. C'est là que se cachent les Esprits des lions, mais avec moi tu ne crains rien. »

Ils s'engagèrent dans la galerie qui s'ouvrait à droite du grand renne. C'était un couloir en pente douce qui allait en s'élargissant. Le sol, de plus en plus humide, était glissant. Là encore, des traces de griffades d'ours marquaient les parois portant toujours des animaux peints ou gravés. Des chevaux semblaient se diriger vers la sortie de la grotte, des rhinocéros et des mégacéros également.

Le mégacéros, ou cerf géant, était un animal presque mythique, un gibier rare et farouche qui hantait les clairières et les forêts malgré ses bois immenses qui, chez les vieux mâles, étaient beaucoup plus larges qu'un homme debout.

Le sol était de plus en plus pentu, encombré de blocs qui gênaient leur progression et, soudain, ce fut pour la jeune fille un nouvel émerveillement. Sur plusieurs mètres, la paroi de gauche était couverte d'animaux innombrables, tous tracés au charbon de part et d'autre d'un renfoncement naturel, une niche abritant un cheval au museau noir.

Tous ces animaux étaient tournés vers la gauche, en direction de la sortie. Des lions et des rennes conduisaient la horde, surmontés de gros points rouges, suivis par des rhinocéros aux masses enchevêtrées. Celui du haut était dessiné avec une accumulation de contours savamment dégradés, ce qui augmentait l'impression du nombre et du mouvement. Plusieurs présentaient au milieu du corps une curieuse bande noire verticale, détail que l'on retrouvait sur d'autres rhinocéros de la grotte.

Puis venaient les bisons, au-dessus d'un petit mammouth aux pattes terminées par des boules. Par un artifice de perspective, utilisant un angle du rocher, on avait représenté plusieurs bisons comme s'ils faisaient face, en accentuant la pilosité abondante du crâne et de l'encolure.

Mais les plus impressionnants, venant immédiatement derrière les bisons et semblant les poursuivre, c'étaient les grands lions, tendus, les oreilles frémissantes, l'œil fixé sur les bisons, prêts à bondir. Le trait charbonneux avait été légèrement étalé sur les naseaux, les joues, l'encolure des félins, puis on avait souligné les contours en raclant la roche au moyen d'un outil de silex. Le rendu était d'un réalisme incroyable. A la lueur des torches tenues très haut, la vision de ces fauves surgissant en troupe de la nuit était saisissante.

Bientôt, un autre spectacle les captiva : presque au

fond de la galerie, qui se terminait peu après sur un éboulis de rochers énormes scellés par des coulées de calcite, un être fantastique apparaissait sur un pendant rocheux isolé de la voûte, en face du grand panneau des lions. La tête et le poitrail étaient ceux d'un bison, curieusement dressé, mais les membres antérieurs manquaient. Quant aux membres postérieurs, c'étaient des jambes humaines, robustes et massives.

« C'est l'Homme-Bison, chuchota Roud, visiblement très impressionné. Arkham dit que c'était un grand chamane des Temps anciens ; il savait parler aux bisons et un jour ils l'ont emmené avec eux. Son image indique qu'il est ici, au fond de la caverne, caché dans la roche comme les esprits des autres animaux. »

Silencieux, ils revinrent lentement sur leurs pas, grimpant à travers les blocs qui accidentaient la pente. Ils se retrouvèrent devant la fresque des chevaux, au départ des deux galeries.

« Roud ! s'exclama soudain Léti, je n'ai plus mon collier. J'ai dû le perdre quand je suis tombée tout à l'heure près d'ici, près du gros rocher aux crânes d'ours.

– Laisse-le. Inutile de le chercher. Ce sont sûrement les Esprits de la Nuit qui l'auront pris. Laisse-le-leur en offrande.

– Non, j'y tiens beaucoup. C'est toi qui me l'avais donné, tu t'en souviens ?

– Bon. Alors, cherchons-le, il est peut-être par là », répliqua Roud, hésitant et troublé.

Courbés pour examiner le sol, ils avancèrent vers le rocher.

« Le voici, je l'ai ! s'écria la jeune fille, rassurée et joyeuse. Tu vois, il était simplement tombé, le lacet s'était brisé. » Tout en parlant, elle trébucha sur un des crânes d'ours et poussa un cri de surprise. Machinalement, elle ramassa le crâne et le posa sur le bloc de pierre pour dégager le passage.

« Que fais-tu ? N'y touche pas ! » Roud était atterré par ce geste irréfléchi. « Je t'avais pourtant dit de ne toucher à rien, surtout pas aux os du Grand Ours ! Partons, avant que la colère des Esprits ne se déchaîne ! »

Au passage, Roud récupéra la torche qu'il avait laissée ; elle était presque consumée et il dut la jeter peu de temps après. A grands pas, ils cheminèrent le plus rapidement possible vers la sortie, cette fois sans jeter un regard aux parois couvertes de figures animales, de points et de signes.

Lorsqu'ils débouchèrent enfin à l'air libre, au flanc de la colline, le froid les paralysa après la tiédeur moite du monde souterrain. C'était l'aube. Ils éteignirent les torches, reprirent leurs chaussures. Roud cassa une branche feuillue et balaya le sol pour effacer leurs traces. Il reprit son arc et ses flèches, puis ils dévalèrent la pente parmi les genévriers et les pins.

Ils arrivèrent épuisés à la grotte de la rivière et allèrent se coucher chacun de son côté, se faufilant sans bruit à travers le campement pour ne pas donner l'éveil.

Soudain, les corbeaux qui peuplaient les rochers surplombant la grotte s'envolèrent tous ensemble en criant dans un vacarme assourdissant. Un grondement sourd fit trembler le sol. Les arbres vacillèrent comme secoués par un ouragan invisible. Des rochers se détachèrent des falaises, fracassant les branches des arbres au-dessous.

*

En un instant, la caverne perdit toute quiétude. Réveillés en sursaut, tous couraient affolés vers l'extérieur. Les femmes appelaient les enfants, qui hurlaient de terreur. Les hommes saisissaient en hâte les arcs, les harpons, des outils, un vêtement de fourrure.

Tous se retrouvèrent sur la pente du coteau, hagards, terrifiés. Subitement, le calme était revenu ; un silence pesant régnait sur la vallée.

« Où est Arkham ? Et Boroum ? Mes enfants ? » Chacun cherchait un proche. Ils se comptèrent rapidement. Le chamane était introuvable, ainsi qu'une femme et son enfant, un bébé de quelques jours à peine. Un homme alluma une torche au feu qui se consumait à l'entrée et s'enfonça dans la pénombre. « A l'aide ! Venez vite ! » On accourut à ses cris.

La voûte de la caverne avait résisté à la colère de la Terre, mais une écaille de rocher s'était détachée du plafond, écrasant la femme et l'enfant endormis, les tuant net. Un gémissement se fit entendre plus loin, dans un recoin de la salle souterraine. On découvrit Arkham gisant sur le dos, exsangue. Tombée de la voûte, une stalactite effilée comme un épieu lui avait transpercé le thorax, le clouant au sol.

Tous firent cercle autour du blessé. Roud s'agenouilla auprès du vieil homme : « Arkham, parle-moi ! Nous allons te soigner, tu ne peux pas mourir !

– Non, Roud, mon temps est fini. Vous ne pouvez plus

rien faire pour moi, je vais rejoindre le Monde des Esprits, le Pays de la Nuit, d'où nul ne revient. Il ne faut pas être tristes. Il y a longtemps que je suis prêt pour le Grand Voyage. » La voix du vieillard n'était plus qu'un murmure.

Une femme apporta de l'eau dans une écorce de bouleau et doucement la fit couler entre les lèvres du moribond dont le regard naguère si perçant se voilait.

« Écoutez-moi, dit-il. Il faut apporter des présents à l'entrée de la Caverne sacrée pour apaiser le courroux des Esprits de la Nuit. Roud, mon fils, vous guidera. »

Roud, accablé, baissait la tête et gardait le silence. Au fond de lui se mêlaient un immense chagrin et la honte d'avoir trompé la confiance de celui qu'il respectait entre tous.

Arkham tenta encore de parler, mais sa tête retomba sur le côté, ses yeux chavirèrent : le chamane était mort.

Les femmes emmenèrent les enfants à l'extérieur de la caverne ; seuls demeurèrent les chasseurs, muets et graves. Ils transportèrent le corps, enveloppé dans une peau de renne, jusqu'à une grotte voisine inoccupée. Là, quelques Anciens restèrent auprès du cadavre afin de le veiller et le préparer pour des funérailles dignes de lui, tandis que la femme et l'enfant seraient enterrés plus hâtivement. Roud questionnait Boroum : « Comment Arkham pouvait-il se trouver dans la caverne ? Je le croyais parti soigner un blessé dans un camp de chasse ?

– Ils ont dû faire demi-tour. Une énorme crevasse coupait la piste ; sans doute un signe avant-coureur de la colère de la Terre. Ils pensaient repartir le lendemain par un autre chemin. »

Les pensées se bousculaient dans l'esprit du jeune

homme. Ainsi, son père adoptif, qui n'aurait pas dû être là, était revenu pour trouver la mort, victime du courroux des Esprits que lui, Roud, avait irrités…

Le lendemain, les Anciens décidèrent qu'un groupe de chasseurs et quelques femmes se rendraient à l'entrée de la Grotte sacrée pour célébrer les rites prescrits par Arkham comme ses dernières volontés. On enveloppa dans des peaux des objets précieux : fourrures rares, harpons en bois d'élan décorés de motifs sculptés, grandes pointes d'un fini remarquable taillées dans un silex translucide veiné de rouge et de jaune qui provenait de contrées lointaines, coquillages colorés rapportés par des voyageurs audacieux. On prépara aussi des offrandes de nourriture, des quartiers de viande fumée, car on n'avait pas eu le temps d'envoyer des chasseurs ramener des proies fraîchement abattues.

Depuis le tremblement de terre, le ciel était curieusement voilé par un brouillard jaunâtre qui rendait comme irréels les contours pourtant familiers du paysage. Le cortège se dirigea vers le nord-est. Après une heure de marche, les pentes abruptes où s'ouvrait la Caverne sacrée, la grotte de la Panthère, dite aussi des Ours Morts, ou de l'Homme-Bison, furent en vue.

Roud marchait devant d'un pas rapide. Il avait maintes fois gravi ces éboulis en compagnie de son père adoptif et, tout récemment, avec Léti en cachette… Parvenu presque à mi-pente, il s'arrêta, consterné.

« Pourquoi t'arrêtes-tu ? Qu'y a-t-il ? Où est l'entrée ? questionnèrent ceux qui le suivaient.

– Je… Je… Je ne sais plus ! La grotte n'est plus là ! »

Roud bafouillait, atterré. L'entrée de la grotte vénérée n'existait plus.

Ils virent alors qu'ils se trouvaient au bas d'un amoncellement gigantesque de blocs mêlés à des arbres déracinés par la chute des rochers. Tout un pan de la falaise avait glissé, interdisant à jamais la caverne des Esprits aux humains et aux animaux.

« C'est la colère de la Terre qui a fait ça ! Les Esprits sont irrités contre le clan. Le Grand Ours et la Panthère ne veulent plus nous protéger. Ce sont eux qui ont voulu la mort d'Arkham, ton père », dit l'un des Anciens en se tournant vers Roud.

Celui-ci blêmit et se jeta aux pieds du vieil homme.

« C'est de ma faute ! C'est moi qui suis la cause de tous ces malheurs, moi seul qui ai offensé les Esprits.

– Explique-toi, Roud. »

Sans nommer sa complice, le jeune homme avoua alors sa visite clandestine de la grotte en compagnie d'une femme, la rencontre prémonitoire avec l'ours, le geste sacrilège envers le crâne du Grand Ours.

« Moi, je les ai vus entrer dans la caverne ; je les avais suivis en me cachant. Ce sont lui et Léti, la fille de Boroum, qui ont enfreint la Loi : ils méritent la mort ! » Le bras tendu, accusateur, la face haineuse, Yackou désignait au groupe les deux coupables.

« Pourquoi, dans ce cas, avoir gardé le silence ? Tu es aussi coupable qu'eux, rétorqua le vieillard. Rentrons au camp. Le conseil doit se réunir avant de prendre toute décision, et il nous faut enterrer Arkham. Déposons tout de même les offrandes ici, peut-être les Esprits en seront-ils apaisés ? »

Le retour fut morne. Chacun restait silencieux. Tous

les regards évitaient Roud, qui marchait tête basse derrière le groupe.

Les funérailles se déroulèrent dans une atmosphère tendue et anxieuse. La morte fut placée dans une fosse creusée par les autres femmes à l'écart du camp. On tapissa la tombe de fougères avant d'y déposer le corps enveloppé dans une peau qui avait appartenu à la malheureuse. Elle portait ses vêtements habituels et un collier de dents de renne. L'enfant fut placé dans les bras de sa mère. On déposa près de lui deux osselets de chamois pour le distraire dans l'Autre Monde. Puis, on saupoudra d'ocre leurs têtes, et de grosses pierres, destinées à décourager les loups et les hyènes, furent entassées sur la fosse.

Arkham eut droit aux égards dus au grand chamane qu'il avait été. Sa tombe fut creusée par ses compagnons dans une grotte dominant la vallée. Comme pelles, ils utilisèrent des omoplates de bison qui furent ensuite brisées et déposées au fond du trou.

On avait revêtu le chamane de ses plus beaux vêtements : une longue casaque teinte à l'ocre jaune, bordée de franges de cuir portant une infinité d'ornements disposés le long des coutures : perles découpées dans des os d'oiseaux, dents percées de carnassiers, rondelles d'os et d'ivoire de mammouth gravées de symboles mystérieux, croches de cerf.

Les cerfs ne possèdent que deux canines atrophiées, appelées « croches ». Ces dents inutiles, à l'extrémité arrondie, étaient très prisées car on leur attribuait des pouvoirs magiques. Un collier supposait l'abattage de nombreux cerfs, d'où le prix qu'on y attachait.

On avait chaussé le mort de cuir souple et on plaça sur sa poitrine son collier de dents d'ours, les plumes et les serres d'aigle, les griffes d'ours, ainsi que son bâton : tous les insignes de sa fonction.

Des quartiers de viande boucanée l'accompagneraient dans le Grand Voyage, ainsi qu'un couteau de silex retouché avec art, œuvre de son ami Tixân. Dans sa main droite, il tenait un objet en os poli, plat et allongé, en forme de feuille, de la longueur d'une main. Entièrement gravé sur les deux faces de signes magiques, l'objet était percé à une extrémité et fixé à une longue lanière de cuir. Seul, le chamane avait le pouvoir d'utiliser l'Os-qui-chante. En le faisant tournoyer rapidement, il obtenait un son qui évoquait le souffle du vent les jours de tempête, un vrombissement sourd qui terrorisait les femmes, car c'était, disait-il, la voix des Esprits de la Nuit.

Avant de remblayer la fosse, la dépouille fut entièrement aspergée de poudre d'ocre rouge, puis recouverte d'une peau de renne mâle. Boroum, aidé de trois hommes presque aussi robustes que lui, roula d'énormes blocs de rocher qui protégeraient le corps de son ami des charognards. La cavité funéraire fut ensuite complètement obturée par des pierres volumineuses.

Le surlendemain, le clan au grand complet se groupa dès le lever du soleil sur la plate-forme devant la grotte. Assis sur des troncs d'arbre recouverts de peaux, les Anciens dirent à Roud d'approcher. Restée en retrait, mêlée aux autres femmes, Léti suivait, anxieuse, ce qu'elle pressentait comme des décisions terribles.

Gorhan, un vieillard sec et noueux, parla au nom de tous. Il avait été l'un des compagnons préférés du chamane défunt. Lui aussi éprouvait de l'affection pour le jeune homme, mais la gravité de la situation faisait taire tout sentiment.

« Roud, tu as trahi la Loi ; tu as trahi notre confiance. Arkham, que tu as trompé, parlerait comme je le fais aujourd'hui. L'esprit du Grand Ours t'avait sauvé la vie en te protégeant de la tempête qui a tué tes parents, et toi tu as osé emmener une femme dans son domaine ! Tu as profané la Caverne sacrée. Tu n'es plus des nôtres. Tu sais que nous ne prenons jamais la vie des membres de notre propre clan, mais tu ne peux plus demeurer avec tes semblables : tu dois quitter le camp. »

Anéanti par la sentence, Roud gardait le silence, trop ému pour répondre. Avant que sa mère ait pu la retenir, Léti s'élança dans le cercle et se prosterna devant l'Ancien. « Aie pitié, Grand Sage ! C'est moi, moi seule, qui ai poussé Roud à désobéir à la Loi. Il l'a fait pour moi. C'est moi seule qui doit être punie. » Tous se taisaient, consternés. Tant d'audace les choquait, mais en même temps le courage de la jeune fille les émerveillait, car une femme ne devait jamais s'adresser directement à un Ancien.

« Ta parole est généreuse, femme, mais Roud n'est plus un enfant. Il a subi depuis longtemps les épreuves réservées aux chasseurs. Il n'aurait jamais dû te céder. Vous êtes tous deux coupables. Puisque tu tiens tant à lui, et lui à toi, tu seras bannie avec lui. »

Léti, en larmes, se jeta dans les bras de sa mère. Impassible en apparence, mais rempli de tristesse, Boroum contemplait celle qui avait été sa fille préférée et qu'il ne reverrait plus. Sous une apparente clémence, le bannissement équivalait le plus souvent à un arrêt de mort. Partir à l'orée de l'hiver ne laissait guère de chances aux jeunes gens. Survivre au froid, aux fauves, aux mille dangers des territoires inconnus était bien peu probable lorsqu'on était seuls.

Le jour suivant, ils furent prêts à partir vers l'inconnu. Évitant d'être trop lourdement chargés, les proscrits emportaient quelques vêtements, des outils et des armes indispensables à leur survie, un nécessaire à feu, de la viande fumée. La mère de Léti lui avait préparé un sachet de plantes séchées utilisées comme médicaments et lui avait donné un talisman, une curieuse pierre jaune, légère et translucide, venue des pays du nord.

Les adieux furent brefs. A l'écart, Yackou-le-Fourbe ricanait ouvertement, mais il était le seul. Tous les autres étaient tristes.

« Nous ne les reverrons plus, se lamentait Yanna, la mère de Léti.

– Roud est un chasseur habile et avisé, notre fille est robuste ; aie confiance. » Boroum se voulait rassurant mais, au fond de lui, il ne croyait guère à ce qu'il disait.

Jetant un dernier regard sur le méandre de la rivière où s'était épanouie leur enfance, les voyageurs entreprirent de gravir la piste qui rejoignait le plateau.

« Boroum et Tixân m'ont conseillé de suivre le bord des falaises sans perdre de vue la rivière, dit Roud. Descendre le canyon serait trop pénible et risqué ; il faudrait traverser l'eau plusieurs fois avec nos charges, et beaucoup de fauves s'installent dans les gorges à l'approche de la saison froide. Nous irons vers la Grande Vallée dont parlent tous les voyageurs, vers le soleil levant. »

Lors de multiples expéditions de chasse, Roud avait parcouru un vaste territoire autour du camp de base. Aussi, pendant quelques jours, ils avancèrent sans crainte à la faveur de sentiers déjà tracés par des générations de chasseurs.

Lorsque le jour déclinait, ils se mettaient en quête d'un abri. Les grottes peu profondes et les abris sous roche ne manquaient pas dans les vallées qui entaillaient le plateau. Ils y allumaient un feu après avoir amassé du bois mort pour la nuit. C'était leur seule garantie contre les fauves, surtout les loups, qui se déplaçaient en petites bandes ; attirés par l'odeur de la viande, ils étaient les plus audacieux. Car Roud prenait le temps d'abattre un jeune bouquetin, un chamois, un marcassin, parfois un cerf peu méfiant, ce qui leur procurait des vivres pour plusieurs jours. Il préférait cependant les petites proies – lièvres, lagopèdes, marmottes –, car ils ne pouvaient s'encombrer de trop de charges supplémentaires. Léti savait récolter des racines comestibles, qu'elle déterrait avec un bâton appointé durci au feu qui ne la quittait jamais, et les fruits que prodiguait l'automne dans les sous-bois des vallons abrités.

Les premiers temps de leur exode, Roud avait manifesté à son égard une brusquerie qui avait beaucoup affecté sa compagne. Il ne pouvait s'empêcher de penser qu'elle était la cause indirecte de leur exil, de la colère des Esprits, de la mort du chamane. Cette pensée le rongeait car son amour pour elle gardait toute sa force. Lorsqu'ils s'endormaient et que le feu baissait, le froid de la nuit les poussait l'un vers l'autre dans l'abri précaire. Ils se blottissaient sous les peaux sans quitter leurs vêtements et inconsciemment les corps se serraient, mêlant leurs souffles dans le sommeil.

Ils parvinrent aux confins du plateau par une belle journée d'arrière-saison et firent halte, émerveillés. La vallée, qui jusque-là serpentait, resserrée entre les hautes falaises, s'élargissait pour former un vaste plan d'eau retenu à l'aval par des bancs de sable. Des plages de galets s'étendaient sur la rive gauche au-dessous d'eux.

Du haut des rochers, ils distinguaient quantité d'oiseaux aquatiques : oies, canards, sarcelles, foulques, hérons, poules d'eau. D'énormes poissons nageaient lentement dans l'eau claire près des rives. Des aigles-pêcheurs étaient à l'affût, perchés au sommet des arbres. « Il y a sûrement des grottes proches de l'eau. Nous y resterons quelques jours pour nous reposer », dit Roud à sa compagne.

Après la grève s'étendait un banc de roches calcaires polies par l'eau qui formaient comme une chaussée, constituant un passage aisé le long de la rivière. Là s'ouvraient une série de cavités. Ils choisirent une grotte au sol de sable sec, à l'entrée étroite, suffisamment profonde pour former un abri sûr. Au bord de l'eau gisait un amoncellement de troncs charriés par les crues. « Le bois ne manque pas. Il suffit de le transporter dans notre grotte. J'y traînerai aussi quelques troncs pour mieux barricader l'entrée ; il peut y avoir des lions et des panthères par ici. Viens m'aider ; dépêche-toi ! »

Le soleil d'automne était chaud. Aucun souffle d'air ne ridait le plan d'eau. Léti ôta ses chaussures et ses vêtements et, nue, se précipita dans l'eau peu profonde. « Viens, Roud ! Il faut te nettoyer ; tu commences à sentir la hyène », dit-elle en riant.

Médusé, le jeune homme admirait le corps mince, les cuisses musclées si harmonieuses, la rondeur parfaite des fesses, le galbe des seins haut placés, à peine voilés par les longs cheveux ; il en avait la gorge nouée.

« Comme tu es belle, Léti !

– Viens te laver, au lieu de parler. » Elle ramassa une poignée de plantes aux fleurs roses qui poussaient près d'une mare. « Ma mère les utilisait pour nous laver quand nous étions enfants ; ces herbes nettoient la peau et en plus elles sentent bon. »

Ils se lavèrent avec plaisir dans l'eau fraîche en se frottant avec du sable et les saponaires qui donnaient une mousse verte très agréable, légèrement parfumée. Comme des enfants, ils s'éclaboussaient en riant, oubliant les dangers, l'hiver qui approchait, le monde inconnu qui était devant eux, l'incertitude de l'avenir. Rhabillés, ils rejoignirent la grotte.

Avec le crépuscule, la fraîcheur de la rivière fit rapidement chuter la température. Roud alluma le feu. Des lierres gros comme le bras, desséchés par le soleil, étaient enroulés autour des troncs charriés par les crues. Il en profita pour renouveler son nécessaire à feu. « Nous ne savons pas si nous trouverons plus loin du bois sec aussi propice. Celui-ci est parfait pour produire le feu. »

Parmi les galets, il en avait découvert quelques-uns en

silex brun. En quelques coups précis portés avec un autre galet de roche dure, il obtint des outils frustes mais au tranchant acéré, qui lui permirent de couper des tronçons de lierre. « Il suffit de les refendre avec un gros éclat et ils seront prêts à l'emploi comme planchettes à feu. » Léti, admirative, était rassurée par l'ingéniosité de son compagnon. Elle avait réuni sa chevelure en une lourde tresse liée avec une lanière d'écorce et l'avait ornée de plumes trouvées au bord de l'eau.

Se rapprochant du feu, elle se laissa aller contre l'épaule de Roud. Dans une impulsion irrésistible, il la prit dans ses bras, la serrant à l'étouffer.

Il sentit soudain comme la chaleur d'une flamme envahir ses reins. Il la renversa, retroussa la tunique. Bras tendus, effrayée par la brutalité soudaine de son compagnon, elle tentait de le repousser. Ne se possédant plus, il mordait les seins fermes dont les pointes brunes frémissaient sous ses lèvres.

« Non, Roud ! Je t'en prie, tu me fais mal ! Arrête ! » Sourd à ses prières, il pétrissait ce corps qui affolait ses sens. Il lui avait pris les poignets et écarté les bras. Vautré sur elle, il ouvrit ses cuisses d'un coup de genou. Son sexe raidi de désir lui faisait presque mal. Il n'avait jamais connu une telle excitation avec Yoella…

Lorsqu'il la força, elle hurla de surprise et de rage autant que de douleur. Les larmes inondaient son visage tandis qu'il martelait son bassin, sourd à ses cris.

Après un moment, elle se laissa aller, lasse de lutter en vain, vaincue, pantelante. Peu à peu, Roud se calmait. Il allait et venait en elle plus lentement, presque avec douceur à présent. Leurs regards se rencontrèrent. Il avait libéré ses bras ; elle les noua autour du cou de l'homme qui la violait, soudain consentante, enfonçant ses ongles dans la nuque puissante. Une sensation bizarre l'envahissait, faite d'éclairs de tendresse mêlés à la souffrance qui irradiait son bas-ventre.

Lorsqu'il se vida en elle, elle hurla. Elle le serra encore plus fort. La sueur de l'homme se mêlait à la sienne. Pour eux, le temps s'arrêta, le monde n'exista plus que dans leur étreinte passionnée…

Leur vie s'organisa au bord de la rivière. Léti découpait et fumait les truites et les saumons pêchés dans les eaux du bief. A l'aide de gros galets et de branchages, ils avaient aménagé dans l'eau peu profonde des passages obligés qui amenaient les poissons à portée de harpon. La rivière était si poissonneuse que Roud n'avait pas à chasser. Cependant, il fléchait parfois un canard dont ils appréciaient la chair savoureuse.

Un jour, il leur sembla apercevoir sur la rive opposée une silhouette humaine. Mais l'homme ou la femme disparut rapidement entre les arbres.

« Il y a un clan qui se déplace dans ce territoire. Ce sont des gens pacifiques qui vivent surtout de la pêche. Je les ai rencontrés une fois lors d'une expédition à la poursuite des chevaux. Ils ont entendu parler d'Arkham et… » Roud se tut, troublé à l'évocation du souvenir du chamane disparu. Il n'avait pas oublié les événements tragiques ayant entraîné leur exil, ni la mort de son père adoptif, mais les jours heureux passés seul avec Léti les avaient momentanément relégués au fond de sa mémoire.

A présent, chaque fois que Roud possédait son corps,

Léti éprouvait un plaisir sans limites. Leurs étreintes n'avaient plus la brutalité du premier jour et elle se donnait à lui avec passion. Il laissait courir ses mains sur elle avec douceur, léchant ses seins, son cou, ses lèvres. Elle lui rendait ses caresses avec un enthousiasme qui le ravissait.

Tout entiers à leur amour, ils retardaient chaque jour le départ, prolongeant cette halte comme une trêve dans la fuite vers l'inconnu. Les nuits étaient fraîches, mais les journées d'automne douces et sereines. Le flot des saumons remontant vers les frayères n'avait pas encore envahi la rivière mais ils étaient suffisamment nombreux, avec les truites et d'autres poissons, pour fournir sans grand effort le repas de chaque jour.

Le jeune chasseur découvrait les joies de la pêche, qu'il avait ignorée jusque-là, car c'était une activité réservée aux femmes et aux enfants, et jugée peu glorieuse par les chasseurs. Elle avait pourtant ses secrets et ses embûches. Il s'en apercevait lorsque son harpon manquait le but, provoquant les moqueries de sa compagne.

Il avait imaginé une nouvelle méthode de pêche : dans l'eau peu profonde, il fléchait les poissons à l'arc et, à présent, il manquait rarement la cible. Il avait remplacé les pointes de silex, trop fragiles, par des pointes barbelées en bois de renne ou de cerf. Le matériau pour les fabriquer ne manquait pas, des massacres de cervidés étant mêlés aux bois flottés qui encombraient les rives.

Les forêts proches abondaient en baies succulentes et en gros champignons bruns qu'ils faisaient griller.

*

Un matin, perché sur une grosse pierre au milieu du courant, il venait de flécher une truite et s'apprêtait à la récupérer quand soudain une douleur brûlante au flanc lui fit perdre l'équilibre. Il chuta de tout son long dans l'eau.

Stupéfait, il vit qu'il était blessé sous le bras gauche : le sang rougissait l'eau. Un court javelot à pointe de silex flottait à côté de lui. Sur la rive toute proche, une silhouette familière surgit d'un buisson de saules.

« Yackou ? Tu es devenu fou ? Tu ne m'avais pas reconnu ? Tu aurais pu me tuer !

– C'est bien ce que je vais faire, Roud ! Il y a des jours et des jours que je vous cherche. Lorsque j'ai entendu dire par des chasseurs de chevaux qu'ils avaient vu de la fumée près du Lac-aux-Saumons, j'ai pensé que j'avais enfin une chance de vous rejoindre, de me venger, de te tuer et de te prendre Léti.

– Mais tu sais bien qu'elle ne veut pas de toi. Et que diront les Anciens ? Y as-tu songé ?

– Toi mort, elle n'aura plus personne pour la protéger ; elle sera forcée de vivre avec moi. Je partirai au loin avec elle ; je ne rejoindrai jamais le clan. Au camp, chacun m'évite, comme si j'étais moi aussi responsable de ce qui est arrivé. J'ai bien senti qu'on ne voulait plus de moi. »

Tout en vociférant, Yackou brandissait un poignard en os tiré d'un radius de cerf. Roud contempla son arc qu'il n'avait pas lâché, arme inutile puisque son carquois était resté sur la rive. Le tenant par une extrémité, dans l'eau jusqu'aux cuisses, il attendit son agresseur qui se ruait vers lui l'arme brandie, faisant jaillir l'eau. Fauchant l'air avec son arc, Roud tentait de parer l'attaque.

Un coup heureux arracha le poignard de la main de Yackou. L'arme alla tomber plus loin dans l'eau, hors d'atteinte.

Un bref instant décontenancé, l'assaillant se jeta sur lui. Les deux hommes s'empoignèrent et chutèrent lourdement dans la rivière. Plus râblé, plus lourd, Yackou réussit à maintenir Roud sous la surface. Affaibli par sa blessure et le sang perdu, le jeune homme tentait en vain de desserrer l'étreinte et de nouer ses mains autour de la gorge de son adversaire. Le courant bruissait dans ses oreilles. Il entrevoyait à travers l'eau l'image floue de son rival, les traits déformés par la colère. Retenant sa respiration autant qu'il le pouvait, il commença à suffoquer. Un brouillard rouge passa devant ses yeux et ce fut la nuit : il bascula dans l'inconscience…

Lorsqu'il reprit connaissance, il était toujours allongé dans la rivière mais son buste émergeait, adossé à un rocher. Léti le soutenait pour l'empêcher de glisser à nouveau sous l'eau. « Ouf, tu es vivant ! Que je suis heureuse ! As-tu très mal ? Il va falloir essayer de regagner la rive pour que je soigne ta blessure. Vois, j'ai pu repêcher ton arc, mais la flèche est perdue. »

Roud reprenait lentement ses esprits, la tête encore lourde et le corps endolori. « Ça va. J'ai seulement très mal à la tête et aussi au côté. Ça brûle mais c'est supportable ; je vais pouvoir marcher. Et Yackou ? »

Léti détourna la tête en montrant du doigt le corps inerte qui flottait à quelques mètres, la hampe d'un harpon dépassant de son dos. « Il allait te tuer. Je l'ai frappé de toutes mes forces avec mon harpon à poissons. Je ne pouvais rien faire d'autre. Mais je ne voulais pas le tuer, seulement le blesser.

– Ne te reproche rien, tu m'as sauvé la vie. Sans toi, je serais mort, et il t'aurait prise de force. »

Il se releva péniblement et, titubant, se traîna jusqu'à la rive. La pointe du javelot avait glissé sur les côtes, n'ouvrant qu'une plaie sans gravité, large mais peu profonde.

Léti appliqua sur la blessure un emplâtre de feuilles mêlées à de l'argile. Puis elle entoura le torse d'une longue bande de peau souple.

« Voilà qui va hâter ta guérison. Il ne faudra pas trop te servir de ton bras pendant quelques jours ; heureusement que c'est le côté gauche.

– Décidément, tu es une habile guérisseuse, comme ta mère. Je ressens déjà moins la douleur.

– Qu'allons-nous faire du corps ? On ne peut pas l'abandonner là ; Yackou était de notre clan..., dit Léti en montrant le cadavre qui flottait dans l'eau rougie.

– C'est vrai, il était de notre clan ; mais nous, nous n'appartenons plus à aucun clan, Léti. Désormais, nous sommes des bannis ; nous sommes seuls : l'as-tu oublié ? Cependant, tu as raison : on ne doit pas laisser un homme, même un ennemi, être dévoré par les bêtes sauvages. Enfant, Yackou a été un de mes compagnons de jeux, avant que son caractère ne s'aigrisse. Aide-moi, nous allons lui donner une sépulture. »

Ils traînèrent plus qu'ils ne transportèrent le mort en retrait de la grève. La blessure de Roud le gênait, aussi se contentèrent-ils de creuser la tombe dans une dune de sable accumulée au pied de la falaise, hors d'atteinte des crues. Léti charria de gros galets pour combler la fosse. Faute d'ocre, ils ne purent accomplir les rites.

« Voilà Yackou enterré loin des siens et privé des rites de la mort. Il ne trouvera jamais la piste pour rejoindre ceux du clan dans le Monde des morts », observa Roud.

Léti tenta de le rassurer : « Nous n'y pouvons plus rien. Il s'est exclu lui-même du groupe. Il ressemblait à un loup solitaire depuis longtemps. Souviens-toi : il ne s'entendait avec personne. Il était déjà seul dans sa tête bien avant de quitter le clan pour chercher à te tuer. »

A mesure que les jours s'écoulaient, le souvenir de l'agression s'estompait. La fin brutale de leur ennemi faisait partie d'un monde où la nature offrait sans cesse son visage le plus implacable, celui de la Mort. Les fauves tuaient pour manger et nourrir leurs petits. Les hommes tuaient les herbivores pour survivre et chassaient les fauves pour se défendre ou se procurer des fourrures contre le froid. Le sang était la Vie, mais il fallait le faire couler pour assurer la survie de tous.

Comme les fauves, les humains tuaient par nécessité, jamais par goût ni par jeu. Tout jeunes, on enseignait aux enfants à ne pas ôter la vie sans raison. La chasse obéissait à des règles strictes ; elle faisait l'objet de rites scrupuleusement respectés, dont l'origine se perdait dans la nuit des temps révolus.

On ne tuait jamais l'animal dont l'esprit protégeait le clan ; il était craint et vénéré à la fois. Pour le clan de Léti et Roud, c'était la panthère. Les chasseurs qui la rencontraient devaient lui abandonner leur proie, sous peine de voir de grandes calamités frapper leurs proches. L'année précédente, un chasseur qui venait d'abattre un cerf avait défendu son gibier contre un couple de panthères. Peu de temps après, sa femme s'était noyée en tentant de porter secours à leur enfant tombé dans la rivière ; l'enfant non plus n'avait pas survécu. Quant au chasseur, il avait trouvé la mort lors d'une traque, encorné et piétiné par un bison blessé.

La blessure de Roud était cicatrisée lorsqu'ils décidèrent de lever le camp. Les nuits devenaient de plus en plus fraîches. Le matin, un épais brouillard couvrait la vallée et ne se dissipait que tardivement. Les jours étaient plus courts, le soleil moins chaud.

Ils rassemblèrent leur équipement à l'entrée de la grotte. « Nous devons emporter le moins de bagages possible, conseilla Roud. Inutile de nous fatiguer avec de lourdes charges : le chemin sera long. Cette fois, nous allons vers des territoires inconnus. »

Avec des peaux solidement cousues il avait confectionné deux sacs à dos que l'on pouvait porter aisément à l'aide d'un bandeau placé sur le front, ce qui laissait les mains libres pour tenir l'arc ou la sagaie et parer à tout danger éventuel en cours de route.

Ce type de sac était utilisé lors des grands déplacements du groupe. Les chasseurs, quant à eux, n'emportaient vers les haltes de chasse temporaires qu'un équipement qui se limitait à leurs armes, quelques outils, un nécessaire à feu et les vêtements qu'ils portaient. Ils dormaient autour du feu dans des abris naturels ou en plein air. Au retour de ces expéditions, en revanche, ils étaient souvent lourdement chargés, rapportant des quartiers de venaison, des peaux, parfois des massacres s'ils pouvaient représenter des trophées ou être utilisés comme matériau. C'était notamment le cas pour les bois de rennes, de cerfs ou d'élans.

Léti avait préparé des filets de poisson et des lanières de viande fumée pour pallier les aléas de la chasse dans des contrées inconnues, peut-être moins giboyeuses. Dans les bois de cervidés récupérés sur les grèves, Roud avait taillé des têtes de sagaie, des harpons, des pointes de flèche, des aiguilles, des alênes, d'abord dégrossis au burin de silex, puis patiemment polis sur les gros galets de grès ou de basalte qui jonchaient la rive près de leur camp.

Ce n'est pas sans un serrement de cœur qu'ils regardèrent une dernière fois le plan d'eau, désormais familier, et la petite grotte derrière le rideau de saules.

Ils passèrent la rivière à la faveur des bancs de galets, par un gué facile. L'eau était beaucoup plus froide qu'à leur arrivée, plusieurs semaines auparavant. Les jambes de Léti étaient bleuies de froid. Parvenus sur l'autre rive, ils se réchauffèrent un long moment au soleil avant de reprendre leur marche.

Ils ne rencontrèrent aucun humain. Les animaux, en revanche, étaient nombreux, surtout les chevaux. De petite taille, la robe fournie, la crinière et la queue épaisses, ils regardaient passer les voyageurs sans manifester de crainte, s'enfuyant au dernier moment d'un trot léger pour s'arrêter un peu plus loin.

« Ils n'ont pas vu de chasseurs depuis longtemps, fit observer Roud.

– Ou alors les clans par ici ne chassent pas les chevaux, répondit Léti.

– Ça m'étonnerait : ils ne sont pas dangereux, leur chair est excellente, leur peau et leurs tendons précieux. Quel chasseur négligerait un pareil gibier ? Non, je pense que ce territoire est vide d'hommes. Nous n'avons vu ni restes de campement ni traces de feu. »

Ils traversèrent d'un pas régulier une plaine herbeuse, monotone, puis abordèrent des collines boisées de pins sylvestres, accidentées de petites falaises. Vers la fin du jour, le vent se leva, soufflant du nord.

« Nous trouverons un abri de l'autre côté des collines. Hâtons-nous avant la nuit. »

Le chasseur avait raison. Sur l'autre versant, on ne sentait presque plus la morsure du vent. Ils firent halte dans un abri exigu qui surplombait la plaine. Devant l'auvent rocheux, de gros blocs éboulés formaient un rempart naturel que Roud renforça avec des branches épineuses. Léti posa sa charge avec soulagement : « J'ai les reins brisés. J'avais perdu l'habitude du sac depuis que nous vivions au bord de la rivière. »

Bientôt, le feu crépita contre la roche ; ils s'y réchauffèrent avec plaisir. Roud observait le sol.

« Regarde : il y a ici les restes d'un foyer très ancien. On a même apporté des galets plats qui ont été rougis par le feu. Et quelqu'un a fabriqué des outils, dit-il en ramassant des éclats de silex. Ce n'est pas un silex de très bonne qualité, pourtant. Ces gens devaient voyager, comme nous, et ont dû se contenter de ce qu'ils trouvaient. C'étaient des chasseurs, en tout cas ; voici des os brûlés et des fragments de pointes cassées. Ils ont réparé ici leurs javelots, continua le jeune homme en examinant les débris. C'étaient des têtes de sagaie avec un cran latéral, comme les nôtres, mais la technique est un peu différente. Elles sont moins soignées, plus frustes, mais à mon avis tout aussi efficaces puisqu'on a conservé une partie du tranchant de la lame.

– Et si nous les rencontrons ? s'inquiéta Léti.

– Nous ne les rencontrerons pas. Ils sont passés ici il y a longtemps. Les os sont blanchis et fendillés. Les plantes ont poussé entre les pierres du foyer. Et puis, il n'y a rien à redouter : les clans de la Grande Vallée sont pacifiques, Arkham et Boroum me l'ont toujours dit, ainsi que tous ceux qui sont allés vers le sud. »

Contrairement aux animaux, les humains étaient alors très peu nombreux, isolés dans les solitudes, séparés par d'immenses étendues steppiques ou boisées, par des marécages sans fin, par des cours d'eau puissants. Des contacts n'en existaient pas moins à l'occasion d'expéditions lointaines à la poursuite de hardes de rennes ou de bisons, ou en quête des gîtes de silex. Les clans échangeaient volontiers des roches rares comme le cristal de roche (limpide comme la glace mais plus dur que le silex), des coquillages colorés aux formes bizarres, des fourrures, des silex aux couleurs insolites.

Lors des rencontres de printemps, lorsque la nature s'éveillait après la terrible saison froide, on célébrait des unions entre membres de clans éloignés, ce qui assurait un renouveau de sang neuf et renforçait les liens existants.

L'espace était infini, la nature généreuse, les troupeaux innombrables dans la steppe. Parfois, la colère d'un homme ou un accès de démence inexplicable était la cause d'une rixe, plus rarement d'un meurtre, mais il n'y avait jamais de conflits pour des territoires qui tous étaient riches en gibier et en ressources de toutes sortes.

Toute la nuit, le vent se déchaîna, hurlant sa violence, soulevant des tourbillons de poussière et de feuilles mortes, dispersant le foyer qu'ils avaient eu beaucoup de mal à rallumer. Même à l'abri des rochers, on n'était guère protégé des éléments en fureur.

La tempête dura deux jours sans répit. Ne pouvant allumer de feu, ils se nourrissaient de viande et de poisson fumés. Par chance, une source suintait à peu de distance. Léti y puisait une eau claire et fraîche à l'aide d'un grand bol en bois, cadeau d'adieu de sa mère.

Avec des burins, des grattoirs et des rabots de pierre, certains savaient façonner des écuelles, des bols et divers récipients dans des loupes de bois. On choisissait de préférence des bois flottés car ils se fendaient peu à l'usage. En plongeant dans ces récipients des galets rougis au feu, on obtenait des boissons chaudes très appréciées en hiver, surtout par les enfants et les vieillards, qui, malgré les soins dont on les entourait, payaient un lourd tribut aux rigueurs de la mauvaise saison.

Le vent faiblit, puis tourna au sud. C'était à présent un souffle moins âpre mais chargé d'humidité. Au midi, quelques nuages apparurent.

« Il faut continuer. Nous devons devancer la saison froide et trouver un territoire favorable où nous pourrons passer l'hiver en sécurité.

– Nous aurions dû rester près de la rivière, Roud, au bord du Lac-aux-Saumons. La grotte était confortable et il y avait de la nourriture en abondance.

– Décidément, tu n'es jamais satisfaite ; il faut toujours que tu aies à redire. En hiver, le gel aurait rendu la pêche très difficile, tu le sais bien. »

Lorsque sévissait la saison du froid, une glace épaisse recouvrait les mares et parfois les bras morts des cours d'eau, rendant la pêche au harpon hasardeuse et périlleuse, souvent même impossible. Des femmes et des adolescents étaient fréquemment victimes de leur témérité, la glace s'étant rompue sous leur poids.

Roud continua : « C'est la même chose pour la chasse. La neige éloigne les troupeaux et les rend encore plus méfiants. Et puis, tu ne devrais pas oublier la mort de Yackou : c'est ton harpon qui l'a tué. Son esprit serait venu nous tourmenter la nuit. N'as-tu donc pas envie de découvrir de nouveaux horizons ? De voir ce que personne du clan n'a vu ? D'admirer le Grand Fleuve dont parlent les voyageurs ? Certains disent même que, très loin dans le sud, au bout du Monde, au bord de la Terre, se trouve la Grande Eau qui bouge sans cesse ; là vivent des animaux étranges et ces coquillages colorés si précieux comme talismans.

– Je connais ces récits, mais j'ai toujours pensé que ce n'était que de belles histoires, des fables que racontent les hommes venus de loin pour séduire les femmes crédules. En tout cas, sois certain qu'avec toi, Roud, j'irai jusqu'au bout de la Terre, et encore plus loin si tu le désires ! Je suis si heureuse près de toi », ajouta-t-elle en baissant les yeux d'un air soumis.

Ils traversèrent une petite rivière bordée de saules et de bouleaux. Quelques biches jaillirent des roseaux et s'éloignèrent en quelques bonds gracieux. Des canards s'envolèrent. Ils firent halte pour se désaltérer. Roud inspectait la berge argileuse marquée de nombreuses traces. « Beaucoup d'animaux viennent boire ici : des cerfs, des sangliers, des aurochs, des chevaux aussi. Là, un grand loup est passé, sans doute un vieux solitaire. Je ne vois pas de traces de bouquetins : c'est parce que ici nous sommes trop loin des rochers. Il n'y a pas non plus d'empreintes de lions ni de panthères. Tant mieux. »

Près de la rive, les roseaux s'agitaient doucement. A travers l'eau claire, Léti aperçut un grand poisson vert sombre, tacheté de jaune et de brun, dont le dos affleurait la surface. Manié avec habileté, le harpon se planta derrière la tête. Le poisson se débattit. Roud sauta dans l'eau qui lui arrivait à peine aux genoux et aida sa compagne à amener la bête au sec.

« Je ne connais pas ce poisson. Quelle curieuse tête avec ce long museau aplati ! Et toutes ces dents si pointues ! s'exclama Léti en contemplant sa prise, un brochet plus long que le bras de Roud.

– Ce sera notre repas, répondit le chasseur. C'est un bon présage. Les Esprits de l'Eau nous font ce don pour nous accueillir dans la Grande Vallée. »

Un peu plus tard, le brochet grillait sur un feu que Roud avait réussi à allumer après plusieurs essais infructueux. Le bois mort récolté au bord de la rivière était humide et brûlait mal.

« Il n'y a ni pin ni genévrier dans ces basses terres, observa le jeune homme. Il serait sage lorsque nous en rencontrerons d'en emporter quelques branches sèches.

– Quoi ? Tu n'y penses pas ? Nous sommes déjà si chargés ! » protesta-t-elle.

Il la foudroya du regard : « Tais-toi et écoute-moi. Ce sera seulement quelques branches résineuses refendues, juste de quoi faire prendre le foyer. C'est plus prudent. Le feu est notre meilleur ami et allié, ne l'oublie jamais. Il est la lumière dans la nuit. Il nous réchauffe dans le froid. Il effraie les fauves mieux que la flèche ou le javelot du plus fort chasseur. Sans le feu, les hommes sont aussi faibles que le faon qui vient de naître. C'est pour cela que la première chose qu'on apprend aux enfants, c'est à allumer le feu, à le nourrir et à le surveiller pour éviter qu'il ne meure.

– Je sais tout cela. Alors que je n'étais encore qu'une petite fille, mon père Boroum m'a montré un jour comment faire tourner le bâton à feu. Mais il m'a toujours dit que le feu était l'affaire des hommes, pas celle des femmes.

– C'est exact. En principe, produire le feu revient aux hommes, mais les femmes doivent l'entretenir et l'empêcher de s'éteindre, sous peine d'être châtiées sévèrement. Dans notre clan, on se sert du bâton à feu, mais Arkham me racontait que les clans qui vivent vers le nord utilisent une pierre étrange, brillante et très lourde. En la frappant contre un silex, elle produit des éclairs de feu qui peuvent enflammer de la mousse sèche ou des copeaux de bois résineux. Ces “pierres à feu” sont paraît-il très abondantes au pied des montagnes, là où la terre est grise comme de la cendre. Arkham en possédait une offerte par un voyageur qu'il avait guéri d'une grave blessure. Mais il disait que le bâton à feu était d'un emploi plus aisé et plus rapide. Il affirmait aussi que, loin vers le nord, les arbres sont si rares que les hommes en sont réduits à brûler les os des animaux chassés. On peut sentir les campements de très loin à cause de l'odeur de graisse brûlée.

– Bah ! Ça doit puer... Je préfère l'odeur du pin ou celle du genévrier ! » dit Léti.

Lorsqu'ils eurent terminé leur repas, ils virent que le ciel s'était assombri et que les nuages s'accumulaient de plus en plus bas. Les premières gouttes crevèrent la surface de l'eau, puis, très vite, la pluie redoubla de violence. En quelques instants ils furent trempés, malgré l'abri illusoire d'un bosquet de saules. Ils avaient enveloppé l'arc et les flèches dans une peau. Les sacs, faits de cuir graissé, étaient à peu près imperméables.

Ils se mirent en marche sous la pluie qui leur cinglait le visage, et se dirigèrent vers les collines qui bordaient la plaine au couchant.

Ce n'est qu'au crépuscule qu'ils atteignirent les premières pentes et ils durent se contenter de l'auvent exigu d'un gros bloc de rocher. Il n'y avait aucun arbre mort à proximité. Roud tenta vainement d'enflammer des herbes et des brindilles ramassées contre les rochers. Leurs vêtements trempés leur collaient à la peau.

« Déshabille-toi, même si tu as froid, conseilla Roud. Il ne faut pas rester mouillés. » Nus, ils se frottèrent vigoureusement avec des poignées d'herbe, puis tirèrent des sacs des peaux sèches pour se protéger du froid qui les gagnait. Ils se blottirent au creux de la roche, échangeant la chaleur de leurs corps. Ils firent l'amour longuement, puis s'endormirent dans les bras l'un de l'autre, épuisés et comblés.

L'air vif de l'aube les réveilla. Le ciel était dégagé.

Le vent s'était remis au nord, chassant les nuages.

« Regarde là-bas, Léti ! Des mammouths ! » Des silhouettes énormes se déplaçaient lentement entre les maigres bouquets d'arbres qui rompaient la monotonie de la steppe.

Avec leurs défenses longues parfois de plus de trois mètres, ces animaux gigantesques ne craignaient aucun prédateur. Seuls quelques chasseurs parmi les plus audacieux, ou les plus inconscients, osaient s'attaquer aux jeunes individus isolés ou aux animaux malades séparés du troupeau. Cela restait malgré tout une entreprise dangereuse d'où l'on sortait rarement indemne.

Les deux jeunes gens contemplaient avec respect les masses rousses aux longs poils, écoutant en tremblant les barrissements des vieux mâles. « Les mammouths descendent vers la Grande Vallée ; ils sentent que la saison froide approche. » Le sang du chasseur bouillonnait d'excitation à la vue des mastodontes inaccessibles.

D'autres herbivores paissaient çà et là : des chevaux, des cerfs, des biches, des aurochs aux cornes aiguës. Craignant l'humeur irascible des grands taureaux à la robe noire et fauve, Roud préféra longer le pied des collines. Léti et lui se faufilaient entre les arbres et les blocs éboulés, franchissant les ravines qui entaillaient le flanc des coteaux.

Ils se heurtèrent à une longue barre calcaire alignée d'ouest en est, transversalement à la plaine ; ils obliquèrent sur leur gauche. Les arbres devenaient plus nombreux et plus élevés, indiquant une eau abondante à faible profondeur : saules, bouleaux, trembles, peupliers, frênes, auxquels les rafales de vent arrachaient des tourbillons multicolores de feuilles mortes. Des vols de canards sillonnaient le ciel.

Et soudain, franchissant un rideau d'arbres, ils furent au bord du Grand Fleuve.

« Le Père des Eaux ! murmura Roud, émerveillé. Regarde ! On aperçoit à peine l'autre rive, tellement il est large. Nul ne sait d'où il vient ni où il va. Les rares membres du clan qui l'ont vu ne l'ont jamais traversé. On raconte que ceux qui ont essayé ne sont jamais revenus. »

Des bancs de galets étaient à découvert ; les pluies d'automne n'avaient pas encore gonflé les eaux. Dans les bras morts encombrés de troncs arrachés par les crues, des canards, des poules d'eau, des foulques, des hérons, des aigrettes fouillaient les herbiers et les vasières. Des castors nageaient près des roselières, leur tête ronde traçant un sillon dans l'eau calme des biefs.

Au-delà du fleuve, dans le lointain bleuté, on devinait la cime enneigée d'une haute montagne.

« La Montagne-du-Vent ! s'exclama Roud. Les Anciens disaient vrai. On prétend qu'au pied de cette montagne abondent les gîtes de silex. Tixân assurait que c'était le meilleur silex qu'il ait jamais travaillé ; il en possédait un bloc et quelques couteaux, de couleur jaune comme les herbes en été, rapportés par des voyageurs aventureux. La route vers ces gisements de silex est semée de dangers et bien peu s'y sont risqués, à ce qu'on raconte. »

Ils furent obligés de faire de nombreux détours pour éviter les mares, les amoncellements de bois flottés, les fourrés de roseaux et de saules épineux, qui accidentaient les rives. Pourtant, ils hésitaient à s'éloigner du fleuve, dont le spectacle les fascinait. Ils restaient quelquefois des heures, assis sur la grève, à contempler les flots tumultueux, les remous des courants, les reflets changeants sur l'étendue des eaux.

Le bois mort ne manquait pas. Chaque soir, Roud préparait un grand feu sur une plage, sur une langue de sable ou de galets. Tournant le dos à l'eau, les flammes les protégeant des dangers nocturnes du côté de la terre, ils se sentaient presque en sécurité. Cependant le chasseur dormait d'un sommeil toujours léger, les sens en éveil, plusieurs sagaies et un javelot à côté de lui. Dans l'obscurité, l'arc devenait inefficace.

Dans un galet de silex d'un ovale parfait, il avait taillé une hache. Fixée par une ligature de peau dans un manche en frêne patiemment dégrossi, c'était une arme autant qu'un outil.

Léti n'osait pas s'aventurer sur les bancs de galets et les îlots au milieu du fleuve à cause des courants. Elle pêchait dans les mares et les bras morts et ramenait au bout de son harpon des brochets, des carpes, des tanches aux reflets dorés. Un soir qu'elle guettait sa proie, perchée sur un gros tronc et penchée au-dessus de l'eau, elle appela Roud à mi-voix : « Viens vite ! Il y a un poisson énorme, là, au-dessous. »

Immobiles, ils virent un animal étrange affleurer, avec une tête arrondie bordée de filaments blanchâtres, un dos brun et lisse, sans écailles. Le silure nageait lentement en surface, sa longue queue, large et sinueuse, le propulsant sans bruit parmi les plantes aquatiques. Stupéfaite, Léti n'osait pas piquer de son harpon dérisoire ce poisson aussi grand qu'elle.

L'instinct du chasseur reprit vite le dessus : bandant son arc au maximum, Roud décocha une flèche. La pointe d'os barbelée se ficha avec un choc sourd dans la tête de la bête. Se débattant dans un jaillissement d'eau qui les éclaboussa, le monstre plongea, emportant sans effort la flèche sous la surface.

« Crois-tu qu'il y a beaucoup de poissons de cette taille dans le Grand Fleuve ? questionna Léti, atterrée.

– Sûrement. Et même peut-être de plus grands encore. Celui-ci était effrayant, avec sa tête énorme et ses sortes de moustaches. Je ne sais pas s'il était dangereux, mais mieux vaut que tu évites d'entrer dans l'eau, répondit Roud. Il a plongé avec ma flèche comme si c'était une brindille. Je n'aurais pas dû tirer ; c'était une de mes meilleures flèches. Tant pis ! Préparons le feu, la nuit ne va pas tarder. Nous n'avons qu'à camper ici même. Sur cette bande de terre, nous sommes à l'abri des mauvaises surprises. Va ramasser du bois. Dépêche-toi. »

Le jour suivant, lorsqu'à l'orient le ciel se teinta de rose, ils étaient déjà éveillés, ayant très mal dormi. La nuit avait été peuplée de bruits étranges et de cris inquiétants. A plusieurs reprises, des concerts de hurlements avaient fait bondir Roud sur ses pieds, tandis que Léti se serrait contre lui, apeurée. Aussi l'aube les surprit-elle dans un demi-sommeil.

Ils s'approchaient de la grève pour puiser de l'eau quand Roud poussa un cri : « Léti ! Viens voir ! Ton poisson est ici, mort. Ma flèche l'avait bien frappé à l'arrière de la tête, mais il aura eu encore la force de plonger une dernière fois. »

Le grand silure était échoué au fond du bras mort, la

flèche toujours profondément fichée dans son crâne. Il mesurait plus de cinq coudées. La peau était d'un brun sombre sur le dos et blanc sale sur le ventre. La gueule béante, bordée de longues moustaches claires, portait des dents minuscules.

« Ce n'est pas un être dangereux. Vois : il n'a pas de dents aiguës, comme le saumon ou le brochet.

– Crois-tu qu'on peut manger ça ? questionna Léti en tâtant prudemment la peau visqueuse.

– Pourquoi pas ? Le vieux Skâlou, qui a beaucoup voyagé, disait que tous les êtres des eaux sont bons à manger.

– Même les grenouilles ?

– Même les grenouilles… quand on a très faim. Mais il en faudrait beaucoup pour rassasier un chasseur comme Boroum, ton père ! Quant à moi, je préfère de loin un saumon ou un de tes brochets, malgré leurs arêtes. »

Avec son couteau, une lame de silex fixée latéralement dans un morceau d'andouiller de renne, Léti découpa des filets. La chair était blanche et grasse. Ils abandonnèrent le reste aux charognards. Renards, pies et corbeaux erraient le long des rives, se repaissant de poissons échoués et d'animaux noyés.

Grillé, le silure fit un déjeuner très acceptable pour les solides estomacs des voyageurs, et c'est avec des forces neuves qu'ils reprirent leur périple en direction du sud, en longeant le fleuve. Des troupeaux d'herbivores parsemaient les prairies, mais ils ne virent plus de mammouths.

Brusquement, au détour d'un bosquet de bouleaux, plusieurs masses couvertes de boue jaillirent en grognant d'une fondrière envahie par les roseaux et les saules nains. « Des rhinocéros ! Surtout ne bouge pas ! Reste derrière moi. Le vent souffle vers nous : ils ne nous ont pas sentis. » Ils s'aplatirent dans l'herbe haute sans quitter le troupeau des yeux.

Plus encore que le mammouth, le rhinocéros laineux était redouté des chasseurs. Pesant plus d'une tonne, c'était un animal hargneux, agressif, aux réactions imprévisibles. Sa vue était très médiocre, mais il détectait l'intrus grâce à son odorat et le chargeait aveuglément. Son cuir épais résistait aux projectiles des humains comme aux griffes des félins.

Certains clans le piégeaient au moyen de fosses masquées par des branchages, armées d'un épieu fiché au fond, pointe en l'air. Mais ce type de piège exigeait des travaux pénibles pour des résultats trop incertains. Pour sa part, le clan de la Panthère préférait laisser ces énormes bêtes aller en paix.

Couchés dans l'herbe, heureusement masqués par un rideau de roseaux, les jeunes gens retenaient leur respiration, sans cesser de surveiller les énormes animaux. Enfin, au bout d'un temps qui leur parut interminable, les pachydermes s'éloignèrent d'un trot rapide. « Il y a deux femelles et leurs petits ; celui qui est derrière est un vieux mâle. Heureusement qu'ils ne nous ont pas éventés : quand ils ont leurs petits avec eux, ils deviennent encore plus agressifs », constata Roud en regardant les rhinocéros disparaître dans un vallonnement.

Par chance, ils ne firent plus de mauvaises rencontres et, deux jours plus tard, ils se trouvèrent devant une rivière qui rejoignait le Grand Fleuve.

Elle coulait au milieu de coteaux jonchés de galets accumulés dans des temps très anciens par les eaux d'un fleuve immense. La végétation était maigre. D'innombrables ravines sillonnaient le paysage, rendant la marche pénible car il fallait sans cesse les contourner ou les franchir. Il n'y avait pas de gué. Ils décidèrent de remonter la rivière, dans l'espoir de trouver un passage facile. Ils longèrent la rive tout le jour sans résultat. Le soir, les collines étaient proches. A partir de là, le cours d'eau serpentait dans une petite vallée resserrée entre deux barres calcaires peu élevées, percées de nombreuses cavités.

« Nous pourrions nous abriter dans une de ces grottes. Mais je crains qu'il n'y ait des fauves dans ces gorges. Nous devrons entretenir le feu toute la nuit, ce sera plus sûr, conseilla le jeune homme.

– Là-bas, regarde : une grande grotte ! dit Léti. N'allons pas plus loin, je suis fourbue. »

Exposé au sud, le porche était engageant et surplombait l'eau. Le sol était sec et ne montrait pas de traces d'animaux dangereux. Des genévriers fournirent un bois odorant. Bientôt, le feu crépita et éclaira l'entrée : une salle ovale où une dizaine d'hommes auraient pu s'installer à l'aise.

« Il y a des gens dans cette vallée, dit Roud en découvrant contre une paroi les restes d'un foyer jonché d'ossements brûlés. Ils ont campé ici il y a plusieurs lunes, mais ils n'y ont pas séjourné longtemps. »

Au fond de la salle s'ouvrait une galerie plus étroite qui s'enfonçait dans l'obscurité.

« Peut-être sommes-nous à l'entrée d'une caverne sacrée ? dit Léti d'une voix mal assurée. Pourquoi crois-tu que ces hommes ne sont pas restés ici plus longtemps ? C'est bizarre. Cette grotte paraît pourtant accueillante, bien située pour surveiller la rivière et les animaux qui viennent y boire.

– Mais non, ce n'est pas une caverne sacrée. Il y aurait des offrandes déposées à l'entrée. D'après les restes de repas, les hommes qui nous ont précédés n'étaient pas nombreux : peut-être trois ou quatre seulement. C'est probablement une halte de chasse. Là, il y a des fragments de torches : ils sont donc allés jusqu'au fond de la grotte ? Reposons-nous. Demain, nous irons voir pourquoi. En tout cas, rassure-toi, il n'y a aucune empreinte de fauves. »

Ils dévorèrent de grand appétit un lièvre que Roud avait fléché en chemin, puis s'endormirent, fatigués par la marche.

Quand Léti ouvrit les yeux, un rayon de soleil illuminait le porche. Une brume légère flottait en contrebas sur la rivière. Un vol de corbeaux passa en criant. A côté d'elle, la place était vide.

« Roud ? Où es-tu ? » Inquiète, elle se vit en un instant abandonnée, seule dans cette contrée inconnue. D'un bond, elle fut sur ses pieds. Elle se calma aussitôt : l'arc et le carquois de son compagnon étaient là, posés contre le rocher. « Il ne doit pas être loin », pensa-t-elle, rassurée. Elle scruta attentivement la pente et l'aperçut enfin qui remontait lentement, courbé sous le poids d'un fagot, son javelot dans la main gauche, la hache à la ceinture.

« Où étais-tu ? J'étais si inquiète.

– Pourquoi inquiète ? Je suis allé à la recherche d'un pin mort pour fabriquer des torches. J'ai envie d'explorer l'intérieur de cette caverne.

– Crois-tu que ce soit prudent ? Pourquoi risquer d'irriter les Esprits qui s'y cachent ?

– Tais-toi. Si tu as peur, tu n'auras qu'à m'attendre ici.

– Non. J'irai avec toi. Avec toi, je ne crains rien et, après tout, moi aussi j'ai affronté la magie de l'Homme-Bison ; l'as-tu déjà oublié ?

– Oh, non ! Je ne risque pas de l'oublier », répondit Roud avec un sourire amer, en songeant aux événements qui s'étaient succédé depuis et qui avaient bouleversé leur existence.

Brusquement, il explosa : « C'est à cause de toi que nous sommes ici. C'est par ta faute que nous sommes devenus des proscrits. Jamais je n'aurais dû t'écouter. J'ai été fou de transgresser la Loi pour toi... Alors, arrête de me rappeler ce qui s'est passé ; je ne cesse d'y penser. »

Elle se fit toute petite et garda le silence. Sans ajouter un mot, Roud alluma les torches et lui en tendit une.

Ils se dirigèrent vers le fond de la salle.

La galerie, étroite au début, devenait plus spacieuse ensuite. La voûte permettait de se tenir debout. De temps à autre, Roud frottait sa torche contre la paroi, laissant une marque charbonneuse sur la roche. « C'est pour nous aider à retrouver notre chemin au retour. Nous ne savons pas jusqu'où va cette caverne », expliqua-t-il à sa compagne.

Le sol était argileux. Leurs pas y laissaient des traces profondes. Après avoir franchi un chaos de blocs, ils débouchèrent dans une salle coupée de piliers stalagmitiques, jonchée d'ossements.

« Des ours morts ! », s'exclama Roud en désignant à Léti médusée les crânes épars au milieu des os longs, des côtes, des vertèbres en désordre, à demi recouverts d'argile.

Ici encore, comme dans la caverne de l'Homme-Bison, des générations d'ours géants avaient hiberné, beaucoup mourant de vieillesse, de maladie, de malnutrition. « Pourquoi tous ces ours sont-ils morts ? », se demandait Roud en examinant les accumulations d'ossements. Se baissant, il approcha sa torche pour regarder les crânes de plus près.

« Je ne comprends pas. Ces mâchoires n'ont plus de canines ! Vois, on a même brisé l'os pour les arracher ! Qui a pu oser faire ça ?

– Ne restons pas ici. L'Esprit du Grand Ours est sûrement offensé et très en colère. Partons vite ! dit Léti d'une voix tremblante.

– Je crois que tu as raison. Il vaut mieux ne pas aller plus loin. Ce lieu est maudit. »

Ils ressortirent rapidement, troublés et pensifs. Quels mystères pouvait bien cacher cette grotte ?

Par prudence, ils reprirent leurs sacs et remontèrent le canyon pendant plusieurs heures, jusqu'à ce qu'ils aient découvert un abri masqué par des genévriers, sec et suffisamment profond pour les protéger des intempéries.

« Nous serons mieux ici. Il n'y a pas de caverne obscure en arrière du surplomb, ni de traces de passages d'animaux. » Ils firent provision de bois sec et bien leur en prit car durant la nuit la pluie se mit à tomber, noyant de brouillard la vallée.

Tant que dura la pluie, ils restèrent à l'abri. Roud profita d'une accalmie pour descendre vers la rivière, d'où il ramena une oie et un canard. Tout en les plumant, Léti regardait l'arc du chasseur.

« Pourquoi ne m'apprendrais-tu pas à tirer à l'arc ? Je pourrais t'aider à chasser, moi aussi. Je sais lancer le harpon ; je suis sûre que je saurais vite me servir d'un arc.

– Quoi ? Que dis-tu ? Ta mère ne t'a-t-elle pas enseigné la Loi ? Tu sais bien que la Loi du clan interdit aux femmes de toucher aux armes des chasseurs. C'est Ahrbar qui a fait cet arc pour moi, à ma mesure. Il n'y a que moi qui puisse m'en servir. Il est en bois d'if, renforcé avec des tendons de renne. Et puis, d'ailleurs, il est beaucoup trop puissant pour toi. N'insiste pas. »

Léti l'avait écouté sans broncher. Plongeant son regard dans le sien, elle lui répondit avec assurance : « Écoute-moi, Roud. Tu parles toujours du clan, de la Loi des Anciens, comme si nous étions encore là-bas, dans la caverne de mon père Boroum… Nous sommes seuls à présent, toi et moi. Nous avons besoin l'un de l'autre ; nous devons vivre l'un pour l'autre. Que se passera-t-il si tu es blessé et que tu ne puisses plus chasser ? Même pendant quelque temps ? Souviens-toi de la blessure que t'avait faite le javelot de Yackou. C'est moi qui t'ai soigné et t'ai nourri grâce à ma pêche… Il y a des ifs bien droits au pied de ces falaises. Je t'en prie, fabrique un arc pour moi, tu sais le faire. »

Un long moment, Roud resta silencieux. Un instant,

elle crut qu'il allait se mettre en colère. Mais son visage s'éclaira : « Je pense qu'une fois de plus tu as raison, femme obstinée, répondit le jeune homme en riant. C'est vrai, j'ai souvent regardé travailler Ahrbar, mais je n'ai jamais fabriqué d'arc moi-même. Je vais quand même essayer d'en faire un pour toi, adapté à ta force. »

Se rappelant les leçons du maître archer, il choisit un tronc d'if bien droit, sans branches sur la hauteur d'un homme. Refendu avec de gros éclats de silex, le bois fut longuement taillé, raclé, raboté au burin, puis au grattoir.

Le lit de la rivière lui fournit des galets de silex et de quartz pour renouveler les outils cassés ou usés, car les tranchants s'émoussaient vite au contact des fibres. Peu à peu, sous ses doigts habiles, l'arc prenait forme.

Protégeant sa main avec un morceau de peau, Roud chauffait souvent le fût sur des pierres brûlantes pour lui donner la courbure adéquate. Avant que le travail ne fût terminé, il adapta à l'ébauche une corde faite de tendons torsadés et fit essayer la tension de l'arc à Léti. « Il est encore trop puissant pour toi ; je vais l'amincir davantage. Il faut que tu puisses le tendre sans peine pour viser efficacement et toucher la cible. »

En quelques jours, l'arc fut prêt. Le bois du cœur de l'arbre, jaune rouge, contrastait avec l'aubier, plus clair, conservé pour former le dos de l'arc et lui donner l'élasticité nécessaire. Roud acheva son œuvre en polissant le bois avec des galets de grès fin, puis le renforça par des ligatures en tendons de cerf qu'il conservait dans son sac.

Les flèches devaient être adaptées à la puissance de l'arme ainsi qu'à la taille de l'archer, en l'occurrence Léti. Des cornouillers et des noisetiers aux tiges rectilignes poussaient dans les fourrés. Écorcés, raclés et redressés au feu, ils fournirent une provision de hampes.

Pour empenner les projectiles, il se servit de plumes d'oie et de canard, puis il arma les flèches de pointes en os poli et en silex. « A présent, il te faut un carquois. Je n'ai pas vu de traces de loutre, mais il doit y en avoir au bord de la rivière. Je vais essayer d'en chasser une. »

Après un long affût, ce fut un renard argenté qu'il rapporta, faute de loutre. Sa peau fit un étui parfait pour les flèches de Léti.

« Te voilà équipée pour la chasse ! Crois-tu pour cela que tu vas te montrer aussi habile au tir que tu l'es à la pêche ? », plaisanta-t-il.

Léti ne répondit pas, mais le sourire qui faisait briller ses yeux verts trahissait sa joie et sa fierté. « Me voici l'égale d'un chasseur à présent ! Aucune autre femme du clan n'a jamais tenu un arc dans ses mains ! pensait-elle. Maintenant, j'ai un arc, un carquois et des flèches pour moi seule ! »

Dès le lendemain, Roud choisit une berge sablonneuse et, patiemment, enseigna à sa compagne les rudiments du tir. « Tiens fermement la poignée de l'arc, mais ne crispe pas les doigts. Tes gestes doivent rester souples. Penche légèrement l'arc : ainsi ta flèche ne glissera pas le long du fût avant le tir. Maintenant, pousse sur ton bras gauche en même temps que les doigts de ta main droite amènent la corde et la base de la flèche au coin de ta bouche. Comme ceci. » Léti s'appliquait, tous ses sens tendus, l'œil fixé sur sa flèche. « Garde les deux yeux ouverts pour viser. Tu dois regarder la cible en même temps que la pointe de ta flèche. »

Les premiers essais ne furent guère concluants. Plusieurs flèches allèrent s'égarer dans les roseaux et les laîches, où Roud obligea Léti à aller les rechercher. La patience de Roud fut mise à rude épreuve, mais après une semaine d'entraînement quotidien, la jeune femme était capable de toucher une cible de la taille d'un lapin à une vingtaine de pas.

« C'est bien. Tu pourras me remplacer à la chasse s'il m'arrive malheur, l'encouragea Roud. Même si tu manques ta cible, recherche toujours tes flèches. La hampe est plus précieuse que la pointe ; c'est elle qui demande le plus de travail. Tailler une pointe dans une lame de silex ou la polir à partir d'une esquille d'os, c'est beaucoup plus vite fait que d'arriver à obtenir une tige parfaitement droite. »

Désormais, ils chassaient souvent à deux. Roud prenait plaisir à apprendre à celle qu'il aimait ses ruses de coureur des steppes, les secrets de l'approche ou de l'affût.

Léti flécha son premier sanglier, un mâle aux boutoirs imposants. Touchée au poitrail, la bête n'était pas morte, et Roud lui décocha un second trait qui traversa le cœur. Ayant extrait les défenses, il les perça au foret de silex et Léti arbora fièrement ce pendentif qui marquait ses débuts de chasseresse.

La rivière les attirait. Les gorges où elle coulait ne possédaient pourtant ni l'âpreté ni les hautes falaises de la vallée de leur enfance. Ici, il n'y avait pas de saumons, seulement des truites, certaines énormes il est vrai. Mais le gibier abondait et les rochers protégeaient le canyon des vents de l'automne. Malgré la saison avancée, Léti parvenait encore à trouver des baies, cornouilles, azeroles ou fruits d'argousier, et quelques noix oubliées sous les feuilles mortes par les écureuils.

Ils s'étaient aventurés dans une vallée adjacente au canyon. Chargés de deux lièvres et de trois lagopèdes, ils s'apprêtaient à faire demi-tour pour rejoindre leur camp lorsque Roud tendit l'oreille : « Attends ! J'ai entendu des cris. » En effet, renvoyés par l'écho des falaises, des hurlements se mêlaient à des voix humaines.

« Laisse ta charge ! Suis-moi ! » Laissant tomber leurs proies qu'ils avaient liées par les pattes, ils se précipitèrent dans la direction des cris.

Adossé à un énorme rocher détaché de la falaise, un garçon d'une quinzaine d'années tentait de repousser avec sa lance les trois loups qui le cernaient, le poil hérissé, la gueule ouverte, les crocs menaçants. La carcasse d'une biche à demi dépecée était suspendue à la basse branche d'un chêne. Contre le tronc, un homme était effondré, couvert de sang, les traits tirés par la souffrance. Deux loups se traînaient non loin de lui, perdant leurs entrailles ; le cadavre d'un autre gisait à l'écart, transpercé par une sagaie.

Roud courut sur l'un des fauves qui attaquaient le garçon et lui planta son javelot dans le flanc. En même temps, Léti décocha une flèche dans la gorge d'un autre loup. Sans perdre une seconde, elle lui en tira une seconde en plein corps : la bête s'effondra sur le côté.

Devant ce renfort inespéré, le jeune garçon reprit courage et réussit à porter un coup de lance au troisième loup, qui s'enfuit en hurlant de douleur. Sans prêter attention aux nouveaux arrivants, l'adolescent se précipita vers le blessé.

Roud et Léti le rejoignirent et se penchèrent sur l'homme qui geignait, exsangue. Les terribles crocs avaient lacéré sa jambe droite, et son bras gauche pendait, déchiqueté.

« Il a perdu beaucoup de sang. Je crains qu'il ne puisse plus se servir de sa main, dit Roud en s'adressant au jeune garçon qui le fixait, hébété.

– Qui êtes-vous ? Qui est cette femme qui se sert d'un arc comme un homme ? Vous nous avez sauvés, étrangers ; je ne l'oublierai jamais. Mon nom est Jân et voici le frère de mon père, Pahlou, dit-il en désignant le blessé. Quel est ton nom, étranger ?

– Je m'appelle Roud, du clan de la Panthère, loin vers le nord, et ma compagne se nomme Léti. Je suis heureux que nous parlions le même langage. Qu'est-il arrivé ? Et où est votre camp ?

– Nous appartenons au clan du Cerf Géant. Les nôtres occupent la grotte du Gué-aux-Rennes, plus haut sur la rivière. Nous étions en train de découper la biche tuée par mon oncle, car nous étions trop loin du camp pour la transporter entière, quand les loups nous ont attaqués. Ils sont de plus en plus nombreux chaque année. Sans vous, nous étions perdus. Crois-tu que Pahlou va vivre, étranger ?

– Ses blessures sont sérieuses, mais il vivra, je peux te l'assurer. Par contre, il est trop faible pour marcher, avec sa jambe blessée. Si votre clan est loin d'ici, le mieux est que tu m'aides à le transporter jusqu'à notre camp. Là, nous le soignerons et plus tard nous vous accompagnerons auprès des vôtres.

– Tu nous as sauvés, Roud-du-clan-de-la-Panthère, et tes paroles sont celles d'un homme sage. Je ferai ce que tu dis, répondit l'adolescent.

– Léti et Jân, ramassez les flèches et les sagaies. Prenez de la viande, nous laisserons le reste de la carcasse aux loups, s'ils osent revenir. Vous porterez les armes et je me chargerai du blessé », commanda Roud.

Jân alla vers le dernier loup qui agonisait à l'écart et le perça de sa lance. « Laisse-moi écorcher celui-ci, étranger. C'est le premier loup que je tue. Je veux garder la peau. »

Sans un mot, Roud prit sa hache, fracassa les crânes des loups et tendit une poignée de crocs sanglants au garçon : « Tu en feras un collier ; tu es un grand chasseur, à présent. Écorche ton loup, mais fais vite ! »

Le garçon s'accroupit et, habilement, écorcha l'animal.

Après avoir pansé sommairement Pahlou, Léti avait découpé un cuissot et une épaule de la biche. Roud chargea l'homme, qui était petit et mince, sur ses épaules. Ils se mirent en route vers leur abri.

Après plusieurs haltes pour permettre à Roud de reprendre son souffle, ils atteignirent le campement. Le blessé fut installé près du foyer sur une litière de feuillage.

Léti tenta sans succès de lui faire avaler un peu de viande. Il était très faible, pâle, les lèvres pincées. « Je vais lui préparer un bouillon chaud », dit-elle. Elle plongea des pierres brûlantes dans son bol en bois rempli d'eau. Quand le liquide fut près de bouillir, elle y ajouta de la graisse, du poisson fumé écrasé entre deux galets et des herbes tirées de son sac. Elle fit couler la boisson odorante entre les lèvres du malade. Finalement, il but le bol entier avant de s'assoupir.

Roud regardait en souriant le jeune garçon qui dévorait un quartier de biche. Comme son oncle, l'adolescent était de petite taille, les cheveux noirs et frisés, le teint mat. Tous deux étaient vêtus de peaux souples tannées avec art et assemblées par des coutures soignées. Roud sursauta d'étonnement : au cou du garçon pendait une énorme canine d'ours géant, percée et suspendue à une lanière de cuir.

« Tu as déjà tué un ours des cavernes, toi ? questionna-t-il, abasourdi.

– Bien sûr que non ! D'ailleurs, personne n'en a vu dans notre vallée depuis très longtemps, même pas des traces.

– Alors, d'où te vient cette dent ?

– Il y a beaucoup d'ossements d'ours dans plusieurs grottes près d'ici, surtout dans une caverne en aval. Les ours géants y vivaient dans les Temps oubliés, et il reste leurs os. C'est là que nous nous procurons les dents que tu vois sur mon oncle et moi. Ce sont des talismans réputés contre les fauves. Les gens de notre clan les utilisent et les échangent avec les gens du sud contre des coquillages venant de la Grande Eau.

– Tu es allé jusqu'à la Grande Eau ? Au bout du monde ?

– Non. Pas moi. Mais des Anciens du clan l'ont vue et

racontent que, jadis, les pères de nos pères auraient vécu là-bas, loin dans le sud, sur des rivages où l'on voit des poissons géants, des oiseaux qui ne volent pas mais qui nagent et qui plongent, et aussi des poissons bizarres qui sortent de l'eau et montent sur les grèves. »

En parlant, Jân n'avait d'yeux que pour l'arc de Roud, qu'il avait porté lors du retour vers le camp.

« Nous aussi nous utilisons parfois des arcs, bien que, pour chasser, nous préférions le javelot lancé au propulseur. Mais nos arcs sont différents du tien ; ils ne sont pas entourés avec des tendons, comme celui-ci. A quoi cela sert-il ?

– Les renforts de tendons consolident le bois de l'arc et l'empêchent de se rompre. En plus, ils augmentent la puissance de l'arme. Il existe aussi des arcs dont le dos est doublé de tendons aplatis, fixés avec de la colle tirée de la peau des saumons. Ils sont encore plus puissants et résistants.

– Mais dis-moi, Jân, intervint Léti, quand vous brisez les crânes des ours morts pour prendre leurs canines, vous ne craignez donc pas la colère des Ours Géants ? Leurs esprits hantent pourtant les cavernes où se trouvent leurs os ; nul ne doit y toucher, ne le sais-tu pas ?

– Quelle sorte de femme es-tu donc ? répondit avec aplomb le garçon en la toisant avec suffisance. Tu tires à l'arc comme un chasseur ; tu connais les cavernes sacrées… Ignores-tu que les femmes ne doivent ni toucher aux armes ni pénétrer les secrets des cavernes profondes ?

– Quoi ? Qui t'autorise à me parler sur ce ton ? Tu es encore presque un enfant. Je n'ai pas de leçons à recevoir d'un gamin insolent ! »

Vexé, Jân rougit sous l'offense. Il prit ses sagaies et dévala la pente sans répondre.

« Pourquoi es-tu aussi sévère envers lui, dit Roud à Léti. Il est si jeune. Il n'a pas eu l'intention de t'offenser. Nos coutumes sont différentes des siennes ; il a été surpris, c'est tout.

– Ah, tu prends sa défense ? Tu es donc contre moi, toi aussi ?

– Léti ! Qu'est-ce qui te prend ? Si tu continues, je vais te corriger, rétorqua Roud, agacé. Jamais je n'ai vu une femme parler à un homme comme tu oses le faire ! »

Et à toute volée, il la gifla. Figée sur place, elle n'eut pas le temps de réagir qu'il la frappa de nouveau. Puis il s'acharna sur elle. Protégeant son visage de ses bras repliés, elle tentait de parer les coups. En sanglotant, elle s'affala sur la litière de branchages. A présent, tout orgueil aboli, elle pleurait sans retenue.

Roud s'arrêta de frapper. Un grand calme l'envahissait à présent qu'il avait assouvi sa colère. Il lui avait montré que c'était l'homme qui commandait. La femme devait toujours obéir. C'était ainsi. C'était la règle.

Brusquement, il la prit dans ses bras. Ils s'enlacèrent sur la litière de feuilles. « Arrête de sangloter. Tu sais que tu es encore plus belle lorsque tu es en colère, Léti ? », dit Roud en riant et l'étreignant plus fort. D'un seul coup, elle se détendit et lui sourit à son tour : « Oh ! Prends-moi, prends-moi vite ! », soupira-t-elle.

Lorsqu'il la pénétra, elle poussa un feulement de panthère et enfonça ses ongles dans son dos. Comme chaque fois, le monde tourbillonna autour d'eux. A côté, le blessé dormait profondément, recouvert de fourrures. Dehors, le vent soufflait toujours…

*

Au fil des jours, Jân s'attachait de plus en plus aux pas de Roud, qu'il admirait pour ses dons de chasseur et d'archer. Roud le considérait un peu comme un jeune frère. Il prenait le temps de l'écouter et de lui prodiguer des conseils. Ils partaient chasser ensemble, ce qui rendait Léti jalouse car elle devait garder le camp et veiller sur Pahlou.

Roud questionnait le garçon sur les coutumes de son peuple : « As-tu déjà subi les épreuves du Passage, Jân ?

– Le passage ? Quel passage ?

– Le passage au rang des chasseurs. L'initiation, si tu préfères.

– Ah oui, je vois. Tu veux parler de la Seconde Naissance ? C'est ainsi que nous appelons les rites qui font de l'enfant un homme. Oui, j'ai connu cela il y a déjà deux hivers. Dans le clan de mon père, les jeunes garçons doivent accompagner les chasseurs durant sept lunes et leur obéir en tout. Il faut marcher par tous les temps, en portant de lourdes charges, affronter la pluie et le vent, braver le froid en traversant des rivières glacées, courir pieds nus dans la neige, et tout cela sans jamais se plaindre… Lorsque le temps est venu, le chamane emmène les jeunes gens au fond d'une caverne où ils doivent jeûner trois jours et trois nuits, tandis qu'il fait brûler des plantes magiques. Lui et ses assistants les obligent à danser jusqu'à l'épuisement, au son des flûtes et du tambour. Quand ils retrouvent la lumière du jour, on les accueille par une grande fête, car désormais ils font partie du monde des hommes. A partir de cet instant, ils ont le droit d'utiliser les mêmes armes que les adultes ; ils participent à toutes les cérémonies, et les femmes leur doivent obéissance. »

Dans la plupart des clans, c'était vers leur douzième année que les adolescents étaient soumis à de telles coutumes. Les épreuves imposées étaient plus ou moins sévères, mais consistaient toujours en une école de courage et d'endurance. C'était la condition indispensable pour habituer les jeunes garçons à la dure existence, semée d'embûches, qui les attendait.

Grâce aux soins experts de Léti, le blessé reprenait des forces de jour en jour. Il pouvait à présent se déplacer seul en s'aidant d'un bâton. Son bras était presque cicatrisé, mais les doigts de la main gauche restaient inertes, les tendons ayant subi de graves lésions.

Pahlou était courageux ; il tentait de dissimuler son abattement sous des airs faussement gais. « Heureusement qu'il me reste la main droite et que je suis droitier ! Plus question de tirer à l'arc, mais je suis bien meilleur chasseur au javelot, avec ou sans propulseur. De toute façon, qui a déjà vu un archer manchot ? »

Cependant, dans son for intérieur, il était plein de tristesse. Dans la force de l'âge, voici qu'il était devenu un infirme. Désormais, en de multiples occasions, il serait une charge pour les siens. Comment tailler le silex, travailler l'os ou le bois des cervidés, dépecer un animal, avec une seule main ? Il aurait besoin de quelqu'un auprès de lui en permanence pour l'aider à accomplir les gestes du quotidien. Quelle femme voudrait d'un homme ainsi diminué ?

Confrontés en permanence à des dangers multiples et aux conditions très dures d'une nature hostile, les clans pratiquaient l'entraide pour tous ceux qui étaient victimes d'accidents ou de maladies.

Les membres du groupe qui avaient eu la malchance de subir un handicap physique étaient toujours pris en charge, soignés, nourris et vêtus jusqu'à leur mort. C'était une règle immuable et très ancienne, dont la nécessité s'imposait à tous comme naturelle, car nul n'était à l'abri des malheurs qui pouvaient frapper n'importe lequel d'entre eux, à n'importe quel moment.

« Je me sens capable de marcher jusqu'à notre camp, dit un jour Pahlou. J'ai hâte de retrouver les miens ; Jân aussi, je pense. J'ai un conseil à vous donner : vous ne devriez pas continuer votre route en cette saison. Le Temps du froid est proche et vous aurez du mal à traverser les Plaines du Vent. Restez avec nous. Vous serez les bienvenus dans notre caverne, j'en suis sûr. »

Ils remontèrent la vallée durant trois jours, car en réalité Pahlou souffrait encore des blessures de sa jambe, et ils durent faire de nombreuses haltes.

A un coude de la rivière, Jân les distança et courut devant eux : « Le camp est proche ; je vais prévenir les nôtres. »

Soutenant le blessé chacun d'un côté, Léti et Roud arrivaient en vue de la caverne quand plusieurs personnes se précipitèrent à leur rencontre. On les entoura, on les pressa avec des cris de joie. Tous parlaient à la fois. Jân courait de l'un à l'autre en gesticulant.

« Pahlou ? Tu es vivant ! Nous n'espérions plus vous

revoir, Jân et toi. Qui sont ces étrangers ? Qui est cette femme armée d'un arc ?

– Père, sans ces étrangers nous serions morts, dévorés par les loups près de la Roche percée, répondit Jân.

– Qu'étiez-vous allés faire aussi loin ?

– Nous recherchions une biche en suivant la piste du sang. Pahlou l'avait blessée. Nous avons dû marcher très longtemps avant de pouvoir la rejoindre et l'achever. Nous avions commencé à la découper quand les loups nous ont surpris, et puis…

– Bon, bon. L'essentiel est que vous soyez saufs tous les deux. Nous vous avons cherchés en amont, sans résultat évidemment, et nous vous avons crus morts. »

L'homme qui venait de parler était plus grand que les autres, qui dans l'ensemble étaient tous de petite taille, comme Pahlou. Il s'avança vers Roud, les deux mains tendues en signe de bienvenue : « Je suis Abassou, le chef du clan du Cerf Géant, et le père de ce garçon imprudent, dit-il en désignant Jân. Qui que vous soyez, je vous remercie, toi et la femme-chasseur qui t'accompagne. Vous avez sauvé mon fils et mon frère d'une mort certaine. Abritez-vous dans notre caverne et soyez ici chez vous. Prenez du repos, nous vous écouterons ensuite. Qu'on leur apporte à manger et à boire ! »

Le campement occupait une vaste cavité qui s'ouvrait face au levant dans un affleurement calcaire peu élevé, en retrait de la rivière, plus large ici qu'en aval mais peu profonde. En face de la grotte, la vallée s'élargissait, avant de se resserrer à nouveau vers l'amont entre des falaises.

Le cours d'eau se divisait en plusieurs bras séparés par des bancs de galets. Sur la rive droite, où se trouvait la grotte, le vent avait accumulé des dunes d'un sable fin qui tapissait le sol de l'abri.

Large de plus de soixante coudées, le porche était à peine plus haut qu'un homme de grande stature. Des troncs de jeunes pins ébranchés, inclinés et régulièrement espacés, reliés entre eux par des perches horizontales, avaient été disposés de façon à fermer l'entrée. Sur cette armature étaient fixées des peaux d'aurochs et de bison, laissant seulement un étroit passage en chicane au centre. L'ensemble protégeait à merveille du vent et du froid.

Devant le surplomb, on avait érigé une palissade de pieux jointifs, barrière efficace contre tout danger extérieur. « Nous avons dû nous protéger des loups, dit Abassou. Ils sont de plus en plus nombreux et hardis. Pendant la dernière saison froide, ils ont attaqué plusieurs fois des femmes qui allaient puiser de l'eau à la rivière. L'une d'elles est morte de ses blessures. Ils ont aussi dévoré plusieurs enfants. Le gué que tu aperçois là-bas est un passage fréquenté par les hardes de rennes, et les loups suivent les troupeaux. »

A l'intérieur, l'abri formait une salle unique, très vaste, aussi profonde que large, avec une voûte régulière, un plafond presque horizontal. Le sol était uniformément constitué de sable fin, très sec. Des peaux accrochées à des piquets délimitaient des aires de repos près des parois, la partie centrale étant laissée libre autour d'un grand foyer empierré de galets et entouré de dalles sur chant.

Des quartiers de viande et des poissons fumés étaient suspendus à des perches croisées, des paniers et des sacs de peau accrochés à des fiches de bois coincées dans des fissures. Appuyés contre les parois, des lances, des sagaies, des harpons, des fagots de bois mort témoignaient d'un souci de l'ordre rarement observé dans les campements. Régulièrement balayé, le sol sablonneux était propre, partiellement recouvert de feuillages et de peaux.

Un vieil homme, au visage buriné par le soleil et le vent, était assis sur une peau de loup, jambes croisées. Sur son crâne dégarni se voyait une terrible balafre qui descendait jusqu'à l'œil gauche, presque fermé par un bourrelet cicatriciel. L'autre œil était d'un bleu profond, pétillant d'intelligence. Ses mains noueuses tenaient une omoplate de renne qu'il était en train de graver avec une pointe de silex entourée d'une lanière de peau. Sous ses doigts habiles se dessinait la silhouette pleine de vie d'un bison qui tournait la tête.

« Voici Oomoùlou, notre chamane et le plus ancien du clan, dit Abassou avec déférence. Il a beaucoup voyagé, vers le nord et vers le sud. Il est allé jusqu'au bord de la Grande Eau et, au-delà du Grand Fleuve, il a vu les Montagnes-Blanches.

– Approchez donc, dit l'Ancien aux nouveaux arrivants. Ma vue n'est plus très bonne, mes oreilles non plus... Ainsi, vous venez de la rivière du nord, là où abondent les saumons. Quel est votre clan ?

– Vénérable Ancien, nous arrivons en effet des territoires situés plus au nord, au-delà du canyon de la Rivière-aux-Saumons. Un grand malheur a frappé notre clan, celui de la Panthère : la terre a tremblé et notre chamane est mort, tué par le courroux des rochers. Depuis, nous avons quitté le camp et nous voyageons vers le sud, ma compagne Léti et moi, répondit Roud, passant sous silence les raisons de leur départ.

– Qui était votre chamane ? questionna le vieillard.

– Il s'appelait Arkham ; c'était mon père adoptif. Il m'avait recueilli tout enfant après la mort de mes parents dans une tornade de neige.

– Arkham, dis-tu ? Mais je l'ai connu ! Il y a bien longtemps. Je l'avais rencontré lors d'une expédition vers le nord que j'accompagnais, à la recherche de pierres à feu et de silex. C'était un homme savant en toutes choses et qui aimait partager son savoir. Sa mort m'attriste, mais les hommes tels que lui ne meurent jamais vraiment ; leur esprit demeure présent au Pays des rêves, et ils survivent par-delà la mort dans la mémoire des hommes. »

Les paroles du vieil homme évoquant le disparu ravivaient dans le cœur de Roud une blessure qui ne guérirait jamais. Un long silence suivit. Pensif, le vieillard les examinait.

« Voici donc ta compagne, celle qui sait se servir d'un arc comme un homme, m'a-t-on dit. Les femmes sont donc autorisées à manier les armes, dans votre clan ?

– Euh... Non, Vénérable Ancien, mais au cours de notre voyage, j'ai été blessé et incapable de chasser pendant plusieurs jours. J'ai pensé alors qu'apprendre à Léti le maniement de l'arc serait une sage précaution pour l'avenir.

– Ainsi, tu as créé ta propre loi ? Tu es pourtant bien jeune, répliqua le chamane sur un ton plein de malice. Il est vrai qu'on ne peut te donner tort, puisque c'est à cela que Pahlou et Jân doivent d'être vivants. Aussi, je veux bien tolérer vos curieuses coutumes tant que vous resterez parmi nous. Je vous demande cependant de vous conformer par ailleurs aux règles de notre clan, par exemple en ce qui concerne le partage du gibier. Ici, nous mettons tout en commun après la chasse. Nous écartons ainsi les jalousies et les rancœurs. La cohésion de notre groupe s'en trouve renforcée. Nous t'indiquerons aussi quels sont les animaux qu'il ne faut pas tuer car ils incarnent pour nous des chasseurs des Temps anciens ou des esprits puissants. Enfin, puisque tu es le fils d'un chamane, tu pourras nous accompagner lorsque nous irons déposer des offrandes dans les grottes sacrées.

– Je t'obéirai, grand chamane, et ma compagne fera de même, sois-en convaincu. S'il y a une règle que je ne transgresserai jamais, c'est celle du respect dû aux Anciens.

– C'est bien. Vous pouvez aller à présent. Abassou va vous indiquer où vous installer. Vous passerez avec nous le Temps du froid et vous resterez ici tant que vous le désirerez. »

On mit à leur disposition un recoin de la caverne si bien isolé par des tentures en peaux de renne qu'on n'y sentait pas le froid extérieur. D'ailleurs, à l'intérieur de l'abri, hommes et femmes allaient le plus souvent le torse nu, libérés des lourds vêtements de fourrure indispensables en plein air. Beaucoup de femmes avaient le haut du corps bariolé d'ocre jaune ou rouge. Roud s'en étonna. « Pourquoi vous peignez-vous ainsi ? Est-ce simplement par plaisir ou pour obéir à un rite ? » La jeune femme ainsi interpellée répondit par un large sourire. Sa poitrine ferme était couverte de motifs géométriques, ses seins arrogants ornés de cercles concentriques, alternativement rouges et jaunes.

« Mais non. C'est simplement une forme de parure qui correspond à la situation de chacune. Ainsi, dans mon cas, ces dessins disent que je ne suis pas mariée, dit-elle en lui lançant une œillade sans équivoque. L'ocre protège aussi la peau contre les piqûres d'insectes, les brûlures du soleil et du vent. La coiffure diffère également, suivant qu'une fille n'a pas encore connu d'homme, qu'une femme est mariée ou qu'elle est veuve. Les gens qui vivent vers le sud, m'a-t-on dit, portent des dessins qu'on ne peut pas effacer en les lavant car ils sont imprimés dans la peau à l'aide d'une aiguille d'os enduite de colorant. Chez eux, lors des fêtes, les hommes se coiffent de bonnets de peau ; les femmes, de résilles tressées avec des fibres d'écorce ou des crins de chevaux. Ces coiffures sont entièrement décorées de coquillages cousus. Il y a des coquilles strictement réservées aux hommes ; celles des femmes ne sont jamais les mêmes. Dans notre clan, nous utilisons les plumes. Les hommes portent des plumes de rapaces, les oiseaux-chasseurs ; les femmes, des plumes d'oiseaux aquatiques, car la femme doit se consacrer à la pêche et s'occuper de tout ce qui concerne l'eau. J'ai vu qu'il en était différemment chez vous, puisque ta compagne chasse à l'arc avec toi ?

– Oui, oui, c'est exact, nos coutumes sont différentes », répondit Roud agacé, en tournant les talons pour couper court au bavardage de la jolie brune.

A mesure que le froid augmentait, la chasse devenait plus pénible. Les jours raccourcissaient, limitant les grands déplacements. Les chasseurs durent restreindre leurs expéditions aux alentours de la grotte, de peur d'être surpris par les bourrasques qui survenaient de plus en plus fréquemment. Le gel intense interdisait les bivouacs en terrain découvert. Par contre, certains animaux, ayant de plus en plus de difficultés à trouver leur subsistance, devenaient des proies faciles.

Jân excellait dans l'art du piégeage, rappelant à Roud les années heureuses de sa prime jeunesse.

Durant son enfance, comme tous les garçons de son âge, il avait appris à tendre toutes sortes de pièges. C'étaient surtout des lacets en fibres de tendons ou en crins de chevaux tressés, avec lesquels il capturait aussi bien des lapins, des lièvres et des marmottes que des perdrix des neiges, les délicieux lagopèdes dodus, des coqs de bruyère, parfois des outardes. Dans les espaces boisés ou les lisières des prairies, ou encore au bord des points d'eau, il suffisait de repérer les passages des animaux pour y placer les collets presque à coup sûr. Mais sur les plateaux rocailleux qu'ils parcouraient à présent, il devenait beaucoup plus malaisé de déceler au premier coup d'œil les emplacements propices aux captures par lacet.

Pour attraper les lagopèdes, qui pullulaient et dont la chair délicate était très recherchée, Jân montra à Roud un type de piège adapté au terrain, aussi simple qu'efficace et dont il était très fier, bien que n'en étant pas l'inventeur, précisa-t-il modestement.

Il choisissait une pierre plate – une mince dalle de calcaire ou de schiste un peu plus large que ses deux mains étendues – et la maintenait à demi dressée, en équilibre précaire, grâce à un ingénieux dispositif composé de quatre bâtonnets appuyés contre une autre pierre. L'engin était généralement installé dans une clairière, sous un pin ou un genévrier, et appâté avec des baies provenant de la végétation proche : baies bleutées odorantes du genévrier, fruits rouges d'alisier ou d'épine-vinette, baies jaunâtres acidulées de l'argousier.

Attiré par la nourriture, l'oiseau s'engageait sans méfiance sous la pierre plate, dérangeait l'équilibre instable des bâtonnets, et se retrouvait assommé ou étouffé par la chute de la dalle.

Il suffisait d'adapter les dimensions de la pierre plate à la taille du gibier convoité, et on pouvait ainsi capturer sans peine des grives, des perdrix, des cailles et même des oiseaux aussi méfiants que les coqs de bruyère.

La première fois qu'il accompagna Jân faire la tournée de ses pièges, qu'il appelait des « lèques », Roud, d'abord sceptique, fut médusé par les résultats.

« Si tu parvenais à redresser et maintenir en équilibre une très grande dalle, tu serais capable de piéger un loup ou un lynx, y as-tu songé ? dit-il au garçon.

– Tu as tort de te moquer de moi. Je n'attrape pas que des oiseaux. En plein hiver, en appâtant avec de la viande, nous capturons avec ce type de piège les martres et les hermines, et des animaux plus gros, comme les gloutons et les renards. Le piège n'abîme pas la fourrure, comme le harpon ou la sagaie. Mais les lynx et les loups sont bien trop méfiants pour se laisser prendre, même avec un gros morceau de viande comme appât. Quelquefois, on peut attraper un jeune, jamais un adulte, encore moins un vieux loup. »

Jân plaçait aussi des lacets au bord de la rivière, autour des mares et des fourrés de roseaux. Il y prenait toutes sortes de canards et même, en hiver, des oies grises.

« Installer des pièges demande du temps et beaucoup de patience, mais ensuite le piège chasse seul. C'est appréciable lorsqu'il fait froid, cela évite de rester à l'affût dans le vent glacé ou sous la pluie.

– Tu as sans doute raison, répondit Roud. Mais l'affût et l'approche sont plus excitants.

– Ce n'est pas la même chose. Pourtant, si tu aimes tant chasser à l'affût, tu devrais apprécier le piégeage. L'affût, c'est une sorte de piège que l'on tend à l'animal, non ? »

Désarmé par la logique de son jeune interlocuteur, Roud se mit à rire : « Toi, tu es comme Léti : tu as toujours réponse à tout ! »

Un matin qu'ils revenaient de relever les pièges et arrivaient en vue de la grotte, chargés d'oiseaux liés par les pattes, un adolescent dévala la pente à leur rencontre en criant : « Les rennes ! Les rennes sont en vue ! Avez-vous vu le chef ? Où est-il ? Vite, allez le prévenir ! »

A l'annonce de l'approche du troupeau, le camp fut en effervescence. Abassou dépêcha des éclaireurs aux jambes rapides :

« Iramaho, Kirmou, traversez vite la rivière. Allez vous poster sur la crête au nord. De là-haut, vous pourrez signaler l'arrivée des bêtes. Amtaraho, toi qui es un vieux chasseur plein d'expérience, tu vas aller placer les rabatteurs, le plus de monde possible : femmes, enfants, de part et d'autre du passage. Tous doivent se cacher derrière les broussailles et les rochers. Comme d'habitude, ils laisseront passer les rennes, puis se dresseront en criant, mais seulement quand les animaux seront déjà engagés dans l'eau, au milieu du gué. Prenez bien garde à la direction du vent ; les rennes avancent presque toujours contre le vent pour saisir les odeurs des prédateurs, car leur vue est très médiocre, tu le sais. Quant à toi, Roud, tu te placeras au débouché du gué, avec les archers et les meilleurs lanceurs de sagaie. Ta compagne ira avec les rabatteurs.

– Non. Léti sera beaucoup plus efficace à mes côtés. Elle tire à l'arc presque comme moi, à présent. »

Un instant, les deux hommes se défièrent du regard. Devant l'attitude calme et résolue de Roud, Abassou haussa les épaules et acquiesça :

« Bon. Si tu y tiens... Après tout, vous n'êtes pas du clan ; nos règles ne vous concernent pas, et à la chasse c'est le succès qui compte avant tout. »

Aux premiers signes avant-coureurs de la saison froide, mues par leur instinct plusieurs fois millénaire, les hardes de rennes faisaient mouvement vers les contrées méridionales. Ces animaux, qui vivaient en été dans les grandes vallées riches en prairies et les steppes couvrant les plateaux plus au nord, se mettaient en marche vers le sud, où des forêts alternaient avec les étendues herbeuses. Dans les clairières, ils savaient pouvoir trouver mousses et lichens, même sous la neige, en grattant avec leurs larges sabots. Ils pouvaient aussi ronger l'écorce tendre et savoureuse des jeunes arbres. Après leur grande migration automnale, qui succédait au temps du rut, ils se dispersaient. Il devenait alors plus facile de surprendre, à l'approche ou à l'affût, les individus isolés paissant dans les clairières.

Comme tous les chasseurs, Roud connaissait diverses ruses, tels les leurres – dont l'efficacité était fondée sur l'insatiable curiosité du renne – ou l'astuce qui consistait à entrechoquer deux ramures, ce qui attirait immanquablement un mâle, irrité par ce qu'il croyait être le bruit produit par une joute entre deux rivaux.

La migration était l'occasion de grandes battues collectives, permettant la constitution de réserves de viande substantielles. Ces provisions s'avéraient indispensables pour affronter des hivers de plus en plus longs et rigoureux. Aussi attendait-on l'arrivée du troupeau avec impatience, mais en toute sérénité, les rennes empruntant des itinéraires immuables, connus des chasseurs de longue date et repérés avec soin dans les moindres accidents de terrain.

Appuyé sur un bâton, Pahlou restait à l'écart, avec son bras désormais inutile, contemplant tristement les préparatifs de la chasse. Abassou feignait de ne pas le remarquer. Roud s'en aperçut et interpella l'infirme :

« Pahlou, viens vite avec nous. Tu te tiendras à côté de moi et tu nous seras très utile, car tu es expert au maniement du propulseur. Je t'ai préparé une provision de sagaies que tu pourras lancer sans avoir à te déplacer. Qu'en penses-tu, Abassou ? dit-il en se tournant vers le chef.

– Euh... Oui... Ce n'est pas une mauvaise idée, répondit ce dernier, visiblement contrarié que l'étranger ose prendre des initiatives.

– Vois-tu, Pahlou, reprit Roud, le harpon et la sagaie ne peuvent être lancés qu'une seule fois. Qu'on touche la cible ou qu'on la manque, c'est la même chose : impossible d'aller récupérer son arme au milieu des bêtes affolées. Aussi, je tirerai le premier avec l'arc, et tu achèveras l'animal avec tes javelots. »

Ils s'accroupirent derrière les saules nains. En peu de temps, chacun fut à son poste, dissimulé derrière un buisson, un arbre, un rocher. Tous attendaient, silencieux, retenant leur souffle, les yeux fixés sur la crête où s'abritaient les guetteurs. On n'entendait que le bruit de fond de la rivière et le vent dans les cimes des aulnes et des bouleaux. Enfin, sur le sommet dominant le passage sur la rive nord, une silhouette se profila sur le ciel agitant les bras : les rennes étaient en vue !

On entendit, d'abord très faible, puis s'amplifiant rapidement, une rumeur confuse faite d'une multitude de claquements produits par les chocs des sabots. Dans un nuage de poussière, les animaux trottaient sans méfiance vers le défilé conduisant à l'eau. Une vieille femelle menait la horde. Des mâles aux bois majestueux formaient l'arrière-garde.

Au signal convenu, les rabatteurs se redressèrent en criant, brandissant des branches feuillues, des bâtons auxquels étaient fixées des lanières qu'ils faisaient claquer en l'air.

Le troupeau affolé accéléra soudain l'allure. Déjà les premiers animaux atteignaient la grève, faisant gicler les galets sous leurs sabots. La horde tout entière se précipita dans l'eau. Hommes, femmes, enfants, tous couraient le long de la rive pour empêcher les rennes de sortir de la rivière et de rebrousser chemin. Tous criaient. Certains lançaient des coups de sifflet stridents en soufflant dans des phalanges de renne percées ; d'autres agitaient des lambeaux de peaux de loup, dont l'odeur augmentait la panique des animaux. Surexcités par le vacarme, les enfants s'amusaient beaucoup et lançaient des galets sur le troupeau.

Roud tirait sans relâche. Beaucoup plus puissant que ceux des autres archers, son arc avait une cadence meurtrière. Avec un choc sourd, les traits s'enfonçaient jusqu'à l'empennage dans le flanc des bêtes. D'emblée, Léti avait réussi à abattre un renne d'une flèche au poitrail, qui avait atteint la carotide. Elle avait eu moins de chance avec le second, seulement blessé, mais que des chasseurs avaient achevé plus loin alors qu'il abordait péniblement la rive opposée. Pahlou mettait toute la force de son bras valide à lancer ses sagaies avec précision. Il parvenait assez aisément à les caler sur le propulseur d'une seule main, et s'appliquait à doubler les bêtes fléchées par Roud. Ils en étaient à leur cinquième victime.

Les cadavres et les bêtes agonisantes flottaient dans l'eau du gué rougie de sang. Quelques rennes isolés nageaient vers l'aval, déportés par le courant. Dans un élan désespéré, le gros du troupeau parvint enfin à rompre la ligne des rabatteurs et des chasseurs et s'enfuit dans un galop éperdu.

Abassou leva les bras : « La chasse est finie. Arrêtez de tirer ! Regroupez-vous ! » Dans l'eau jusqu'à la taille, les hommes tiraient les cadavres sur la rive. On compta les prises. Onze rennes avaient été abattus : un succès éclatant.

« A lui seul, Roud en a tué autant que les doigts d'une main ! cria Jân au comble de l'excitation.

– Mais non, c'est Pahlou qui a tout fait, corrigea Roud. Sans lui, mes flèches n'auraient fait que blesser plusieurs animaux. C'est lui qui les a achevés avec ses sagaies. »

Le visage de l'infirme était rayonnant de fierté. Pahlou exultait. Ainsi, il n'était pas une bouche inutile. Il comptait encore parmi les chasseurs ; il ne serait pas relégué dans un coin du campement, objet de pitié de la part des autres. Au fond de lui, il eut un élan de reconnaissance éperdue pour l'étranger aux yeux rieurs qui lui avait sauvé la vie et qui à présent venait de lui rendre sa fierté d'homme.

Un peu en retrait, le chef se taisait. Bien sûr, Abassou était satisfait de l'heureuse issue de la chasse, mais le succès remporté par le jeune étranger lui inspirait un sentiment de malaise. Il enviait ce garçon à la stature athlétique, si adroit à la chasse, nanti d'une très belle compagne. Jamais il n'avait contemplé une femme aussi désirable que cette Léti, avec son corps souple, sa peau dorée, sa longue chevelure et surtout ses yeux verts au regard étrange qui venaient le troubler jusque dans ses rêves.

Tandis que les enfants recherchaient les projectiles brisés ou égarés, les hommes liaient les pattes des rennes tués pour les suspendre à des perches et les transporter jusqu'à la grotte. En règle générale, un gibier de cette taille était rarement rapporté entier au campement, sauf s'il était proche, ce qui était le cas ici.

Le long travail du dépeçage allait occuper le reste de la journée et celle du lendemain. Or, une telle quantité de viande n'allait pas manquer d'attirer les fauves, les loups surtout, prédateurs héréditaires des rennes dont ils suivaient inlassablement les hardes, prélevant les animaux trop faibles pour s'enfuir. Aussi était-il préférable de mettre rapidement les carcasses à l'abri à l'intérieur de la palissade.

Pour le clan du Cerf Géant, le renne constituait une proie privilégiée. Les vieux chasseurs distinguaient plusieurs variétés : les rennes des steppes, hauts sur pattes ; les rennes des montagnes, petits et râblés ; enfin, les rennes des forêts, les plus grands et ceux qui portaient les bois les plus développés.

Animal foncièrement grégaire, suivant des itinéraires réguliers au rythme des saisons, le renne était un gibier assez facile à chasser, et en tout cas inoffensif, ce qui était loin d'être négligeable, en comparaison des aurochs et des bisons aux cornes redoutables, sans parler des rhinocéros et des mammouths, monstres que les chasseurs s'efforçaient d'éviter.

Bien que possédant une ouïe et un odorat excellents, le renne était affligé d'une vue défectueuse et d'un naturel trop curieux. Ce grave défaut, qui causait souvent sa perte, l'amenait irrésistiblement à s'approcher des leurres confectionnés par des chasseurs ingénieux, affublés de la dépouille d'un renne. A l'époque du rut, on pouvait aussi attirer les mâles à bonne portée en entrechoquant deux andouillers, procédé utilisé également pour chasser le cerf à l'automne, lors du brame.

Après la tension de la chasse, le dépeçage une fois achevé, on se livra à de grandes réjouissances. Rythmés par les tambours et les flûtes, chants et danses se succédaient, tandis que des quartiers de viande grillaient sur des aires de galets chauffés au rouge.

Le clan tout entier – chasseurs, femmes, enfants,

vieillards – se délectait des morceaux de choix : langues, abats, cervelles cuites sous la cendre, et le fin du fin, la moelle, consommée le plus souvent crue ou à peine tiède. Pour l'extraire, on chauffait doucement les os sur la braise avant de les briser – y compris les phalanges – entre deux galets.

« Lorsque nous tuons des rennes loin du camp, nous mangeons aussi le contenu de la panse, c'est tellement bon ! dit Pahlou d'un air gourmand.

– Nous aussi, répliqua Roud. On dit que cela donne des forces pour courir, puisque l'herbe est la nourriture de tous les animaux rapides, comme les chevaux.

– Moi, je n'aimerais pas ça du tout ; c'est bon pour les hommes d'avaler de l'herbe déjà mâchée par les animaux ! dit Léti faisant la moue, en suçant d'une bouche gourmande un os dégoulinant de graisse.

– De toute manière, tu n'y aurais pas droit. Ce n'est pas pour les femmes. C'est une nourriture réservée aux chasseurs, intervint Jân.

– Oh, toi, le petit tueur de loups, tais-toi ! Décidément, tu n'aimes pas les femmes ! répliqua Léti, vexée.

– Crois-moi, il changera vite d'avis lorsqu'il sera plus âgé, belle étrangère aux yeux verts, dit Abassou, son père. Quand tu voudras, je peux t'emmener chasser avec moi, et si tu n'aimes pas l'herbe de la panse des rennes, je pourrai te faire goûter bien d'autres choses nouvelles pour toi, si le cœur t'en dit, au lieu de sucer des os comme tu le fais », et il éclata d'un rire gras.

Roud lui jeta un regard courroucé qu'Abassou feignit d'ignorer.

Seule une petite partie de la viande était consommée fraîche. Le reste était découpé en lanières et mis à fumer au-dessus de foyers chargés de branches vertes que l'on renouvelait au fur et à mesure.

Dans l'entrée de la grotte, les femmes avaient déjà entrepris de racler les peaux, tendues entre des perches. L'automne et l'hiver étaient les périodes où les peaux étaient les plus belles. Le pelage des rennes prenait alors une teinte très claire et atteignait près de quatre doigts d'épaisseur. Ces peaux étaient de loin les meilleures pour se protéger du froid.

Pour éviter d'attirer les loups, on creusait dans le sol sablonneux des fosses profondes et on y enterrait les déchets. Presque uniquement des débris osseux, car, outre la viande, toutes les parties du renne avaient leur utilité : graisse, peau et tendons bien sûr, mais aussi les os longs d'où on tirait des outils, les phalanges qui, percées, faisaient des sifflets ou des appeaux, les incisives, transformées en éléments de colliers, et surtout les précieux bois, matière première recherchée pour l'outillage et les armes. Le clan du Mégacéros faisait grand usage des bois de rennes ; les plus beaux massacres, ceux des grands mâles, provenant de la chasse.

Au début de l'hiver, lorsque les rennes « changent leur tête », comme disaient les chasseurs, on récoltait aussi les bois de chute près des mares où les bêtes allaient s'abreuver.

Roud avait déjà eu l'occasion d'apprécier la dextérité de Tirbou, gaillard tranquille au caractère avenant qui avait la charge d'approvisionner les chasseurs en têtes de javelot, de sagaie et de harpon. Comme dans tous les clans, chacun était capable de tailler le silex, tout comme de tirer d'une perche d'andouiller une sagaie ou un harpon, mais avec un bonheur inégal. Tous s'accordaient à reconnaître le talent de Tirbou dans ce domaine. Aussi, l'usage s'était-il peu à peu instauré de lui passer commande de pièces finies, en échange de viande, de fourrures, d'un bloc de silex ou tout autre objet de troc.

Tirbou savait faire tremper les bois de renne le temps nécessaire pour les rendre malléables sous le burin de silex. Roud qui, tout jeune, avait appris auprès de Tixân les secrets de la taille du silex et du travail des autres matières dures, passait de longues heures à regarder Tirbou débiter les ramures de cervidés.

« Avec un burin non emmanché, simplement tenu à la main, il est difficile de creuser une rainure rectiligne. Comme tu vois, j'ai fixé le burin transversalement près de l'extrémité fendue d'un long bâton, attaché par l'autre bout à un piquet avec une lanière de cuir. Je place le bois de renne sur un tronc couché, qui me sert en même temps de siège, et je n'ai plus qu'à faire aller et venir le bâton armé du burin pour tracer deux sillons parallèles, que je peux approfondir très vite et sans peine. En les creusant davantage, je dégage une baguette régulière. Je n'ai plus qu'à la racler, puis à la polir, pour obtenir en peu de temps une sagaie, ou une ébauche de harpon sur laquelle je sculpte ensuite les barbelures.

– Présenté ainsi, ça paraît en effet très simple, admit Roud. Mais comment de telles idées te sont-elles venues à l'esprit ?

– Un jour que j'étais à l'affût dans la forêt, le vent agitait une branche basse qui raclait le sol en traçant un sillon régulier. C'est ainsi que j'ai eu l'idée de fixer mon burin au bout d'une branche attachée à un arbre et de la manœuvrer comme le faisait le vent, c'est tout.

– Tu as beaucoup de dons, Tirbou, répliqua Roud. Dans

notre clan, Tixân, le meilleur tailleur de silex, racontait comment le père de son père avait découvert un jour que chauffer le silex facilitait la taille, en oubliant un bloc de silex sous les cendres d'un feu, un soir d'hiver.

– Ici, nous ne connaissons pas cette technique. Je n'en avais jamais entendu parler. Tu me l'enseigneras ?

– Bien sûr. Mon père Arkham disait toujours qu'on ne doit pas garder le savoir pour soi, mais au contraire le partager avec tous, car on a toujours à apprendre des autres hommes. Enfant, je ne me lassais pas d'écouter les récits des voyageurs venus de contrées lointaines. Je brûlais d'envie de quitter notre vallée pour aller à la découverte des territoires inconnus.

– Nous autres, nous ne nous éloignons guère de la rivière. Oomoùlou, notre chamane, et Abassou, notre chef, pensent qu'il y aura toujours des rennes et des chevaux près de notre grotte, des bouquetins dans les rochers en amont, des poissons dans la rivière. Nous habitons cette vaste caverne où nos enfants sont à l'abri du froid le plus intense. A la belle saison, nos femmes récoltent dans la forêt toutes sortes de baies et de fruits délicieux. On trouve du silex en abondance à une journée de marche vers le couchant. Pourquoi voudrais-tu que nous allions ailleurs, vers l'inconnu, vers des lendemains incertains ?

– Pourquoi ? A vrai dire, je l'ignore. Mais moi, l'inconnu m'a toujours attiré comme une force irrésistible. Je ne regrette pas d'avoir quitté le clan, et ma compagne non plus. Ici, nous sommes en sécurité avec vous, mais quand le Temps du froid sera passé, nous irons au sud, vers la Grande Eau amère.

– Décidément, tu es comme les rennes, Roud ! Toujours en mouvement ! Tu ne peux pas rester en place !

– Et pourquoi pas ? Rien ne les arrête : ni les rivières, ni les forêts, ni les loups, ni même les chasseurs. Certains meurent, mais le troupeau continue sa route quoi qu'il arrive. »

« Roud ! Eh oh, Roud ! Oomoùlou-le-Chamane te demande. Il veut te parler ! »

L'adolescent venu le chercher au bord de la rivière l'appelait du haut des rochers. En compagnie de Léti et de Tirbou, le jeune homme choisissait des galets de grès pour polir des objets en os. Laissant ses compagnons poursuivre leur quête, il remonta le talus vers la grotte.

L'hiver était là. La neige était déjà tombée à plusieurs reprises, mais en faible quantité. Depuis quelques jours, un redoux amené par les vents du midi avait fait fondre provisoirement le manteau blanc – un répit dans la saison froide que tous mettaient à profit.

Assis près d'un feu qui se consumait devant l'entrée de la palissade, les épaules couvertes d'un manteau en peaux de loup, le vieil homme savourait les pâles rayons du soleil d'hiver.

« Approche, Roud, j'ai à te parler. Voici près de deux lunes que tu es parmi nous. Tous ici t'apprécient, toi et aussi ta compagne, d'ailleurs. Tu participes à la vie du clan en nous faisant bénéficier de tes talents de chasseur et d'archer. Tu nous as enseigné de nouvelles techniques pour la taille du silex et la fabrication des arcs. Malgré sa jeunesse, Léti est experte dans la connaissance des plantes qui se mangent et de celles qui guérissent. Par contre, elle tire à l'arc comme un homme et t'accompagne à la chasse, ce que je suis loin d'approuver…

Mais ce sont là vos propres coutumes et cela te regarde, après tout. Tu m'as dit avoir été élevé par Arkham, un grand chamane dont la renommée est parvenue jusqu'à nous, un homme exceptionnel que j'avais moi-même croisé un jour sur ma route, tu le sais. Je dois me rendre aux cavernes sacrées. Pour un homme aux jarrets solides, ce n'est qu'à une journée de marche, mais pour moi c'est devenu un voyage difficile, car mes jambes ne sont plus ce qu'elles étaient. Je voudrais que tu fasses partie de ceux qui vont m'accompagner. Tu es digne de connaître nos lieux sacrés. Pahlou et Jân seront des nôtres, car ils doivent remercier les Esprits de la Terre d'avoir préservé leurs vies de la dent des loups.

– Je te remercie de ta confiance, Vénérable Sage. Je suis très touché de l'honneur que tu me fais. Toutefois, j'ai une faveur à te demander : Léti ne peut-elle venir avec moi ? Elle a combattu les loups elle aussi, et contribué à sauver Jân et son oncle.

– Non. Il n'en est pas question. Elle doit rester au camp, c'est la règle : aucune femme ne doit pénétrer dans le domaine des Esprits. Seuls les hommes y ont accès. »

Roud se garda d'insister, soudain conscient de l'énormité de sa requête. Il s'inclina devant le vieillard :

« Je suis prêt à partir dès que tu l'ordonneras.

– Bien. Fais tes préparatifs. Nous partirons demain, après le lever du soleil. »

La petite troupe qui se mit en marche pour remonter la rivière comprenait, outre Oomoùlou-le-Chamane, Roud, Pahlou, le jeune Jân et deux hommes dans la force de l'âge, Eraho et Brasco. Chaudement vêtus, ils n'emportaient qu'un équipement de chasse léger, des fourrures et un peu de viande fumée. Roud et les deux chasseurs étaient chargés de sacs plus volumineux, contenant les offrandes destinées aux Esprits du Monde souterrain, ainsi qu'une provision de torches.

« Nous allons traverser par le Gué-aux-Rennes, dit Pahlou à Roud. Les grottes sont sur la rive opposée, et plus loin nous aurions beaucoup de difficultés à passer la rivière. Dans les gorges, en amont, elle est plus profonde et plus rapide. »

Les blessures de sa jambe n'étaient plus à présent qu'un mauvais souvenir. Il n'en subsistait qu'une très légère claudication. Le bras, par contre, demeurerait infirme.

Le plus robuste, Brasco, prit le chamane sur son dos pour lui éviter l'eau glacée du gué. Parvenus sur l'autre rive, ils adoptèrent une allure mesurée, par égard pour le vieil homme. Celui-ci grimpait pourtant allègrement, en s'aidant de son bâton. Une piste bien marquée serpentait entre buissons et rochers. Tantôt, le sentier longeait la rive ; d'autres fois, il escaladait les corniches du canyon et grimpait dans les pentes lorsque l'eau venait baigner le pied de la falaise. L'air était vif, d'une pureté lumineuse qui accentuait chaque détail du paysage. Au bord de l'eau, le givre faisait scintiller les branches des saules. Des oies et des canards s'envolaient des fourrés de roseaux. De temps à autre, un héron cendré s'élevait lentement en déployant ses ailes immenses, son long bec pointé vers le ciel. Brusquement, le plongeon d'un castor ou d'une loutre éclaboussait l'eau calme d'un coude de la rivière.

« Plus loin, nous rencontrerons peut-être des bouquetins et des chamois. Ils vivent dans les rochers les plus escarpés. En approchant des premières grottes, il faudra être prudents : l'an passé, il y avait un couple de lions par là, dit Brasco, qui avait déjà accompagné plusieurs fois le chamane.

– Les lions sont dangereux lorsqu'ils ont leurs petits, ajouta Pahlou. En hiver, ils chassent sur les plateaux. Restons cependant sur nos gardes : il peut y avoir aussi des loups ou des panthères.

– On en a rarement vu par ici », dit Eraho, qu'on n'entendait pas souvent.

C'était un homme calme, taciturne et pourtant sociable. D'une agilité surprenante, il ne craignait pas le vide et osait grimper dans les falaises pour y dénicher toutes sortes d'oiseaux. Il s'aventurait seul sur d'étroites corniches pour y surprendre bouquetins, chamois et mouflons, qui s'y croyaient à l'abri.

Ils progressèrent tout le jour sans incident, ménageant des haltes pour laisser Oomoùlou se reposer. Ils passèrent sans s'arrêter devant plusieurs entrées béantes.

« Ce sont des grottes inoccupées, sauf par les animaux, dit le chamane. Certaines montrent des traces de très anciens campements, mais cela remonte à des temps oubliés.

– Vous avez exploré toutes ces cavernes ? questionna Roud.

– Oui, je pense. Soit nous-mêmes, soit nos pères ou les pères de nos pères. Dans plusieurs de ces grottes, on trouve des ossements d'ours géants, mais ces fauves ont disparu, à présent.

– Et c'est tant mieux ! C'étaient des bêtes redoutables.

– Restent les loups, les lions, les panthères, les hyènes…

– A part les loups, les fauves évitent de s'approcher des campements. Tous redoutent le feu.

– Sur le territoire de notre clan, intervint Roud, il existe encore quelques ours géants et… »

Brusquement, il se tut, craignant de dévoiler, entraîné par le discours, l'épisode du Grand Ours auquel Léti et lui avaient échappé de justesse. Tout cela lui paraissait déjà si lointain…

A la tombée de la nuit, ils établirent leur bivouac sous un porche qui dominait la rivière de quelques mètres. L'abri n'était accessible que par une vire étroite, ce qui permettait d'empêcher toute intrusion indésirable.

« A présent, nous ne sommes plus très éloignés du but, dit Oomoùlou. Mangeons, car demain nous ne devrons prendre aucune nourriture. C'est ainsi. Celui qui pénètre dans le domaine des Esprits ne doit auparavant ni manger ni toucher une femme. C'est la règle des Anciens. »

Ils dévorèrent à belles dents deux lièvres et trois lagopèdes tués en chemin.

Sur les pentes du canyon, les lièvres étaient nombreux. Durant la saison froide, ils délaissaient les étendues herbeuses des plateaux, balayées par les vents glacés, pour rechercher les versants des gorges, abrités du vent et exposés au soleil. Jân, dont la vue était particulièrement perçante, était capable de distinguer l'animal ramassé sur lui-même au pied d'un buisson. Les oreilles couchées, confiant dans son mimétisme, le lièvre ne jaillissait de son gîte qu'au dernier moment.

« Roud, continue d'avancer, lentement. Surtout, ne t'arrête pas et parle-moi doucement, disait Jân. Regarde, là, à ta droite, au pied du gros genévrier arrondi : le lièvre est là. Vois-tu son œil ? Ne tourne pas la tête et ne fais aucun geste brusque. » Roud acquiesçait : à son tour, il avait repéré l'animal. Il encochait lentement une flèche sur la corde de l'arc, commençait à le bander puis tirait, en même temps qu'il s'arrêtait. Il manquait rarement la cible. Clouée sur place, la bête avait un ultime sursaut. Jân courait l'achever, d'un coup sec donné derrière les oreilles avec le tranchant de la main, comme on le lui avait enseigné tout enfant. Puis il brandissait fièrement le lièvre à bout de bras. « C'est un mâle ! Vois comme il est gros et gras ! »

C'était une chasse facile et efficace, car un lièvre fournissait le repas de trois hommes, alors que le plus dodu des lagopèdes suffisait à peine à calmer l'appétit d'un jeune chasseur.

Du haut des rochers, ils voyaient des poissons nager nonchalamment dans l'eau glacée, mais le froid ôtait au plus audacieux toute envie de pêcher au harpon en entrant dans la rivière.

Repus, les chasseurs se relayèrent pour veiller en entretenant le feu, tandis que le vieillard et Jân dormaient profondément. Nul fauve ne se montra. Des loups hurlèrent dans le lointain, mais aucun ne s'aventura dans les parages.

Le lendemain, après seulement quelques heures de marche, ils parvinrent à la caverne vénérée par le clan du Mégacéros.

« Nous l'appelons la caverne du Félin Géant, dit le chamane. Elle abrite un esprit qui prend l'apparence d'un fauve gigantesque. Il est le protecteur des nôtres, car il éloigne les lions de notre territoire. Plus en aval, se trouve une autre grotte sacrée, celle du Bouquetin Rouge. Mais c'est celle-ci qui a le plus d'importance pour nous. Aussi est-ce ici, bien qu'elle soit plus éloignée, que nous venons toujours accomplir les rites. »

La grotte s'ouvrait très haut au-dessus de la rivière, presque au ras du plateau. La forme de l'entrée était singulière, avec un porche double comprenant deux ouvertures étagées en hauteur, ce qui permettait à la lumière du jour de pénétrer largement dans la première salle.

« Et ici, les grands ours n'ont jamais vécu ? demanda Roud.

– Si. Mais il y a très, très longtemps. Assez loin de l'entrée, on voit les traces laissées par leurs griffes sur les parois, et quelques ossements au fond d'un puits.

– Je resterai ici. J'entretiendrai le feu en vous attendant, assura Pahlou. Jân accomplira les rites à ma place. Avec ma jambe blessée et mon bras invalide, j'aurai du mal à vous suivre et je vous retarderai. C'est mieux ainsi.

– Soit. Je parlerai aux Esprits en ton nom », répliqua Oomoùlou.

Brasco et Jân avaient déjà préparé les torches. Laissant armes et équipement à l'entrée, sous la garde de Pahlou, ils s'enfoncèrent dans un long couloir, l'un derrière l'autre. Le chamane allait en tête, suivi des deux chasseurs portant les offrandes. Roud et Jân fermaient la marche.

Le boyau se continuait par un passage étroit et tortueux, où ils durent se faufiler, courbés pour éviter les stalactites, auxquelles ils se heurtaient le crâne de temps à autre.

« Surtout, suis-nous de près et ne quitte pas nos traces, Roud, dit le chamane. Il y a quantité de galeries secondaires, dont certaines se terminent sur des gouffres. Souviens-toi : il faut toujours suivre la paroi à ta main droite.

– J'ai déjà pénétré dans des cavernes profondes, répondit laconiquement le jeune homme. N'aie aucune crainte pour moi. »

Ils étaient parvenus à une forte déclivité, entièrement recouverte de coulées de calcite. C'était comme une cascade de pierre scintillante, figée à jamais. Eraho sortit de son sac une corde de cuir tressé, d'une vingtaine de coudées de long, qu'il fixa à une grosse stalagmite.

« Nous en aurons besoin au retour pour nous aider à remonter, car le sol est très humide et glissant. »

Ils se laissèrent aller le long de la pente et se retrouvèrent alors dans une salle tout en longueur, dont les parois étaient couvertes de profondes stries verticales.

« Les griffes des Ours Géants ! », dit Jân d'une toute petite voix. Pour lui, cette intrusion dans le monde ténébreux des Esprits était une nouvelle épreuve au seuil de sa vie d'homme. Être admis à y accompagner les adultes le comblait de fierté, mais bien qu'il fît tout pour dissimuler son trouble, il était inquiet, écrasé par le silence et le mystère de ces lieux terribles.

« Oui, ils sont venus jusqu'ici. C'était il y a bien longtemps. Leurs ossements gisent au fond d'un puits, plus loin sur notre droite, dit Oomoùlou.

– Vous avez pris leurs crocs ? questionna Roud.

– Oh, non ! Pas ici ; ce serait offenser les Esprits. Ici, dans la caverne sacrée, nul ne doit toucher à quoi que ce soit. »

Prudemment guidés par le chamane, ils contournèrent

un gouffre qui s'ouvrait sur leur gauche, une bouche noire dont la lueur vacillante des torches ne parvenait pas à éclairer le fond. La galerie descendait toujours, cette fois plus large. Soudain, sur la paroi de droite, apparurent des empreintes de mains, se détachant en rouge sur la blancheur de la roche, recoupant des griffades d'ours plus anciennes.

A hauteur d'homme, la paroi était couverte de sillons désordonnés, tracés par des doigts inconnus dans la pellicule de calcaire altérée par l'humidité permanente du monde souterrain.

« Ces mains sont celles des chamanes des temps passés, dit le vieillard. Chacune est différente, selon que l'on a replié un ou plusieurs doigts : celle-ci a cinq doigts ; celle-là n'en a que quatre ; cette autre, trois. Elles sont là pour transmettre un message que seuls les initiés peuvent comprendre. Les traces de doigts, par contre, sont les marques du passage des visiteurs venus implorer les Esprits. Vous aussi, vous devez laisser vos empreintes, avant de déposer les offrandes. »

En silence, avec un respect mêlé de crainte, ils s'approchèrent et chacun apposa sa main droite sur la pierre, traçant une série de méandres sur une surface vierge, en prenant soin de ne pas oblitérer les tracés antérieurs.

« C'est bien, approuva le chamane. A présent, venez auprès de moi ; approchez-vous de l'autre paroi. Voici les signes des Anciens, qui témoignent de leur alliance avec les Esprits. »

Alors que sur la paroi opposée il n'y avait que des traces de doigts, celle de gauche était couverte de figures, les unes gravées, la plupart peintes en brun-rouge. Roud était aussi surpris que décontenancé. Il ne retrouvait pas ici les représentations naturalistes, pleines de vie, auxquelles il était accoutumé. Pas de chevaux aux naseaux frémissants, pas de rennes aux pattes fines, pas de bisons à l'épaisse toison, pas d'aurochs aux cornes en volutes, comme dans les cavernes de son clan. Les animaux représentés ici – mais s'agissait-il bien d'animaux ? ou d'êtres fantastiques ? – étaient difformes, sans aucun lien avec la réalité, comme dans les rêves déments d'un esprit en proie au délire.

Apparemment, on s'était servi de l'argile de la grotte, étalée avec les doigts, ce qui donnait des traits larges et épais. Les silhouettes lourdes et imprécises paraissaient représenter des mammouths, car on distinguait la trompe et les longues défenses.

Au centre du panneau se trouvait un être effrayant, presque deux fois plus long qu'un homme, avec un corps sinueux et une queue démesurée, repliée vers son extrémité. La tête au crâne allongé, aux crocs menaçants, évoquait un félin de cauchemar. Accroupis, presque prosternés, Roud et Jân, qui le contemplaient pour la première fois, se taisaient, fascinés par ce monstre irréel jailli des entrailles de la nuit pour peupler les mythes dont les Sages transmettaient la mémoire.

« Voici le Félin Géant, dit le chamane. Il était aussi grand qu'un mammouth et il pouvait en dévorer un chaque jour. Autrefois, on voyait son squelette au fond de la grotte, plus loin à droite, là-bas au bout de la pente. Mais, à présent, l'eau a envahi l'extrémité de la galerie et il est retourné dans les eaux souterraines, car il peut vivre indifféremment hors de l'eau et dans l'eau, comme la loutre.

– Mais… Comment est-ce possible ? dit Roud à voix basse. Aucun chasseur n'a jamais vu un tel animal.

– Pourtant, il a bel et bien existé, reprit Brasco. Nous avons jadis vu son crâne, là-bas dans les ténèbres, un crâne énorme, avec des canines immenses, courbes et tranchantes comme des lames de silex, et son Esprit demeure ici à jamais.

– Maintenant, dit le chamane, il est temps de déposer les offrandes. Retirez-vous près du grand puits et laissez-moi seul. Jân, tu vas rester auprès de moi, car tu dois remercier les Esprits de t'avoir sauvé des loups. »

Revenant sur leurs pas, ils s'arrêtèrent en retrait du gouffre. En partie rassurés par les torches qu'ils avaient coincées dans des failles, ils s'assirent en silence. De la salle aux peintures, distante d'une cinquantaine de pas mais hors de leur vue à cause d'un coude de la galerie, leur parvenaient des sons étouffés.

Outre une lampe à graisse, le chamane avait allumé en face du grand félin un petit feu de bois résineux, du genévrier. Il jeta sur la flamme une poudre dont lui seul détenait le secret. Composée de plantes et de champignons séchés, en particulier un champignon rouge à points blancs auquel personne, excepté le chamane, ne devait toucher, elle crépita en produisant des milliers d'étincelles, puis une fumée odorante se dégagea, diffusant un parfum étrange et entêtant.

Le chamane avait sorti de sa sacoche une flûte en os, polie et brunie par un long usage, confectionnée dans la patte d'un grand échassier. Assis sur ses talons, les yeux mi-clos, il respirait profondément la fumée des herbes magiques.

Se balançant d'avant en arrière, il se mit à jouer, tirant de sa flûte des sons aigres et lancinants, amplifiés par la voûte. Au rythme de la mélopée, il accélérait le balancement de son torse. Soudain, il se redressa et, debout, se mit à piétiner en cadence.

Agenouillé derrière le vieillard, Jân écarquillait les yeux, ne voulant rien perdre du spectacle, luttant contre la torpeur qui l'envahissait malgré lui. A la lueur des flammes, les figures fantastiques tracées sur la roche paraissaient s'animer. Les mammouths agitaient leur trompe et leur queue, le monstre aux longs crocs ouvrait la gueule et se contorsionnait.

Peu à peu, les gestes du chamane devinrent saccadés. Sa tête se mit à osciller. Cessant de jouer de la flûte, il se mit à psalmodier un chant syncopé incompréhensible, les yeux fermés, plongé dans un monde de l'imaginaire auquel lui seul avait accès. Jân éprouvait de plus en plus de difficultés à résister à l'engourdissement qui le gagnait. Non loin de là, Roud et les deux chasseurs se taisaient, envoûtés par le mystère.

Quand les incantations prirent fin, et que revint le silence minéral du cœur de la terre, aucun n'aurait été capable de dire combien de temps avait duré la cérémonie.

Près du feu, à présent réduit à des braises, le chamane était prostré sur le sol humide, ses cheveux blancs trempés de sueur. Ses traits étaient tirés comme par une immense fatigue. Lorsqu'il se releva, il titubait. On dut le soutenir pour l'aider à refaire le chemin en sens inverse.

Jân portait les torches. L'escalade de la cascade de pierre fut laborieuse et leur prit beaucoup de temps. Le vieillard, épuisé, dut être hissé sur la pente.

Lorsqu'ils arrivèrent à l'entrée de la grotte, la lumière du jour les éblouit. Pourtant, il n'y avait pas de soleil.

Tout baignait dans une lumière grise, curieusement monotone. Pahlou se précipita vers eux :

« Tout va bien ? Qu'est-il arrivé au chamane ? Vous avez été très longs ; je commençais à m'inquiéter.

– Oomoùlou va bien, rassure-toi. Il est seulement très fatigué. A présent, il faut qu'il prenne de la nourriture et qu'il dorme. Nous aussi, d'ailleurs. Nous avons tous besoin de nous réchauffer. Ensuite, il faudra songer au retour, dit Brasco en se laissant tomber sur la litière de branchages que Pahlou avait préparée pendant sa longue attente.

– Le retour ? répliqua Pahlou avec un sourire bizarre. Regarde à l'extérieur ! »

Roud, Eraho et Jân se précipitèrent dehors et poussèrent un cri :

« La neige ! Tout est recouvert de neige !

– Eh oui, la neige, dit Pahlou. Elle n'a cessé de tomber depuis votre départ. Le vent du couchant s'est levé, amenant les nuages. Au début, j'ai pensé à une petite chute de neige, mais en voyant qu'elle tombait de plus en plus drue, j'ai mis à l'abri une provision de bois. Heureusement, il y a plusieurs arbres morts tout proches. Réchauffez-vous et reprenez des forces. J'ai eu la chance de surprendre un jeune bouquetin imprudent venu s'abriter près d'ici ; nous avons de la viande pour plusieurs jours. »

A bout de forces, le chamane s'était allongé près du feu. Respectueusement, Roud l'avait recouvert de son manteau en peaux de loup. Le vieillard dormit longtemps.

A présent, appuyé sur un coude, il reprenait ses esprits à la chaleur bienfaisante des flammes. Jân lui présenta une tranche de viande grillée à point.

« Pahlou, tu t'es bien acquitté de ton rôle de gardien, dit le vieil homme. Grâce à toi, nous avons suffisamment de bois et de nourriture pour attendre de pouvoir retourner au camp. Lorsque nous serons reposés, l'un de nous ira en éclaireur reconnaître l'épaisseur de la neige et voir si la piste est praticable. Ce n'est pas la première fois que nous affronterons la neige. »

Le lendemain, Roud et Jân se proposèrent pour tenter une sortie. L'air était calme ; la neige avait cessé de tomber. On n'entendait que les cris discordants des corbeaux cherchant leur pitance dans l'étendue glacée.

Ils avançaient avec peine, s'enfonçant jusqu'aux genoux, parfois jusqu'aux cuisses. Un peu plus loin, ils croisèrent une piste. « Des bouquetins, dit Roud. Nous allons profiter de leur passage ; ils nous ont tracé le chemin, ce sera plus facile. »

Au bout du versant, les traces bifurquaient vers les falaises. Ils durent les abandonner et franchir péniblement un vallonnement où la neige, accumulée par le vent, leur arrivait à la taille. Exténués, ils firent halte sous un auvent rocheux, de l'autre côté du ravin.

« Nous sommes déjà trempés et fatigués, dit le jeune garçon. Jamais le chamane ni Pahlou ne pourront supporter une longue marche dans une telle neige. Qu'allons-nous faire ?

– D'abord, retourner à la grotte, dit son compagnon. Là, nous aviserons. Oomoùlou et les autres ont connu beaucoup d'hivers très rudes ; ils sauront quelle décision prendre. »

Le retour fut moins pénible, car ils suivaient leurs

propres traces. Ils furent cependant soulagés en apercevant la fumée qui sortait du porche.

« Les voilà ! cria Brasco. Alors ? Il y a beaucoup de neige ?

– Oui. Et très épaisse. Je crains que nous ayons beaucoup de difficultés pour passer, surtout sur les corniches étroites.

– Nous avons la corde d'Eraho.

– Cela ne suffira pas. Oomoùlou et Pahlou auront du mal à franchir les passages difficiles.

– Alors, mieux vaut attendre ici.

– Attendre ? Attendre quoi ? Que la neige fonde ? La saison froide ne fait que commencer. La neige peut tenir des jours et des jours. Elle peut même tomber davantage. C'est même très probable », dit-il en observant les nuages.

Tous courbèrent la tête. Le chamane dormait, épuisé. Roud se tenait accroupi devant les flammes, réchauffant ses membres engourdis. Il réfléchissait. Soudain, il se releva d'un bond, le regard brillant.

« Je crois que j'ai une idée. Pourquoi n'y ai-je pas pensé plus tôt ? Brasco, tu as ta hache ? Peux-tu venir avec moi jusqu'à la rivière ?

– Oui, j'ai ma hache de quartzite ; elle ne me quitte jamais. C'est Tirbou qui l'a emmanchée et c'est la plus robuste que j'aie jamais eue. Mais, tu sais, nous avons du bois pour plusieurs jours. D'ailleurs, nul besoin de descendre jusqu'au fond de la gorge, il y a des arbres morts près d'ici, sur le revers du plateau.

– Ce n'est pas de bois sec dont j'ai besoin. Suis-moi. »

Ils dévalèrent la pente, trébuchant dans la neige molle. Au bord de l'eau, les branches dénudées des saules pliaient sous la neige. On pouvait lire sur la grève le passage de toutes sortes d'animaux : longs doigts des poules d'eau, pattes palmées des canards, empreintes griffues des castors et des loutres.

« Laisse donc les traces. Viens m'aider. Il faut couper des tiges de saule suffisamment souples, ni trop grosses ni trop fines, comme celle-ci, dit Roud.

– Que veux-tu en faire ? rétorqua le colosse. C'est un bois qui ne vaut rien. Seules les femmes l'utilisent pour tresser des paniers et des nasses.

– Tu verras bien. Fais-moi confiance », répondit Roud d'un air mystérieux.

Avec des liens d'écorce, ils lièrent deux fagots de longues branches de saule et remontèrent lentement. L'ascension fut plus ardue que la descente. Les autres les attendaient, groupés près du feu. Le chamane dormait toujours.

« Je vais essayer de fabriquer de quoi marcher sur la neige sans s'y enfoncer, expliqua Roud. Pahlou, as-tu conservé la dépouille du bouquetin ?

– Bien sûr. Toute peau est précieuse. Elle est roulée par là. Mais je ne l'ai grattée que sommairement. Je n'ai pas encore eu le temps de la préparer. Si nous devons rester ici plusieurs jours, je le ferai.

– Aucune importance. Il faut la découper en longues lanières, c'est tout. »

Intrigués, mais confiants, ils regardèrent Roud se mettre à l'ouvrage. Il commença par fendre en deux une longue tige de saule, la courba, puis l'attacha pour obtenir un ovale long d'une coudée. Sur ce cadre, il fixa un treillis de branches souples et de lanières de cuir vert. Ensuite, plaçant son pied au milieu, il l'attacha sommairement au clayonnage et fit quelques pas au-dehors.

« Ce sont des raquettes. Il en faut une pour chaque pied, bien entendu. Avec cet équipement, nous pourrons marcher sur la neige molle sans nous y enfoncer. Pour Brasco, il en faut de plus grandes, car il est plus lourd. »

Ses compagnons restaient interloqués.

« Comment cette idée t'est-elle venue ? Es-tu certain du résultat ? Ces… raquettes, les as-tu déjà essayées ?

– Mais oui. J'ai rencontré un jour des voyageurs venus des Terres du nord. Ils utilisaient ces objets pour se déplacer sur la neige. Ils m'ont dit en avoir eu l'idée en observant les rennes, avec leurs sabots si larges, et les lièvres des neiges avec leurs grosses pattes. Maintenant, au travail ! Il faut confectionner une paire pour chacun de nous. »

Le lendemain, ils quittèrent l'abri et prirent le chemin du retour. Il avait encore neigé durant la nuit, mais modérément. Grâce aux raquettes, ils enfonçaient peu dans le manteau blanc qui crissait sous leurs pas.

Il fallut un peu de temps pour que chacun s'accoutume à la manière de marcher particulière qu'exigeaient ces curieux accessoires.

« Nous devons ressembler à des ours, en nous dandinant ainsi ! dit le jeune Jân en riant.

– Il faut soulever peu le pied, conseilla Roud. Essaie de glisser sur la neige, tu te fatigueras moins. »

A tout instant, ils croisaient des pistes.

« Les bouquetins sont descendus vers l'eau.

– Ici, il y a les empreintes d'un gros lynx. Il a dû les sentir et les suivre.

– En observant les traces dans la neige, on est certain de retrouver l'animal, dit Brasco.

– Oui. Et avec ces... raquettes, on peut plus facilement le rejoindre et l'abattre », ajouta Eraho-le-Taciturne.

Jân s'était écarté du groupe et s'approchait doucement d'un pin rabougri dont les basses branches, chargées de neige, touchaient presque le sol. Ils le virent décrocher une sagaie de son paquetage, puis la darder vivement au pied de l'arbre.

« Je l'ai eu ! cria-t-il en brandissant un énorme lièvre. C'était trop facile. Je n'ai eu qu'à suivre ses empreintes et j'ai su qu'il était là, contre la souche. Désormais, nous pourrons chasser dans la neige avec encore plus de succès. »

Il leur fallut plus de deux journées pour atteindre le camp. Par endroits, la neige était si épaisse qu'elle masquait tout relief.

Roud et les deux chasseurs se relayaient en tête pour sonder la couche blanche, repérer les meilleurs passages et tracer la piste. Jân soutenait le chamane, qui accusait de plus en plus la fatigue. Pahlou suivait, en s'aidant de sa lance comme d'un bâton.

Lorsque, enfin, ils parvinrent au Gué-aux-Rennes, trois hommes les hélèrent depuis la rive opposée.

« Vous voilà enfin ! Nous partions à votre recherche. Attendez-nous, nous allons vous aider à traverser. »

Comme au départ, le chamane passa la rivière à dos d'homme. Les autres ôtèrent les raquettes pour entrer dans l'eau glacée. Les épaules couvertes d'une splendide peau de renne, Abassou vint au-devant du groupe.

« Je te salue, Oomoùlou. Nous étions très inquiets. C'est pourquoi j'allais envoyer trois hommes à votre rencontre, dit-il en s'adressant au chamane, ignorant délibérément Roud et les autres. Quels sont ces objets bizarres ? Des pièges ? A quoi cela sert-il ? », ajouta-t-il en désignant les raquettes accrochées à leurs sacs.

Jân remit les siennes à ses pieds et fit quelques pas dans la neige, hors de la piste qui menait à la caverne.

« Vois, Père : cela permet de marcher sur la neige sans enfoncer. C'est Roud qui nous a appris à les confectionner et à nous en servir. »

Au seul nom de Roud, le visage du chef se ferma.

« Décidément, ce Roud est irremplaçable. Je me demande ce que vous auriez fait sans lui, ironisa-t-il d'un ton sarcastique.

– Tu as tort de te moquer, répliqua Oomoùlou. Roud est un homme de bon conseil. Malgré sa jeunesse, il fait preuve d'une grande sagesse. Il est toujours prêt à aider les autres. Il mérite d'être des nôtres, et s'il désire demeurer ici avec sa compagne, je parlerai en son nom au prochain conseil des Anciens. A moins qu'il ne préfère repartir.

– Ooh ! S'il veut nous quitter, ce n'est pas moi qui le retiendrai. Mais si sa belle compagne veut rester ici, je n'y vois aucun inconvénient, bien au contraire, répondit Abassou avec une grimace équivoque. Elle sera la bienvenue, et je prendrai soin d'elle personnellement. »

Roud fit un pas en avant, les poings serrés. La mâchoire crispée, il faisait un violent effort pour se taire. Pahlou le retint de son bras valide et l'entraîna à l'écart.

« Laisse-le donc parler. Ignore-le. Je connais bien mon frère. Crois-moi, il ne te veut pas de mal, mais il ne sait pas tenir sa langue. Il tourne toujours autour des jolies femmes. Cela lui a valu, dans sa jeunesse, quelques combats dont il n'est pas toujours sorti vainqueur. Il a toujours été ainsi : il parle plus qu'il n'agit. Étant plus âgé que lui, j'ai souvent tenté de le raisonner, mais en vain. »

Roud serra les dents et ne répondit pas. Il sortit de la grotte d'un pas rapide. Il avait beau tenter de se maîtriser, ainsi que le lui avait enseigné son vieux maître, Arkham, il sentait la colère bouillonner en lui. Ce n'était pas la première fois qu'Abassou l'irritait par son attitude insolente et ses propos provocateurs.

Il alla s'asseoir sur un tronc, loin de l'enclos, en haut de la terrasse qui dominait la rivière. La neige crissa dans son dos. Il fit volte-face, déjà sur la défensive : c'était Léti.

« Je suis venue te rejoindre. Il y a plusieurs jours que je ne t'ai pas vu, et maintenant que tu es de retour, voici que tu t'isoles. Qu'y a-t-il ? Que s'est-il passé ? Tu me caches quelque chose. N'as-tu plus confiance en moi ?

– Mais si, voyons. Tu le sais bien. Approche. »

Il lui entoura les épaules de son bras et l'attira contre lui. Comme c'était bon de respirer le parfum de sa chevelure, de sentir la chaleur si douce de ce corps qui frémissait déjà au contact du sien ! Un élan de tendresse l'envahit. Sa colère tomba d'un seul coup. Il la regarda droit dans les yeux.

« Léti, il faut que tu saches que je n'aime pas du tout la manière dont le chef te regarde, ni les allusions qu'il ne cesse de lancer à toute occasion pour me provoquer.

– Ne te mets pas en colère. Rassure-toi, il ne m'a jamais touchée. Je l'aurais d'ailleurs remis à sa place. Je suis capable de me défendre. Je n'appartiens pas à son clan, moi. Il prend des libertés avec toutes les femmes qui lui plaisent. Personne n'ose s'opposer à lui. A part lui, tous ici nous ont bien accueillis. Pahlou, Jân, Tirbou sont nos amis. Le chamane lui-même t'a en grande estime ; il vient de te le prouver en t'emmenant avec lui. Attendons la fin du Temps froid et nous repartirons vers le sud. D'ici là, promets-moi d'éviter tout accrochage avec Abassou. »

Roud acquiesça en hochant la tête : « C'est d'accord. Mais sache bien que s'il ose te toucher, je le tuerai. »

DEUXIÈME PARTIE

Léti

L'hiver s'achevait. Les jours étaient plus longs, le soleil plus chaud, l'air plus léger. Le vent n'avait plus l'âpreté des blizzards du Temps du froid, ces terribles vents du nord dont la morsure entamait la peau, faisait saigner les lèvres et larmoyer les plus endurcis. Presque partout, la neige avait fondu. Elle ne laissait que quelques plaques de névés çà et là et les herbes jaunies de la steppe, desséchées et brûlées par le gel. Les troupeaux d'herbivores sillonnaient le plateau, harcelés par des bandes de loups affamés, amaigris par les temps de famine auxquels ils avaient survécu tant bien que mal.

On pouvait déjà percevoir les premiers signes avant-coureurs du réveil de la nature. Au bord de l'eau, les saules et les bouleaux montraient des bourgeons gonflés de sève, prêts à éclater aux premiers rayons de soleil.

Dans les falaises et les grands arbres le long de la rivière retentissaient des cris d'oiseaux. Des vols de corbeaux tournoyaient en faisant un vacarme assourdissant. Les oiseaux aquatiques nageaient tous par couples. Certains s'affairaient déjà à la recherche d'un emplacement propice pour y bâtir un nid dès les premiers beaux jours.

Grossie par la fonte des neiges, la rivière roulait des

eaux tumultueuses, chargées de limon, qui interdisaient toute tentative de pêche à vue, au harpon ou à l'arc. L'eau avait envahi les berges basses d'où seul émergeait le sommet des arbustes. Aidées par des adolescents, les femmes plantaient des perches dans les eaux moins profondes pour maintenir dans le courant de grandes nasses lestées de galets, patiemment tressées durant les longues soirées hivernales dans la grotte. Parfois plus longs qu'un homme, ces pièges permettaient la capture de toutes les espèces de poissons. Par contre, les mettre en place et les visiter quotidiennement représentait une tâche harassante, imposant des séances éprouvantes dans l'eau froide. Les femmes allumaient sur la rive un grand feu, entretenu par les plus âgées, auprès duquel elles venaient à tour de rôle réchauffer leurs membres bleuis. Imitant les adultes, les enfants immergeaient dans une anse, à faible profondeur, des fagots de branches feuillues, lestés de pierres comme les nasses. En les tirant prestement sur la rive, ils capturaient des petits poissons et parfois des anguilles, qui s'y étaient réfugiés.

Ce jour-là, Roud avait accompagné une équipe de chasseurs sur les traces d'une harde de bisons signalée sur le plateau. Bien que pouvant être dangereux car puissant et parfois agressif, le bison était un gibier très apprécié à la fois pour sa viande juteuse et sa peau résistante dont on recouvrait les huttes édifiées en terrain découvert, là où les cavités naturelles faisaient défaut. La peau de l'encolure, très épaisse, fournissait un cuir inusable dans lequel on confectionnait des chaussures d'une solidité à toute épreuve.

Léti aurait bien aimé l'accompagner, mais dans le clan du Cerf Géant, comme d'ailleurs dans la plupart des clans, la chasse était l'apanage des hommes. Elle avait été contrainte de se plier à la règle pour ne pas heurter des coutumes établies depuis des temps immémoriaux. Ce qui ne l'empêchait nullement d'être aux côtés de Roud lorsqu'il chassait en solitaire.

Elle s'était liée d'amitié avec deux jeunes femmes, Elya et Maïra, rompues, comme elle, à toutes les techniques de la pêche. Toutes deux l'admiraient. Elles l'enviaient lorsqu'elle leur contait les aventures vécues avec Roud depuis le tremblement de terre. Elle s'était toutefois bien gardée de leur révéler leurs incursions dans la Grotte sacrée, les vraies raisons de leur départ et le tragique épisode de la rencontre avec Yackou.

Exclues des expéditions de chasse, les femmes ne s'éloignaient guère du camp, où les absorbaient les tâches du quotidien : fumer la viande, apprêter les peaux, effiler les tendons, coudre les vêtements, assumer les corvées de bois dont il fallait toujours prévoir des réserves, préparer les repas, s'occuper des enfants, des vieillards et des infirmes. Quelques-unes, souvent parmi les plus âgées, s'aventuraient dans la forêt en quête de plantes et de racines comestibles et médicinales qu'elles seules savaient reconnaître.

C'est pourquoi Léti, celle qui maniait l'arc et la sagaie comme un homme, celle qui avait vu tant de territoires inconnus en compagnie de celui qu'elle aimait, représentait aux yeux des deux jeunes femmes un personnage hors du commun, capable de les faire rêver en s'évadant par la pensée de leur existence somme toute trop monotone.

A leur demande, Léti avait enseigné en cachette à ses deux amies les rudiments du tir à l'arc. Au début, c'est en tremblant qu'elles bravaient l'interdit. Mais, peu à peu, elles se piquèrent au jeu excitant d'enfreindre la loi des mâles.

Ce jour-là, Léti et Elya étaient venues visiter des pièges à poissons qu'elles avaient placés dans un coude de la rivière éloigné du camp. Maïra n'était pas avec elles, ayant dû aller avec sa mère et ses sœurs chercher du bois en lisière de la forêt.

A grand-peine, elles avaient sorti les nasses de l'eau. De temps à autre, il fallait vérifier que les branches charriées par le courant, ou un poisson plus vigoureux que les autres, ne les avaient pas endommagées. Elles avaient extrait les prises, des truites et un brochet, et reprenaient des forces au soleil avant de devoir entrer à nouveau dans l'eau pour replacer les nasses. Il fallait les attacher à des piquets dépassant la surface, qui servaient en même temps de repères.

Leurs vêtements séchaient devant un feu tandis qu'allongées sur l'herbe, à demi dévêtues, elles savouraient la caresse du soleil, quand Elya poussa un cri de surprise. Surgis des roseaux, deux hommes se dressaient brusquement devant elles, deux silhouettes familières mais inquiétantes.

« Abassou ? Nahalo ? Que faites-vous ici ? N'étiez-vous pas partis chasser sur l'autre rive ? »

Silencieux, les deux hommes s'avançaient lentement en échangeant des regards d'un air entendu. « Nous venons vous tenir compagnie. L'eau froide a dû vous glacer les os. Vos cuisses sont toutes bleues. Voulez-vous qu'on vous réchauffe ? », dit Abassou en ricanant sournoisement.

Léti sauta sur ses pieds. Elle saisit son arc et encocha une flèche. D'un bond, elle fut de l'autre côté du feu. « Elya, ramasse ton harpon et mets-toi derrière moi. N'aie pas peur. » L'arc tendu, elle apostropha le chef : « Abassou, je t'ai déjà dit que je ne voulais pas de toi. Je suis la femme de Roud. Tu as beau être le chef, je n'ai pas à me soumettre à tes désirs ; tu n'as aucun droit sur moi, je ne suis pas de ton clan. Roud et moi, nous avons sauvé ton frère et ton fils des loups. Tu nous as hébergés et permis de passer la saison du froid dans votre caverne. A présent, nous voilà quittes. Laissez-nous tranquilles et passez votre chemin, toi et Nahalo. J'oublierai notre rencontre.

– Ho, ho ! Lorsqu'on veut te caresser, tu sors tes griffes comme une panthère ? Ça me plaît ; j'aime les femmes qui me résistent. Ça les rend encore plus désirables.

– N'avance pas. Sinon, je transperce ta panse. J'ai appris à tirer très vite. Je suis capable de vous blesser et même de vous tuer tous les deux avant que vous ayez pu nous attaquer.

– Calme-toi, voyons. Nous n'avons pas d'armes, tu le vois. Nous ne vous voulons que du bien », répondit le chef en contournant le foyer.

Les deux femmes reculaient lentement, acculées à l'eau. Soudain, Abassou bondit et poussa un cri de douleur : une flèche s'était plantée dans sa cuisse droite. Tirée de près, elle l'avait presque transpercée. La face tordue par la souffrance et la colère, il tomba lourdement en arrière. Il était stupéfait : il ne l'avait pas vue tirer, tant elle avait été rapide ! Décontenancé, son compagnon s'agenouilla près du blessé pour lui porter secours.

Au fond de lui-même, Nahalo n'était pas un mauvais homme. Beaucoup plus jeune qu'Abassou, il était subjugué par le chef, qu'il admirait. Il était devenu peu à peu son serviteur et l'accompagnait partout. A présent, le courage de la jeune femme forçait son admiration. Il regrettait de s'être laissé entraîner dans cette mésaventure.

« J'aurais pu facilement te tuer ou te blesser beaucoup plus gravement, dit Léti. Allons, je vais extraire la flèche, elle ne semble avoir atteint aucun point vital, tu as de la chance. Nahalo t'aidera à regagner le camp. »

Furieux, les mains crispées sur sa cuisse, le chef se taisait. Il serra les dents et ne laissa échapper aucune plainte lorsqu'elle retira la flèche d'un geste brusque. La pointe d'os poli, en forme de feuille, n'avait fait qu'une blessure étroite qui saignait à peine. Aidée de Nahalo, elle appliqua un emplâtre de feuilles et d'argile sur la plaie et l'aida à se relever. Abassou repoussa son compagnon d'une bourrade. « Laisse-moi. Ce n'est rien. Je suis capable de marcher seul. Trouve-moi seulement un bâton pour m'appuyer dessus. »

Soudain, il bondit et étreignit la jeune femme, la serrant contre lui à l'étouffer. « Cette fois, je te tiens, femme-panthère ! Tu ne m'échapperas pas ! Ce n'est pas cette petite blessure qui m'empêchera de te posséder ! Il y a longtemps que j'attends cet instant. J'ai eu envie de toi dès que je t'ai vue ! » Surprise, elle se débattait sans succès, le griffant, martelant de ses poings impuissants la poitrine velue du colosse qui riait, oubliant la douleur, en essayant de lui arracher ses vêtements. En retrait, Nahalo observait la scène sans oser intervenir, comme paralysé.

L'étreinte se relâcha d'un seul coup. Léti bondit hors de portée de l'homme qui grimaçait. Venue au secours de son amie, Elya piquait les côtes d'Abassou de la pointe de son harpon. Déjà, Léti s'était emparée de son arc et le menaçait de nouveau, l'œil brillant de colère.

« Tu es encore pire que ce que je croyais ! Tu mériterais que je tire une flèche dans ta jambe gauche et une autre dans ta main droite. Je crois d'ailleurs que c'est ce que je vais faire, dit-elle en bandant l'arc, folle de rage.

– Arrête ! Je ne te toucherai plus ! Nous allons retourner au camp. »

Devant la détermination des deux jeunes femmes, Abassou avait perdu toute arrogance. Pourtant, malgré lui, cette furie aux yeux verts continuait de l'attirer. Elle était si différente des femmes qu'il avait l'habitude de forcer selon sa fantaisie et qui le laissaient faire passivement…

Sans un regard pour les deux femmes restées sur la défensive, ils s'éloignèrent, l'un soutenant l'autre.

Elles regagnèrent la grotte presque à la nuit tombante, non sans quelque appréhension, chargées des poissons qu'elles portaient enfilés par les ouïes sur des branches de saule. Elya surtout était inquiète :

« Léti, j'ai très peur. Le chef est un homme violent. J'ai osé le menacer. Il va vouloir se venger.

– Ne crains rien. Au fond, il n'a rien de bien grave à te reprocher, c'est ma flèche à moi qui l'a blessé. Et puis, il ne se vantera pas de sa mésaventure, cela le ridiculiserait aux yeux de tous. C'est à moi qu'il en veut, mais il ne me fait pas peur. Quand Roud sera de retour, je lui raconterai ce qui s'est passé. Quoi qu'il arrive, il nous protégera, sois-en sûre. »

Ce n'est qu'à la nuit noire que les chasseurs arrivèrent enfin, fourbus et bredouilles. La mine basse, ils expliquèrent qu'ils n'avaient pas pu rejoindre les bisons, qui avaient trop d'avance sur eux. De plus, ils avaient croisé la piste d'un couple de lions et avaient dû faire un long détour pour éviter les fauves, ce qui les avait retardés dans leur traque.

« Nous sommes allés jusqu'aux Marais-des-Aurochs, à la limite du territoire des Némosaïni. Là, nous avons préféré faire demi-tour car ce sont des gens belliqueux. Mieux vaut éviter de les rencontrer, expliqua le plus âgé du groupe.

– Vous vous battez entre clans voisins ? s'étonna Roud.

– Non, c'est très rare. La plupart des clans sont très éloignés d'ici et pacifiques. Il y a bien assez de gibier pour tous. Mais Ceux des marais, qui se nomment eux-mêmes “Nemosaïni”, du nom de leur ancêtre légendaire, paraît-il, sont arrivés de l'ouest il y a bien des lunes et ont choisi de s'établir à seulement quelques jours de marche de la rivière. Ils vivent surtout de la pêche et du piégeage des oiseaux d'eau ; ce sont de piètres chasseurs. Au début, il n'y a eu que des rencontres pacifiques, puis des disputes ont commencé, car ils faisaient des incursions de plus en plus rapprochées et volaient nos pièges. Un jour, deux jeunes filles ont disparu alors qu'elles étaient allées cueillir des baies dans la forêt. Nous avons appris plus tard qu'elles avaient été enlevées. Ils ont refusé de les rendre aux Anciens venus parlementer avec eux, non sans difficultés car ils parlent très mal notre langue. Ils n'ont même pas proposé des offrandes en échange des femmes, comme c'est la coutume. Alors, les choses se sont envenimées. Il y a eu une embuscade et nous leur avons tué deux hommes. Depuis, les deux clans s'évitent, mais, un jour ou l'autre, il y aura d'autres morts, c'est inévitable. Le sang appelle le sang. »

Roud se tut. Il revoyait en pensée la Rivière-aux-Saumons, son combat avec Yackou, la fin tragique de son ancien compagnon de jeux… Pourquoi des hommes qui avaient été amis en arrivaient-ils à s'entre-tuer pour une femme ? Ainsi, ils ne valaient guère mieux que les animaux qui se livraient des combats sans pitié au temps du rut. Combien de fois avait-il observé, fasciné par leur fureur obstinée, deux bouquetins se précipiter l'un vers l'autre et se cogner le crâne de tout leur élan, des heures durant, jusqu'à ce que le vaincu rompe le combat et s'enfuie. Il n'était pas rare de trouver l'un d'eux au pied d'un à-pic, l'échine brisée, précipité dans le vide par l'autre antagoniste.

A l'automne, Roud avait souvent surpris les cerfs à l'époque du brame. On pouvait entendre de loin leurs voix rauques, leurs profonds « veuh-euh-euh-euh » amplifiés par l'écho au cœur d'une clairière isolée. Surveillant leurs femelles, les grands mâles, la bave au mufle, pelaient l'écorce des jeunes arbres avec leurs bois. Ils raclaient rageusement le sol de leurs sabots, délimitant une aire où ils guettaient toute intrusion d'un rival. C'étaient alors des combats sans merci. Tout entiers à leur folie amoureuse, ils étaient faciles à approcher et à flécher.

« Mais où est donc Abassou ? On ne l'a pas encore vu ce soir. D'habitude, il vient toujours s'enquérir des résultats de la chasse, dit l'un des hommes présents.

– Et réclamer sa part, la plus grosse... », ajouta un autre à mi-voix.

C'est Nahalo qui répondit :

« Le chef dort. Il a fait une chute et s'est blessé.

– Gravement ? demanda Pahlou, qui n'avait pas participé à la traque infructueuse et était allé relever des pièges.

– Non. Mais il était fiévreux et fatigué. Il sera sur pieds rapidement, la blessure est légère », ajouta Nahalo.

Visiblement, il était gêné et avait hâte de mettre fin à la conversation.

Roud s'était réchauffé auprès du foyer de braises installé au milieu de la grande salle, sur un dallage de galets. Après s'être restauré de poissons grillés en compagnie des autres chasseurs, il alla rejoindre Léti, qui l'attendait impatiemment. Les femmes prenaient rarement leurs repas avec les hommes. C'était une règle immuable à laquelle elles se pliaient d'ailleurs de bonne grâce, préférant de loin se retrouver entre elles pour plaisanter, échanger les nouvelles ou critiquer les mâles.

Il la serra longuement contre lui. « Je suis content d'être de retour. Suivre la piste a été pénible, le sol est détrempé partout. Nous avons dû courir longtemps pour tenter de rattraper les bisons, sans succès. Et toi ? La pêche a été bonne si j'en juge d'après le repas. Ce soir, c'est grâce aux femmes que nous avons mangé !

– Mmm... Oui, la pêche a été bonne, comme d'habitude. Je n'aime pas beaucoup cette façon de pêcher avec des nasses. C'est fastidieux, et l'eau est si froide ! Je préfère de loin guetter les poissons un harpon à la main, mais ce n'est pas possible en ce moment ; avec la crue, les eaux sont trop troubles.

– Qui t'accompagnait ? Elya ?

– Oui. Je l'aime bien. Elle est efficace et aussi amusante. Tu sais, je lui apprends à tirer à l'arc, comme tu me l'as enseigné. »

Roud sursauta : « Tu es folle ? Tirer à l'arc ? Que cela ne se sache pas surtout ! J'espère que vous vous cachez loin du camp. Le chamane n'aimerait pas ça. Quant au chef…

– Abassou ? Il ne me fait pas peur ! D'ailleurs… »

Brusquement, elle se tut. Il valait mieux ne pas raconter à Roud ce qui s'était passé au bord de la rivière, pensa-t-elle. Le chef n'avait pas parlé. L'incident était clos. A quoi bon déclencher la colère de son compagnon ?

Les jours s'écoulèrent… Chacun goûtait l'euphorie du printemps. La crue de la rivière diminuait lentement. Les eaux se retiraient peu à peu des rives inondées, isolant des bras morts et des mares où les poissons se trouvaient piégés. Ces eaux closes s'éclaircissaient plus rapidement et on pouvait maintenant y pêcher au harpon.

Ce matin-là, Léti longeait la rive, l'arc et le carquois accrochés dans le dos, une foëne à triple tête en bois de renne à la main, cherchant à entrevoir une proie éventuelle parmi les bois noyés qui encombraient un bras mort.

Une masse brune qui affleurait la surface attira soudain son regard.

Un corps flottait parmi les roseaux, entre deux troncs couchés à demi immergés : le corps d'une femme aux longs cheveux noirs dénoués qui masquaient le visage. Laissant le harpon et l'arc sur la berge, elle s'avança sur l'un des troncs et saisit la femme par sa casaque de peau. Avec peine, car le bois était glissant, elle tira le corps et le hissa sur la rive.

Alors qu'elle écartait la chevelure imbibée d'eau, accablée et incrédule, elle reconnut la noyée : « Elya ! Elya est morte ! C'est impossible ! » Précautionneusement, avec des gestes pleins de douceur, elle nettoya le visage de la morte des herbes aquatiques et de la vase qui souillaient les traits familiers. Elle fut frappée par l'expression de son regard. Elya gardait dans la mort des yeux terrifiés, marqués du reflet d'une peur intense. Léti remarqua alors sur son cou des traces violacées, des marques de doigts épais. « Elle ne s'est pas noyée ! On l'a étranglée ! Celui qui a fait ça avait une force peu commune... » En un éclair elle comprit l'horrible évidence : Abassou s'était vengé. Il avait ruminé sa colère avant de l'assouvir sur cet être sans défense, qui avait eu le tort d'oser le menacer, lui, le chef, lui, le mâle à qui nul ne résistait. C'était un avertissement. A présent, Léti savait que son tour allait venir, qu'elle ne pourrait pas lui échapper.

Il la guetterait patiemment, comme un fauve à l'affût d'une biche. Il la surprendrait lorsqu'elle s'y attendrait le moins. Les occasions ne manquaient pas quand elle pêchait ou chassait seule. Le message était clair. Il avait tué Elya là où les deux jeunes femmes se retrouvaient presque chaque jour. Il savait qu'ainsi Léti ne pouvait manquer de découvrir le corps de son amie et que, désormais, elle ne cesserait de trembler, s'attendant à chaque instant à être agressée à son tour.

Elle banda rapidement l'arc, tira une flèche de l'étui de peau. Anxieuse, elle scrutait les fourrés derrière la rive, guettant le moindre frémissement parmi les buissons. Mais elle n'aperçut rien d'alarmant. Il aurait d'ailleurs été difficile à quiconque de se dissimuler derrière les branches dénudées. Elle tira le corps un peu plus haut sur la grève. Impossible de le transporter ; c'était une charge trop lourde pour elle. Elle n'avait plus qu'à retourner à la grotte chercher de l'aide.

Avant toute chose, il fallait avertir Roud. Pourquoi ne l'avait-elle pas fait plus tôt ? Pourquoi lui avoir caché l'incident avec Abassou ? Il aurait su quoi faire, lui. Et Elya serait encore vivante. Elya... Elle revit son amie aux yeux rieurs, son regard qui savait devenir grave lorsqu'elle s'appliquait à tendre correctement la corde de l'arc et à viser la cible, ou lorsqu'elle guettait un poisson, le harpon à la main. Elle qui était si fière de ressembler à Léti !

Elle n'avait aucune arme sur elle lorsqu'elle avait été tuée. Abassou l'avait trouvée sans défense, l'avait attaquée par surprise et étranglée sans pitié. Sans doute même l'avait-il forcée avant de la tuer. Elle frissonna en pensant que la même fin aurait pu lui arriver... et risquait de lui arriver d'un moment à l'autre...

C'est presque en courant qu'elle revint vers la caverne. Elle fut soulagée en apercevant Roud, installé à l'écart, en train de débiter une ramure de renne pour en tirer des têtes de sagaie. A sa mine défaite, il comprit qu'un événement grave était survenu.

« Tu es toute pâle. Qu'y a-t-il ? », demanda-t-il en posant le burin de silex avec lequel il rainurait l'andouiller.

En quelques mots, elle raconta l'affreuse découverte, tout ce qui s'était passé auparavant, et lui fit part de ses soupçons quant à l'auteur du meurtre.

A mesure qu'elle avançait dans son récit, le visage du jeune homme s'assombrissait. « Pourquoi ne m'as-tu rien dit ? Je sentais bien qu'il s'était passé quelque chose. Avant de pouvoir accuser le chef, il faut avertir le chamane. Lui seul ici possède la sagesse et la véritable autorité. Pour l'instant, ne dis rien à personne. »

Il se dirigea rapidement vers un endroit écarté où il espérait trouver le vieil homme. C'était un replat abrité du vent par un cirque de rochers, presque au sommet d'une éminence d'où la vue s'étendait sur la vallée, le gué et la rivière. Oomoùlou-le-Sage avait coutume d'y méditer quand le temps le permettait, paraissant alors perdu dans ses pensées mais en fait observant attentivement la nature environnante, le ciel, le vol des oiseaux, les nuages et le vent.

« Vénérable Ancien, pardonne-moi de venir troubler ta quiétude, mais je dois t'entretenir de choses graves.

– Parle, Roud. Tu sais que je suis toujours prêt à t'écouter. »

Sans rien omettre, il apprit au vieillard les événements que venait de lui rapporter sa compagne. Oomoùlou l'écoutait attentivement, l'air pensif. Pas un muscle de ses traits ne bougea au récit de la macabre découverte.

« Qu'avez-vous fait du corps ? questionna-t-il.

– Il est resté là-bas, au bord de l'eau. Léti ne pouvait pas le transporter.

– Bien. Va chercher Brasco et aussi Pahlou. J'ai toute confiance en eux. Ils t'aideront à ramener la morte. Attends-moi. Je viens avec vous. »

Parvenus sur place, ils examinèrent longuement les abords de la rive. Avec l'instinct du chasseur, Roud et Brasco observaient les traces sur le sol sablonneux.

« Voici les pas de Léti ; je reconnais aisément ses empreintes. Ses chaussures sont cousues à la manière de notre clan.

– Ici, ce sont d'autres petits pieds, sans doute ceux d'Elya. Elle est arrivée par là.

– Ah ! Voici des pas d'homme. Il s'approchait à petits pas, sans doute en se cachant. »

Derrière un massif de roseaux, ils trouvèrent des empreintes confuses, mais qu'ils n'eurent pas de peine à déchiffrer. Le sol piétiné gardait la mémoire de la lutte inégale et désespérée livrée par la jeune femme.

« C'est ici qu'on l'a surprise et qu'on l'a tuée : voici l'empreinte d'un corps. Ensuite, son agresseur l'a transportée jusqu'à la crique et jetée à l'eau. »

Brasco, qui s'était agenouillé, se releva brusquement : « Regardez ce que j'ai trouvé ! » Dans sa main, il montrait une petite pendeloque d'ivoire gravée de traits quadrillés, encore enfilée sur un lacet de cuir brisé.

« Je connais cet objet, il appartient à mon frère ! dit Pahlou. Hélas, ta compagne ne s'est pas trompée, Roud. C'est bien lui le meurtrier. Je le savais capable de toutes sortes de méfaits, mais je n'aurais jamais pensé qu'il assassinerait une femme de sang-froid.

– Pour le moment, qu'aucun de vous ne parle de cette pendeloque », ordonna le chamane.

Sans effort apparent, Brasco souleva la jeune morte

dans ses bras. Lentement, le triste cortège s'achemina vers le camp.

Ils furent accueillis par des exclamations, suivis de cris de surprise et bientôt de douleur. La mère d'Elya se jeta sur le corps de sa fille en hurlant comme une louve. Avec précaution, Brasco déposa la jeune femme sur une peau apportée par l'une des femmes. Tous faisaient cercle autour d'eux, posant mille questions :

« Où l'avez-vous trouvée ? S'est-elle noyée ? A-t-elle été tuée par un fauve ? Pauvre Elya ! Si jeune !

– Que quelqu'un aille prévenir le chef », dit Oomoùlou.

Abassou arriva peu après, feignant la surprise :

« Elya ? Morte ? Elle a dû se noyer, elle était toujours en train de pêcher près des trous d'eau profonds. Elle aurait dû être plus prudente. »

Révolté, Roud ne put se contenir plus longtemps. Il explosa :

« Non ! Elle ne s'est pas noyée ! Tu le sais bien ! On l'a jetée à l'eau après l'avoir violée et étranglée. Son meurtrier sera facile à démasquer, il a perdu quelque chose. Montre-leur ce que tu as trouvé, Brasco ! »

Le chasseur tendit sa main ouverte avec la pendeloque. Il se fit un grand silence. Tous fixaient le petit morceau d'ivoire. Puis les regards se tournèrent vers le chef.

Abassou tint tête sans ciller. « De quel droit oses-tu m'accuser, toi, un étranger ? Et d'abord, qui a trouvé le corps ? Est-ce toi ou Brasco ? »

Oomoùlou intervint : « Abassou, reconnais-tu cet objet, oui ou non ? N'est-il pas à toi ?

– Euh… Oui, bien sûr. C'est un talisman taillé dans une défense de mammouth. Je le tiens d'un voyageur venu du nord de la Grande Vallée. Mais je l'avais perdu en chassant voici plusieurs jours.

– Nous l'avons trouvé tout près de l'endroit où était la morte. Le sol montrait les traces d'un corps à corps. Tu ferais mieux de reconnaître tout de suite que c'est toi qui l'a étranglée, après l'avoir violée.

– Vous êtes tous fous ? Je ne reconnais rien de tel ! Après tout, qui dit que ce n'est pas cet étranger l'assassin ? Il n'est pas de notre clan, nous ignorons d'où il vient vraiment et qui il est en réalité. Comment lui faire confiance ? Il a trouvé mon talisman et l'a mis là pour orienter les soupçons sur moi. Qui préférez-vous croire ? Votre chef ou cet étranger ? Il m'a gravement offensé en m'accusant. »

L'assistance resta silencieuse. Pahlou s'avança et prit la parole :

« Tu es mon frère par le sang, mais aujourd'hui je te renie car ta langue pue le mensonge. Tout t'accuse. Aie au moins le courage de tes actes ! Roud n'est pas un étranger, même s'il n'appartient pas au clan ; nous parlons la même langue. Il m'a sauvé la vie, ainsi qu'à ton fils ; l'as-tu déjà oublié ? Depuis qu'il est parmi nous, tous apprécient ses qualités. Toi, tu le détestes car tu désires sa compagne. Ce n'est un secret pour personne ici. Depuis que tu as perdu ton épouse, tu n'as cessé de poursuivre toutes les jeunes femmes. Tu ressembles à un cerf en rut ! Il y a quelques jours, tu as agressé la compagne de Roud. Elle était avec Elya, qui a pris sa défense. Tu n'as pas fait de chute, c'est Léti qui t'a blessé en se défendant. Voici que tu t'es vengé lâchement en assassinant Elya, et tu oses en accuser un autre ? Je considère que ce n'est pas toi l'offensé, mais lui. Tu n'es plus digne d'être chef. Il ne te reste qu'une chose à faire : affronter Roud dans un combat loyal. Qu'en pense notre chamane ? »

Pahlou se tut et se tourna vers Oomoùlou, qui hocha la tête.

« Roud, acceptes-tu de t'en remettre au jugement des armes ? dit-il.

– Je combattrai selon vos lois », acquiesça le jeune homme.

Le recours au combat singulier pour régler un différend était une pratique exceptionnelle. Le trop-plein d'agressivité qui pouvait se manifester chez certains trouvait un exutoire commode dans la chasse aux grands herbivores ou celle, encore plus risquée, aux fauves redoutables, tels les lions, les ours, les panthères ou même simplement les loups, omniprésents. Il arrivait cependant que des rivalités surgissent entre deux hommes. Généralement, une femme en était la cause ; mais parfois aussi la possession d'un objet rare ou d'un gibier convoité parce que prestigieux. On racontait que bien des lunes auparavant, deux chasseurs du clan du Mégacéros s'étaient livré un combat sans merci pour la dépouille d'un bison blanc qu'ils avaient pourtant traqué et abattu ensemble.

Escortés par le clan au grand complet, les deux hommes se dirigèrent vers la terrasse qui dominait la rivière, à quelque distance du Gué-aux-Rennes. Il y avait là une plate-forme rocheuse qui se terminait par une berge à pic, affouillée par le courant.

Ils prirent du champ, s'écartèrent lentement l'un de

l'autre, se défiant du regard, sans un mot. On remit à chacun un court javelot à pointe d'os, arme que les chasseurs utilisaient le plus souvent à la manière d'un épieu tenu en main, plutôt que comme projectile. Comme armes de jet, ils préféraient des sagaies légères, empennées à la base, ce qui leur conférait une précision étonnante.

Dans un étui accroché à la ceinture, chacun d'eux avait son couteau, une solide lame de pierre enchâssée dans un manche en bois de cervidé. Certains remplaçaient ces couteaux de silex par des lames en os patiemment polies. Si elles offraient l'avantage d'être moins fragiles, car résistant mieux aux chocs, leur efficacité était nettement moindre lorsqu'il s'agissait d'entamer la peau d'un bison ou d'un cheval. L'os le mieux poli ne parvenait jamais à rivaliser avec le tranchant du silex.

Ils commencèrent par s'observer en silence. Abassou était plus grand, plus lourdement charpenté que son adversaire. Mais depuis qu'il était à la tête du clan, il participait beaucoup moins souvent aux expéditions lointaines en quête de gibier ou de silex, ayant droit d'office, selon la coutume, à une part substantielle lors de tout partage. Devenu davantage sédentaire, il était nettement moins agile.

« Il est plus âgé et beaucoup plus lourd que moi ; il doit être bien moins rapide », pensait Roud pour se rassurer, tout en pesant ses chances de vaincre. Soudain, le chef s'élança, pointant son arme devant lui. Roud feinta et esquiva aisément l'attaque. Abassou fit une volte rapide, qui faillit surprendre le jeune homme, pourtant sur le qui-vive. Il sut cependant l'éviter à nouveau. Se dérobant sans cesse, Roud tournait autour de son assaillant, parant les assauts comme en se jouant.

Aveuglé par la fureur, Abassou s'acharnait avec la rage d'un rhinocéros, multipliant les charges inutiles. Déjà, il commençait à s'essouffler.

Une nouvelle fois, les deux hommes reprirent du champ. Haletants, les spectateurs se taisaient. Debout près du groupe des femmes, Léti suspendait son souffle, mordillant nerveusement ses poings, la gorge serrée par l'attente du dénouement.

Perdant patience, Abassou fit quelques pas rapides en avant et lança son javelot, en y mettant toute sa force. Roud se cassa en deux : la pointe d'os effleura l'épaule, déchirant le cuir du vêtement, et alla se briser sur un rocher. Il eut à peine le temps de se redresser. Tirant son couteau, Abassou se ruait sur lui. Roud pointa son arme, mais le chef était plus souple qu'il ne le paraissait et il réussit à parer le coup. Revenant une fois de plus à la charge, il plongea dans les jambes du jeune homme. Déséquilibré, celui-ci chuta en arrière, lâchant la sagaie.

Abassou était sur lui, cherchant à l'immobiliser pour le poignarder. Roud lui maintenait le bras de toutes ses forces pour écarter de sa poitrine et de sa gorge la lame fatale. Il faisait des efforts désespérés pour rompre l'étreinte de son agresseur. Il réussit enfin à lui porter dans le ventre un violent coup de genou qui arracha à Abassou un grognement de douleur. D'un bond le jeune homme se redressa et renversa son adversaire qui grimaçait, plié en deux, les mains sur son bas-ventre. A genoux sur sa poitrine, Roud le tenait cette fois à sa merci. Il plaça la pointe de son couteau sur la gorge offerte. Abassou le fixa dans les yeux. « Tu as gagné. Qu'attends-tu pour me tuer ? » Roud appuya sur l'arme ; un filet de sang coula sur le cou poilu. En un éclair, il revit le corps de Yackou, le harpon planté dans le dos, l'eau de la rivière rouge de sang. Il jeta le couteau loin de lui et se releva, libérant Abassou, incrédule.

Un cri d'étonnement jaillit, unanime, de toutes les poitrines. Roud se baissait pour ramasser son couteau, qui était tombé près de l'à-pic, quand il entendit dans son dos des pas précipités. « Roud ! Attention ! », cria Léti, affolée. Il tourna la tête pour entrevoir Abassou qui se ruait sur lui, l'arme haute. Il n'eut que le temps de se plaquer au sol. Surpris, son assaillant trébucha contre lui et, emporté par son élan, boula par-dessus le rebord du plateau, allant chuter lourdement dans l'eau plusieurs mètres en contrebas.

Immédiatement, des hommes se précipitèrent en aval. L'un d'eux entra dans l'eau, se portant au-devant du corps qui dérivait, curieusement inerte. « Il ne peut pas s'être noyé, songea Roud. Abassou est bon nageur ; ce doit être une ruse. » On tirait le corps sur la rive. Tous virent alors le couteau planté dans la poitrine. Dans sa chute, le chef s'était poignardé lui-même.

Atterré, Roud contemplait le mort échoué sur la rive boueuse. Le chamane s'approcha et prit la parole, s'adressant à tous ceux qui étaient présents : « Écoutez tous. C'est l'Esprit de l'Eau qui a pris la vie du chef et non pas Roud. Il a combattu loyalement. Il a voulu laisser vivre son adversaire, alors qu'il était vainqueur, vous l'avez tous vu de vos yeux. Va en paix, Roud. Tu es libre d'aller où tu le désireras. Quant à Abassou, il n'était plus digne de commander le clan après le meurtre d'une jeune femme innocente. Le conseil des Anciens désignera un autre chef. Qu'on transporte le cadavre à l'intérieur de la palissade. Malgré tout, nous lui devons des funérailles de chef. »

Roud se tenait à l'écart. Léti le rejoignit.

« Léti, notre route est semée de morts : Arkham, Yackou, Elya, à présent Abassou… Est-ce moi qui ai offensé les Esprits de la Terre ou ceux des Eaux ? Est-ce moi qui attire la Mort ?

– Non, Roud. Les hommes tuent les animaux, mais ils sont impuissants devant la mort de leurs semblables, tu le sais bien. Elle frappe sans prévenir, comme le feu tombé des nuages, comme le lion qui bondit sur sa proie, comme la rivière en crue qui arrache tout sur son passage. Tu aurais pu tuer Abassou ; tu as choisi de le laisser vivre, mais la mort l'avait déjà marqué, et c'est son propre couteau qui l'a transpercé. Personne n'y pouvait rien. Quand j'ai frappé Yackou avec mon harpon, je n'avais pas l'intention de le tuer ; pourtant la pointe a traversé son cœur. C'est la Mort qui dirige les armes, pas les humains ; ils ne sont que les instruments des Forces de la Nuit. »

Il l'avait écoutée sans l'interrompre. Jamais elle ne lui avait parlé aussi gravement.

La tombe fut creusée sur le plateau, à l'écart du camp, non loin d'un rocher qui évoquait vaguement la silhouette d'un mammouth. Maintes fois, il avait servi de poste de guet aux jeunes gens qui l'escaladaient lors des battues.

Armés de pics en bois de cerf et d'omoplates de chevaux, les hommes eurent du mal à entamer le sol encore durci par le gel, sous la couche de terre détrempée par la fonte des neiges. On tapissa le fond du trou de pierres plates avant d'y déposer le mort. Bras et jambes maintenus en position contractée par des liens d'écorce, le cadavre avait été enveloppé dans la peau de renne qui, de son vivant, lui servait de couche.

Le frère du mort et son fils, Pahlou et Jân, déposèrent près de lui ses armes, le javelot brisé utilisé lors du duel, sa pendeloque en ivoire de mammouth, preuve tragique du meurtre d'Elya, et ses autres parures, surtout des colliers de canines de carnassiers, car dans sa jeunesse Abassou avait été un chasseur intrépide.

Son fils y ajouta, pour le voyage dans le Monde des Esprits, un quartier de viande prélevé sur une épaule de cheval, viande que le défunt affectionnait particulièrement pour son goût douceâtre. Elle passait pour rendre plus rapides à la course ceux qui en consommaient fréquemment.

Seul un petit groupe d'hommes avait assisté aux funérailles du chef ; les autres, ainsi que les femmes, étaient restés auprès de la famille d'Elya, occupée à enterrer la jeune femme dans une combe du plateau. Léti et Roud étaient du lot. Léti sanglotait doucement, ses yeux verts noyés de larmes, en entourant de son bras les épaules de Vallaha, la mère de la morte…

Lorsqu'ils se retrouvèrent seuls, après ces tragiques événements, les deux jeunes gens étaient tristes. Le premier, Roud rompit le silence : « Nous ne pouvons plus rester ici. Fais tes préparatifs. Demain, nous reprendrons la piste vers le sud, vers la Grande Eau. C'est mieux ainsi. Le Temps du froid est passé ; nous trouverons des abris et du gibier en abondance. Je regretterai Pahlou et Jân, et aussi Brasco et Tirbou.

– Et moi, Maïra et... Elya », répliqua Léti en baissant la tête, soudain au bord des larmes en évoquant son amie disparue.

Il n'y eut ni repas collectif ni adieux prolongés. Depuis la mort d'Elya, suivie de celle du chef, le clan tout entier était accablé par une chape de silence. Tous étaient mornes. Seuls les jeunes enfants, insouciants et bruyants, manifestaient leur joie devant l'arrivée des beaux jours, jouant dans les plaques de névés qui subsistaient dans les combes encaissées, poursuivant à coups de pierre les oiseaux et les rongeurs qui pullulaient alentour.

Le chamane, Pahlou, Brasco, Eraho et Tirbou vinrent les saluer alors qu'ils quittaient le bord de la rivière.

« Jân n'est pas là ? demanda Roud.

– Non. Il a été très choqué par la mort de son père, après avoir appris que c'était lui le meurtrier d'Elya. Tu sais, Abassou n'a pas toujours été ainsi. Son caractère a changé lorsque sa femme – la mère de Jân – est morte, il y a quelques années, après une terrible maladie. Jân est parti seul, hier. Il a simplement dit qu'il allait chasser, dit Pahlou.

– Que le Félin Géant vous protège », ajouta le chamane.

Un dernier regard en arrière, un dernier signe de la main, et ils s'enfoncèrent dans les solitudes du plateau.

« Nous n'allons pas suivre la rivière. Cela nous retarderait inutilement ; elle fait trop de détours. Je préfère couper droit vers le sud à travers les collines. Je les ai déjà parcourues avec Jân. Au-delà, on aperçoit une immense plaine où la marche sera plus facile. Nous revoici seuls. Espérons que les jours à venir seront moins sombres que les précédents », dit Roud à sa compagne, qui le suivait à quelques pas, son arc à la main.

Courbant le dos sous sa charge, son sac alourdi d'un ballot de fourrures, Léti ne répondit pas. S'il n'avait tenu qu'à elle, et malgré tous ces drames, ils seraient restés avec les gens du Mégacéros.

Cette fuite vers l'inconnu l'effrayait. Elle avait du mal à comprendre l'obstination de son compagnon, cette idée fixe qui le poussait vers les horizons lointains, vers cette mystérieuse « Grande Eau » qu'on disait peuplée de créatures effrayantes, vers des clans ignorés, peut-être hostiles.

Pourtant, une autre partie d'elle-même était fière de vivre cette aventure que nulle femme n'avait connue jusque-là. Qu'auraient dit ses parents, ses amies du clan de la Panthère, s'ils l'avaient vue à présent ? Elle qui maniait l'arc et la sagaie à l'égal des hommes, qui n'avait plus à subir la dure loi du clan ?

Se dirigeant droit vers le midi, ils ne mirent qu'une journée pour traverser le plateau. C'était une étendue où le sol était maigre et peu profond, l'herbe courte, avec quelques rares pins et genévriers aux formes torturées par le vent. Çà et là, la roche apparaissait – un calcaire sonore qui se délitait en plaques sous l'effet du gel, ce qui rendait la marche encore plus fatigante.

Dans les vallonnements, plus humides, les pins poussaient drus, avec parfois quelques bouleaux nains et des aulnes qui signalaient la présence d'un point d'eau.

Les grands animaux étaient rares. De temps en temps,

ils apercevaient des petits chevaux trapus qui les observaient de loin, sur le qui-vive, les naseaux frémissants, prêts à prendre le galop au moindre geste suspect de ces êtres verticaux qu'ils savaient dangereux. Ils croisèrent des pistes de bisons et de rennes mais n'en virent aucun.

Le petit gibier, par contre, pullulait. Des lièvres jaillissaient d'une touffe d'herbe ou d'un buisson de leur allure dégingandée, les oreilles dressées avec leur tache noire bien visible. La plupart avaient encore leur livrée hivernale d'un blanc immaculé, mais certains commençaient à montrer des plaques de pelage roux.

Des vols de perdrix se levaient bruyamment à l'approche des voyageurs. De gros oiseaux bruns et roux, tachetés de blanc, s'envolaient avec un cri rauque. « Des outardes ! Leur chair est excellente. Je tâcherai d'en tirer une pour ce soir. Mais ce sont des oiseaux très méfiants, difficiles à approcher », dit Roud.

En abordant une ravine, ils se trouvèrent nez à nez avec un animal à la fourrure épaisse et soyeuse d'un brun noir, avec une tache claire sur la tête et une bande jaunâtre sur les flancs. Trapu, plus grand qu'un blaireau, il avait l'allure d'un ourson, de petites oreilles rondes, des pattes robustes et griffues. La queue, courte, était touffue et épaisse. Loin de prendre la fuite, il leur fit face, les babines retroussées découvrant des canines aiguës. Surpris, Roud recula lentement de quelques pas, saisit une pierre et visa la tête. Le glouton reçut le caillou sans broncher et se précipita sur son agresseur en grognant. Roud brandit le javelot accroché à son épaule par une courroie et le lança. Atteint au poitrail, l'animal s'écroula, griffant le sol dans les dernières convulsions de l'agonie.

Stupéfaite, Léti regardait le cadavre de ce petit fauve au comportement insolite, que les humains ne semblaient pas intimider. « Quel est cet animal ? Il n'a pas l'air bien redoutable et pourtant il était prêt à te sauter dessus !

– On l'appelle le glouton, à cause de son appétit féroce. La plupart du temps, on le rencontre dans la forêt, où il chasse à l'affût. Il se tient sur un rocher ou sur un arbre, d'où il se laisse tomber sur sa proie. Il s'attaque à tout : les nids d'oiseaux, les écureuils, les lièvres et les lapins, les lagopèdes et les coqs de bruyère, et même les faons et les très jeunes rennes. Faute de proies vivantes, il peut aussi se nourrir de charognes, de baies ou de larves. Il est aussi rusé que la panthère et plus effronté que le loup ; il grimpe aux arbres comme le lynx. Il fréquente aussi les abords des marais, car il est friand d'oiseaux d'eau. De vieux chasseurs m'ont raconté qu'il vient la nuit voler de la viande jusque dans les campements et que, s'il est surpris, il n'hésite pas à attaquer l'homme. Je vais l'écorcher pour que tu conserves sa fourrure : vois comme elle est belle ! »

La dépouille du glouton s'ajouta à leurs bagages et ils reprirent leur marche.

Le plateau se terminait par de petites falaises entaillées par de nombreux ravins. Au-dessous, protégés des vents du nord, les arbres poussaient nombreux et assez denses pour former une forêt.

Comme le soleil commençait à décliner, ils firent halte à l'orée des arbres, au milieu d'un chaos de rochers formant abri. « Je pense toujours aux loups, dit Roud. Mieux vaut prendre quelques précautions.

– Moi aussi, je n'arrive pas à oublier le jour où nous

avons rencontré Jân et Pahlou en train de les combattre, dit Léti.

– Les loups sont des fauves redoutables. Ils obéissent à un chef et ils s'entendent comme les humains pour traquer une proie. Ils chassent rarement seuls, presque toujours en groupe. La hyène a peur des hommes, pas eux. »

En parlant, Roud coupait des branches épineuses dans un fourré de prunelliers. Il obtura les interstices entre les rochers, ne laissant qu'un étroit passage devant lequel ils installeraient le foyer, ce qui interdirait l'accès à tout animal pendant leur sommeil.

« Ne bouge plus. Ne dis rien ! », dit-il soudain en chuchotant.

Il prit son arc et se faufila entre les troncs, à demi courbé. Léti le perdit de vue rapidement.

La forêt était silencieuse, seule la brise légère du crépuscule agitait les cimes. Un sifflement aigu la surprit. Elle tendit l'oreille.

« Viens. Je suis là », appela son compagnon.

Se guidant sur la voix, elle accourut. Roud regardait un jeune sanglier au pelage roux gisant à ses pieds, une flèche plantée dans le flanc. « J'avais entendu des grognements. Ils étaient quatre ou cinq en train de labourer l'humus pour chercher des larves ou des racines. Je n'ai pas eu de peine à les approcher. J'ai tiré celui-ci, le plus petit : c'est bien suffisant pour nous deux. Il sera plus facile à transporter et plus tendre à manger qu'un vieil animal. »

Comme la nuit tombait, ils ramenèrent la bête dans leur repaire pour la dépecer à l'abri des surprises désagréables. Roud creusa une fosse où il enterra la tête, les viscères, la peau et les extrémités des pattes. « Ce sera pour les Esprits de la Terre. Ainsi, ils nous aideront dans notre voyage. »

Bientôt, le feu flamba joyeusement.

Après s'être restaurés, ils préparèrent des brassées de feuillage pour fumer sommairement le reste de la viande. « Nous emporterons ce que nous pourrons, par précaution. Et puis ainsi nous n'aurons pas à nous arrêter pour chasser. Je voudrais que nous avancions le plus possible tant que le temps est sec. »

Ils eurent tôt fait de traverser la forêt, qui en fait n'était qu'une frange d'arbres au pied du plateau. Au-delà, à perte de vue, c'était le royaume de l'herbe, des herbes si hautes qu'on ne voyait pas le sol et qui ondoyaient à la moindre brise. Jaunies et desséchées par le gel, elles craquaient sous le pied. Un réseau de pistes tracées par les troupeaux d'herbivores rompait cette uniformité. « Il doit y avoir une rivière ou un lac, là-bas vers le midi. Toutes les traces vont dans cette direction », fit remarquer le jeune homme.

Comme ils arrivaient au bord d'un vallon, Roud qui, comme à l'accoutumée, marchait en tête, s'aplatit dans l'herbe, faisant signe à Léti de l'imiter. Mettant un doigt sur ses lèvres, il lui intima le silence.

Dans le fond de la dépression, de jeunes pousses vertes sortaient du sol. Une petite harde d'animaux bizarres, comme ils n'en avaient encore jamais vu, étaient si affairés à brouter qu'ils n'avaient pas entendu les humains approcher.

Leur taille était à peu près celle d'une petite biche, une

biche malingre. Le pelage était d'un roux pâle qui se confondait presque avec la paille des graminées. L'encolure, courte et trapue, n'avait pas l'élégance de celle des biches, au port si gracieux, surmontée de la tête fine agrémentée de grandes oreilles toujours en éveil.

Les animaux qui paissaient sous leurs yeux ébahis avaient un cou trop bref et, surtout, une tête énorme, disproportionnée et disgracieuse, avec un chanfrein busqué proéminent. Cela leur faisait un nez monstrueux et leur conférait une allure grotesque. Seuls les mâles portaient de petites cornes en lyre.

Comme le renne, l'antilope saïga était un animal du froid. On la rencontrait dans les vastes solitudes herbeuses des steppes balayées par le vent, qu'elle ne semblait guère redouter. Farouches et rapides, toujours en éveil, les saïgas étaient des proies peu fréquentes dans les tableaux de chasse. Roud en avait entendu parler, mais c'étaient les premières qu'il voyait de près.

Un vent léger soufflait vers eux. Les bêtes ne pouvaient donc pas flairer l'odeur des humains. Laissant son sac et son carquois, Roud progressa en rampant sur les genoux et les coudes, son arc et trois flèches dans une main.

Un buisson lui permit de se redresser à demi, un genou en terre. Il visa l'animal le plus proche, décocha. La flèche traversa la base du cou. Poussant un bêlement plaintif, l'antilope trébucha, l'aorte sectionnée par la pointe de silex ; elle fit quelques pas hésitants, arrosant les herbes de sang, puis s'affaissa. Ses congénères marquèrent un moment de surprise et vinrent la flairer. L'odeur douceâtre du sang les affola. En quelques bonds ils furent hors de portée. D'ailleurs, le chasseur n'avait pas encoché une seconde flèche. Outre les restes du sanglier, il y avait là de quoi les rassasier durant plusieurs jours.

Il se mit debout et appela Léti, restée à l'arrière. Ils écorchèrent la saïga avec soin, Roud voulant conserver la peau, fine et souple comme celle d'un chamois. Il enterra les viscères selon les rites et abandonna aux charognards une partie de la carcasse, mais Léti prit le temps d'écorcher l'extrémité des pattes pour prélever les tendons, toujours utiles, et extraire les métapodes, susceptibles de fournir des alênes et des aiguilles.

Des dépressions accidentaient de plus en plus fréquemment la prairie. Dans ces zones basses, l'herbe faisait place aux roseaux, souvent plus hauts qu'un homme, ce qui ralentissait leur progression.

Un peu plus loin, ils arrivèrent devant une plaine immense envahie de roseaux à perte de vue, tout autant qu'ils pouvaient en juger, car il n'y avait aucun point haut.

Ils empruntèrent une trouée où les végétaux piétinés témoignaient du passage fréquent de grands animaux. « Des bisons ou des aurochs, peut-être même des rhinocéros sont passés là, observa Roud en essayant de relever des empreintes. Ça n'a pas d'importance, le vent est pour nous. Nous les apercevrons bien avant qu'ils nous aient sentis. »

Pourtant, ils marchèrent longtemps sans rencontrer aucun grand herbivore. Seuls des oiseaux se levaient parfois en criant : des poules d'eau, des râles, des hérons, des oies, des grues, qui annonçaient la proximité de l'eau.

Sur l'horizon monotone des roselières apparut enfin un rideau d'arbres. « L'eau est proche ! Nous allons pouvoir boire et nous laver », dit Léti d'un ton joyeux. La poussière déposée par le vent sur les herbes et les roseaux leur avait desséché la gorge. « Le Grand Fleuve ! C'est le Grand Fleuve ! Nous l'avons retrouvé ! » cria-t-elle.

L'eau était là, en effet. Sur une largeur considérable, le fleuve roulait des flots limoneux grossis par la fonte des neiges, par les torrents issus des montagnes inconnues, loin là-bas dans le mystère des Terres du nord.

Ils dévalèrent la berge rongée par le flot et burent longuement l'eau jaunâtre, chargée de particules argileuses qui laissaient un goût douceâtre sur la langue.

Ils longeaient la rive vers l'aval depuis plusieurs heures quand la jeune femme poussa une exclamation : « Regarde ! Qu'est-ce que c'est ? »

Dans une anse où les courants tourbillonnaient, une masse de bois flottés s'était accumulée. Parmi les branches mortes et les arbres déracinés flottait un assemblage de troncs. En s'approchant, ils virent que les troncs étaient reliés entre eux par des cordages de cuir tressé et portaient des traces de débitage à la hache. Des traverses soigneusement fixées renforçaient l'ensemble.

« On appelle ça un radeau, dit Roud. Oomoùlou-le-Sage m'en a parlé. Certains clans qui vivent au bord du fleuve savent construire un tel engin et l'utilisent pour franchir l'eau. Celui-ci a dû être emporté par la crue. Viens, allons le voir de près ! »

A l'aide d'une longue branche crochue, il attira le radeau contre la berge, non sans peine, car l'embarcation, longue de près de vingt coudées, était très lourde à manœuvrer.

« Que veux-tu en faire ? s'inquiéta Léti en voyant son compagnon sauter sur les troncs.

– C'est très ingénieux. Vois, je marche dessus sans que le bois enfonce dans l'eau. Celui qui a inventé ça a découvert le moyen de se déplacer sur l'eau, comme les canards ! Nous pourrions voyager là-dessus sans fatigue et sans risquer de mauvaises rencontres.

– Tu es fou ? Voyager sur ces eaux tumultueuses ? Sais-tu au moins jusqu'où le fleuve nous entraînera ?

– Vers la Grande Eau, là où je veux aller. L'Esprit du Fleuve nous fait ce don. Nous ne devons pas le refuser. On m'a raconté comment on manœuvre un radeau, c'est très facile. »

Parmi le fouillis des bois flottés, il sélectionna quelques très longues perches, qu'il ébrancha soigneusement avec sa hache. « Il suffit de pousser en appuyant la perche sur le fond ou contre la rive. Va couper des roseaux ; ils nous serviront à préparer un emplacement pour dormir au centre du radeau. »

A contrecœur, Léti obéit. Elle gravit la rive et commença à faire provision de roseaux avec son couteau de silex. Elle les liait en bottes avec des liens en écorce de saule torsadée et les apportait à son compagnon qui les attachait au plancher de troncs. Elle avait fait de nombreux aller-retour lorsqu'elle poussa un cri : « Une fumée ! La plaine est en feu ! »

Assez loin vers le nord-ouest s'élevait en effet une barrière de fumée noire, rabattue par le vent qui, depuis le milieu du jour, soufflait de plus en plus fort. De temps à autre, de violentes rafales ployaient la cime des peupliers.

« Pourquoi t'affoles-tu ? Le feu est loin. De toute façon, nous n'avons pas à le redouter ici, au bord du fleuve. Si par hasard il approche trop, nous monterons sur le radeau et nous serons saufs. Tu vois bien que c'est une heureuse trouvaille. »

Roud coinça dans les interstices des troncs quelques bâtons en oblique qu'il lia entre eux au sommet pour former l'armature d'une hutte grossière. Il la recouvrit de peaux qu'il attacha solidement au bâti. Ils y placèrent leurs bagages et leurs armes, ménageant un espace suffisant pour s'abriter.

Les préparatifs étaient terminés lorsque des cendres et des débris de feuilles brûlées commencèrent à tomber en pluie autour d'eux.

« Le feu se rapproche », dit Léti en levant la tête, de plus en plus inquiète. A présent, des volutes de fumée obscurcissaient l'horizon au couchant, dans la direction d'où ils étaient venus. Soudain, plusieurs bêtes affolées surgirent des roseaux et s'enfuirent en longeant la rive : des biches, une harde de sangliers, un couple de saïgas. Un renard fila comme une flèche, les frôlant, suivi de deux hyènes.

Les animaux flairaient l'odeur du feu de très loin et redoutaient par-dessus tout la Bête rouge, l'alliée de l'Être vertical, leur pire ennemi, l'Homme.

Les chasseurs avaient parfois recours au feu pour rabattre les hardes vers un piège naturel, une falaise, un ravin encaissé, un défilé propice à une embuscade. Celui qui dirigeait la traque observait longuement les accidents du terrain, la direction du vent, sa force, la végétation, avant de donner l'ordre d'allumer l'incendie. On colportait des récits terribles de chasseurs encerclés par le feu qu'ils avaient eux-mêmes allumé, grillés vifs ou asphyxiés par la fumée. On n'avait retrouvé d'eux que des corps carbonisés, horriblement déformés, méconnaissables même pour leurs proches.

Maintenant, les flammes étaient bien visibles. Ils entendaient le crépitement des roseaux qui éclataient dans la chaleur du brasier. Quantité d'oiseaux voletaient parmi les tourbillons de fumée. Des rapaces profitaient de leur affolement pour fondre sur les cailles, les poules d'eau, les râles affolés. Une famille de loutres surgit en haut de la rive ; elles se laissèrent glisser sur la pente et plongèrent.

Réfugiés à la pointe de la langue de terre qui séparait le bras mort du lit du fleuve, les jeunes gens surveillaient anxieusement la progression de l'incendie, quand une silhouette humaine apparut sur le front des flammes. En titubant, visiblement à bout de forces, à demi asphyxié par la fumée, le fuyard dégringola la berge et se laissa tomber à plat ventre dans l'eau, les bras écartés.

Roud et Léti se précipitèrent et le traînèrent sur la grève. C'était un garçon encore jeune, très robuste. Dans le dos, sa casaque de peau était marquée de brûlures. Ses cheveux emmêlés, couverts de boue, étaient en partie roussis. Ses jambes à demi nues, ses bras, ses mains étaient noircis par la fumée et maculés de vase nauséabonde. Un carquois pendait à son épaule. Il avait laissé tomber près de lui son arc. Il respirait par saccades, secoué par des quintes de toux. Ils le retournèrent sur le dos. Léti puisa de l'eau dans ses mains et entreprit de nettoyer le visage de la boue qui le recouvrait.

Un même cri d'étonnement jaillit de leurs lèvres : « Jân ? C'est bien toi ? Comment es-tu ici ? s'exclama Léti.

– Et comment le feu a-t-il pu prendre ? Il n'y a aucun nuage ; ce ne peut pas être le feu du ciel. Ce ne peut donc être qu'un feu allumé par les hommes, mais qui ? Et pourquoi a-t-on incendié la plaine ? », s'écria Roud.

Jân les regardait, aussi surpris qu'eux-mêmes. Péniblement, car ses lèvres étaient boursouflées par la chaleur du brasier, il expliqua sa présence.

Depuis le matin, Jân marchait au hasard. Une fois son père enterré, tandis que l'on procédait aux derniers rites des funérailles, il s'était esquivé. Après ces moments tragiques, la mort d'Elya, assassinée par son père, puis l'affrontement, le duel et son dénouement terrible, il avait soif de solitude et de silence, et aussi de grands espaces.

L'arc en travers des épaules, le javelot à la main, il errait parmi les genévriers qui jaillissaient de loin en loin de l'herbe. Presque machinalement, il avait pris la direction du sud-ouest, vers une combe où coulait un ruisseau à truites. Il affectionnait particulièrement cet endroit. Il n'était encore qu'un petit enfant lorsqu'il avait été privé de sa mère, emportée par une maladie contre laquelle les incantations du chamane étaient restées impuissantes. Son père était devenu ombrageux et irascible. A cette époque, c'était l'oncle Pahlou qui avait pris soin du garçonnet et lui avait fait partager patiemment sa science des eaux et des bois.

La combe isolée lui rappelait sa prime enfance. C'était une dépression boisée, un petit monde à part caché dans un repli du plateau. Un ruisseau jaillissait d'une grotte basse et formait une succession de vasques encombrées de troncs morts et de rochers moussus. C'est là qu'il avait capturé, à la main, sa première truite, aux beaux jours de la saison chaude. Son oncle lui avait montré comment la repérer, comment glisser lentement sa main sous la pierre où elle se cachait, lui frôler le ventre, puis la saisir prestement par les ouïes. En grandissant, il avait abandonné la pêche – activité dévolue aux femmes et aux enfants – pour la chasse et le piégeage, où il était rapidement passé maître.

Il s'assit au bord de l'eau, s'essayant à démêler les traces imprimées dans le sol humide. « Un grand cerf et plusieurs biches ! » Les bêtes étaient venues se désaltérer, puis étaient reparties vers l'aval. Il se mit à suivre leurs traces. De lecture d'abord facile, car l'empreinte des sabots était bien visible dans la terre argileuse près du ruisseau, la piste devenait ténue en abordant les pentes rocailleuses. Jân ramassa des feuilles mâchées : « Les cerfs sont passés il y a peu de temps. Les feuilles qu'ils ont broutées sont encore mouillées de salive », observa-t-il.

Brusquement, l'instinct de la chasse l'envahit, accaparant ses pensées. Tenant l'arc d'une seule main, une flèche encochée, il reprit son avance, silencieux, l'oreille aux aguets.

La piste le conduisit à la sortie de la combe. Elle serpentait entre les arbres, grimpait à mi-pente du plateau, puis les animaux étaient redescendus dans un vallonnement, y avaient brouté un moment, avant de reprendre leur errance.

Jân parvint à l'orée d'une plaine coupée d'étendues de roseaux qui indiquaient des mares permanentes. S'étant baissé pour examiner les traces, il aperçut, alors qu'il se relevait, plusieurs silhouettes humaines, loin, en lisière des marécages. Ce ne pouvait être des gens du clan, puisque tous étaient retenus par les funérailles. « Amis ou ennemis ? Soyons prudent », se dit-il. Il s'accroupit et observa les arrivants. Soudain, il sursauta : « Des Têtes Rouges ! Les gens des marais ! »

La tribu des marais entretenait avec le clan du Cerf Géant des rapports tendus, depuis qu'il y avait eu mort d'hommes à la suite d'escarmouches répétées, motivées à l'origine par des rapts de jeunes femmes. Jân ne l'ignorait pas. Chacun dans son clan savait qu'il valait mieux se tenir éloigné de ces petits hommes bruns agressifs qui s'enduisaient le crâne et la chevelure d'ocre mêlé à de la graisse, ce qui leur avait valu le surnom de « Têtes Rouges ».

Jân s'aplatit sur le sol, mais trop tard. Des vociférations belliqueuses lui apprirent que les autres l'avaient repéré et identifié comme ennemi. Seul, il n'était pas question de les affronter. Il se trouvait beaucoup trop éloigné de la grotte pour espérer une aide des siens.

Aussi, sans hésiter, il s'élança vers la plaine des roseaux. Il lui fallait fuir en terrain inconnu. C'était la seule issue, la retraite vers le plateau étant coupée. Il prit rapidement une sérieuse avance sur ses poursuivants et reprit confiance, sûr de la rapidité de sa course.

A plusieurs reprises, pour brouiller sa piste, il traversa des mares peu profondes. Il suivait le plus possible les trouées pratiquées dans les roseaux par les troupeaux.

Après une course déjà longue, à peine essoufflé, il fit

halte pour écouter et se désaltéra à l'eau boueuse d'un étang. Il tendit l'oreille, mais aucun bruit anormal ne lui indiqua que les Têtes Rouges étaient toujours sur ses traces. « Je les ai semés, triompha-t-il. Je vais faire un grand détour vers le levant et je reviendrai ensuite vers le plateau et notre rivière », pensa-t-il, rassuré.

Il rajustait ses armes en travers de ses épaules avant de reprendre sa course, quand la brise lui apporta une odeur familière autant qu'inattendue : « Un feu ? Qui peut faire du feu ici au milieu de la plaine ? » Des volutes de fumée noire s'élevaient simultanément en plusieurs points derrière lui. « Ils ont mis le feu aux herbes pour me couper la route et m'obliger à sortir des roseaux ! Ainsi, ils sont sûrs de me capturer ou de me faire périr dans les flammes. »

Il ne restait qu'une seule issue : fuir vers le midi. Il se remit à courir à longues foulées souples.

Il n'était nullement fatigué. Cependant, à mesure qu'il avançait sur ce sol inégal, tantôt ferme, souvent spongieux, sa course devenait moins régulière. Ne rencontrant plus de trouées, il dut forcer le passage à travers la masse des roseaux qui flagellaient ses jambes, ses bras et son visage.

Maintenant, le vent soufflait plus fort et rabattait la fumée, qui lui piquait les yeux et la gorge. Il sentait dans son dos la chaleur de l'incendie. Les flammes crépitaient, de plus en plus proches. Des flammèches pleuvaient autour de lui.

Il eut un instant de découragement, mais se ressaisit aussitôt. Laissant tomber son sac, ne conservant que ses armes, il accéléra l'allure.

Malgré toute son énergie, le feu gagnait du terrain. Où

aller ? Où se mettre à l'abri dans cette étendue monotone ? Il distingua au loin une ligne de grands arbres. « Des peupliers ! Des aulnes ! S'ils bordent une rivière, je suis sauvé… » Dans un ultime sursaut, il se jeta dans une course éperdue, la figure fouettée par les roseaux, les yeux rougis par la fumée. Les arbres approchaient. Toussant et crachant, il parvint en titubant aux premiers peupliers, franchit un talus, et une joie immense emplit sa poitrine : l'eau ! L'eau était là, en contrebas ; un fleuve si large qu'il entrevoyait mal l'autre rive.

Il trébucha sur une racine et roula le long de la berge plus qu'il ne la dévala. Affalé sur la rive boueuse, il plongea sa tête et ses bras dans l'eau salvatrice et sentit qu'on le soulevait. Trop épuisé pour réagir, il songea : « Ils m'ont rattrapé. Je suis perdu. Ils vont me tuer. » Mais, au lieu des faces brutales de ses poursuivants, il vit deux visages connus qui lui souriaient.

« Roud ? Léti ? Comment est-ce possible ?

– Et toi ? Comment te retrouves-tu ici au bord du fleuve, si loin du clan ? questionna Roud. Je croyais que tu ne voulais plus me voir…

– Ce n'est pas cela, Roud. Je sais bien que tu n'es pour rien dans la mort de mon père, mais il s'est passé trop de choses, trop vite. En fait, je ne savais plus que faire ; je ne voulais plus voir personne. Je pensais passer quelques jours à chasser seul, mais j'ai eu la malchance de rencontrer une bande de Têtes Rouges, ce qui m'a forcé à fuir vers le sud. Quand j'ai vu qu'ils m'avaient cerné en incendiant la plaine, j'ai suivi la piste des animaux, pensant qu'elle conduisait vers l'eau. C'était mon unique chance.

– Et tu as eu raison. Décidément, tu es un garçon – pardon, un homme ! – courageux et plein de sagesse, ô Tueur-de-loups ! », dit Roud en souriant.

Le visage de Jân s'éclaira. « Je suis heureux de vous avoir retrouvés. Qu'allons-nous faire à présent ? »

Roud se tourna vers l'eau et désigna le radeau : « Regarde ! Avec ça, nous allons voyager sur le fleuve, sans fatigue, sans redouter ni les fauves ni les hommes. Qu'en penses-tu ? Veux-tu voir la Grande Eau toi aussi ? »

Les yeux du garçon brillèrent. « Pourquoi pas ? De toute façon, je ne veux pas retourner vers le clan… C'est donc ça, un radeau ? Des voyageurs en parlaient quelquefois, mais mon oncle me disait de ne pas toujours croire leurs récits. Tu penses vraiment qu'on peut aller sur l'eau là-dessus ? En fuyant, j'ai perdu mon sac et mon javelot ; il ne me reste que mon arc et mon couteau.

– Peu importe. Ne t'inquiète pas pour cela. Nous avons de la viande en abondance : du sanglier et une sorte de biche au gros nez. Nous trouverons des canards et des oies le long du fleuve, et Léti parviendra sûrement à harponner quelques poissons. Rassure-toi, j'ai des pointes en os et en silex pour te fabriquer un autre javelot. Assez parlé, il faut partir. »

En effet, tandis qu'ils parlaient, le feu s'était rapproché, léchant les arbres de la rive. Ils se dépêchèrent d'embarquer sur le radeau. Chacun saisit une perche et, prenant appui sur le fond, ils dirigèrent l'esquif vers l'extrémité du bras mort.

Dès qu'ils rejoignirent le lit du fleuve, le courant fit vibrer les troncs. Le radeau prit rapidement de la vitesse. « Cramponnez-vous ! », cria Roud. Ils s'accroupirent au milieu de la plate-forme, effrayés et grisés à la fois par cette sensation inconnue : marcher sur l'eau... La rive défilait devant leurs yeux émerveillés. L'incendie s'éloignait peu à peu. Bientôt, ils perdirent de vue la fumée.

A présent, emporté par le courant, le radeau glissait sur les eaux. Ils s'étaient vite accoutumés à cette nouvelle manière de voyager, ravis par l'expérience, regardant défiler les rives et les îlots.

Plus loin, le lit du fleuve se resserrait entre deux masses rocheuses contre lesquelles le flot se brisait en écumant. Emportant ses passagers, l'assemblage de troncs franchit le goulet, puis tournoya dans une zone abritée où l'eau bouillonnait, formant d'innombrables remous.

Après le défilé, le fleuve s'élargissait, divisé en deux par une île boisée qu'ils longèrent, avant de dériver dans une anse plus calme.

Le premier, Jân sauta à terre. Roud lui tendit l'extrémité d'une des perches. Il l'aida à accoster l'embarcation et à l'échouer par l'avant. L'endroit était protégé du vent par un promontoire couronné de rochers blancs.

Ils ramassèrent du bois mort. Roud tira de son sac le nécessaire à feu et fit tourner vivement la baguette de peuplier entre ses paumes. Très vite, une mince fumée s'éleva ; un point incandescent apparut dans la sciure qui s'écoulait de la planchette. Quelques instants plus tard, le feu crépitait sur les galets, rôtissant un quartier de la saïga.

Parmi les galets qui jonchaient la rive, Roud découvrit plusieurs rognons de silex. « C'est un silex excellent », dit-il, après avoir brisé en deux l'un des blocs d'un coup précis porté avec un autre galet. La cassure montrait une surface beige, lisse, douce au toucher. « Jân, vois comme le grain est fin : aucune impureté dans la masse. Je vais pouvoir tailler quelques outils et remplacer ton javelot.

– Moi, je vais essayer d'attraper du poisson, dit la jeune femme en prenant son harpon à double tête. Il y a là-bas un enchevêtrement de troncs où je suis presque sûre de trouver une belle pièce. »

Les deux hommes s'installèrent près du feu. Roud entreprit de dégrossir un bloc de silex maintenu sur sa cuisse gauche, protégée par une peau repliée. De sa besace, il avait extrait les instruments indispensables du tailleur : le « chasse-lame », un morceau d'andouiller de renne de la longueur d'une main, appointé aux deux extrémités, un percuteur en bois d'élan, un autre plus léger en bois de renne, un galet de grès. En quelques coups de percuteur, il débarrassa habilement le rognon de sa gangue calcaire. Puis il plaça la pointe du chasse-lame au bord de la cassure et donna un coup sec au moyen du marteau en bois d'élan. Un éclat long et mince, aux bords parallèles, se détacha tout le long de l'arête. Un deuxième suivit, puis un troisième, laissant en négatif des facettes régulières qui serviraient de guide pour détacher les éclats successifs.

« Tu sais tailler de longues lames, dit Jân. Moi, j'avais commencé à apprendre, mais Pahlou et Tirbou me répétaient que je n'avais pas assez de patience. Alors, je me contente de débiter des éclats.

– C'est pourtant facile, Jân, et de la patience tu en as lorsque tu places tes pièges ? Regarde : entre chaque coup, il faut abraser soigneusement le point d'impact avec le galet de grès, comme ceci. Ça permet de placer le chasse-lame exactement là où il doit être. Il faut également respecter l'angle de frappe correct, avant de taper ; le coup ne doit être ni trop violent ni trop faible. Tu dois "sentir" le silex sous tes doigts. C'est ce que m'a appris le vieux Tixân, le plus habile tailleur que j'aie connu jusqu'ici. »

En peu de temps, ils disposèrent d'une vingtaine de couteaux de pierre d'une régularité parfaite, plus longs que la main étendue. Pour préserver les arêtes tranchantes, ils les enveloppèrent dans des écorces de saule. Roud tailla ensuite des éclats plus courts et épais dont il tira des burins et des grattoirs robustes. Puis il tendit sa hache au garçon : « A toi de travailler, maintenant. Il y a des frênes là-bas. Va couper quelques tiges bien droites pour les hampes des javelots. Autant en préparer plusieurs. »

Jân revint peu après, traînant des fûts rectilignes sommairement ébranchés. Avec l'arête des burins, ils les écorcèrent, puis les raclèrent longuement, rabotant des copeaux de bois blanc pour les affiner et les régulariser. En chauffant le bois, ils redressèrent avec soin les hampes et les coupèrent à leur hauteur, soit un peu plus de quatre coudées.

Roud prit dans le sac des pointes en bois de renne, en forme de feuilles étroites, et deux longues pointes cylindriques en os de bison. Ils les fixèrent à l'extrémité des hampes, après y avoir ménagé un logement à l'aide d'un perçoir de silex. Puis ils les collèrent avec de la résine mêlée à de l'ocre que Roud avait préparée sur une pierre chauffée. Avant que le brai ne durcisse en refroidissant, ils renforcèrent la fixation en ligaturant les pointes avec des tendons.

« Voilà quatre sagaies prêtes pour la chasse. On pourra les empenner si nous trouvons de grandes plumes, mais on peut s'en servir telles quelles. Je préfère les pointes en os ou en bois de renne ; les pointes en silex sont plus fragiles ; et plus longues à tailler, aussi. J'en préparerai avec des lames chauffées quand nous aurons davantage de temps, lorsque nous serons arrivés, conclut Roud.

– Arrivés ? Arrivés où ? Sais-tu jusqu'où nous entraînera le chemin des eaux rapides ? dit Léti en les rejoignant, balançant fièrement deux brochets plus longs que son bras.

– Nous verrons bien. Crains-tu donc tant que ça de mourir de faim ? Le fleuve nous donnera toujours ses poissons, tu le vois bien, ses rives du gibier et du bois pour le feu. De quoi as-tu donc peur ? Tu n'as plus confiance en moi ? »

Elle se tut, faisant la moue, posa son harpon et s'accroupit au bord de la crique pour vider ses prises. Décidément, les hommes étaient incompréhensibles…

« Crois-tu que nous pourrons faire du feu sur le radeau ? demanda Jân.

– Pourquoi pas ? C'est une excellente idée. Ainsi nous ne serons pas obligés d'aborder pour cuire la nourriture ou nous réchauffer. Il suffit de préparer un emplacement. »

Avec de la glaise et des galets plats ils aménagèrent au centre de la plate-forme une aire circulaire pour le foyer et entassèrent à côté une provision de bois.

Après s'être rassasiés de poisson grillé, ils rassemblaient leurs bagages sur le radeau, lorsqu'un bruit insolite les surprit : près de la rive, une pierre venait de trouer l'eau. Plusieurs autres suivirent, l'une manquant Jân de peu. Au sommet des rochers, des silhouettes apparaissaient.

« On nous attaque ! Vite ! Embarquez ! », cria Roud en ramassant ses armes et son sac.

En toute hâte, ils s'arc-boutèrent sur les perches pour éloigner le radeau de la berge. Les projectiles pleuvaient autour d'eux, mais par chance aucun ne les atteignit. Perchés sur le promontoire, les assaillants gesticulaient, faisant tournoyer au-dessus de leurs têtes ce qui semblait être une bande de peau ou de cuir.

« Ils lancent des pierres avec une fronde, dit Jân. Comme les Têtes Rouges. C'est curieux, ils paraissent bien petits ; pourtant, nous ne sommes pas encore très éloignés d'eux ?

– Ne vois-tu pas que ce sont des enfants ? dit Roud en poussant sur la perche. Quel est ce peuple qui apprend aux enfants à attaquer les étrangers ? Éloignons-nous vite, les hommes risquent d'arriver avec des arcs ou des sagaies. La fronde permet de lancer une pierre plus loin qu'à la main, mais ce n'est pas une arme précise comme l'arc.

– Tu disais pourtant qu'au bord du fleuve il n'y avait que des tribus paisibles ? dit Léti.

– Eh bien, ceux-ci ne le sont pas. C'est tout », répliqua sèchement Roud.

La descente reprit. Bientôt, ils furent trop loin pour entendre les cris de leurs agresseurs inconnus. D'abord rapide, l'allure se ralentit, car le fleuve devenant de plus en plus large, le courant s'assagissait.

A la tombée du jour, ils accostèrent dans une autre

anse. A la réflexion, passer la nuit sur l'eau les effrayait un peu. Lors de la halte précédente, ils avaient tressé une corde avec des écorces souples ; ils s'en servirent pour amarrer le radeau à un arbre de la rive. Ils dormirent près du feu, au bord de l'eau, bercés par le chant régulier du courant sur les galets. Toutes sortes de cris emplissaient la nuit. Auprès du fleuve, la vie animale était intense. Il y avait les bêtes de l'eau : castors, loutres, oiseaux aquatiques, et toutes celles qui venaient s'y abreuver : chevaux, bisons, aurochs, sans compter les carnassiers qu'attiraient toutes ces proies.

Le voyage au fil de l'eau se poursuivit durant deux jours, mais à présent un vent violent soufflait du nord, soulevant de courtes vagues à la surface du fleuve. Malgré plusieurs tentatives, ils ne parvinrent pas à accoster. Entraîné par les courants, drossé par la bourrasque, le radeau filait sans trêve.

Le soir venu, ils essayèrent d'allumer du feu sur leur demeure flottante, mais en vain. A chaque essai, les rafales soufflaient la petite flamme naissante. Ils durent se résigner à mastiquer des lanières de viande fumée et burent dans le courant, le long des troncs.

A la nuit, ils se pelotonnèrent dans leur abri de fortune, quelque peu inquiets malgré les propos de Roud qui se voulait rassurant.

Ils ne dormirent guère. Aux premières lueurs du jour, tous trois émergèrent de l'abri de peaux, transis, engourdis par l'humidité qui imprégnait tout à bord. Mais c'est en vain qu'ils scrutaient l'horizon ; la visibilité ne dépassait pas un jet de pierre. Tout était noyé dans une brume épaisse. Le vent était tombé. Un silence pesant les écrasait, interrompu par le clapotis des flots contre les troncs et, de temps à autre, le cri rauque d'un oiseau invisible.

« Où sommes-nous ? On dirait que nous n'avançons plus. Crois-tu que nous flottons toujours sur le Grand Fleuve ? » Léti était de plus en plus angoissée.

« Bien sûr que c'est le Fleuve. Où veux-tu que nous soyons ? Je vais essayer d'allumer le feu. »

Roud s'agenouilla sous l'auvent et fit tourner le bâton à feu, conservé à l'abri de l'humidité au fond de son sac. Il guetta la parcelle de braise apparue sur la planchette, en approcha une touffe de poils arrachée à la doublure d'une sacoche. Avec mille précautions, il attisa d'un souffle prudent la petite étincelle chaude. La flamme magique jaillit. Déjà, Jân avait taillé des copeaux de genévrier. A genoux devant le feu, comme pour l'adorer, ils alimentèrent la flamme tremblotante, déposèrent les brindilles enflammées sur le dallage de galets. « Ça y est, le feu a pris ! Tu peux ajouter du bois, Jân. » Joyeux, ils tendirent leurs membres ankylosés vers la Bête rouge qui symbolisait la vie. La chaleur bienfaisante les pénétra et les ravit. C'était une vision fantastique que cette lueur dansante perdue dans la brume, au ras des flots...

Il leur restait encore un quartier de saïga. La viande commençait à noircir et dégageait une odeur forte. Dès l'enfance, ils avaient été accoutumés à des nourritures bien pires, lorsque survenaient les temps de disette, heureusement fort rares chez les peuples chasseurs. Le feu fit grésiller la graisse et la chair. Leurs jeunes dents rongèrent avec délices jusqu'à la moindre parcelle de viande qui adhérait aux os.

Jân se pencha au bord du radeau. Puisant de l'eau dans

ses mains réunies en coupe, il la porta à ses lèvres. Avec un cri de surprise, il se rejeta en arrière, crachant à plusieurs reprises. « Le fleuve est empoisonné ! L'eau est amère ! » Incrédules, ses compagnons goûtèrent à leur tour dans le creux de leurs mains. Comme lui, ils recrachèrent aussitôt la gorgée d'eau qui avait touché leurs lèvres. « C'est vrai, tu as raison. L'eau brûle la bouche. Nous allons mourir de soif si nous ne rejoignons pas la rive, dit Léti, atterrée.

– Mais non, personne ne va mourir de soif, dit Roud. J'ai compris ce qui se passe : nous sommes arrivés au bout du Fleuve, sur la Grande Eau. Les Anciens disent que, d'après tous les voyageurs, la Grande Eau est amère, qu'on ne peut pas la boire, mais que pourtant toutes sortes de poissons et d'animaux y vivent. Eh bien, ça y est ; nous sommes à présent sur la Grande Eau.

– Mais si on ne peut pas boire, comment survivrons-nous ? se lamenta Léti.

– N'aie pas peur. Quand la brume se dissipera, nous apercevrons sûrement un rivage. Nous y dirigerons le radeau pour trouver de l'eau douce. »

Contre toute attente, le brouillard ne se leva pas, donnant un aspect irréel à la lumière qui filtrait à travers les nuées. Une grande partie de la journée s'écoula ainsi.

Puis le mur de brume commença à se déchirer et le soleil perça enfin les nuages. Ils poussèrent un cri unanime : autour d'eux, la mer s'étendait de toute part, aussi loin que portait la vue. Nulle terre à l'horizon : rien que de l'eau, une eau bleue, presque immobile, comme un immense lac aux rives invisibles.

A une courte distance du radeau, l'eau bouillonna soudain. Les yeux écarquillés, ils virent alors émerger une énorme masse. Noire, luisante, bien plus longue que les troncs, la gigantesque créature fit surface dans un large remous. Un jet d'eau s'éleva à la hauteur d'un arbre et retomba en pluie. Une queue monstrueuse apparut, glissa lentement sur les vagues, tandis que l'animal replongeait sans effort apparent.

« C'est… c'est un poisson ? C'est possible, un poisson grand comme un mammouth ? bégaya Jân.

– Léti, tu l'as vu ? Le grand poisson barbu que tu avais harponné dans le fleuve n'était rien à côté de celui-ci », dit Roud.

Apeurés, ils restèrent longtemps serrés les uns contre les autres, tandis que le radeau, presque immobile, flottait sur une mer d'huile.

Jân scrutait l'eau à l'avant. « Il y a des poissons bleus, là sous les troncs. Prends le harpon, Léti.

– Des poissons bleus ? Ça n'existe pas. »

Elle s'approcha malgré tout. Des formes fuselées allaient et venaient rapidement sous la plate-forme. Le harpon troua l'eau comme un éclair ; elle le retira prestement : à son bout frétillait un poisson bleuté au corps barré de rayures obliques, à peu près long comme l'avant-bras. Avec une dextérité due à une longue pratique, la jeune femme l'arracha aux pointes barbelées et le jeta sur les troncs. Un deuxième poisson suivit de peu, puis une troisième prise.

« Un pour chacun de nous ! Si nous devons mourir de soif, en tout cas ce ne sera pas de faim », plaisanta Roud.

Imperturbable, Léti continuait à harponner les bonites

et à les jeter derrière elle sur le radeau, où Jân les assommait.

Maintenant que le soleil était au zénith, la soif commençait à se faire sentir. N'y tenant plus, Jân, qui vidait les poissons avec son couteau, lécha le liquide qui s'accumulait dans les ventres ouverts. Il eut une exclamation joyeuse : « Le jus des poissons bleus n'est pas amer, on peut le boire ! Vous voulez goûter ? » Interloqués, ils burent à leur tour. « C'est vrai, on peut se désaltérer avec, mais je préférerais tout de même l'eau d'une source », convint Léti.

Jân avait jeté les viscères sur le bord de la plateforme. Un gros oiseau au dos gris bleuté, la tête et le ventre d'un blanc immaculé et le bout des ailes noir, fondit comme une flèche et se mit à les avaler goulûment. Sans manifester la moindre crainte, il regardait les humains de son œil jaune en faisant claquer son bec. Un deuxième oiseau identique vint à son tour se poser sur le radeau, puis un autre et un autre encore. Il en arrivait de toutes parts. Avec des cris discordants ils se disputaient les tripes des poissons, mais bientôt ils s'attaquèrent aux poissons eux-mêmes. Roud et Jân bondirent en criant et en agitant les bras pour les chasser : le vol entier tournoya autour d'eux, frôlant leurs têtes en poussant des cris rauques.

« Quels sont ces oiseaux ? Ils sont plus affamés que les corbeaux et n'ont pas peur des hommes ? D'où peuvent-ils venir ? Il n'y a ni terre ni rochers en vue.

– Je ne sais pas. Je n'en ai jamais vu de semblables », répondit Roud. S'emparant du harpon de Léti, il cloua au sol un oiseau plus effronté que les autres. « Tiens, Léti, plume-le. Nous le ferons rôtir en même temps que les poissons. Garde les plumes des ailes, on pourra les utiliser pour empenner les sagaies ou les flèches. »

S'ils dégustèrent avec appétit la chair des bonites, celle du goéland s'avéra détestable. Coriace et filandreuse, elle dégageait une telle odeur de poisson ranci qu'ils ne tardèrent pas à la rejeter avec dégoût. Les oiseaux, qui escortaient toujours le radeau, se disputèrent avec force cris les restes de leur congénère. « C'est la première fois que je vois des oiseaux aussi voraces, dit Jân. Ils sont pires que les corbeaux. Je suis sûr qu'ils n'hésiteraient pas à s'attaquer à un homme blessé ou malade. »

Soufflant du couchant, une brise légère se leva, soulevant des vagues crêtées d'écume qui venaient se briser contre les troncs. Ils se préparèrent pour une autre nuit en mer, se serrant sous l'auvent et les fourrures pour se protéger des embruns.

Lorsque l'aube revint, le vent était tombé. Une longue houle agitait l'étendue marine, imprimant au radeau un balancement régulier qui, très vite, perturba leurs estomacs. Léti fut la première à vomir par-dessus bord. Les deux hommes l'imitèrent peu après. Assis sur les troncs humides, le teint blafard, la mine défaite, ils contemplaient d'un air résigné les ondulations de la plaine liquide.

Une troupe de grands poissons noirs au ventre clair, avec un long museau pointu, bondissant hors de l'eau autour du radeau dans des jaillissements joyeux, les tira un moment de leur torpeur. Les dauphins passaient à toute vitesse sous le radeau, sautaient plus haut qu'un homme, replongeaient dans des gerbes d'écume. Le spectacle émerveillait Jân et Roud, mais Léti demeurait prostrée, insensible à toute émotion, tant elle se sentait malade.

Vers le milieu du jour, la côte apparut enfin au nord-est, une côte basse que dominaient, loin à l'arrière-plan, des collines sombres.

« La terre ! On voit la terre ! », cria Jân, soudain surexcité, retrouvant toute son ardeur.

La houle et le courant poussaient peu à peu le radeau vers ce rivage inconnu, auquel ils aspiraient de tout leur être.

Depuis un long moment déjà, le ciel s'assombrissait bien qu'il n'y ait aucun nuage en vue. Tout à la joie de voir le rivage se rapprocher, ils ne s'en inquiétèrent que lorsque la pénombre survint. Roud se dressa le premier, tous ses sens en éveil : « Le soleil ? Il n'y a plus de soleil ! Que se passe-t-il ? »

Et brusquement, ce fut la nuit, la nuit au milieu du jour…

TROISIÈME PARTIE

Naomi

Couché de tout son long sur la roche tiédie par le soleil, son harpon à côté de lui, Iorimar était aussi immobile que les blocs qui le dissimulaient.

De son affût, il dominait la crique et la plage de sable clair où le flot venait mourir avec un crissement régulier.

Il était là depuis longtemps déjà, mais le temps n'avait pas de prise sur lui. Ceux de son clan, le peuple de la Côte, l'avaient surnommé « le Renard », tant était grande sa science des mille ruses qui lui garantissaient toujours les chasses et les pêches les plus fructueuses.

C'était un homme dans la fleur de l'âge, bien pris, doté d'une musculature tout en finesse, le teint hâlé par le soleil et les vents marins. Les affûts interminables passés à scruter la plaine et les eaux scintillantes avaient tracé un fin réseau de rides aux coins de ses yeux perçants, des yeux auxquels rien n'échappait.

Il n'était pas seul. Plusieurs chasseurs embusqués de loin en loin le long des rochers surveillaient chacun une anse. Ils attendaient l'arrivée des phoques.

Lorsque le soleil commençait à décliner sur l'horizon, les phoques quittaient la mer pour regagner les criques. Là, vautrés sur le sable, ils somnolaient béatement, bâillant de temps à autre avec des grognements d'aise, et devenaient alors des proies faciles. Aussi maladroits et lourdauds sur terre que vifs et agiles dans l'eau, ils étaient aisés à harponner, pourvu que l'on réussisse à leur couper la retraite du côté de la mer.

Il existait plusieurs espèces de phoques, de différentes tailles, plus ou moins fréquentes en fonction de la saison, des vents, des déplacements des bancs de poissons, des variations de température. Tous étaient bons à manger et tout dans l'animal était consommé : leur chair savoureuse était unanimement appréciée, ainsi que leur graisse.

Comme pour les animaux terrestres, la cervelle constituait un morceau de choix, réservé à celui qui avait tué la bête. Le foie et les autres viscères étaient estimés également, sans oublier la moelle, récupérée en brisant chaque os entre deux galets, et dégustée crue.

Fine et résistante, la peau était transformée en vêtements, chaussures, ou découpée en spirales pour obtenir de longues cordes, accessoires indispensables des grimpeurs intrépides qui allaient dénicher les oiseaux dans les falaises. A partir de la graisse et de la moelle chauffées et fondues, auxquelles ils incorporaient des substances mystérieuses, les chamanes confectionnaient des onguents qui passaient pour guérir tous les maux et cicatriser les plaies.

La chasse aux phoques était sans danger, malgré la taille parfois imposante de certains mâles, car ils s'avéraient des adversaires inoffensifs, se contentant de pousser des cris perçants lorsqu'ils étaient agressés. A la saison chaude, lorsque les jeunes phoques accompagnaient les adultes, les chasseurs harponnaient ces derniers et assommaient les jeunes à coups de bâton. Gras et tendres à souhait, ils étaient rôtis lors de fêtes mémorables qui réunissaient les clans du bord de mer et ceux qui vivaient davantage à l'intérieur des terres.

Iorimar retint son souffle : à la limite du flot venait de surgir une tête ronde aux yeux vifs, prolongée par un museau affublé de longues moustaches tombantes. L'animal émergea du ressac, puis se hissa laborieusement sur la grève en s'appuyant sur ses membres antérieurs, larges et palmés. Sortie entièrement de l'eau, la masse de son corps fusiforme se terminait par une nageoire double qu'il agitait de manière grotesque. Se dandinant lourdement, il progressa vers le haut de la plage, laissant sur le sable une trace humide.

C'était un grand phoque, plus long qu'un homme de haute taille. Sa fourrure, d'un gris pâle agrémenté de tavelures noires, devenait plus claire sur le ventre.

Le chasseur s'aplatit du mieux qu'il put, se confondant avec la roche. Il lui fallait à présent ramper en direction de la mer afin d'interdire toute fuite à sa proie, puis bondir et lancer son javelot. Sans cesser de surveiller l'animal du coin de l'œil, il avait déjà progressé vers l'eau lorsqu'une sensation bizarre l'envahit : il avait beau écarquiller les yeux, il percevait moins nettement les détails du paysage.

Soudain, il dut se rendre à l'évidence : la nuit tombait alors qu'on était à peine au milieu du jour !

Quelques instants plus tard, le soleil disparut et ce fut l'obscurité. Oubliant la chasse, ignorant le gibier convoité, Iorimar se couvrit la tête de ses mains. Affolé, terrorisé, face contre terre, il implora les Esprits du Ciel et de l'Eau, ceux de la Lumière et ceux de la Nuit. Lui, le chasseur courageux qui tant de fois avait fait face à la charge du bison blessé, à l'attaque sournoise des loups, aux cornes acérées des bouquetins acculés dans les défilés, il tremblait de tous ses membres. « Le soleil est mort. Nous allons tous périr », répétait-il en claquant des dents.

Après un laps de temps qui lui parut interminable, la lumière revint peu à peu. Le soleil réapparut au même endroit qu'avant l'éclipse. Accroupi sur ses talons, hagard, Iorimar contemplait le ciel, hébété par ce phénomène auquel il assistait pour la première fois. Il jeta un œil sur le sable : le phoque avait disparu. Sans doute affolé lui aussi, il avait regagné la quiétude des eaux. Le chasseur tourna son regard vers la mer et sursauta : devant le promontoire qui fermait la calanque au couchant se profilaient trois silhouettes, là où quelques instants auparavant – combien de temps, en fait ? Il n'en savait plus rien – il n'y avait que les flots.

« Des hommes ! Des hommes sortis de la Grande Eau ! Des humains qui marchent sur l'eau ! », s'exclama-t-il.

Il vit alors qu'il s'agissait de deux hommes et d'une femme, debout sur ce qui lui parut être un plancher de troncs d'arbres. Les courants rapprochaient rapidement les arrivants de la rive. L'un des hommes était plus grand que l'autre, qui semblait beaucoup plus jeune. La femme était très belle, avec une longue chevelure sombre et un corps élancé. Les deux hommes tenaient à la main un instrument courbe comme il n'en avait jamais vu, qui lui sembla fait de bois et de tendons.

Le radeau n'était plus qu'à quelques mètres de la plage

lorsque les compagnons d'Iorimar accoururent. Comme lui, ils avaient vécu les moments angoissants de l'éclipse et venaient d'apercevoir les arrivants.

Roud sauta dans l'eau qui lui arrivait à peine aux genoux et marcha vers eux, les bras ouverts en signe de paix. A sa grande surprise, ils se jetèrent à ses pieds et se prosternèrent en psalmodiant des phrases inintelligibles.

Stupéfait, Roud les écoutait en silence. Malgré toute son attention, il ne parvenait pas à comprendre le langage de ces étrangers. Il saisissait bien, de temps à autre, quelques mots familiers, mais le sens du discours lui échappait. De plus, il était dérouté par leur curieux accent, qui les faisait appuyer sur la terminaison des mots.

Tandis que ses compagnons débarquaient à leur tour, il se baissa vers Iorimar et lui tendit les mains pour l'aider à se relever.

« Moi, je les comprends, dit soudain Jân, au grand étonnement de Roud. Ils disent : "Sois le bienvenu, ô toi le Chamane sorti de la Grande Eau ! Nous t'accueillons parmi nous pour te guider vers notre clan." »

Roud resta abasourdi : « Comment se fait-il que tu connaisses leur langage ? Tu n'étais jamais venu jusqu'ici pourtant ?

– L'épouse de mon oncle Pahlou était une femme du sud. Elle était arrivée avec un groupe de voyageurs qui souhaitaient échanger des coquillages contre des fourrures et des bois de renne. C'est ainsi que Pahlou l'a connue. C'est elle qui m'a enseigné le dialecte de son peuple ; elle me racontait de belles histoires et m'apprenait des chants dans sa langue. En fait, tu verras qu'ils parlent un langage assez proche du nôtre ; c'est surtout leur accent qui est différent. Ils emploient aussi d'autres termes que nous pour désigner les animaux et les plantes. Tu t'y habitueras vite. Que veux-tu que je leur dise ? »

Roud allait lui demander de répondre qu'ils se trompaient, qu'il n'était pas un chamane, mais un simple chasseur, lorsqu'il se ravisa.

Somme toute, mieux valait se montrer prudent et tirer parti de cette situation singulière. Après tout, n'avait-il pas été élevé par un chamane ? N'avait-il pas été éduqué dans la science des secrets des plantes et des bêtes ? N'avait-il pas été admis au sein des grottes sacrées ? Et puis, il y avait eu ce prodige dans le ciel… Le vent aurait pu les pousser n'importe où, or il les avait conduits ici. Il n'allait pas décevoir ces étrangers si accueillants. On verrait bien…

« Réponds que je les remercie de leur accueil, que je rends grâce à la Grande Eau de nous avoir conduits jusqu'à eux. Dis-leur aussi que je me nomme Roud et que voici Léti et Jân. Demande-leur comment ils savaient que nous viendrions ? Comment est-ce possible ? »

Très fier de lui, Jân communiqua la réponse. Les chasseurs de phoques l'écoutèrent attentivement, puis Iorimar reprit la parole.

Le garçon traduisit : « Voici ce qu'il a dit : "Oglobân-le-Sage, notre chamane, a disparu il y a de nombreuses lunes. Nous l'avons cherché partout, en vain. Nul ne l'a revu vivant ou mort. Sans doute a-t-il rejoint le pays des Esprits. Mais, à présent, tu es là. Les Anciens ont toujours dit qu'un jour il y aurait des prodiges dans le ciel, et qu'alors un chamane viendrait de la Grande Eau." »

Tout en échangeant ces propos, Iorimar ne pouvait détacher son regard de la jeune femme qui se tenait à côté de Roud. Il était fasciné par sa beauté, hypnotisé par ses yeux, des yeux comme il n'en avait jamais vu, des yeux de la couleur de l'eau profonde, de la couleur des vagues. Elle aussi venait d'un autre monde, il en était persuadé.

Portant ses mains en coupe à ses lèvres, Roud mima plusieurs fois le geste de boire. « Jân, dis-leur que nous avons fait un long voyage sur les eaux amères et que nous aimerions nous désaltérer », dit-il à son jeune interprète.

Imbu de son importance, celui-ci s'acquitta de sa tâche avec un grand sérieux. Parlant tous ensemble, les chasseurs répondirent en désignant une crête rocheuse en arrière de la grève. « Il y a une source près d'ici, de l'autre côté de ces rochers. Ils vont nous y conduire. »

Ils suivirent Iorimar et ses deux compagnons à travers un dédale de blocs. Sur le versant opposé commençait une plaine verdoyante, coupée d'affleurements rocheux et de dépressions cernées de quelques arbres. Ils firent halte au bord d'un ruisseau qui cascadait sur les pierres. Se débarrassant de leurs sacs et de leurs armes, Roud, Léti et Jân burent longuement, puis plongèrent tête et bras dans l'eau bienfaisante.

Les gens de la Côte regardaient avec curiosité ces navigateurs surgis de nulle part. Tout chez eux les intriguait. Iorimar se tourna vers Jân et lui demanda en montrant les arcs :

« A quoi servent ces objets courbes ?

– Cela sert pour la chasse, et même pour la pêche »,

dit le jeune homme en tendant l'arc à son interlocuteur, qui le prit avec respect.

Faisant le geste de lancer un projectile, Roud intervint : « Explique-lui que l'arc permet de lancer avec beaucoup de force une flèche comme celle-ci », et il sortit de son carquois un trait à pointe de silex.

Les chasseurs se passèrent la flèche de main en main, très étonnés. Ils ne cessaient pas d'interroger Jân.

« Comment une aussi petite sagaie peut-elle tuer un animal ? Vous ne chassez donc que les lièvres ou les oiseaux ? » s'étonna Agdar, un des compagnons d'Iorimar. Jân traduisit.

Roud reprit son arc et encocha une flèche. « Tu vas leur dire que cette petite sagaie vole bien plus loin et plus fort que celles que l'on peut lancer à la main. »

Il jeta un coup d'œil circulaire ; un goéland était posé à la pointe d'un rocher, attendant que les hommes s'éloignent pour venir glaner quelque reste. Roud l'ajusta avec soin, car l'oiseau était bien à trente pas. Ils eurent à peine le temps de voir voler la flèche : avec un cri rauque, l'oiseau bascula de son perchoir, transpercé de part en part. Agdar se précipita pour le rapporter.

« Vous mangez ces oiseaux ? s'étonna Jân.

– Oui, mais il faut laisser tremper la chair dans une source pendant un jour. Ceux des autres clans ne les mangent pas : ils croient que ce sont les Esprits de la Grande Eau. »

Missâr, le troisième chasseur, s'intéressait au harpon de Léti. Il en tâtait les pointes barbelées en fronçant ses sourcils épais. Il prononça quelques mots en la regardant d'un air surpris.

« Que dit-il, Jân ?

– Il voudrait savoir d'où sont tirées ces pointes. Il dit que ce n'est ni de l'os ni du bois de cerf.

– Explique-lui que c'est du bois de renne, répondit la jeune femme.

– Du renne ? Où avez-vous trouvé des rennes ? dit Missâr à Jân.

– Là-bas au nord du Grand Fleuve ; il y en a partout.

– Ici, il n'y en a pas, expliqua Missâr. Dans les montagnes que tu aperçois là-bas, au levant, il y a des cerfs, quelquefois même des cerfs géants, mais sur tous nos terrains de chasse, personne n'a jamais rencontré un seul renne. Les voyageurs qui arrivent du couchant apportent parfois – rarement – des bois de renne qu'ils se procurent très loin. C'est un matériau rare, qu'ils échangent contre beaucoup de coquillages ou de peaux de phoque.

– Mais alors, comment fabriquez-vous les têtes de harpon et de sagaie ?

– Avec de l'os ou du bois de cerf. On creuse des rainures dans la tête du harpon et on y fixe, avec de la résine, des petites pointes de silex pour former les barbelures, comme ceci, dit-il en montrant ses armes et celles de ses compagnons.

– Mais le silex se brise s'il touche une pierre, dit Jân.

– Quelle importance ? C'est très facile de remplacer les barbelures cassées.

– C'est en effet ingénieux… Et cela économise le silex.

– Oh, du silex, il y en a un peu partout. De l'autre côté des collines, au nord, on en trouve en quantité près d'un grand lac poissonneux. C'est là que nous allons nous approvisionner. Mais il faut se méfier du clan des Azalaï. Ils prétendent que le silex leur appartient. »

« A présent que vous voilà désaltérés, en route ! lança Iorimar.

– Demande-lui si le camp de son peuple est loin d'ici ? », dit Roud.

Quand Jân eut transmis la question, le chasseur désigna les collines qu'on devinait à l'horizon.

« A une demi-journée de marche en direction du nord, là-bas. Mais comme nous n'avons pas pu tuer de phoque, nous irons plus lentement, pour essayer de ramener tout de même un gibier quelconque. »

Ils se dirigèrent d'abord vers le nord-est, à travers des étendues herbeuses, contournant les mares et les affleurements de roches. Une longue crête bordée de falaises, couronnée de pins, se profilait sur leur droite. A l'arrière-plan, on distinguait des montagnes plus élevées, aux parois abruptes.

« Nous devrions rencontrer des bouquetins aux abords des collines, mais ils sont difficiles à approcher car trop chassés. Ceux des montagnes sont moins méfiants. »

Iorimar avait à peine fini de parler à Jân, que Missâr et Agdar, qui allaient en tête, s'accroupirent brusquement en tendant le bras vers l'escarpement. Tous les imitèrent.

« Des bouquetins. Là-bas, au pied de la roche pointue », chuchota Agdar.

La harde paissait tranquillement au pied d'une falaise.

« Iorimar dit que nous allons les contourner par la droite pour être à bon vent, dit Jân en s'adressant à Roud. Il faut nous séparer : j'irai avec Agdar et Missâr. Léti et toi, vous allez faire un grand détour, au cas où les bêtes fuiraient vers les montagnes. Laissez-nous une bonne avance. »

Roud fit signe à Iorimar qu'il avait compris son plan de chasse.

Mettant à profit les accidents du terrain, ils réussirent la manœuvre et se postèrent dans des éboulis semés de buissons.

Le troupeau approchait sans méfiance. C'étaient de jeunes bêtes, encore inexpérimentées.

Grégaires, les bouquetins se déplaçaient en petites hardes selon des itinéraires réguliers, à l'intérieur d'un territoire de faible ampleur. Ils étaient très nombreux dans tous les massifs proches du littoral. Ignorant l'arc, les gens de la Côte tentaient de les rabattre vers des défilés pour les avoir à portée de sagaie.

On tendait aussi près des points d'eau des pièges radiants, utilisés pour toutes sortes d'herbivores. Un cercle fait de tiges souples torsadées maintenait un faisceau de pointes en os ou en bois durci au feu. On creusait une petite dépression avant de placer le piège au-dessus et de le recouvrir d'herbes sèches, de feuilles, de brindilles. Une lanière de cuir reliait l'engin à une pierre ou une grosse branche. L'animal se trouvait retenu par une patte coincée entre les pointes. Le chasseur n'avait plus qu'à attendre qu'il se soit épuisé à traîner la pierre ou la pièce de bois. Suivant la bête à la trace, il l'achevait d'un projectile lancé à bout portant.

Les premiers animaux n'étaient plus qu'à une vingtaine de pas. Iorimar se préparait à lancer son javelot. Avant qu'il ait achevé son geste, Roud avait fléché un mâle en plein poitrail. Perdant son sang en abondance, le bouquetin vint s'écrouler presque à ses pieds. Surprises, les bêtes eurent un instant d'hésitation.

Déjà, Iorimar avait touché sa cible, de même que Léti qui venait de foudroyer une troisième proie. Tandis que les autres animaux détalaient parmi les rochers, les chasseurs poussèrent des cris de joie et rappelèrent leurs compagnons.

« Nous avons joué les rabatteurs, aujourd'hui. Nous n'avons pas pu les approcher à bonne portée : ils nous avaient sentis », dit Agdar à Jân en contemplant le résultat.

« Trois chasseurs, trois bouquetins ! Dont un tué par une femme ! dit Iorimar, la mine épanouie. C'est la première fois que je vois une chose pareille. C'est un grand jour. Les arcs sont vraiment des armes extraordinaires, puisque même une femme peut s'en servir avec autant de succès.

– Roud vous montrera comment les fabriquer et les utiliser, dit Jân. Il faut seulement des fûts d'if bien droits.

– Près d'ici, il y a justement une colline dont les pentes en sont couvertes. Nous irons en couper dès que possible. »

Ils s'attelèrent au dépeçage. Les animaux abattus furent découpés en quartiers. Iorimar plaça les têtes et une partie des carcasses sur un entablement de roches. « En offrande aux Esprits qui vous ont conduits vers nous », dit-il.

Déjà, un vol de goélands tournoyait au-dessus d'eux, attendant pour s'abattre sur la viande que les hommes se soient éloignés.

Ils contournèrent l'escarpement par le nord, puis se dirigèrent vers les collines qui barraient l'horizon du nord au couchant. Lourdement chargés, ils progressaient lentement à travers un dédale de vallonnements. Quelques petits chevaux trapus, au pelage sombre très fourni, surpris en train de s'abreuver à une mare, s'enfuirent dans un galop éperdu.

« Agdar dit qu'il y a beaucoup de chevaux dans la plaine, commenta Jân qui marchait devant Roud. Et aussi des bisons et des saïgas qui descendent des vallées à la saison froide.

– Et des aurochs ? Et des mammouths, je suppose ? », questionna Roud.

Par le truchement du garçon, le chasseur interpellé répliqua : « Des aurochs, il y en a dans la vallée de l'est ; ils viennent rarement jusqu'à la côte. Par contre, il n'y a pas de mammouths : ni rennes ni mammouths. Nous en avons entendu parler par les voyageurs venus d'au-delà du Grand Fleuve. Ici, nous n'en avons jamais vu. Les mammouths sont-ils vraiment aussi grands qu'on le prétend ?

– Un mammouth est haut comme deux hommes. Il fournit plus de viande que trente bouquetins », dit Jân.

Missâr, Agdar et Iorimar éclatèrent de rire : « Ah ! Ah ! Ah ! Haut comme deux hommes ? Trente bouquetins ? Et dire que les étrangers prétendent que c'est nous, les gens de la Côte, qui exagérons !

– Bon, bon. Alors, disons vingt-cinq bouquetins », maugréa le garçon, vexé.

Quand il eut traduit, Roud vint à son secours : « Dis-leur bien que c'est la vérité, que les mammouths sont vraiment des animaux énormes, plus encore qu'ils ne l'imaginent, avec des défenses quelquefois longues de plus de sept coudées. Ils ne craignent ni le lion, ni le grand ours, ni l'homme. Jusqu'ici, j'ai vu un seul animal qui paraisse aussi grand : c'est un poisson gigantesque qui vit dans la Grande Eau et crache l'eau très haut. »

Iorimar hocha la tête, peu convaincu, tandis que Jân lui rapportait les propos de Roud.

« Il y a bien des lunes, nous avons trouvé un de ces poissons géants, échoué sur le rivage. Nous en avons mangé pendant des jours. Sa chair était très bonne. Il avait beaucoup de graisse. Ensuite, il a pourri et nous l'avons abandonné aux loups, aux hyènes et aux oiseaux. Nous avons taillé dans les os des têtes de sagaie et de harpon. » Une fois de plus, Jân traduisit à l'intention de Roud et de Léti.

Sur la mer, le disque rouge du soleil baissait rapidement. Ils gravirent une pente rocailleuse, couverte d'herbe rase et de touffes d'armoise. Quand ils atteignirent le sommet, ils découvrirent un lac qui s'étendait sur leur droite.

« Nous ne sommes plus très loin du camp. Voici le Lac-aux-Oiseaux », dit Iorimar. De forme allongée, le lac scintillait sous les rayons du soleil couchant. Ses rives étaient couvertes de roseaux. En arrière s'élevaient des bosquets d'aulnes, de bouleaux, de peupliers. Des nuées d'oiseaux, surtout des foulques et des canards, s'abattaient sur l'eau. Plus loin, un troupeau de chevaux s'éloignait, mis en alerte par l'odeur des humains portée par la brise.

Les chasseurs suivaient maintenant une piste bien tracée, qui devait être fréquentée régulièrement. Bientôt, ils aperçurent au pied des collines la lueur de plusieurs feux dans la lumière douce du crépuscule.

« Voici le camp. Venez », dit Iorimar.

Bien que peu élevées, les collines formaient un écran parfait contre les vents du nord. A une centaine de pas, un torrent jaillissait d'un défilé qui entaillait les falaises. Une douzaine de huttes étaient groupées au pied de l'escarpement, dominées par plusieurs grottes, dont les porches avaient été aménagés à l'aide de perches soutenant des peaux.

De forme arrondie, les cabanes étaient recouvertes de branchages et de peaux disparates. Des poissons ouverts en deux séchaient, suspendus à des bâtons au-dessus de feux chargés d'herbes qui dégageaient une épaisse fumée. Çà et là, des coquilles vides en tas dégageaient une odeur désagréable, mêlée à celle des détritus de toute sorte qui encombraient le sol.

Femmes et enfants se tenaient devant les huttes, examinant les étrangers avec curiosité. Un petit groupe d'hommes vint au-devant d'eux, entourant un homme imposant, vêtu de jambières et d'une casaque en peaux de phoque assemblées à la perfection. Des mèches grises s'échappaient de son bonnet en fourrure de loutre, orné de dents et de coquillages cousus sur la bordure.

« Gharlabân-le-Grand, notre chef », dit Iorimar avec déférence, en s'adressant aux voyageurs. Impressionnés, tous trois s'inclinèrent, tandis que Iorimar, avec force gestes, faisait le récit des événements, désignant tour à tour Roud, Léti et Jân.

Lorsqu'il eut terminé, l'assistance était captivée. Le chef réclama le silence et prit la parole : « Nous avons tous vu le soleil mourir en plein jour, puis renaître. C'est alors que ces étrangers sont apparus, portés par la Grande Eau, avec leurs armes étranges. Cette femme aux yeux couleur de mer chasse elle aussi comme un homme, m'a-t-on dit ? Si Irahonar-le-Chamane ou son successeur, Oglobân-le-Sage, étaient encore là, ils pourraient expliquer tous ces prodiges. Quant à moi, je suis satisfait : j'aurai vécu assez longtemps pour voir se réaliser la prophétie des Anciens… Qui que vous soyez, vous êtes les bienvenus, vous qui êtes sortis de la Grande Eau. Notre clan est accueillant aux étrangers, pourvu qu'ils respectent nos coutumes. »

Rassurés, les enfants d'abord, puis les hommes et les femmes, s'approchèrent des nouveaux venus, touchant leurs vêtements, posant mille questions auxquelles Jân s'efforçait de répondre. Les hommes étaient fascinés par les arcs. Gesticulant pour mimer les péripéties de la chasse, Agdar expliquait avec assurance le maniement de ces armes nouvelles comme si elles lui avaient toujours été familières.

La nuit tombait. Les femmes s'affairaient déjà à découper des quartiers de bouquetins pour le repas du soir. Au loin, dans les collines au-delà du lac, des loups commencèrent à hurler…

*

Roud et ses compagnons furent vite adoptés par le peuple de la Côte. Jân avait raison : leur langue n'était guère éloignée de celles qui avaient cours dans la Grande Vallée. Grâce à l'aide du jeune homme, Léti et Roud parvinrent en peu de temps à se faire comprendre de leurs interlocuteurs. Lorsque les mots leur manquaient, ils avaient recours aux gestes, langage universel que tous mettaient en pratique lors des rencontres entre clans.

Bien que parfois séparés par des distances importantes, aggravées par des obstacles naturels tels que les montagnes, les fleuves, les glaciers ou les marécages, les groupes humains vivaient rarement en vase clos. Par le truchement des voyageurs, on échangeait des matières premières, roches dures, parures, talismans, fourrures.

On mettait à profit la brève durée de la saison estivale pour échanger également des femmes, car les Sages connaissaient depuis longtemps les méfaits des unions consanguines. Moins résistantes que les hommes, les femmes supportaient mal les terribles rigueurs du Temps du froid, cet hiver qui n'en finissait pas et qui décimait les rangs des plus fragiles. Affaiblies par des maternités répétées, elles succombaient souvent lors d'accouchements difficiles, malgré les incantations des chamanes et toute la science des vieilles de la tribu.

Pour se procurer une compagne, les veufs n'avaient alors d'autre recours que de solliciter la bonne volonté des clans les moins éloignés. Sous l'arbitrage des Anciens, ils allaient proposer des offrandes proportionnées à l'âge, à la beauté et à la robustesse de la nouvelle épouse.

Tous ces contacts étaient favorisés par l'emploi de dialectes très proches, qui avaient cours sur de vastes contrées.

Selon leurs capacités et leurs compétences, Roud, Jân et Léti participaient à la plupart des activités pratiquées par leurs hôtes.

Léti accompagnait les femmes lorsqu'elles allaient pêcher dans le lac, qui regorgeait de poissons, surtout de truites énormes. Une rivière aux eaux vives, descendue des montagnes enneigées qu'on apercevait au levant, se jetait dans le lac, formant plusieurs bras, séparés par des bancs de galets. L'endroit était propice pour y placer les nasses ou guetter les poissons à la remontée, harpon en main.

Les expéditions jusqu'au rivage marin, beaucoup plus éloigné, ne se faisaient qu'en groupe et le plus souvent à la saison estivale.

Les femmes ne s'aventuraient pas volontiers de l'autre côté du lac, dominé par un massif au relief tourmenté, boisé de conifères. « C'est le repaire des loups », expliquaient-elles. Roud par contre s'y était fait conduire, guidé par des chasseurs, car c'est là que poussaient, sur les versants exposés au nord, les bois d'arc, des ifs au feuillage sombre, aux fûts élancés et au grain serré. Le peuple de la Côte connaissait cet arbre et l'évitait. On apprenait aux très jeunes enfants à résister à l'attrait trompeur de ses jolis fruits rouges, aussi toxiques qu'appétissants.

Roud avait entrepris la fabrication de plusieurs arcs, le premier étant réservé au chef. Les plus habiles observaient ses gestes avec attention, écoutant ses explications, apprenant à refendre le bois, à le racler et à l'amincir, à donner à l'arme sa forme définitive en chauffant le bois, puis à confectionner les flèches.

Les premières tentatives des apprentis archers donnèrent lieu à des scènes cocasses et à de nombreuses plaisanteries. Certains parvenaient rapidement à manier l'arc avec adresse, d'autres se décourageaient et préféraient demeurer fidèles au javelot et au propulseur.

Le chef avait attribué à Roud et Léti une des cavités qui surplombaient le camp. « C'est là qu'habitait Oglobân, le chamane disparu », expliqua-t-il. La grotte n'était pas très vaste mais bien suffisante pour le couple, et très sèche. De l'entrée, le regard embrassait l'étendue de la plaine côtière, jusqu'à la mer qui formait l'horizon au midi, et jusqu'aux montagnes du Levant, éclatantes de blancheur.

Grâce à sa connaissance des plantes, et au concours de Léti qui, presque mieux que lui, savait distinguer celles qui guérissent, Roud avait soigné avec succès plusieurs malades. On le considérait avec grande estime. C'est pourquoi une fête fut décidée pour célébrer l'arrivée du jeune chamane.

Chacun avait revêtu ses plus beaux vêtements, ceux que l'on réservait aux grandes occasions : les unions, les funérailles, les cérémonies qui marquaient la fin de l'initiation des jeunes gens. Les chasseurs portaient des casaques teintes à l'ocre, rehaussées de motifs tracés avec des pigments végétaux et d'ornements cousus le long des franges. Les robes des femmes, faites également de peaux souples, étaient elles aussi ornées de pendeloques, de coquillages, de queues d'écureuil et d'hermine. Leurs cheveux, tressés en nattes pour les plus jeunes, ou relevés en chignon sur la nuque chez les plus âgées, étaient décorés de plumes multicolores. Les hommes comme les femmes étaient couverts de colliers, de bracelets, de jambières, composés de dents et de coquilles percées. Seuls les enfants et les adolescents étaient vêtus plus sobrement. Pour la circonstance, ils s'étaient peint sur le visage des traits de diverses couleurs.

Léti était resplendissante. Lorsqu'elle fit son apparition, un murmure admiratif s'éleva. Avec la peau de la saïga abattue dans la Grande Vallée, elle avait confectionné une courte jupe qui lui arrivait au-dessus des genoux, révélant ses longues jambes à la peau dorée. Elle l'avait complétée par une blouse en peau de chamois, teinte à l'ocre jaune, sans manches, laissant à découvert ses bras ornés de bracelets de coquillages colorés. A la faveur des côtés, largement ouverts, on pouvait entrevoir la naissance des seins. Elle avait noué sa chevelure en arrière, la laissant retomber librement dans le dos, jusqu'à la cambrure des fesses. Il émanait de tout son être une sensualité qui ne laissait insensible aucun des hommes présents.

Roud se tenait à côté du chef, très digne, comme il seyait à un chamane respecté. Lui aussi était vêtu avec recherche d'une très longue casaque surchargée d'ornements, décorée de signes magiques peints en noir. Sur sa tête, il avait placé la dépouille d'un loup, les pattes antérieures passées autour de son cou, la peau pendant dans son dos. Il tenait à la main une flûte en os, cadeau d'adieu d'Oomoùlou.

La veille, les chasseurs avaient rapporté trois phoques. Découpée en parts équitables, leur viande grésillait sur les braises. Sur le replat devant les huttes, on avait allumé un grand feu qui projetait des étincelles haut dans le ciel sombre.

La nuit tombée, le repas commença. Les premiers servis furent les Anciens. Gharlabân, le chef, convia Roud à prendre place auprès de lui sur une peau d'auroch. Conformément à la coutume, Léti mangeait avec les femmes.

Le repas dura longtemps. Outre les phoques, on servit des oiseaux rôtis et toutes sortes de poissons grillés. Les enfants faisaient ouvrir sur la braise de grosses moules récoltées sur le littoral, qu'ils offraient alentour.

On avait apporté des outres remplies d'une boisson fermentée tirée de plusieurs sortes de baies écrasées. Elle commença à circuler, servie dans des bols de bois ou de grosses coquilles de bivalves. Bientôt, tous se mirent à converser avec animation. Les femmes riaient de plus en plus fort.

Des jeunes gens s'avancèrent. L'un d'eux s'était affublé de la peau d'un des phoques. Se contorsionnant, il mima l'animal rampant sur le sol ; autour de lui, ses compagnons se démenaient, imitant des chasseurs en train de le harponner. Ils simulèrent ensuite une chasse à l'aurochs. Celui qui jouait le rôle de l'animal finissait par charger ses partenaires, qui faisaient mine de s'enfuir, terrorisés. L'assistance riait, appréciant beaucoup le jeu des acteurs improvisés.

Des flûtes, des tambours de peaux tendues sur des troncs creux résonnèrent dans la nuit. La danse commença. De part et d'autre du feu, hommes et femmes se faisaient face, piétinant en cadence d'avant en arrière, de droite et de gauche, en agitant les bras levés au-dessus de leur tête. Un chant s'éleva, repris par toute l'assemblée.

« C'est un chant en ton honneur, cria le chef à l'oreille de Roud au milieu du vacarme. Ils disent que la Grande Eau nous a donné un nouveau chamane, que le clan va prospérer, que les Esprits nous accorderont toujours des chasses fructueuses. »

La fête se prolongea tard dans la nuit. A mesure que le brasier diminuait, le froid se faisait de plus en plus vif. Les rangs des danseurs s'éclaircissaient. Par égard pour leurs hôtes, Roud et Léti furent parmi les derniers à aller dormir. Comme beaucoup de jeunes gens, Jân s'était éclipsé depuis longtemps.

Logé avec les autres jeunes célibataires, Jân leur livrait ses secrets de piégeur. Bien avant leur quinzième année, ils étaient déjà des hommes. Bien que ne possédant pas encore la maturité des adultes, ils étaient capables de se suffire à eux-mêmes, ayant appris à tailler les roches dures, à travailler l'os, à confectionner outils, engins de chasse et vêtements. Beaucoup mouraient dans la prime enfance. Il fallait bénéficier d'une constitution robuste pour survivre aux affres de l'hiver, aux tempêtes de neige qui pouvaient sévir jusqu'à la fin du printemps. Seuls les plus solides pouvaient espérer connaître les rites de l'initiation et devenir des hommes.

Jân enseignait à ses nouveaux compagnons l'usage des lèques, ces trébuchets formés d'une pierre plate grâce auxquels il capturait aussi bien des petits mammifères que des oiseaux. Le seul inconvénient était qu'ici ce type de pierres était rare, les roches alentour ne se délitant pas souvent en dalles.

De leur côté, les jeunes du clan connaissaient d'autres sortes de pièges, qu'ils lui montrèrent fièrement. Ces traquenards visaient la capture des lapins et des lièvres, très nombreux, mais surtout celle des oiseaux, qui pullulaient également.

Il y avait d'abord toutes les espèces aquatiques qu'attiraient le lac et les mares. Sur les reliefs boisés de l'arrière-pays, on rencontrait les habituelles compagnies de lagopèdes. Dans la plaine, couverte de prairies plus clairsemées près du littoral, vivaient au gré des saisons des outardes, des cailles, des vanneaux, des courlis. Des vols immenses d'oies grises et de tadornes aux vives couleurs s'abattaient parfois pour se nourrir d'herbe tendre.

Au bord même de la Grande Eau, Roud et Jân apprirent à connaître des oiseaux jusque-là inconnus d'eux : outre les goélands, omniprésents, criards et effrontés, des colonies de grands oiseaux blancs aux ailes et à la queue noires habitaient les falaises et les rochers du littoral. Beaucoup plus gros que les goélands, leur envergure atteignait la taille d'un homme. Ils se distinguaient par un long bec allongé et surtout leur œil d'un bleu clair. Comme les goélands, c'étaient de grands mangeurs de poissons qu'ils allaient traquer au large, revenant le soir à leurs dortoirs des falaises. Les hommes ne les tuaient pas, se contentant de récolter au printemps les gros œufs blancs, ce qui déclenchait souvent la colère des oiseaux.

Le pillage des nids était en effet une activité productive. Au début de la belle saison, femmes et enfants ramassaient indifféremment les œufs des goélands, des fous, des cormorans, des sternes, aussi bien que ceux des pingouins.

« Il y a trois sortes de pingouins ; tous sont très bons à manger, leur expliqua Iorimar. Les plus grands sont ceux que vous apercevez là-bas sur les récifs. » C'étaient des oiseaux de grande taille, au dos sombre, au ventre clair. Leur corps était massif, avec une grosse tête et un bec large, des ailes courtes et des pattes palmées.

« Dans l'eau, ils sont très rapides, mais ne savent pas voler. Aussi, nous les capturons facilement lorsqu'ils viennent à terre, dit Iorimar.

– Et les autres ? demanda Jân.

– Les autres sont beaucoup plus petits, la moitié de ceux-ci, de la taille d'un jeune goéland, mais avec des ailes bien plus courtes. Ils volent aussi bien qu'ils nagent et plongent. Quand on en blesse un, il faut éviter ses coups de bec, car ses bords tranchent comme un silex.

– Quel pays étrange que le tien, Iorimar ! Des oiseaux qui nagent mais qui ne volent pas ; d'autres dont le bec est coupant comme le silex…

– Il y en a un autre, encore plus petit. C'est lui qui a la chair la plus savoureuse.

– Et lui non plus ne vole pas ?

– Si. Il vole, il nage, il plonge… Il vit en grandes troupes et creuse son nid sous la terre. Il a un beau bec rouge, très large, que les femmes utilisent parfois pour décorer leurs vêtements. Tenez ! En voici un vol qui passe au ras des rochers », dit Iorimar en désignant un groupe de macareux qui contournaient la crique.

Contrairement au clan de Roud, pour lequel la pêche n'était qu'une ressource d'appoint, le peuple de la Côte consommait presque autant de poissons que de viande de chasse. Les voyageurs découvrirent avec surprise des aliments nouveaux : les mollusques et les crustacés.

Ils connaissaient déjà certains coquillages, ceux dont les coquilles entraient dans la composition des parures et des talismans. Les clans des contrées reculées, comme celui de Léti et Roud, ou celui de Jân, leur attribuaient des vertus mystérieuses. Aussi, un réseau de troc de ces objets recherchés s'était-il développé depuis des temps immémoriaux. Mais l'idée que ces précieux colifichets avaient pu abriter une chair comestible ne les avait jamais effleurés. Et là, ils contemplaient des gens qui s'en nourrissaient avec délectation…

Sur les rochers battus par les vagues, on pouvait récolter sans effort des grappes de coquilles oblongues d'un noir bleuté qui contenaient une chair jaunâtre. On les faisait griller sommairement sur un lit de braises, mais la plupart du temps les moules étaient mangées crues, ce qui surprit fortement les nouveaux venus. Cette récolte facile était pratiquée par les femmes et les enfants qui, pendant la saison chaude, lorsque la mer était calme, se plaisaient à patauger dans l'eau jusqu'aux cuisses, insensibles à l'eau froide.

A l'aide d'un galet sommairement taillé, ils détachaient des roches des coquilles coniques dont la chair était très prisée. Léti et Roud la trouvaient coriace et préféraient les moules des récifs, ou les praires et les palourdes, qui abondaient dans les fonds vaseux, au voisinage du delta du Grand Fleuve, à une demi-journée de marche vers le couchant.

Outre les moules et les patelles, la côte rocheuse fournissait toute une gamme de produits comestibles : des huîtres, des coquillages semblables à de gros escargots, que l'on faisait cuire sous la cendre, et des choses bizarres hérissées de piquants, de la grosseur du poing, qu'il fallait briser pour déguster la chair orangée au goût sucré qu'elles contenaient.

Léti apprit à les connaître de manière cuisante. Un jour qu'elle aidait les femmes à récolter des moules, elle posa son pied nu sur un oursin et poussa un cri de douleur. Une vieille femme retira les épines avec une boule de résine chauffée et appliqua sur le pied endolori un emplâtre d'algues qui en quelques heures réduisit l'enflure. A la suite de cet incident, Léti refusa catégoriquement de goûter à ces nourritures étranges.

Comme ses compagnons, elle avait aussi découvert une poudre gris blanchâtre dont le peuple de la Côte faisait un usage immodéré. La première fois qu'elle vit une femme en saupoudrer généreusement un quartier de cheval, elle ne put s'empêcher de réagir : « Pourquoi mets-tu du sable sur la viande ? Est-ce un rite ? »

La femme rit de bon cœur : « Ce n'est pas du sable ! Tu ne connais donc pas le sel ?

– Le sel ? Non.

– Le sel est le don le plus précieux de la Grande Eau. On le récolte dans les creux des rochers, tout près de la côte. On l'écrase ensuite sur une pierre et on le conserve dans des sacs de cuir.

– Et à quoi sert-il ?

– Mais à donner du goût à tout ce qu'on mange ! La viande, le poisson, les racines. Enduits de sel, la viande et le poisson fumé se conservent encore mieux. C'est aussi une médecine pour désinfecter les plaies. Et on dit que ça donne de la vigueur aux femmes comme aux hommes. Tiens, mets-en un peu sur ta langue », ajouta-t-elle avec un clin d'œil coquin.

Léti plaça une pincée de poudre grise dans sa bouche et la recracha aussitôt : « Mais ça brûle, comme la Grande Eau ! Comment pouvez-vous avaler ça ?

– Sur la viande, le goût est différent. Tu t'y habitueras vite, et puis le sel donne vraiment des forces, tous te le diront », conclut son interlocutrice.

Au pied des tombants, les pêcheurs calaient des nasses retenues au rivage par de longues lanières et appâtées avec des morceaux de poisson.

« Pourquoi mettez-vous des appâts ? Dans les lacs et les rivières on n'en met pas et pourtant les poissons se prennent dans la nasse, questionna Léti.

– Ce n'est pas pour prendre des poissons. Tu verras demain. »

Le lendemain, lorsqu'on retira les engins de l'eau, ils contenaient des animaux qui ne ressemblaient en rien à des poissons. C'était un grouillement de pattes accompagné de crissements évoquant plutôt des insectes géants. Certains avaient un corps massif, arrondi et bosselé, avec de longues pattes articulées comme les araignées, d'autres étaient allongés, avec une carapace rougeâtre hérissée de piquants, des pattes plus courtes terminées par des sortes de griffes et deux longues antennes.

« Et ça se mange ? s'exclama la jeune femme.

– C'est même excellent, crois-moi », répliqua Isara, une solide matrone à l'opulente poitrine qui ne craignait ni l'eau froide ni les hommes, à en croire les mauvaises langues du clan.

Après le repas du soir, Léti dut convenir que la langouste grillée valait bien toutes les viandes qu'elle avait goûtées jusque-là.

« Les crabes et les araignées de mer ont une chair presque aussi fine, mais celle des langoustes est plus juteuse », commenta Iorimar en s'adressant à Roud, qui brisait les pattes des crustacés avec ses dents, avant de les sucer bruyamment.

« Et puis, il y en a tellement… A la saison chaude, il suffit de placer les nasses le soir pour les retirer pleines le matin », ajouta Loâban, son voisin autour du foyer.

Un curieux homme, ce Loâban-le-Velu. Râblé, bien

campé sur des jambes courtes, il avait le sommet du crâne dégarni bien qu'il fût encore jeune. Il devait son surnom à l'épaisse toison qui couvrait son torse, ses bras, ses cuisses et même son dos.

C'était un homme de l'eau. Il préférait la pêche sous toutes ses formes à la chasse. Il traquait avec un égal succès les poissons, les phoques et les oiseaux aquatiques.

Au cœur de la saison estivale, il s'enduisait de graisse de phoque et, bien que l'eau demeurât toujours très froide, il plongeait dans les eaux claires des criques. Il était capable de rester plusieurs minutes sans remonter à la surface. « Tu es un vrai phoque ; comme eux, tu as une fourrure, et comme eux, tu peux rester sous l'eau sans respirer, plaisantaient ses compagnons admiratifs.

– C'est parce que moi aussi je mange beaucoup de poissons », répliquait l'homme-phoque, hilare.

De ses incursions sous-marines, Loâban rapportait des crustacés, des grappes de moules beaucoup plus grosses que celles du rivage et d'énormes coquillages en volute qui rappelaient un peu les cornes de bison. On mangeait leur chair, bien qu'elle fût coriace, mais la coquille avait un emploi bien particulier. Il fallait scier les premières spires, ce qui était long et malaisé car la nacre émoussait rapidement le couteau denté en silex ou en quartzite. L'orifice ainsi obtenu était régularisé et poli. En soufflant dans l'instrument, lèvres serrées, les hommes en tiraient des sons graves qui s'entendaient très loin, renvoyés par les falaises d'écho en écho. Seuls les hommes avaient le droit de jouer de ces trompes, utilisées pour donner l'alerte en cas de danger, rappeler des chasseurs égarés dans la brume ou invoquer les Esprits de la

Grande Eau lors des cérémonies rituelles, à la pleine lune d'été.

Voir plonger Loâban fascinait Jân. Il restait de longs moments à l'observer du haut d'un rocher et préparait un feu pour le réchauffer lorsqu'il sortait enfin de l'eau, transi et claquant des dents, malgré la graisse dont il s'enduisait copieusement le corps.

Loâban-le-Velu capturait souvent, à main nue, des animaux qui n'avaient ni os, ni coquille, ni carapace, des bêtes molles à la tête arrondie, avec huit pattes qui se contorsionnaient comme des anguilles, des pattes rougeâtres munies de suçoirs qui adhéraient à la peau en laissant des marques rouges. Il détachait en riant les poulpes collés sur son bras et les tuait d'un coup de dent, ce qui impressionnait beaucoup Jân.

« Comment peux-tu toucher ces bêtes immondes ? Tu n'as pas peur ?

– Celles-ci sont trop petites pour être dangereuses. On les mange grillées. On peut aussi les capturer depuis la rive, avec une longue perche. Il suffit d'attacher au bout des lanières de peau ou des plumes blanches et de les agiter sous l'eau le long des rochers. Les poulpes se jettent dessus et ne lâchent pas quand on retire le tout. Mais il en existe aussi de très grands, et ceux-là il vaut mieux les éviter. Ils peuvent saisir un homme et le retenir au fond de l'eau. C'est arrivé plusieurs fois. Il y a bien d'autres dangers dans la Grande Eau, mais je n'ai pas peur. C'est mon père qui m'a appris à plonger et à être courageux. J'essaie de lui ressembler. »

Jân ne répondit pas. L'évocation du père faisait remonter dans sa mémoire de douloureux souvenirs qu'il s'efforçait d'oublier.

Intarissable, Loâban continuait : « Il y a des sortes de grandes anguilles noires qui se cachent le jour dans les trous des rochers et sortent la nuit. Nous en capturons parfois dans les nasses. Ces poissons ont des petites dents, mais elles sont coupantes ; leur mâchoire est très puissante : elle peut trancher un doigt. Là-bas au couchant, sur la côte sableuse, vivent des poissons plats et larges, qui se cachent dans le sable près du bord. Si on pose le pied dessus, ils vous blessent avec un aiguillon barbelé comme un harpon qu'ils portent à la queue. La plaie est très longue à guérir. D'autres poissons ont des épines venimeuses. Sous les pierres, on trouve parfois des espèces de crabes allongés, à la carapace bleue, avec des pinces redoutables : l'une armée de dents, l'autre massive et plus robuste capable de broyer une main. Il y a aussi des bêtes toutes molles qui brûlent comme le feu si on les touche et…

– Arrête ! Je n'oserai plus jamais mettre un pied dans la Grande Eau, dit Jân.

– Il suffit de toujours bien observer autour de soi et d'être sur ses gardes. Les dangers de l'eau ne sont pas pires que ceux de la chasse. Et puis moi, j'aime le risque. Je n'aimerais pas une vie trop calme, c'est bon pour les vieilles femmes.

– Une chose m'étonne, Loâban. Puisque vous tirez beaucoup de nourriture de la Grande Eau, pourquoi votre camp est-il si éloigné de la côte ?

– La Grande Eau n'est pas toujours aussi tranquille qu'en ce moment. Elle peut se déchaîner, et alors son courroux est terrible. Jadis, du temps de mon père, notre clan vivait dans des huttes, près de l'eau, au pied de la Montagne-Rouge, à deux jours de marche vers le levant.

C'était, paraît-il, un endroit idéal : des sources claires, une vallée giboyeuse abritée des vents du nord, des collines boisées où pullulaient les bouquetins et même les chamois, une baie profonde riche en poissons et en coquillages, fréquentée par les phoques et les oiseaux. Et puis, une nuit, alors que tous dormaient, les Esprits de la Grande Eau ont déchaîné leur colère. Peut-être les chasseurs n'avaient-ils pas observé les rites ? En tout cas, l'eau est arrivée en grondant, des vagues gigantesques ont dévasté le camp. En peu de temps, beaucoup ont disparu. Leurs corps n'ont jamais été retrouvés. Les survivants n'ont plus voulu habiter au bord de l'eau. Ils ont marché vers l'ouest pour fuir ces lieux maudits et ont choisi l'endroit où nous sommes à présent, au-dessus du Lac-aux-Oiseaux. On dit que les territoires du levant sont hantés par les morts privés de sépulture. Désormais, aucun de nous n'ose plus s'y aventurer. »

Près de deux lunes s'étaient écoulées depuis l'arrivée des voyageurs. Chaque jour, le soleil était plus chaud, les soirées plus longues. Partout, l'herbe des prairies avait reverdi. Les collines se couvraient de fleurs. Les oiseaux étaient fort affairés à nicher.

Les femmes et les enfants récoltaient les œufs, dont le peuple de la Côte était particulièrement friand. La première chose à faire était de repérer les nids : ceux des lagopèdes parmi les buissons, ceux des canards au cœur des roseaux, ceux des outardes dans la steppe, ceux des goélands, des fous, des pingouins dans les rochers du rivage. Dans un sage souci de préserver l'avenir, on ne prélevait dans chaque couvée qu'une partie des œufs : règle immuable que nul ne transgressait.

Les œufs étaient ensuite cuits sous la cendre ou gobés crus. On savait également les conserver en les faisant macérer longuement dans de l'eau salée.

Bon nombre de goélands et de fous nichaient dans les falaises, ce qui ne les mettait pas toujours à l'abri, car des grimpeurs intrépides osaient s'aventurer sur d'étroites corniches et braver le vide. C'était le cas de Tirrinân, petit homme mince et nerveux d'une agilité surprenante, qui s'était pris d'amitié pour Roud, lui servant souvent de guide lorsqu'ils chassaient bouquetins et chamois dans les collines escarpées de l'arrière-pays.

Sous une apparence frêle, Tirrinân possédait une musculature et une résistance étonnantes. Il était capable de grimper sur des parois verticales, s'élevant posément en mettant à profit d'infimes aspérités de la roche. Il pouvait se suspendre par une seule main, tandis que de l'autre il cherchait une prise. Cela sans effort apparent, ce qui remplissait Roud d'admiration.

« Moi aussi, j'aimais escalader les rochers. Près de la grotte de notre clan, il y avait des falaises où certains allaient dénicher les corbeaux et les aigles. Mais je n'ai jamais vu quelqu'un grimper comme toi. Tu es plus agile qu'un chamois !

– J'ai commencé tout enfant. Nous avons toujours habité près de hautes parois, et les rochers m'attiraient. J'aime aller là où personne ne va, contempler les plaines et les vallées vues d'en haut. Je voudrais être capable de voler comme un oiseau.

– On dit que certains chamanes en sont capables, répliqua Roud. Pas moi. Pour le moment, en tout cas… »

Avec ses nouveaux compagnons, Roud aimait parcourir les grèves. Il ne se lassait jamais du spectacle de la mer : les vagues crêtées d'écume, le mouvement des flots, leur couleur sans cesse changeante le fascinaient. Il restait des heures à écouter le chant du ressac, bruyant sur les rochers, plus doux sur les galets, chuintant sur le sable. Tout dans la mer l'émerveillait.

Ils suivaient presque toujours la côte vers le couchant, dans la direction de l'estuaire du Grand Fleuve. Là se succédaient des plages bordées de dunes, jonchées d'algues, encombrées d'accumulations de bois flottés, de troncs aux racines blanchies par le soleil et le sel. Le bois qui avait séjourné dans l'eau salée devenait imputrescible et ne se fendait pas en séchant ; aussi était-il recherché pour la fabrication de récipients, des bols et des coupes patiemment mis en forme et creusés au burin de silex.

Sur les grèves sableuses, après les tempêtes, les femmes récoltaient les coquillages employés pour la parure corporelle ou pour décorer leurs coiffures et leurs vêtements, ainsi que ceux des hommes. C'étaient en général des espèces non comestibles car de petite taille : les dentales en forme de corne, les nasses, les littorines aux vives couleurs, les précieuses cyprées dont la forme suggestive évoquait le sexe féminin.

Les gens de la Côte détenaient l'exclusivité de cette récolte et utilisaient les coquillages pour les échanges négociés avec les clans continentaux, lors des rencontres qui étaient l'occasion de renforcer les alliances par le biais des mariages, l'exogamie étant une règle immuable.

Ce matin-là, ils étaient plusieurs à s'être aventurés vers l'ouest, le long du littoral. La mer était calme et limpide. Roud, Iorimar et Loâban longeaient la plage, pendant que, indifférents au froid, Jân et deux autres jeunes gens pataugeaient, de l'eau à mi-cuisses, cherchant à harponner les poissons plats, soles et limandes, qui abondaient près du bord.

De temps à autre, ils récoltaient de grosses palourdes, repérables aux deux orifices qui trahissaient leur présence dans le sable du fond. D'après l'écartement de ces deux petits trous, un pêcheur exercé pouvait estimer la taille du mollusque. Jân, qui était le plus éloigné de la rive, poussa un cri : « Il y a un poisson caché dans le sable, je ne vois que ses yeux mais il a l'air gros. » En même temps, il piquait avec force la proie de son harpon. Éberlué, il vit alors jaillir du fond, soulevant un nuage de sable, un énorme poisson à la peau sombre, large et plat, prolongé par une longue queue effilée.

Ce qu'il avait pris pour les yeux étaient en fait deux évents qui béaient de chaque côté de la tête. La pointe détachable du harpon profondément plantée dans la bête, il se cramponnait à la lanière reliée à la hampe. La raie virevoltait autour de lui, fouettant l'eau de sa queue. Elle avait l'envergure d'un homme bras étendus, et il avait de la peine à résister à la traction.

Les deux autres jeunes gens accoururent à grand renfort d'éclaboussures : « Attention, Jân ! Prends garde à la queue ! » A leur tour, ils plantèrent leurs armes dans l'animal.

La raie pasténague s'épuisait. Le sang rougissait l'eau. Bientôt, elle resta immobile. Ils unirent leurs efforts pour la tirer sur le rivage, en se tenant prudemment hors de portée de ses ultimes soubresauts. Une fois la raie échouée sur le sable, Jân vit avec étonnement qu'elle portait, au tiers de la queue, non pas un, mais deux aiguillons barbelés de la longueur de la main.

« On dirait des têtes de sagaie.

– Oui. Ce sont les armes de la raie et elles sont redoutables. L'an passé, un pêcheur a été blessé à la main gauche. On a eu beaucoup de mal à extraire l'aiguillon. La plaie s'est envenimée, car ces aiguillons sont empoisonnés. Il a souffert pendant des jours, et depuis sa main est inerte. »

A l'aide de son couteau de silex, un des hommes avait détaché les dards et les avait donnés à Roud, qui les examinait avec curiosité. « Je peux les garder ? On pourrait les utiliser comme pointes de flèche.

– Si tu veux. Demande à Jân, c'est lui qui a tué la raie. »

Le garçon acquiesça avec un sourire : « Bien sûr, garde-les. Tu me donneras une des flèches. »

Découpée en quartiers, la raie fut, comme les autres poissons capturés, suspendue à des perches pour être transportée plus commodément.

Chargés du produit de leur pêche et de quelques lièvres tués sur le chemin du retour, ils rejoignirent le camp après plusieurs heures de marche à travers les dunes et la plaine.

Depuis plusieurs semaines, Roud était attiré par les territoires du levant, au-delà des collines rocheuses qui fermaient l'horizon vers l'est, avec leurs parois vertigineuses étincelantes de blancheur.

« C'est le Pays des Morts, la Terre interdite. Personne ne se risquera à t'y guider, s'obstinaient à répéter les gens de la Côte. Pourquoi veux-tu aller là-bas ? N'y a-t-il pas assez d'espace ailleurs pour chasser ? »

Mais Roud était têtu, et sa curiosité insatiable. Finalement, Tirrinân-le-Grimpeur accepta de l'accompagner. Jân, toujours prêt à suivre celui qu'il considérait comme son modèle, se joignit à eux avec enthousiasme.

Le matin du départ, alors qu'ils étaient déjà prêts, Léti sortit de la grotte tout équipée, l'arc à la main, le carquois à l'épaule. Roud la regarda avec étonnement :

« Où vas-tu ?

– Avec toi, bien sûr.

– Non, c'est trop risqué. Tu dois rester ici et m'attendre. Nous allons dans une région redoutée de tous. Ce n'est pas la place d'une femme.

– Voilà maintenant que tu parles comme parlait mon père ! Je crois entendre les Anciens de notre clan, répliqua vivement la jeune femme. Comme si je n'avais pas partagé suffisamment de dangers à tes côtés… » Elle jeta un regard courroucé aux trois hommes et leur tourna le dos.

Roud était mécontent. Pourtant, loin de se laisser aller à la colère, il alla vers elle et lui entoura les épaules de son bras : « La prochaine fois, je t'emmènerai. Il faut d'abord explorer ce territoire. Les fauves doivent y être nombreux, puisque plus personne n'ose aller y chasser. »

Elle se dégagea sans un mot et redescendit vers les huttes du camp.

« Allons, viens, Roud. Il faut se mettre en route, le soleil est déjà haut », dit Tirrinân, qui avait assisté impassible à l'altercation.

*

Éparpillée sur la pente dominée par les parois de roches blanches, la harde de bouquetins paissait en toute quiétude. Curieusement, ils ne semblaient pas effrayés par la fumée qui s'échappait d'une faille au pied de l'à-pic au-dessus d'eux. Lorsqu'une silhouette humaine sortit de la cavité, plusieurs jeunes animaux vinrent même au-devant d'elle.

C'était une femme au port altier, dans la plénitude de l'âge, vêtue d'une tunique de peau ornée de franges qui lui arrivait aux genoux, laissant entrevoir des jambes brunies par le soleil et zébrées de cicatrices. Elle portait des sortes de bottes courtes, avec des lanières entrecroisées protégeant les mollets. Sa chevelure, d'un noir brillant montrant quelques fils argentés, était divisée en nattes, arrêtées chacune par un fin lacet retenant un coquillage.

Sur sa poitrine fière pendait un collier fait de tubes découpés dans des os d'oiseaux, alternés avec des pendeloques diverses : coquilles, dents percées, griffes.

Elle avait un beau visage aux traits réguliers bien qu'à l'expression un peu austère, illuminé par l'éclat de son regard. Sa silhouette svelte dénotait des muscles harmonieux, développés par l'existence rude et solitaire qu'elle menait dans les montagnes de l'arrière-pays.

Shâantah n'appartenait pas au peuple de la Côte. Elle venait d'une contrée plus au nord, par-delà la Montagne-aux-Sources-Chaudes, bien plus loin que le territoire des Azalaï. Jeune, elle faisait partie d'un clan appelé les Gâvouhânaï. C'étaient des gens des montagnes, familiarisés avec une vie dure, rendue encore plus difficile par la proximité des glaciers. Ils entretenaient des relations épisodiques avec les gens du littoral, auprès desquels ils se procuraient des coquillages et du sel, en échange de fourrures, de canines d'ours brun, de plumes d'aigle, de pierres à feu et de cristaux translucides aux facettes brillantes, plus durs que le silex, qu'ils récoltaient dans des vallées gardées jalousement secrètes.

C'est à la faveur d'une de ces rencontres que Shâantah avait été unie par son père à un homme de la Côte nommé Ehoran. Chasseur intrépide, mais volontiers ombrageux, Ehoran-le-Pelé, surnommé ainsi en raison de sa calvitie précoce, était facilement irascible. Pour cette raison, il ne bénéficiait pas de la sympathie de tous, alors que sa jeune femme avait été immédiatement adoptée par le groupe. Il parcourait en solitaire les collines les plus abruptes, son gibier de prédilection étant les chamois, les bouquetins et les mouflons.

Victime d'une chute dans une gorge isolée, il s'était brisé la jambe et avait connu une fin atroce. Il avait vécu une lente agonie sous l'œil implacable des loups, des vautours et des corbeaux qui se rapprochaient à mesure qu'il s'affaiblissait. Adossé à un rocher, il les avait tenus à distance tant qu'il avait pu, à coups de pierre, en brandissant son javelot qui s'était rompu dans sa chute.

A bout de forces, terrassé par la fièvre, il avait à peine entrevu dans son délire le loup plus hardi que les autres qui lui avait ouvert la gorge.

Personne ne se soucia vraiment de son absence, et lorsque Shâantah parvint à convaincre quelques chasseurs de partir à sa recherche, on ne retrouva que des restes épars, affreusement déchiquetés par les prédateurs.

C'était là une fin qui menaçait tout chasseur solitaire. Nul ne l'ignorait. Aussi la plupart ne s'aventuraient qu'en groupe au cœur des territoires éloignés des parcours habituels. Davantage que la maladie, les morts violentes, noyades ou accidents de chasse représentaient les causes premières de mortalité chez les adultes.

Cohinan, un homme mûr, mit alors la jeune veuve sous sa protection. Il avait déjà une femme, Nagalli, autoritaire et jalouse, qui prit immédiatement ombrage de sa jeune rivale et s'ingénia à lui faire subir des brimades quotidiennes. Homme faible, Cohinan laissait faire. Il se gardait d'intervenir dans ces querelles domestiques.

Après une dispute plus violente que les précédentes, Shâantah décida de quitter le clan, et nul, pas même Cohinan, ne s'opposa à son exil volontaire. En fait, il ne tenait guère à cette femme toujours silencieuse, qui de plus n'avait pas été capable de lui donner une descendance.

Elle se retira dans les premiers contreforts des montagnes, à plus d'une journée de marche de la côte.

De son enfance, elle avait gardé la nostalgie des hautes terres, des crêtes d'où la vue embrassait un vaste horizon, des torrents aux eaux bondissantes, des herbages qui au printemps s'émaillaient de mille fleurs.

Elle aménagea une grotte, perchée comme un nid d'aigle à la naissance d'une vallée boisée où un ruisseau dévalait de cascade en cascade. Pour se protéger des fauves, elle entoura l'entrée de la faille d'une double rangée de pieux, maintenus par des entrelacs de branches épineuses. Elle renforça le tout d'un muret de pierres sèches, laissant seulement un étroit passage en chicane, qu'elle obstruait à la tombée de la nuit avec un épais fagot d'épines.

Accoutumée dès l'enfance à la vie rude qui était celle des siens, elle était d'une endurance et d'une résistance à la fatigue qui surprenaient chez cette petite femme en apparence fragile. Dans son clan d'origine, la vie était difficile. Aussi, à l'inverse de ce qui se passait ailleurs, beaucoup de femmes chassaient, à l'instar des hommes.

En quittant les gens de la Côte, elle avait emporté des sagaies, une hache dérobée à sa rivale et son propre nécessaire à feu. Dans le clan de Shâantah, on n'ignorait pas l'usage du bâton à feu, mais par tradition on préférait obtenir le feu par percussion, à l'aide d'un morceau de silex frappé contre une pyrite ou une marcassite. Ces nodules lourds et brillants se rencontraient en abondance dans les ravines qui entaillaient les pentes de marnes grises de certains massifs.

Seuls les Gâvouhânaï détenaient le secret de ces gîtes. Ils troquaient les mystérieuses pierres à feu contre du silex, matériau indispensable dont leurs montagnes étaient à peu près dépourvues.

Obéissant à des sentiments confus, elle conservait dans un sachet de cuir quelques fragments d'os et la mandibule d'Ehoran, son premier mari, dont elle n'avait pu, pour respecter la coutume des siens, recueillir le crâne, atrocement rongé par les loups. Elle avait placé ces reliques au fond de la grotte, à côté d'une pierre brillante provenant de ses montagnes natales, talisman qu'elle tenait de sa mère.

A son grand regret, car son cœur débordait d'affection refoulée, Shâantah n'avait pas eu d'enfant.

Elle possédait le don de gagner aisément la confiance de nombreux animaux, ce qui la faisait passer aux yeux de tous pour un peu sorcière. Dans certains clans, il existait des femmes-chamanes capables de communiquer avec les Esprits des animaux à l'instar de leurs homologues mâles. Grâce à ce pouvoir, on la respectait et la craignait un peu. C'est pourquoi, à son grand soulagement, nul ne la poursuivit ni ne vint l'importuner dans sa retraite. De rares chasseurs savaient qu'elle vivait désormais là-bas dans les collines lointaines, mais ils respectaient son isolement volontaire.

Quelques femmes plus audacieuses que les autres s'aventuraient parfois en petit groupe jusqu'à elle, en quête de talismans ou de préparations médicinales. En échange, elles lui apportaient du poisson fumé, du sel, quelquefois des lames de silex. Grâce à ces visiteuses, elle suivait de loin en loin la vie du clan, qui à présent lui paraissait un autre monde.

Elle avait recueilli et soigné avec succès une femelle de bouquetin trouvée un jour au pied d'une paroi, une patte brisée. Guéri, l'animal, qui depuis boitait légèrement, ne la quittait plus et l'accompagnait souvent lorsqu'elle descendait vers la forêt à la recherche de baies et de fruits. Peu à peu, la harde entière s'était approchée et familiarisée, rassurée par le voisinage calme et silencieux de cet être vertical si différent de ceux qu'ils avaient pu entrevoir jusque-là.

Shâantah poussait parfois ses expéditions jusqu'au littoral, principalement à la belle saison, pour faire provision d'œufs d'oiseaux de mer et surtout de sel, denrée à laquelle elle avait pris goût, au point de ne plus pouvoir s'en passer. C'était un véritable voyage, semé d'embûches, qu'elle n'entreprenait jamais sans appréhension.

Peu désireuse de rencontrer ceux du clan qu'elle avait déserté, elle gagnait le bord de la mer en se dirigeant droit au sud, par des sentiers connus d'elle seule.

Grâce au sel, dont ils raffolaient également, elle réussit à apprivoiser plusieurs bouquetins. Un mâle s'étant même enhardi jusqu'à venir couvrir la femelle boiteuse, deux chevreaux gambadaient à présent près de la grotte.

Les bouquetins n'étaient pas ses seuls compagnons. Elle avait pris l'habitude de placer les reliefs de ses repas sur un rocher à l'attention des choucas nichant dans les falaises. Ils étaient devenus des hôtes assidus et la prévenaient par leurs cris de l'approche de tout animal indésirable, loup, hyène ou lynx. Elle s'amusait de les voir se disputer la nourriture. Quelques-uns, les plus hardis, venaient se poser sur son épaule et la regardaient de leur œil bleu, quémandant un morceau de viande.

L'animal qui avait la préférence de la recluse était un chat sauvage, qu'elle avait baptisé Kâli, et qui partageait sa grotte. Il était le seul survivant d'une portée que la mère avait installée sous un tronc d'arbre abattu par la tempête. Alors qu'elle chassait pour les nourrir, la chatte avait été surprise par un vieux loup.

Lorsque Shâantah, en quête d'airelles et de framboises, intriguée par des miaulements plaintifs, avait découvert les chatons, deux étaient déjà morts de faim. Des deux survivants qu'elle recueillit, seul le plus robuste parvint à s'accrocher à la vie. C'était alors une petite boule, une pelote de poils soyeux qui attirait les caresses et se pelotonnait contre elle pendant son sommeil. Au fil des lunes, Kâli était devenu un véritable fauve, presque de la taille d'un petit lynx. Trapu et râblé, il avait des yeux aux reflets dorés, une splendide fourrure rayée de brun roux, une queue fournie, harmonieusement annelée, des pattes silencieuses et musclées armées de griffes redoutables.

Sous ses allures faussement tranquilles, Kâli était une remarquable machine à tuer, capable de rester des heures à l'affût devant un terrier de lapin ou de marmotte pour bondir sur la proie comme un éclair et lui briser la nuque d'un coup de dents. Vif et rapide, il pouvait grimper au sommet de l'arbre le plus élevé pour s'emparer d'un écureuil imprudent ou ravager une nichée sans surveillance. Aplati de tout son long dans l'herbe, il savait réussir une approche patiente et sauter toutes griffes dehors sur un lièvre ou un lagopède sans méfiance.

Petit, Shâantah l'avait nourri en partageant avec lui les rongeurs et les oiseaux qu'elle piégeait. Maintenant qu'il était capable de chasser seul, il avait pris l'habitude de lui rapporter ses proies, les déposant fièrement devant la grotte. Sa maîtresse le récompensait d'une caresse et lui laissait toujours une part équitable du gibier.

Le gros chat se frottait contre ses jambes, ronronnant avec volupté lorsqu'elle lui caressait le dos ou lui grattait doucement le sommet du crâne.

Curieusement, alors que les bouquetins, pourtant familiers, se tenaient toujours à bonne distance du feu, le félin affectionnait la chaleur du foyer, ses yeux dorés fixant longuement les flammes.

Il partait toujours chasser au crépuscule, ou un peu avant l'aube, mais lorsque la nuit s'avançait et que le froid devenait plus vif, il regagnait la tiédeur de la grotte et s'endormait, confortablement lové sur les peaux couvrant la partie du sol réservée au repos.

Shâantah se complaisait dans l'intimité des bêtes. Elle

leur parlait, s'adressant à elles comme s'il s'était agi d'humains.

Vivre sans homme ne la gênait nullement. De ses unions malheureuses, elle n'avait gardé que des souvenirs pleins d'amertume. A présent, aucun désir ne venait troubler ses pensées, pas plus que ses rêves.

Vivre ainsi libre au gré de sa fantaisie, être capable de subvenir seule à ses besoins, ne dépendre de personne, ne plus être asservie aux contraintes du groupe ni à la volonté d'un homme la comblait de joie. Ces sentiments la grisaient lorsqu'elle se remémorait les jours sombres passés sous le joug de ses époux.

Une ample besace en travers des épaules, sa hache à la ceinture, une sagaie à la main, Shâantah descendait une fois de plus, d'une allure décidée, vers ce qu'elle appelait avec un peu de mépris « le pays d'En-Bas ». Vivant depuis toujours dans des territoires au relief accidenté, elle avait des jambes musclées et marchait d'un pas rapide et sûr. Elle suivait une ligne de crêtes où l'herbe rase et les rares buissons ne pouvaient dissimuler un quelconque danger. De là-haut, la vue embrassait les vallées situées de part et d'autre.

On était à la fin du printemps. Elle savait trouver près du littoral quantité de nids d'oiseaux de mer. Elle allait pouvoir se gaver d'œufs cuits sous la cendre, sa gourmandise préférée. Elle y adjoindrait des coquillages, moules, patelles, palourdes, clovisses, huîtres, troques, dont la saveur salée lui manquait depuis qu'elle avait pris goût à ces nourritures insolites, lors de son séjour chez ceux de la Côte. Elle pêcherait des poissons et des oursins, ferait provision de sel, récolterait des coquilles colorées.

Avant de quitter sa retraite, elle avait barricadé l'entrée de la palissade, non contre les improbables incursions d'humains, mais pour prévenir les dégâts des loups, des hyènes ou des gloutons, qui auraient pu déchiqueter les précieuses peaux et dévorer ses réserves de viande fumée. « Kâli, tu restes là. Tu garderas la grotte », avait-elle recommandé au gros félin, qui pouvait aisément franchir la palissade et aller et venir à sa guise. Elle eut un regard pour les bouquetins qui broutaient, égaillés parmi les blocs éboulés, puis elle se mit en marche.

Parvenue à l'extrémité de la crête, elle fit halte un long moment avant de s'engager dans les éboulis qui descendaient vers la vallée. Loin en contrebas, on entendait le grondement continu d'une cascade. Dans les lointains bleutés par des écharpes de brume, elle devinait la ligne de rivage et l'immensité de la Grande Eau. Au levant se dressait la paroi vertigineuse de la Montagne-Rouge.

Deux jours plus tard, elle se décida au retour. Elle en avait déjà assez de la mer, de cette eau si vaste toujours en mouvement, de cet air chargé d'une humidité moite qui poissait la peau. Installée pour la nuit sous l'auvent d'un énorme bloc, elle y avait fort mal dormi, assaillie par les insectes qui, dès l'arrivée des beaux jours, pullulaient aux abords de la côte. Dans les creux des rochers, elle avait pu ramasser suffisamment de sel pour en remplir un petit sac.

Elle s'était livrée à une orgie d'œufs de goélands, de cormorans et de pingouins, jusqu'à en être presque écœurée. Par contre, elle avait dû se passer de coquillages, car une forte houle venue du couchant se brisait sur les récifs, interdisant toute récolte de mollusques. Ce contretemps avait achevé de la mettre de méchante humeur.

Elle n'avait plus qu'une hâte : retrouver l'air vivifiant de ses chères montagnes. Quittant sans regret le littoral, elle se dirigea vers la Montagne-Rouge qui dominait le paysage de ses hautes falaises. Leur couleur ocre formait un contraste saisissant avec les roches blanches des collines qui bordaient la plaine côtière au nord.

Elle cheminait à bonne distance du pied des falaises. La Montagne-Rouge avait mauvaise réputation : on la disait hantée par des esprits maléfiques. Des blocs de rocher s'en détachaient parfois brusquement, sans raison apparente, alors qu'il n'y avait ni pluie ni orage. Des chasseurs de bouquetins trop audacieux avaient ainsi trouvé la mort sur ses pentes, ce qui avait accru la crainte qu'inspirait le Territoire maudit. Les animaux, quant à eux, devaient s'en féliciter car ils y prospéraient en toute quiétude.

Des chevaux et des bisons galopaient dans l'immense prairie qui s'étendait entre la côte et les premiers reliefs. Plusieurs torrents et d'innombrables sources coulaient au pied des massifs calcaires, favorisant la présence d'arbres : surtout des aulnes et des bouleaux. Dans les vallées profondes paissaient des cerfs et des aurochs, et quelques rares mégacéros à l'immense ramure.

Tournant le dos au « pays d'En-Bas », Shâantah s'engagea dans une des cassures du massif. Remontant le long d'un torrent, elle gagna rapidement de l'altitude. En fin de journée, elle parvint en vue des crêtes familières de son domaine secret. Toutefois, la route était encore longue ; elle ne pourrait atteindre son but avant la nuit.

Elle jugea préférable de faire halte, choisissant pour bivouac une grotte perchée au-dessus du ruisseau, une cavité qu'elle avait maintes fois utilisée au cours de ses errances solitaires.

Se délestant de sa charge, elle commença par allumer le feu en quelques gestes rapides qui dénotaient une longue pratique. Il lui fallait profiter de la fin du jour pour ramasser une provision de bois suffisante pour la nuit, aussi se dirigea-t-elle en amont vers un arbre déraciné par un ouragan qu'elle apercevait à une centaine de pas. Elle s'aperçut qu'elle avait laissé sa hache avec son sac.

Pleine de ressources, elle saisit une lourde pierre et, la soulevant le plus haut possible au-dessus de sa tête pour la projeter avec plus de force, elle l'utilisa pour briser les branches mortes. En peu de temps elle avait préparé un fagot volumineux. Essoufflée, elle s'assit un instant sur le tronc avant de redescendre vers l'abri. Loin dans la pente au-dessus d'elle, une tache brune dans l'herbe verte attira son attention.

« On dirait un corps humain. Il faut que j'aille voir. » Elle grimpa parmi les blocs éboulés et les arbustes jusqu'à la pente herbeuse au pied de l'à-pic et sursauta : « Une femme ! Elle a l'air morte. »

Le corps qui gisait disloqué à ses pieds était en effet celui d'une femme jeune, portant des vêtements de peau habilement tannés, une casaque ornée de coquillages disposés avec goût et une jupe courte. Ses longs cheveux noirs, fins et soyeux, étaient défaits et poissés de sang. Le bras gauche formait un angle bizarre.

« L'os semble brisé. Mais de toute façon, c'est trop tard, je ne peux plus rien pour elle. » Sans y prêter attention, par habitude de son existence solitaire, elle avait pensé à voix haute. Un gémissement lui fit écho.

« Mais non ! Elle vit. » Elle s'agenouilla près de la blessée qui geignait et avec d'infinies précautions la retourna sur le dos, lui arrachant un cri de douleur.

Les traits crispés par la souffrance, le visage était exsangue et maculé de terre. Mais ce qui frappa le plus Shâantah, ce fut le regard de l'inconnue, ses yeux verts piquetés de paillettes dorées.

« D'où viens-tu ? Tu n'es pas du clan de la Côte, je ne me souviens pas de t'avoir vue parmi eux. Que fais-tu seule dans les montagnes ? Qui t'a blessée ? questionna Shâantah.

– Mon bras… Je suis tombée… J'ai mal. J'ai soif… Aide-moi… » La jeune femme avait du mal à parler. Les pensées se bousculaient dans l'esprit de Shâantah.

« Qui est-elle ? Que faire ? Je ne peux pas l'abandonner, elle serait à la merci des loups et des hyènes. Mais si je l'emmène avec moi, les siens viendront la chercher un jour ou l'autre et ils envahiront ma cachette… » Elle se retourna vers la blessée : anxieux et implorants, les yeux verts guettaient une réponse. « La nuit approche, nous ne pouvons pas rester là. Tu vas essayer de te relever en t'appuyant sur moi, je vais t'aider. » Elle la prit sous les aisselles et tenta de la mettre debout, mais, épuisée par la douleur, la jeune femme ne tenait pas sur ses jambes.

« Mon bras… J'ai trop mal au bras.

– Attends. Ne bouge pas. » Elle alla chercher deux branches rectilignes et habilement elle immobilisa le membre brisé, sans prêter attention aux plaintes de la patiente.

« A présent, tu vas t'accrocher à mes épaules. Passe ton autre bras autour de mon cou. » Moitié portant, moitié traînant la blessée, Shâantah parvint à regagner le lit du ruisseau. Elle déposa son fardeau sur le sol et, puisant de l'eau dans ses mains, elle fit boire longuement la jeune femme. Puis elle nettoya sommairement son visage. Elle avait une plaie à la tête qui avait beaucoup saigné, mais qui était sans gravité, et des contusions un peu partout sur le corps. L'eau glacée lui redonna conscience.

« Mon nom est Léti. Je viens du clan de la Côte, mais je ne suis pas des leurs. J'étais partie chasser et je me suis perdue. En voulant descendre vers le torrent, une vire s'est effondrée sous moi. J'ai fait une chute de plusieurs fois ma hauteur parmi les éboulis et j'ai roulé longtemps sur la pente, puis j'ai perdu connaissance.

– Chasser ? Tu chasses donc, comme un homme ? Et où sont tes armes ?

– Mon arc et mes flèches ont dû rester là-haut, là où je suis tombée.

– Tu sais te servir d'un arc ? Quelle sorte de femme es-tu donc ? Enfant, lorsque je vivais avec ceux de mon clan, j'ai vu un jour des voyageurs qui possédaient des arcs, mais les miens n'avaient que des sagaies et des épieux. J'irai rechercher ton arc demain. Je suis curieuse d'en voir un de près. Repose-toi un peu, ensuite il faudra aller jusqu'à la grotte. Ce n'est plus très loin. »

En effet, l'abri était proche, mais Shâantah dut presque porter la blessée et la hisser jusqu'au porche. Elle l'allongea près du feu qui était réduit à quelques braises et repartit chercher le fagot. Infatigable, elle descendit une fois encore puiser de l'eau dans une outre de cuir enduite de graisse. Elle rechargea le foyer, le raviva en soufflant, et la flamme jaillit, chaude et rassurante. La nuit était complètement tombée. Un hibou hulula non loin de là. Elle sortit de son sac une couverture faite de peaux de lièvres et de marmottes cousues bord à bord et en recouvrit Léti, qui tremblait malgré le feu.

Après une nuit d'un sommeil profond et un solide repas, la blessée avait repris des forces.

« Tu as meilleure allure qu'hier, lui dit Shâantah. Voici ton arc et tes flèches. Je suis allée les récupérer alors que tu dormais encore. Tu m'apprendras à m'en servir ? Je chasse les oiseaux et les lapins à coups de pierre ou avec le bâton de jet, mais il faut pouvoir les approcher à courte distance. La plupart du temps, ce sont mes pièges qui me procurent de la viande. Mais, avant tout, je vais soigner tes blessures. » Elle aida la jeune femme à descendre au bord du torrent et lava avec précaution les ecchymoses sur les membres et la plaie du cuir chevelu, qui était la plus importante.

« La coupure s'est déjà presque refermée. Ça ne saigne plus. Tu as la peau aussi dure que la tête ! Heureusement pour toi. Maintenant, voyons le bras. » Le membre brisé était enflé par un hématome bleuâtre. Elle appliqua un emplâtre fait d'argile prélevée au fond de la grotte et de plantes pilées, le tout mêlé à de la graisse de marmotte.

« Je te fais mal ? Aie confiance. Ceci va calmer la douleur et diminuer l'enflure. » Courageusement, la patiente serrait les dents pour ne pas crier, mais des gouttes de sueur mouillaient son front. Elle ne répondit pas et se força à esquisser un pâle sourire. Avec dextérité, Shâantah remit les attelles en place. Elle emmaillota le bras dans une bande de peau, puis le plaça dans une écharpe de cuir souple qu'elle passa autour du cou de la jeune femme. « Ainsi ton bras ne pourra pas bouger. Il te fera moins souffrir. Dans le clan de mon enfance, j'ai appris à soigner les fractures, qui étaient fréquentes car nous vivions dans les montagnes. Allons, à présent, tu peux marcher. Nous allons bientôt arriver à ma grotte. Tu pourras rester avec moi jusqu'à ta guérison.

– Tu es bonne, dit Léti. Tu ne me connais pas et pourtant tu prends soin de moi comme si j'étais quelqu'un des tiens. Comment te remercier ?

– Lorsque tu iras mieux, tu m'apprendras à tirer à l'arc. N'oublie pas ! répliqua Shâantah. En route ! »

*

Les trois hommes étaient déjà loin du camp. Tirrinân allait en tête, de son pas léger de grimpeur, suivi de Jân. Roud fermait la marche, imprégnant son regard de chaque détail du paysage.

Longeant le piedmont des collines, ils avaient contourné par le nord le Lac-aux-Oiseaux et remontaient la petite rivière qui alimentait le lac. La plaine s'élevait en pente douce vers une ligne de reliefs médiocres, couverts de bois de pins sylvestres, dominés par un piton rocheux qui pointait vers le ciel un sommet dénudé.

Des nuées de corbeaux volaient autour des rochers tandis que, très haut dans l'azur, planaient des aigles décrivant de larges cercles au-dessus de la cime. « Nous grimpons parfois jusque là-haut pour guetter les mouvements des troupeaux, dit Tirrinân. Je vous y emmènerai un jour. Du sommet on peut voir presque tout le territoire du clan, jusqu'aux montagnes là-bas, au levant. »

Au pied de l'escarpement, la rivière sortait d'un passage resserré entre deux promontoires, avant de couler vers le lac à travers la plaine. Ce goulet franchi, ils se trouvèrent devant une dépression allongée, entourée de collines d'où dévalaient plusieurs sources. Là, la rivière s'élargissait en un vaste plan d'eau aux rives envahies de roseaux, où s'ébattaient quantité d'oiseaux aquatiques. A l'extrémité du bief, une petite harde de cerfs s'enfuit à la vue des humains. Des sangliers, qui se vautraient dans la boue, s'éloignèrent en grognant, mécontents d'être dérangés.

« C'est un endroit idéal pour installer un camp, dit Roud. Vous n'y avez jamais songé ?

– Un camp ? Ici ? Il n'y a pas de grotte, pas même une paroi pour abriter les huttes du vent. Si encore on y trouvait du silex... C'est un bon terrain de chasse, c'est tout, et pas meilleur qu'un autre. Personne ne s'établira jamais ici, sauf le temps d'une halte », répondit Tirrinân.

A l'amont, la rivière était peu profonde. « Il y a un gué un peu plus haut. Venez, nous pourrons traverser facilement. »

Alors qu'ils allaient entrer dans l'eau, Jân s'écarta de ses compagnons et s'accroupit pour observer le sol au pied d'un gros rocher. « Que fais-tu ? Ce n'est pas le moment de chercher des traces. Tu auras le temps de chasser plus tard.

– Venez voir. Des hommes sont passés ici il y a peu de temps. »

Tirrinân et Roud accoururent. Quelques pierres noircies, un amas de cendre et de charbon, des débris d'os à demi brûlés auxquels adhéraient encore des bribes de viande, des lambeaux de peau fraîchement écorchée indiquaient en effet l'emplacement d'une halte récente. Tirrinân approcha sa main du foyer.

« Les cendres sont froides. Les hommes qui ont allumé ce feu sont déjà loin. En tout cas, ce ne sont pas les nôtres », dit-il en ramassant un fragment de pointe en silex encore maculé de sang séché. « Nous ne taillons pas les pointes de sagaie de cette façon. C'est une pointe azalaï, sans doute celle avec laquelle ils ont tué la biche qu'ils ont mangée. La pointe s'est brisée en touchant un os. Ils sont restés ici le temps de réparer leurs armes et de prendre un peu de repos. D'habitude, ils ne s'aventurent pas aussi loin de leurs terrains de chasse. Ils font de temps à autre des incursions à une demi-journée de marche au nord de notre camp pour se procurer du silex, mais ils nous évitent comme nous les évitons. Que sont-ils venus chercher ? Ils n'ont nul besoin de faire autant de chemin pour chasser ; leur territoire regorge de chevaux, de cerfs, de bouquetins, de sangliers et même de bisons. C'est grave ; il faudra avertir le chef.

– Vous craignez donc tant que ça les gens de ce clan ?

– Le peuple de la Côte ne craint personne, Roud, répondit Tirrinân, visiblement atteint dans son orgueil. Mais les gens de la Montagne-aux-Sources-Chaudes, les Azalaï, ne respectent rien. Dans le passé, il y a eu des rencontres violentes, d'après nos Anciens. Dès notre enfance, on nous a appris à nous en méfier. Bestouân, un des Anciens qui les a combattus, dit qu'ils ne chassent pas uniquement pour manger et se procurer des peaux, comme nous le faisons ; souvent, ils tuent simplement pour le plaisir. Ils massacrent des animaux sans nécessité et abandonnent les carcasses aux loups et aux hyènes. En agissant ainsi, ils offensent gravement les Esprits de la Terre. Au lieu d'entretenir des relations de bon voisinage avec les autres clans en pratiquant les échanges et les alliances, comme c'est la coutume, ils préfèrent voler des femmes et en faire de véritables esclaves. Jusqu'à présent, ils ne se sont attaqués ni à nos filles ni à nos femmes, heureusement, mais nous savons par les voyageurs qu'ils s'en prennent fréquemment aux clans qui vivent plus au nord, les Gâvouhânaï par exemple, avec qui nous commerçons paisiblement depuis toujours. Ils poussent des expéditions jusqu'à la Montagne-de-l'Ocre et prétendent en interdire l'accès à quiconque.

– La Montagne-de-l'Ocre, Tirrinân ? L'ocre est plutôt rare ; on ne le trouve qu'en petites quantités, et tu dis qu'il existe une Montagne-de-l'Ocre ?

– Oui, Roud. Ce n'est pas vraiment une montagne, mais une série de collines peu élevées situées au-delà de la Rivière-aux-Castors. Elles sont entièrement formées d'ocre ; de l'ocre de toutes les couleurs : rouge sang, rose, violacé, jaune. Depuis des temps immémoriaux, ces collines appartiennent à tous sans distinction : c'est un don des Esprits de la Terre. Chacun jusqu'ici y allait librement recueillir ce que certains appellent "le sang de la Terre". Tu le sais bien, l'ocre sert à de multiples usages, mais il est surtout indispensable pour les peintures corporelles, lors des nombreuses cérémonies : les rites d'initiation, les mariages, les funérailles. Or, depuis déjà de nombreuses lunes, il devient de plus en plus périlleux de s'y rendre à cause des Azalaï. Les voyageurs n'y vont plus qu'en groupe pour se protéger de leurs attaques. Certains ont subi de graves blessures, d'autres ne sont jamais revenus.

– Je comprends pourquoi vous n'aimez pas ces Azalaï. Si nous les rencontrons, Jân et moi nous combattrons à vos côtés, car ce sont des gens méprisables. »

Une fois passé l'eau, ils franchirent à nouveau des collines. De l'autre côté, au midi, s'étendait une vallée de largeur moyenne, coupée tantôt par des buttes rocheuses, tantôt par des marais et des bouquets de bouleaux.

« Nous allons encore devoir traverser une rivière : celle des Aurochs. Elle descend des montagnes enneigées que vous apercevez à gauche et coule vers le couchant, pour rejoindre la mer pas très loin de l'Anse-aux-Phoques, là où vous avez abordé, dit leur guide. Puis, il faudra franchir les montagnes qui nous font face et nous séparent de la côte. Nous pourrions les contourner par le couchant, mais ce serait beaucoup plus long. Je connais un passage que m'avait montré mon père. Là, nous entrerons dans les Territoires interdits... »

En écoutant Tirrinân, Jân n'était pas très rassuré. Plongé dans ses pensées, Roud restait impassible. Il se remémorait son incursion dans la Caverne sacrée en compagnie de Léti, et tout ce qui s'en était suivi... Allait-il impunément braver à nouveau un interdit que la plupart ici semblaient redouter ? Avait-il le droit d'entraîner ses compagnons dans cette aventure ? Fallait-il renoncer et rebrousser chemin, au risque de perdre la face ?

Depuis un moment, un grand rapace tournoyait au-dessus d'eux. Soudain, il poussa un cri aigu et, repliant à demi ses ailes, plongea à une vitesse vertigineuse de l'autre côté de la crête. « Voilà le signe ! songea le jeune homme. L'aigle nous montre le chemin. »

Comme ils approchaient de la crête, Tirrinân marqua une pause, au grand soulagement de ses compagnons. « Le soir approche. Nous ne sommes plus très loin du col. Si mes souvenirs sont bons, il devrait y avoir un abri où nous pourrons dormir. » Ils découvrirent en effet une cavité exiguë s'ouvrant dans un escarpement à quelques pas du sommet ; une source suintait entre les blocs éboulés.

Des pierres rougies par le feu, des os brisés blanchis au soleil, quelques éclats de silex perdus dans l'herbe étaient les seuls indices d'une présence humaine déjà ancienne.

« Des chasseurs ont campé ici, remarqua Roud. Je croyais pourtant que personne n'osait pénétrer dans cette contrée ?

– Nous sommes à la limite des Terres interdites. Certains ont pu jadis poursuivre du gibier jusqu'aux crêtes. Mais, comme tu le vois, ce sont des traces anciennes ; personne n'a dormi ici depuis bien longtemps. Là, ce sont des empreintes de loups et de hyènes, fit remarquer Tirrinân. Il faudra entretenir le feu et veiller chacun notre tour. Je vais ramasser du bois. Prenez vos arcs et tâchez de rapporter de la viande ; nos ventres sont creux ! »

Le soleil était déjà au ras de l'horizon quand les chasseurs réapparurent. Jân portait deux lagopèdes accrochés à sa ceinture ; Roud brandissait un grand lièvre aux pattes dégingandées.

« Nous avons entrevu des aurochs en contrebas, mais c'est un bien gros gibier pour nos arcs.

– Et nous n'avons pas besoin d'autant de viande, Roud, ajouta Tirrinân. Approchez-vous du feu, la nuit va être froide. »

Déjà, les vallées se noyaient dans la brume ; les étoiles s'allumaient une à une.

« On pourrait presque distinguer les feux du clan, là-bas, de l'autre côté de la plaine, dit Roud en tendant le bras.

– Tu sais déjà t'orienter dans notre territoire ; en effet, le camp est bien dans cette direction. Mais c'est trop loin pour qu'on puisse voir la lueur des feux, surtout avec la brume.

– Là ! Je vois une lumière ! s'exclama Jân en désignant un point dans la vallée qu'ils avaient parcourue en fin de journée.

– Tu as de bons yeux. C'est vrai, c'est un feu. Et il brille trop du côté du levant pour être un bivouac de nos chasseurs. C'est sûrement un feu des Azalaï !

– Crois-tu qu'ils puissent voir le nôtre, Tirrinân ?

– Non, Jân. Il est masqué par les arbres et les rochers, et ils sont beaucoup trop loin. Au retour, nous en parlerons au chef. Il décidera avec les Sages s'il faut ou non les poursuivre. »

L'air vif du petit matin les réveilla. Le premier debout avait déjà ravivé le feu et ils se réconfortèrent à la chaleur des flammes. Jân mordait à belles dents dans ce qui restait de la carcasse du lièvre.

« Et nous ? Tu es glouton comme la hyène, tu ronges même les os ! », plaisanta Tirrinân.

Il restait une perdrix ; ils se la partagèrent.

Au nord s'étendait un océan de brouillard opaque qui atteignait presque la crête où ils se trouvaient. A leurs pieds, de l'autre côté, vers le sud, la brise soufflant de la mer avait déjà dissipé la brume. Une vallée encaissée, enserrée entre de hautes falaises, dévalait vers la plaine littorale. On percevait le grondement assourdi d'un torrent qui tombait en cascade de rocher en rocher.

« Le Pays des Morts, le Territoire maudit..., murmura Tirrinân. Tu es sûr de vouloir y pénétrer, Roud ?

– Comment ? Toi qui grimpes dans les falaises comme un chamois, toi qui ne redoutes pas le vide, tu n'as tout de même pas peur de ces récits, juste bons à effrayer les enfants ou les vieilles femmes ? »

D'habitude rieur, Tirrinân était pensif. « Je ne sais pas trop... Il y a eu jadis la colère de la Grande Eau qui a détruit le camp de mon peuple et emporté tant d'hommes et de femmes. Et aussi combien de chasseurs ont été tués par la Montagne-Rouge ? Pour finir, il y a eu la disparition mystérieuse du chamane, Oglobân-le-Sage...

– Lui aussi a été victime du Territoire maudit ?

– Nul ne le sait. On n'a jamais retrouvé son corps ni même ses restes. Certains disent qu'il partait parfois seul dans cette direction, interdisant à quiconque de le suivre, et qu'il s'absentait alors plusieurs jours. Mais sois tranquille, Roud, je ne reculerai pas maintenant : je me sens en sécurité avec toi. N'as-tu pas été instruit par un grand chamane et n'es-tu pas chamane toi-même ? Et puis, nous sommes trois..., ajouta-t-il en se tournant vers Jân, qui se rengorgea, gonflant le torse et brandissant son arc.

Roud ne répondit pas, se contentant d'acquiescer d'un hochement de tête. Ils reprirent leurs armes et ajustèrent leurs légers bagages sur leurs épaules. Jân écrasa les braises et les recouvrit de terre : c'était la règle chez les chasseurs de ne pas laisser brûler le feu inutilement. Le feu méritait le respect ; il était le meilleur allié de l'homme. Puis ils commencèrent à descendre vers l'inconnu.

Dans ces vallons encaissés, à l'abri des vents du nord, les arbres poussaient serrés et droits, sauf au bord du torrent qui guidait leurs pas. Là, un enchevêtrement de troncs déracinés par les tempêtes et les crues entravait la marche, rendant leur progression pénible.

« Pourquoi ne pas suivre le pied des falaises ? demanda Jân.

– Nous risquerions d'y rencontrer des fauves. Beaucoup de cavités peuvent servir de tanières aux loups, aux hyènes, aux lions ou aux panthères, répliqua Tirrinân. Ce sont les maîtres ici. Il n'y a pas d'hommes, sauf nous. »

Ils avançaient au cœur d'un paysage au relief chaotique. Les lignes d'à-pics s'entrecroisaient, formant des reculées, des cirques presque entièrement fermés, à la végétation impénétrable. De la masse des arbres émergeaient parfois des aiguilles rocheuses aux parois inaccessibles, couronnées de pins et de genévriers aux formes torturées par le vent. Seule l'eau du torrent et des ruisseaux qui gargouillaient alentour apportait une note de vie rassurante dans ce décor fantastique, presque irréel et oppressant.

Au fur et à mesure qu'ils descendaient, la vallée s'élargissait et s'ouvrait vers la plaine. Les arbres étaient à présent plus clairsemés et cédaient la place à l'herbe.

Sur la droite, la montagne se dressait brusquement en une immense arête calcaire, éclatante de blancheur, aux crêtes dentelées. Au sommet d'un amoncellement de blocs monstrueux, au pied de la falaise mais très haut au-dessus de la vallée, s'ouvrait le porche d'une grotte. Ils se hissèrent jusque-là, s'aidant mutuellement de bloc en bloc. C'était en fait un couloir ouvert aux deux extrémités qui traversait l'éperon calcaire.

Du seuil de la cavité la vue s'étendait sur l'immensité de la plaine, dominée au loin par la masse écrasante de la Montagne-Rouge. Sur la gauche, le relief se poursuivait beaucoup plus loin par une succession de gorges abruptes et de falaises vertigineuses, avant de se terminer brutalement par un à-pic qui formait comme un promontoire jailli de la steppe.

A l'arrière-plan se profilaient d'autres avancées rocheuses terminées par des abrupts analogues. A leurs pieds, le ruisseau se perdait dans la plaine et divaguait parmi les herbes avant de se diriger vers la mer, là-bas, à l'horizon brumeux.

Des taches sombres se déplaçaient lentement dans la prairie. « Des chevaux, des aurochs, des saïgas... Voyez : le Pays interdit regorge de gibier », dit Tirrinân.

Répercuté par l'écho des falaises, un bruit éloigné de cailloux croulant dans les éboulis les tira de leur contemplation.

« Là-bas ! Des bouquetins ! » Sur le versant opposé de la vallée, une harde se hâtait sur les pentes. Malgré la distance, l'œil exercé des chasseurs distinguait le cornage majestueux des mâles qui fermaient la marche.

« Ils ne nous ont pas vus. Nous sommes trop loin pour les avoir effrayés et le vent est pour nous, dit Tirrinân.

Venez, nous allons les prendre à revers. Il nous faut de la viande pour continuer notre expédition. »

Ils traversèrent la vallée en ligne droite, mettant à profit les buissons pour se dissimuler. Comme ils approchaient du pied des falaises, Tirrinân les arrêta d'un geste. Presque à portée de flèche, les animaux déambulaient parmi les arbres et les rochers, broutant de-ci, de-là. Utilisant le langage silencieux des chasseurs – un code gestuel consistant à replier les doigts –, Tirrinân indiqua à ses compagnons la marche à suivre : Jân progresserait sur la droite, Roud à sa gauche, de manière à séparer quelques bêtes du troupeau. Tous rompus aux subtilités de la traque, ils obéirent d'instinct.

Parvenu à bonne portée de tir, Roud tendit son arc et la corde vibra sous ses doigts. Frappé au poumon, le bouquetin s'élança au galop sur une courte distance, puis son allure se ralentit et se fit hésitante. L'arc prêt, Roud allait tirer une seconde flèche, mais déjà Tirrinân accourait et clouait l'animal de son javelot. Jân les rejoignit ; ils dépecèrent rapidement la proie.

Roud préleva la part dévolue aux Esprits de la Terre et fit les offrandes rituelles, y ajoutant la tête et la dépouille. « Pour que les Esprits nous soient favorables », dit-il. Avant de se remettre en route, ils se partagèrent le foie, qu'ils dégustèrent cru, selon l'habitude des chasseurs.

« Le foie du bouquetin donne des forces. Il permet de courir sans fatigue, fit remarquer Tirrinân.

– C'est aussi ce que disait mon père adoptif, ajouta Roud.

– Qu'allons-nous faire de la viande ? s'enquit Jân.

– Il me semble apercevoir une grotte là-bas au pied de

la grande falaise. Nous y cacherons notre chasse. Inutile de nous charger et de risquer d'attirer les fauves derrière nous.

– Tu as raison. Allons mettre la viande en lieu sûr. Le soleil n'est pas encore très haut et je voudrais que nous allions jusqu'à la Montagne-Rouge », répondit Roud.

La grotte s'avéra être un vaste abri ouvert au couchant, perché en haut d'une pente très raide. Ils s'en approchèrent précautionneusement, guettant la présence éventuelle d'un carnassier. Quelques os blanchis jonchaient le porche, mais le sol sablonneux ne portait aucune empreinte récente.

« Là, il y a des déjections de hyènes, mais elles sont anciennes », fit remarquer Tirrinân.

Quelques instants plus tard, il escaladait la paroi pour atteindre un replat à près de dix pieds du sol. Roud et Jân lui passèrent les quartiers de bouquetin, puis, à sa demande, des branches vertes de genévrier, dont il les recouvrit.

« Pour les masquer aux yeux des corbeaux, dit-il en rejoignant le sol avec souplesse. Nous reviendrons à la nuit dormir ici.

– Cette caverne est un abri magnifique. C'est étonnant que personne ne l'ait utilisée avant nous ; il y a même de l'eau sur place, dit Roud en montrant un égouttoir qui alimentait une vasque de calcite. Et pourtant, on ne voit aucune trace humaine…

– Le Territoire interdit comporte de nombreuses cavernes, mais elles sont trop éloignées de la mer, et nos pères, lorsqu'ils vivaient ici, préféraient camper dans des huttes sur la côte, où il y a beaucoup de phoques et de poissons. Mais leur camp était trop près de l'eau et c'est ce qui a entraîné la mort de beaucoup de gens, la nuit où s'est déchaînée la colère de la Grande Eau, il y a bien longtemps, expliqua Tirrinân.

– Et depuis, plus personne n'est venu ici, malgré tout ce gibier ? demanda Jân.

– Si. Pendant un certain temps, de courageux chasseurs s'y sont aventurés, mais ils ont provoqué le courroux de la Montagne-Rouge, qui en a tué plusieurs en jetant sur eux des pierres et des rochers. Aussi, désormais, c'est devenu un pays maudit. Nul n'ose plus s'y risquer.

– Et au-delà, au levant, il n'y a pas d'autres hommes ?

– Moi, je ne suis jamais allé plus loin. Mais il est vrai que des voyageurs disent qu'à plusieurs jours de marche dans cette direction, on rencontre quelques clans qui parlent un langage proche du nôtre. Ils se déplacent beaucoup, car toute cette contrée est très pauvre en roches dures. Il n'y a presque pas de silex. Ils sont obligés de tailler le quartz et parfois une roche rougeâtre très dure, difficile à travailler, d'où on ne peut pas tirer des lames. De plus, la côte y est dépourvue d'abris naturels.

– Pas de silex, pas de grottes ? Quel pays inhospitalier ! Et leurs femmes, comment sont-elles ? Belles, au moins ? s'enquit Roud.

– Je n'en sais rien ; je ne les ai jamais vues, répliqua Tirrinân. Par contre, on dit que si l'on voyage encore plusieurs jours, plus d'une demi-lune, toujours en direction du levant, on parvient à des grottes voisines les unes des autres, au pied de grands rochers rouges. Là habitent des gens très grands et très beaux, le clan des Baoûssénaï. Leur territoire est bordé par la Grande Eau, au pied de montagnes immenses, toujours enneigées. Pourtant, près de leurs cavernes, il fait moins froid qu'ici en hiver, car le vent du nord n'y souffle jamais. C'est un pays riche en gibier de toutes sortes. Hommes et femmes sont vêtus avec beaucoup d'élégance ; leurs habits sont décorés de coquillages et autres ornements cousus de manière à former des motifs compliqués. Les femmes coiffent leur chevelure d'une façon remarquable, tout en hauteur ; elles sont couvertes de colliers, de bracelets, de jambières de coquillages, de dents percées, de pendeloques en ivoire et en nacre. Lorsqu'elles sont encore enfants, on leur perce le lobe des oreilles pour y suspendre des ornements qu'elles gardent toute leur vie et qui les protègent du mauvais sort.

– Percer les oreilles des filles ? Quelle coutume barbare ! Et elles doivent porter ces pendeloques en toute circonstance ?

– Oui. Elles ne les quittent jamais.

– Même lorsqu'elles font l'amour ? Ça doit les gêner !

– Il paraît que non. Et certains disent même que le cliquetis de ces pendentifs est très excitant. Cela ajoute à leur charme, car ce sont, paraît-il, des femmes splendides, avec de grands yeux noirs très doux et de longs cils soyeux… Et, qui plus est, on les dit très accueillantes pour les étrangers, dit Tirrinân avec un clin d'œil amusé.

– De grands yeux ? Comme les biches, alors ? dit Jân.

– Comme les biches… J'ignorais que tu t'intéressais aux femmes, Jân. Je croyais que seule la chasse te passionnait ? »

Roud éclata de rire : « Mon ami le Tueur-de-loups est un grand chasseur, mais son œil sait voir les belles choses. J'ai remarqué qu'il passait beaucoup de temps avec la jeune Faâni, la fille de Loâban… »

Gêné, l'intéressé baissait la tête en se balançant d'un pied sur l'autre. Tirrinân eut pitié de lui : « Allons, assez plaisanté. Nous avons trouvé un abri sûr et mis de côté de la viande en abondance : il est temps d'aller voir plus loin. »

A l'extrémité de l'éperon, la falaise s'incurvait pour former un cirque d'un arrondi presque parfait, aux parois verticales. Un entassement de blocs énormes détachés de la falaise depuis des millénaires en occupait le centre. Là poussaient quelques pins gigantesques. Dans la paroi du cirque s'ouvrait une grotte perchée, inaccessible, devant laquelle tourbillonnaient des nuées de corbeaux. Au-dessous, au pied de l'à-pic, se trouvait une autre cavité, celle-ci peu profonde. L'entrée en ogive était à demi comblée par une dune de sable envahie de broussailles. D'autres dunes se voyaient çà et là à la base des falaises.

« Bestouân l'Ancien dit qu'il y a très longtemps la Grande Eau venait jusqu'ici et que c'est elle qui a déposé ce sable. Mais on pense qu'il est si vieux qu'il raconte des histoires qui n'ont jamais existé que dans sa tête, expliqua Tirrinân. Il dit aussi qu'autrefois, il y a bien des lunes, cet endroit s'appelait le Bout-du-Monde, et que c'est un territoire hanté par les Esprits de la Terre.

– Le Bout-du-Monde ? Ainsi, le monde connu finit ici ? C'est sans doute la raison pour laquelle les hommes n'ont pas occupé ces grottes, répliqua Roud. C'était la même chose pour mon clan, le clan de la Panthère : personne ne devait habiter près des cavernes sacrées.

– Pourtant, à première vue, ces deux grottes ne sont

pas des cavernes sacrées. Seuls les animaux les ont fréquentées... », dit Jân.

Lorsqu'ils eurent contourné la pointe extrême du promontoire, ils se trouvèrent à la lisière de la steppe. Aussi loin que portait la vue, le moutonnement des herbes venait buter contre une succession de falaises blanches surmontées par des pics déchiquetés. Sur leur droite, ils entendaient, malgré la distance, le bruit régulier du ressac sur les rochers et les cris des oiseaux marins.

Plusieurs heures durant, ils cheminèrent l'un derrière l'autre, se dirigeant vers la Montagne-Rouge. A mesure qu'ils s'en approchaient, ils constataient qu'elle n'était pas vraiment rouge, mais plutôt d'une teinte ocrée que doraient les rayons du soleil déjà incliné sur l'horizon. Le mur interminable de la falaise était coupé de bancs de roche plus claire, inclinés vers le midi.

Dans les pentes qui formaient un immense talus au flanc de la montagne, on apercevait partout des animaux, certains broutant tranquillement, d'autres couchés à l'abri des blocs éboulés. C'étaient surtout des bouquetins, mais il y avait également des cerfs, des biches et même quelques chamois.

« On ne devrait pas l'appeler la Montagne-Rouge, mais la Montagne-des-Bouquetins ! dit Roud, ébahi. Je n'en avais jamais vu autant, même dans le territoire de mon clan, où ils sont pourtant nombreux. »

Ils étaient parvenus au pied de l'escarpement. « N'allons pas plus avant. Nous risquerions de déchaîner la colère des Esprits », dit Tirrinân. Comme pour lui donner raison, une pierre se détacha de la paroi et s'écrasa sur un rocher, projetant des éclats jusqu'à eux. D'instinct, ils avaient bondi à l'abri d'un rocher.

Blottis contre la roche, ils scrutaient anxieusement le mur de pierre au-dessus de leurs têtes. Le silence était retombé. Vue de près, la falaise était formée d'un agglomérat de blocs arrondis comme des galets et creusée d'anfractuosités, de niches, d'arêtes qui lui conféraient un air menaçant.

Silencieux, ils s'esquivèrent et prirent du large, remontant un torrent issu du fond de la vallée. L'eau jaillissait d'une des gorges ouvertes dans les barres rocheuses qui fermaient la plaine au nord. Là aussi, on apercevait des porches d'abris et de cavernes. Mais, bien qu'ils fussent visibles de loin, aucune fumée ne s'en échappait, aucune silhouette ne se dressait à l'entrée, aucun tronc coupé ne trahissait une quelconque présence humaine.

Bordés d'aulnes et de bouleaux, des ruisseaux se frayaient un passage entre les rochers. De temps à autre, un animal surpris s'enfuyait devant eux. « Le soleil commence à descendre. Nous devrions songer à regagner la grotte », fit remarquer Tirrinân.

Ils étaient en vue du Bout-du-Monde, lorsque, au détour d'un vallon, ils se figèrent : à cinquante pas, un grand bison leur faisait face. L'écume aux naseaux, il regardait sans la moindre crainte ces petits êtres debout brandissant leurs espèces de bâtons dérisoires.

Ils virent alors qu'un tronçon de hampe dépassait de son flanc gauche et que son pelage sombre aux reflets bruns était poissé de sang. Muets, ils contemplaient l'énorme animal sans oser faire un geste : pas un arbre, pas un rocher pour s'abriter. Un instant, le temps parut s'arrêter. Puis le bison souffla bruyamment en baissant la tête, racla le sol du sabot et fonça brusquement, droit devant lui, sur ces trois silhouettes qui semblaient le défier.

Jân était le plus proche. Il restait immobile, comme paralysé.

« Jette-toi de côté ! Cours ! Cours ! », hurla Roud. En même temps, il arma son arc et décocha une flèche par un réflexe de défense presque irraisonné, sans grand espoir, en un geste désespéré. Le projectile pénétra jusqu'à l'empennage derrière l'encolure. Un second trait suivit, touchant le flanc, passant entre deux côtes et ouvrant une large plaie dans le poumon.

Bien qu'affolé, Jân avait néanmoins réagi en plongeant dans les herbes, évitant de peu la charge. Tirrinân était trop loin pour tenter quoi que ce soit, mais comme le bison passait à sa hauteur, il lança son javelot, qui se ficha dans la cuisse gauche. Ils suivirent du regard l'animal, qui galopait lourdement. Ils le virent ralentir, s'arrêter, puis faire quelques pas désordonnés et ployer les genoux. Incrédules, ils poussèrent un hurlement de triomphe.

« Il va mourir, Roud ! Il va mourir ! Avec deux flèches tu as tué un bison. Personne n'a jamais réussi un tel exploit ! Les Esprits de la Terre guident ta main. Ceux des Eaux sont aussi avec toi, puisque ce sont eux qui t'ont porté jusqu'à nous ! », s'exclama Tirrinân.

L'arc tendu, ils s'avançaient vers la bête agonisante qui gisait sur le flanc, la respiration entrecoupée de râles, une bave sanglante aux naseaux, lorsque, soudain, les herbes s'écartèrent devant eux : un superbe fauve tacheté les fixait de ses yeux jaunes et grognait sourdement en découvrant des crocs menaçants.

« Une panthère ! », murmura Tirrinân dans un souffle. Son javelot encore planté dans le bison, il était sans arme. « Vite, Roud, tire une flèche ! », supplia-t-il en reculant lentement. Il resta muet de stupeur quand il vit Roud abaisser son arc et ouvrir les bras en signe de paix.

« C'est la Panthère, Tirrinân ; c'est l'Esprit protecteur du clan où je suis né. Nous ne devons jamais tuer les panthères, elles sont sacrées pour ceux de notre peuple. Continue à reculer. Laissons-lui le bison en offrande. Elle ne nous fera aucun mal, j'en suis sûr. »

Comme si elle comprenait ses paroles, la bête à la robe splendide bondit souplement sur le bison et planta ses crocs dans la nuque, brisant net les vertèbres cervicales. Dressant la tête vers le ciel, elle poussa un long feulement, puis commença à déchirer la chair offerte.

Précautionneusement, les humains battirent en retraite vers les falaises.

Plus tard, quand ils eurent rejoint la grotte perchée, à l'abri rassurant de l'escarpement, ils allumèrent le feu pour rôtir un morceau du bouquetin tué le matin.

« Encore du bouquetin, toujours du bouquetin… J'aurais volontiers goûté de ce bison, dit Jân la bouche pleine.

– Toi, tu ne vis que pour ton ventre. Tu devrais remercier la panthère de nous avoir épargnés, répliqua Tirrinân.

– C'est grâce au pouvoir de Roud. Il connaît le langage des fauves ; il m'a déjà sauvé des loups, dit Jân sans perdre une seule bouchée. N'empêche que toute cette bonne viande de bison… Quel dommage !

– Demain, lorsque la panthère rassasiée sera repartie vers sa tanière, nous irons examiner la carcasse du bison. Je suis curieux de voir quelle sorte de sagaie l'a blessé avant notre rencontre. Tu dis qu'aucun chasseur de ton clan ne vient jamais jusqu'ici. Pourtant, la blessure du bison semblait récente, dit Roud.

– Et en même temps, nous récupérerons tes flèches et mon javelot, ajouta Tirrinân. C'est une arme à laquelle je tiens beaucoup. La pointe est en bois de renne et, ici, c'est une matière rare, je crois te l'avoir déjà expliqué. Il n'y a pas de rennes de ce côté du Grand Fleuve. De plus, c'est mon père qui l'avait taillée. Elle a tué beaucoup de gibier, de sa main, puis de la mienne. »

Un vol criard de corbeaux, de goélands et autres charognards se leva dans un battement d'ailes assourdissant lorsque les deux hommes s'approchèrent de la carcasse du bison. Roud et Tirrinân examinèrent les empreintes tout autour. Jân était resté près du camp des falaises : il avait repéré des traces de sangliers et avait préféré aller à la chasse de son côté.

« La panthère a mangé, puis elle s'est couchée un moment ici dans les herbes. Ensuite, sont venus les hyènes et les renards : voici leurs empreintes. Je m'étonne que les loups n'aient pas été attirés à leur tour », observa Tirrinân.

Les viscères avaient disparu, ainsi que la quasi-totalité de la viande, à l'exception de la tête, dont les oiseaux avaient cependant excavé les orbites. Les côtes saillaient, décharnées, certaines brisées par les mâchoires des hyènes.

Roud se pencha sur le cadavre défiguré de ce qui, la veille encore, était un animal puissant et redouté. Ce n'était plus à présent qu'une charogne couverte de mouches. Il se releva en montrant à son compagnon le fragment de hampe qui les avait intrigués. Le bois était orné de motifs circulaires peints en rouge et noir. Longue et étroite, la pointe était en os, munie de trois barbelures triangulaires d'un seul côté.

« Une sagaie des Azalaï... C'est bien ce que je pensais : ils viennent donc chasser jusqu'ici, sur notre territoire, constata Tirrinân. Garde-la pour la montrer au chef. »

Ils récupérèrent leurs armes : le javelot de Tirrinân était intact. Par contre, une des flèches s'était brisée, et Roud n'en conserva que la pointe en silex, qui présentait un cran latéral destiné à retenir le projectile dans la plaie.

« Pourquoi consacrez-vous tant de soin et de temps à tailler vos flèches, Roud ? Une flèche est forcément destinée à être cassée ou perdue. Un simple éclat pointu aux bords tranchants est tout aussi efficace ?

– Pour ceux de mon peuple, une flèche n'est pas seulement une arme pour se procurer de la nourriture ; c'est un peu de lui-même, un peu de sa propre force que le chasseur projette vers la proie pour ôter la vie du gibier. Plus la flèche est parfaite, mieux elle atteindra la cible. C'est ce qu'enseignent nos Sages aux jeunes gens : mettre toujours le meilleur de soi-même dans tout ce qu'on entreprend. »

Tirrinân hocha pensivement la tête : « Vous êtes des gens bizarres, mais tu as sans doute raison. Pour nous, c'est l'efficacité qui prime ; seul le résultat compte, peu importent les moyens.

– Chacun est libre de penser et d'agir comme il l'entend, Tirrinân, pourvu que cela ne cause aucun tort aux autres. C'est ce que me répétait mon père adoptif,

Arkham-le-Chamane. C'était un homme très bon, plein de sagesse.

– Toi aussi, Roud, tu es un homme très sage. Je suis heureux que tu aies accepté de rester parmi nous, heureux que tu sois mon ami. »

Avant de retourner vers leur camp provisoire, ils décidèrent de pousser leur exploration vers le nord-est, en longeant la bordure du massif. Partout des falaises peuplées d'oiseaux dominaient la plaine. Ils franchirent plusieurs ruisseaux qui sortaient de profonds ravins et parvinrent à une reculée limitée par d'immenses lames rocheuses verticales, disposées comme les troncs gigantesques d'une forêt de pierre. De place en place s'ouvraient des failles obscures d'où jaillissaient des sources. Vers le levant se dressait, comme un cap, une avancée de roche nue, défendue de toutes parts par des falaises.

« Quel endroit magique ! Décidément, le Territoire interdit ne ressemble à aucun autre…, dit Roud. Ce serait un bon emplacement pour une traque ; il suffirait d'acculer les bêtes à ces à-pics…

– Crois-moi, personne ne viendra chasser ici ; c'est le domaine des Esprits. Les Anciens l'appellent : "les Grands Couteaux de pierre". Dans ces failles se cachent des Esprits mauvais. Ils en sortent la nuit. Malheur à ceux qui se trouvent à proximité ! Ne restons pas ici. Retournons sur nos pas. Ton jeune ami doit commencer à s'inquiéter de notre longue absence. »

Perchée à la crête de l'éperon calcaire, une silhouette se détachait sur le ciel, juste au-dessus du cirque proche de la caverne où ils avaient installé leur campement. « C'est Jân. Il nous fait des signes. Qu'a-t-il bien pu aller chercher là-haut ? », s'étonna Tirrinân.

Lorsqu'ils furent à portée de voix, le jeune homme les interpella : « Il y a un grand plateau ici ; j'ai découvert un passage pour y grimper facilement, là-bas, dans les éboulis, cria-t-il en indiquant le fond de la vallée.

– Qu'attends-tu pour redescendre ?

– J'ai fléché un renard. Il est blessé et est tombé au pied de l'à-pic, à peu près là où vous vous trouvez.

– Descends nous rejoindre. Nous allons le chercher ensemble. Il est certainement mort, après une telle chute. Tâche de ne pas faire comme lui. »

Guidés par leur flair de coureurs des bois, ils n'eurent pas à chercher longtemps.

« Ces rameaux de pin sont brisés de frais, la résine suinte. L'animal a dû les casser en tombant de là-haut.

– Et voilà des traînées de sang. Le renard n'est pas mort, mais il ne peut pas être loin. »

Au pied des rochers poussaient d'épais buissons. Suivant les taches de sang, Roud se faufila sous les branches basses d'un genévrier.

« Il y a un trou là derrière. La bête s'y est réfugiée. Il me faut une torche car je n'y vois rien du tout.

– Attends. Je vais en préparer une et chercher de quoi l'allumer », répondit Tirrinân.

Jân arriva à cet instant, essoufflé par la course : « Vous l'avez trouvé ?

– Pas encore. Ton renard est là, dans ce trou. J'ai besoin d'une torche. Pourquoi l'as-tu fléché ? Tu manges donc même les renards ? Leur chair pue… »

Le garçon ignora la remarque. « Ce n'est pas un renard

ordinaire. Il est presque blanc et je veux sa fourrure.

– Sa fourrure ? Ah, maintenant, je comprends ! C'est pour l'offrir à Faâni, s'esclaffa Roud.

– Co... comment as-tu deviné ? bafouilla le garçon.

– Ce n'est pas difficile... Je te donne raison, car elle est très jolie. Passe-moi la torche, je vais chercher ton renard. J'ai l'habitude des cavités obscures. »

L'entrée était en pente et très basse. Roud dut se traîner sur les genoux, tenant la torche devant lui, mais au bout de quelques pas la voûte s'élevait, lui permettant de se redresser.

Il était dans un couloir un peu plus haut que lui, et dont il pouvait toucher les parois en étendant les bras. Il n'eut aucun mal à relever sur le sol sablonneux les traces de l'animal, mêlées à des flaques de sang. Après une trentaine de pas, il découvrit le renard allongé sur le flanc, vidé de son sang. La flèche l'avait atteint au milieu du corps. Il avait mis ses dernières forces dans une fuite désespérée, cherchant refuge dans le noir rassurant qui lui rappelait sa tanière. Le sang maculait la fourrure claire qui luisait à la lueur de la torche. Avant de faire demi-tour, Roud avança encore un peu. A partir de là, le sol était en pente inverse, remontant dans l'obscurité. « La grotte semble continuer loin encore, songea-t-il. Je reviendrai... » Traînant le cadavre encore tiède, il rejoignit la lumière.

Jân exultait : « Vois comme la fourrure est brillante et douce. C'est un mâle. Je vais l'écorcher et nettoyer le poil. » Malgré la saison avancée, le petit fauve avait conservé sa fourrure hivernale d'un gris presque blanc aux reflets bleutés. Le museau, les oreilles, les extrémités des pattes et de la queue formaient autant de taches sombres, dont le contraste ajoutait encore à la splendeur du pelage. « Faâni sera contente... A moins que tu préfères offrir la fourrure à Isara-la-Rousse ? », plaisanta Tirrinân.

Dans le clan de la Côte, Isara-la-Veuve, dite Isara-la-Rousse, était une splendide créature au tempérament et à la chevelure de feu, qui passait pour tourner la tête de tous les hommes normalement constitués. Elle était à l'origine de nombreuses brouilles, et les autres femmes la détestaient. Mais les hommes l'adoraient pour sa beauté et sa joie de vivre communicative, y compris le chef, qui fermait volontiers les yeux sur ses innombrables aventures amoureuses. Très éclectique dans ses goûts, elle avait un faible pour les jeunes hommes et, comme bien d'autres, Jân avait succombé à ses charmes.

Depuis longtemps déjà, le disque rouge du soleil avait sombré derrière les nuages qui barraient l'horizon. « Nuages sombres au couchant annoncent le vent, prédit Tirrinân d'un ton sentencieux. Demain, nous aurons la tempête.

– Quelle importance ? Nous avons un abri, de l'eau et de la viande. Laisse souffler la tempête. Ici, nous ne la craignons pas », répondit Jân.

Les hurlements du vent les tirèrent de leur sommeil au milieu de la nuit. Les bourrasques avaient éteint le feu et dispersé les braises. Ils durent se réfugier au fond de l'abri car le porche, ouvert à l'ouest, recevait de plein fouet les rafales de pluie.

Le jour se leva dans une aube grise et froide. A travers les averses, on distinguait à peine l'autre côté de la vallée. Aucun oiseau ne volait le long des falaises. La prairie était déserte. Comme les humains, les animaux se terraient.

« Les Esprits de la Grande Eau sont irrités. Nous n'aurions pas dû franchir les limites du Territoire interdit », dit Tirrinân.

Durant trois jours et trois nuits la tempête souffla sans répit, entrecoupée de grains, d'averses mêlées de grêle. Puis le vent mollit et vira au nord-est, se changeant en une brise légère, qui ne tarda pas à dissiper le plafond nuageux. Ils se ruèrent dehors, avides de soleil et d'espace. Le ciel était vide de nuages. Chaque détail du paysage apparaissait avec une netteté étonnante.

« Nous pouvons retourner vers le clan, dit Tirrinân.

– Non, pas encore. Je veux explorer la grotte du renard, répondit Roud.

– Pourquoi ? Qu'espères-tu y trouver ? Du silex ? De l'ocre ? Des crânes d'ours ? s'étonna Jan.

– Reste ici si tu as peur de t'enfoncer sous terre. J'irai seul.

– Nous irons tous ensemble, dit Tirrinân. Moi aussi, cette grotte m'intrigue. Nul ne la connaissait. Nous sommes sans doute les premiers à y pénétrer. Et avec Roud-le-Chamane nous ne craignons rien ni personne ! »

Il ne fut pas facile de confectionner des torches, car tout le bois était imbibé d'eau. Ils dénichèrent cependant sous un surplomb un pin mort dont l'aubier avait presque entièrement pourri, mais dont le cœur résineux était intact. Ils le refendirent avec des coins de pierre et, au prix d'un long travail, ils disposèrent d'une provision de torches.

« On aurait pu récupérer la graisse du bison pour alimenter des lampes, dit Roud. Mais les torches sont plus pratiques pour circuler dans les grottes.

– Et puis le bison appartient désormais à ton amie la panthère », dit Tirrinân.

Chacun tenant sa torche, Roud en tête, ils se glissèrent dans l'étroite ouverture et avancèrent prudemment.

« Laissons les arcs ici ; ils ne nous seront d'aucune utilité dans l'obscurité, observa Roud.

– Et s'il y avait des ours ? Gardons les javelots ; on ne sait jamais..., s'inquiéta Jân.

– Il n'y a pas d'ours ici. Certains disent en avoir vu là-haut dans les montagnes. En tout cas, personne n'en a jamais rencontré aux environs de la côte, dit Tirrinân. Mais tu as raison : mieux vaut conserver nos sagaies. »

Le sol montait régulièrement. D'abord sablonneux, il devint vite dur, recouvert de coulées de calcite. Des débris osseux jonchaient le couloir. Roud ramassa quelques fragments de mâchoires et d'os. « Des os de lièvres, d'oiseaux, de bouquetins : la grotte a sans doute servi de tanière à des hyènes ou des loups, il y a longtemps. Les os sont secs et se brisent facilement. »

Après un moment, ils durent escalader un amoncellement de blocs : la galerie devenait plus large, mais le plafond s'abaissait de plus en plus, ce qui les obligea bientôt à progresser courbés, puis sur les genoux et les coudes, enfin à plat ventre. La voûte était hérissée de stalactites qu'ils heurtaient parfois douloureusement de leur dos ou de leur crâne.

Au terme d'une pénible reptation, ils purent enfin se redresser. Abasourdis, ils contemplaient de leurs yeux écarquillés une immense salle dont leurs torches ne suffisaient pas à éclairer les limites.

Le plafond était constitué par une strate inclinée qui s'élevait très haut vers le centre de la cavité. Devant eux, le sol montait également, partout recouvert de coulées de calcite qui formaient çà et là des gours remplis d'une eau cristalline. Sur leur gauche, ils entrevoyaient une forêt d'énormes piliers de stalagmites scintillantes. Sur leur droite, la paroi s'incurvait vers des diverticules noyés dans une obscurité mystérieuse. Instinctivement, ils se serrèrent les uns contre les autres, saisis par la majesté de ces lieux où aucun homme, pensaient-ils, n'avait mis le pied avant eux.

Au milieu de la salle, une stalagmite isolée, d'un blanc éclatant, presque trois fois haute comme un homme, se dressait, touchant presque la voûte, comme le tronc d'un arbre pétrifié. Le silence était pesant, seulement interrompu par le bruit des gouttes d'eau tombant du plafond.

Roud avait approché sa torche de la paroi et l'examinait. Il sursauta et tendit le bras, l'index pointé : « Là ! Regardez ! Un signe ! La main des Anciens… Nous sommes dans une grotte sacrée », dit-il en se prosternant. Sur le blanc du calcaire se dessinait le contour d'une main gauche, au centre d'un halo de couleur rouge. Les trois premiers doigts étaient tendus et écartés ; les deux derniers curieusement tronqués.

« Le Signe du chamane ! Nous sommes dans la caverne des Grands Anciens, dit Tirrinân. C'est la Caverne oubliée dont parlent nos mythes. Plus personne ne savait où elle se trouvait depuis que beaucoup d'Anciens sont morts, emportés par la Grande Eau, il y a tant et tant de lunes. »

D'autres signes couvraient la paroi, des sillons parallèles tracés en tout sens dans la surface altérée par l'humidité permanente de la grotte. Par endroits, les mêmes traces se voyaient sur le plafond, hors de portée d'un homme, fût-il de haute taille.

« Comment cela se peut-il ? Les Anciens volaient-ils comme les oiseaux ? demanda Jân.

– Ils ne volaient pas. Regarde, là », répliqua Tirrinân.

A quelques pas, un tronc de pin dressé contre un massif de concrétions atteignait la voûte. Sa base était calée par des pierres. On l'avait ébranché en conservant un tronçon des plus fortes branches pour obtenir une échelle rudimentaire.

« Il y a très longtemps que ce tronc est ici, dit Roud en tâtant le bois.

– Cela doit remonter aux pères de nos pères, dit Tirrinân. Lorsque j'étais enfant, le vieux Kongloâr – il est mort depuis – nous parlait de la Grotte sacrée de notre peuple, une caverne immense où se cachaient les Esprits de la Terre et de l'Eau, où vivaient des animaux qui bondissaient hors de la roche à l'appel du chamane, lorsque celui-ci griffait la paroi de ses doigts. Mais il passait pour un peu fou. Beaucoup ne croyaient plus guère à ses histoires. Et pourtant, voici la preuve qu'il disait la vérité. Ce jour est un grand jour, Roud. Grâce à toi et à Jân, nous avons retrouvé le lieu sacré que vénéraient nos ancêtres. Désormais, nous avons renoué les liens avec le passé de notre peuple. Il n'y aura plus de territoire maudit. Nos enfants et les enfants de nos enfants pourront à nouveau venir chasser et vivre ici, s'ils le désirent. »

Ils longèrent lentement la paroi. « Là ! Une autre main ! dit Jan. Et une autre ici. Et une autre encore… »

A intervalles irréguliers, les empreintes de mains en négatif se succédaient, tantôt isolées, le plus souvent groupées, tracées à hauteur d'homme pour être aisément visibles. Sur certaines, les cinq doigts étaient intacts. La plupart présentaient deux à trois doigts incomplets, à l'exception du pouce et de l'index, toujours préservés.

« C'est un langage secret, un langage silencieux, un peu comme celui qu'emploient les chasseurs. J'ai déjà vu ces mains dans d'autres grottes sacrées, celles où j'accompagnais Arkham, et aussi celle où m'a conduit Oomoùlou, le chamane du clan de Jân. Les Anciens ont voulu laisser un message, mais plus personne n'en connaît le code », dit Roud.

Plus loin, un entassement de rochers gênait la marche, ne laissant qu'un passage étroit. Ils se glissèrent dans cette faille sinueuse. Là, les empreintes de mains étaient nombreuses, groupées en panneaux. Beaucoup étaient surchargées de traits désordonnés, profondément gravés dans la couche superficielle du calcaire. Parfois, la main avait été presque entièrement grattée, au point d'être quasi illisible. Seul subsistait le halo d'ocre rouge projetée sur la roche.

« On dirait qu'on a voulu détruire ces mains, les effacer, dit Tirrinân. Qui a bien pu faire ça ? Et pourquoi ? »

La faille s'élargit. Elle s'ouvrait sur une autre salle, beaucoup moins vaste, mais qui semblait se poursuivre sur la gauche par une autre galerie. La paroi et la voûte peu élevée au-dessus de leurs têtes portaient d'autres silhouettes de mains, celles-ci sur fond noir : on avait utilisé ici du charbon réduit en poudre pour cerner le contour de la main. Là aussi, la plupart des mains avaient des doigts incomplets.

« Toujours le même langage des doigts repliés, dit Roud. Décidément, les anciens chamanes l'ont employé dans des lieux très éloignés les uns des autres, puisqu'on le connaissait également là où vit mon peuple et aussi dans les cavernes sacrées du pays de Jân. Il semble que ces mains sont là pour nous guider. Suivons-les. »

En parlant, il s'était avancé vers un massif de concrétions ocre formant une série de draperies, sur lesquelles des mains inconnues avaient également laissé leur empreinte. Soudain, il fit un bond en arrière : « Prenez garde ! N'avancez plus ! Je ne vois plus le sol. Il y a un gouffre devant nous. »

Devant eux, à leurs pieds, s'ouvrait un puits béant. La cassure dans le sol était abrupte. A genoux, ils s'approchèrent prudemment du trou, brandissant les torches à bout de bras mais sans pouvoir en distinguer le fond. La paroi de l'autre côté du puits leur paraissait distante d'une quinzaine de pas ; elle était recouverte de concrétions en dômes, étagés comme une succession de cascades figées à jamais dans la pierre.

A l'aplomb du gouffre, le plafond était invisible, s'élevant dans le noir à des hauteurs hors de portée du rayonnement des torches.

« C'est ici le Ventre de la Terre. Arkham disait que plus une caverne est profonde, mieux elle permet d'accéder au domaine des Esprits. Ce puits y conduit certainement. Les mains sont là pour en indiquer le chemin, dit Roud.

– Nos anciens chamanes savaient comment y pénétrer. Vois », répondit Tirrinân, en montrant un tronc coincé dans une faille au bord du gouffre. Le tronçon d'une corde en cuir tressé était encore fixé au milieu de la barre. Au-dessous, ils distinguaient des fiches de bois enfoncées dans des fissures à intervalles réguliers.

« Le gouffre était aménagé pour qu'on puisse y descendre facilement. On y célébrait sans doute des cérémonies », remarqua Tirrinân.

A côté du puits, sur la base tronquée d'une grosse stalagmite entourée de cendres, des morceaux de charbon indiquaient que des feux d'éclairage avaient brûlé là à maintes reprises. Quantité de traînées charbonneuses maculaient la roche alentour. Le sol était jonché de débris de bois à demi calciné.

« Des restes de feux et de torches, des frottis de torches. C'est ici que l'on célébrait les rites, dit Roud.

– Des sacrifices sanglants... Regardez ! Il y a des taches de sang, là sur le sol, dit Jân en reculant d'un pas.

– Impossible. Arkham me répétait qu'on ne devait pas verser le sang dans les grottes sacrées. C'est d'ailleurs pourquoi, disait-il, on ne doit pas y pénétrer avec ses armes. »

Ils s'entre-regardèrent, mal à l'aise, leurs sagaies à la main.

« Jân a bien vu. C'est pourtant bien du sang séché, dit Tirrinân, courbé au bord du gouffre.

– Une hyène, ou quelque autre carnassier, aura traîné une proie jusqu'ici, répliqua Roud.

– Aussi loin dans le noir ? Je ne crois pas. Les animaux ne s'aventurent pas si loin dans les cavernes. Il n'y a que les hommes pour avoir cette témérité.

– Les hommes... et les ours, Tirrinân.

– Mais il n'y a pas d'ours sur notre territoire, tu le sais. De toute façon, nous ne pouvons pas descendre dans ce gouffre. Il faudrait une corde. Nous reviendrons si tu y tiens.

– Oui, demain. Dans mon sac, resté au campement, j'ai une corde de poils tressés. »

Roud s'était approché des concrétions aux mains noires. Avec une curiosité mêlée de crainte, il tapota du bout des doigts les minces voiles de calcite : des sonorités cristallines résonnèrent, amplifiées par le silence minéral qui régnait jusque-là.

« Arkham faisait parler ainsi la pierre, au fond des cavernes sacrées.

– C'est bien la Caverne sacrée de mon clan, affirma Tirrinân. En voici la preuve. » Il montrait sur la voûte au-dessus de leurs têtes des empreintes de mains recoupées par un cheval gravé. « C'est sûrement Oglobân-le-Chamane qui a gravé ce cheval. C'était son animal favori, avec le phoque. Il ne touchait jamais ni à la viande du cheval ni à la chair du phoque, car il prétendait que l'esprit de ces animaux vivait en lui. D'ailleurs, quand il était jeune, personne n'était aussi rapide que lui à la course, et il nageait comme un vrai poisson.

– Ou comme un phoque… Là aussi, il y a une tête de cheval gravée par-dessus une main », montra Roud.

Le tracé était identique au précédent ; manié par une main experte, le burin de silex avait laissé un trait profond dessinant l'avant-train d'un cheval : la crinière était représentée par une série d'incisions verticales, les oreilles dressées, la ganache bien marquée. Curieusement, l'œil manquait. Par contre, les membres, filiformes, étaient figurés de façon sommaire.

Posée en évidence sur une pierre, une lame de silex maculée d'ocre attira leurs regards.

« Voilà le burin d'Oglobân. Il s'en est servi pour invoquer les Esprits et l'a laissé ici, car désormais il ne doit plus être utilisé pour un autre usage », dit Roud.

A l'opposé du puits s'étendait une galerie un peu plus haute qu'un homme, allant en s'évasant sur leur droite. Le sol était, comme partout, recouvert d'une croûte de calcite hérissée de concrétions acérées qui blessaient la plante des pieds, malgré leurs chaussures, qu'ils n'avaient pas ôtées.

Ils devaient contourner des massifs de stalagmites et de fines stalactites tantôt ocrées, tantôt d'un blanc éclatant. Des aiguilles d'aragonite translucide, des concrétions aux formes extravagantes, brillant de mille feux, poussaient sur les parois comme autant de fleurs étranges.

Là encore, ils voyaient partout des tracés de doigts, mais plus de silhouettes de mains.

« C'est bien ce que je pensais : les mains conduisent au gouffre, dit Roud. On n'en voit pas ailleurs dans la grotte. Demain, nous irons visiter le fond du puits. Je veux éclaircir ce mystère. »

Parvenus à l'extrémité de la galerie, ils pouvaient presque toucher le plafond de leur tête.

« Là, des chevaux ! Et ici, un aurochs, et là, un cerf ! », s'exclama Jân.

Un peu partout, il y avait des gravures d'animaux, surtout des chevaux, des frottis de torches, des restes de feux d'éclairage. Accrochés à des stalactites ou à des aspérités de la voûte, des lambeaux de peaux et des restes de liens pendaient çà et là.

« On devait accrocher ici les offrandes aux Esprits et, là, le chamane préparait la couleur rituelle », dit Roud en montrant une plaque de concrétion concave contenant encore du charbon écrasé, avec ce qui leur parut être des résidus de graisse.

« Cette caverne est très ancienne. Le secret s'en était perdu, dit Tirrinân, sauf pour Oglobân qui, semble-t-il, la connaissait depuis longtemps et continuait à la fréquenter.

– Alors, pourquoi ne vous en a-t-il jamais parlé ? Pourquoi n'y a-t-il jamais conduit personne de ton clan ? s'étonna Roud.

– Je l'ignore. Sans doute avait-il ses raisons. Nul ne doit discuter les décisions du chamane, tu le sais bien, Roud. Vois ! Tu commandes, et nous t'obéissons ! », dit Tirrinân en souriant.

Ils se faufilèrent entre les piliers de concrétions jusqu'à une salle exiguë. « Attention ! Prends garde où tu marches ! », cria Tirrinân à Jân, qui avançait le nez en l'air. Dans le sol s'ouvrait un trou circulaire, large d'à peine une coudée, d'où sortait un courant d'air froid.

« Il y a un autre passage là-dessous pour atteindre le domaine des Esprits, constata Roud.

– C'est trop étroit pour un homme. Nul n'est capable d'y descendre. Venez. Retournons sur nos pas. Cet endroit m'effraie », répondit Tirrinân.

Jân examinait les gravures qui couvraient les parois : « Là, un bouquetin et, ici, un phoque. Encore un cerf et des chevaux… Et ceci, qu'est-ce que ça signifie, Roud ? » Il montrait du doigt un sexe masculin, gravé avec beaucoup de réalisme sur une retombée de la voûte.

« Tu le vois bien : c'est l'emblème du mâle, le symbole de la fertilité. S'il est dirigé ainsi vers le trou, c'est pour féconder la Terre. Ainsi les animaux naîtront en grand nombre pour nourrir les hommes. »

Tirrinân, brusquement soucieux, coupa court au dialogue : « Notre provision de torches diminue. Il faut songer à ressortir. »

En retournant en direction de l'aven, ils découvrirent au milieu du couloir, à mi-hauteur de la paroi, une ouverture assez large pour permettre le passage d'un homme. Juste en face était gravée une frise de chevaux. Un peu plus loin, trois oiseaux avaient été peints en noir sur le plafond bas, des volatiles dodus, aux pattes et aux ailes courtes, dont deux se faisaient face.

« Des pingouins ; ce sont des pingouins, des oiseaux-poissons. Ils nichent sur terre, mais vivent dans la mer. Ils appartiennent aux deux mondes, celui de la Terre et celui de l'Eau », dit Tirrinân.

L'un après l'autre, ils se glissèrent à quatre pattes dans l'étroiture. Sur le seuil, la roche était luisante.

« Des hommes sont passés ici depuis des temps immémoriaux », remarqua Roud.

De l'autre côté, ils se retrouvèrent dans la grande salle. Ils étaient au point le plus élevé de la caverne, au sommet d'un entassement de rochers scellés par les concrétions.

« C'est par là que nous sommes arrivés. Je reconnais ce grand pilier, s'écria Tirrinân en montrant la haute colonne de calcite qui pointait vers la voûte.

– Ici aussi, il y avait autrefois des échelles », dit Roud en touchant du pied des troncs ébranchés gisant sur le sol, mêlés à des débris de liens d'écorce et de cuir.

En levant les yeux ils virent que le plafond, très haut

au-dessus de leurs têtes, était recouvert de tracés de doigts et de gravures.

A hauteur d'homme, sur une paroi, une série de gravures s'offrait à leurs regards. Là, un bouquetin mâle au cornage démesuré précédait un animal fusiforme à la tête arrondie affublée de moustaches tombantes.

« Un phoque..., dit Roud.

– Oui, c'est un phoque, approuva Tirrinân. En voici un autre qui fait face à un cheval. Oglobân a voulu représenter les Esprits de la Terre par des chevaux, des bouquetins et des cerfs, ceux de la Grande Eau par des phoques et des pingouins. Et ici, il les a réunis, pour montrer qu'il avait fait alliance avec tous. »

Dans cette partie de la caverne, les animaux étaient peints en noir. Apparemment, on avait utilisé de la poudre de charbon de bois, malaxée à de la graisse : c'étaient encore des chevaux, un bouquetin, un cerf aux bois imposants. La paroi avait été préalablement raclée au silex pour en ôter la pellicule altérée et atteindre la roche saine. On avait étalé le pigment sur toute la surface du dessin, puis on l'avait gratté à des endroits précis pour faire ressortir en blanc les yeux et les naseaux des chevaux, ce qui malgré la raideur du dessin leur donnait vie à la lueur tremblotante des torches.

« Oglobân disait qu'il pouvait se changer en cheval et qu'il comprenait le langage des animaux. Il lui fallait pour cela s'isoler pendant plusieurs jours dans un endroit écarté. Il devait s'abstenir de tout contact avec une femme, ne prendre aucune nourriture et boire seulement une boisson tirée d'une plante dont il gardait le secret et qu'il appelait anisâr, dit Tirrinân.

– Arkham était également capable de voyager dans le

monde des Esprits. Il connaissait lui aussi les pouvoirs des plantes. Il m'en a montré beaucoup, mais pas celle dont tu parles, dit Roud.

– Oomoùlou, le chamane du clan du Cerf Géant, utilise la fumée des herbes sacrées, ajouta Jân.

– Et toi, Roud ? Est-ce que toi aussi tu parles avec les animaux ? », questionna Tirrinân.

Pris de court, l'intéressé hésita un instant : « Ce sont là de grands secrets. Les Esprits n'aiment pas qu'on les divulgue. Tu comprendras que je doive me taire. »

Impressionnés par le sérieux de sa réponse, ses compagnons n'osèrent insister.

Se guidant sur le pilier, ils poursuivirent leur chemin de l'autre côté de la salle, se rapprochant du couloir d'accès.

« Encore un phoque. Celui-ci ne ressemble pas aux autres », observa Jân.

Gravé à hauteur de leurs yeux, l'animal était figuré allongé sur le dos, traversé de part en part par un trait en forme de projectile, harpon ou sagaie.

« Ce n'est pas un phoque qu'on a voulu représenter. C'est un Esprit, un Homme-Phoque. Vois : là il y a le bras et la main. Il a le signe de la Mort sur lui, dit Roud.

– Pourquoi ? Qu'est-ce que cela signifie ? demanda Jân, visiblement intrigué.

– Je ne peux pas te fournir la réponse. Beaucoup d'animaux gravés dans cette grotte portent eux aussi des symboles de mort, en forme de sagaies et de harpons, surtout les chevaux et les phoques.

– Pourquoi Oglobân aurait-il marqué tous ces animaux du signe de la Mort ? dit Tirrinân. Allons, il est temps de sortir de ce lieu étrange. »

Une fois à la lumière du jour, ils restèrent un moment étendus dans l'herbe, savourant la chaleur du soleil et la caresse de la brise venue de la mer. Le monde souterrain qu'ils venaient de quitter leur paraissait presque irréel, comme s'ils sortaient d'un songe. Pourtant, leurs vêtements, leurs mains, leurs pieds maculés d'argile montraient bien qu'il ne s'agissait pas d'un rêve.

Ils regagnèrent la grotte de la falaise sans échanger un mot, plongés dans leurs pensées. Ils rallumèrent le feu, se restaurèrent rapidement et s'endormirent serrés les uns contre les autres, comme pour se rassurer.

Le jour suivant les trouva de nouveau devant l'orifice découvert la veille. Tirrinân portait un rouleau de corde faite de poils de bisons et de chevaux habilement tressés.

« Elle est très solide. C'est moi qui l'ai confectionnée. Je m'en sers pour escalader les rochers à la recherche des nids. Je n'ai pas confiance dans celles faites par d'autres. »

Roud et Jân avaient préparé plusieurs torches. A nouveau, ils s'engagèrent dans l'étroit boyau. Se guidant sur leurs propres traces et les mains peintes, ils parvinrent au puits sans s'attarder en chemin.

« Qui va descendre ? s'enquit Tirrinân. Si tu veux, je descendrai le premier. J'ai l'habitude du vide.

– Non. C'est à moi d'aller au fond du gouffre, seul. C'est moi qui vous ai entraînés ici. Je suis chamane. Les Esprits m'accueilleront avec bienveillance », répliqua Roud.

Avec une dextérité qui dénotait une longue expérience,

Tirrinân noua une extrémité de la corde autour d'une stalagmite.

« Pourquoi ne pas l'attacher là où était l'autre ? dit Jan en montrant le tronc portant le débris de corde.

– Le bois est pourri ; il risque de se briser. Fais-moi confiance. » Il entoura l'autre bout autour de la poitrine de Roud. « Tu vas te laisser glisser doucement en te retenant à la paroi par les pieds et les mains. Avec l'aide de Jân, j'accompagnerai ta descente. Ne te sers pas des fiches de bois, elles sont trop vieilles. Lorsque tu toucheras le sol, détache la corde. Je m'en servirai pour te faire parvenir une torche enflammée. »

Malgré tout son courage, Roud ne put s'empêcher de serrer les mâchoires quand il s'enfonça lentement dans le noir. Au-dessus de lui, il distinguait dans un halo de lumière le bord du puits et les silhouettes de ses compagnons, penchées sur le vide. En tâtonnant du bout des pieds, il cherchait des appuis sur le roc, les mains crispées sur la corde.

Bien que brève, la descente lui parut interminable. Enfin, ses pieds touchèrent le rocher. Dans l'obscurité totale, il s'adossa à la paroi et se libéra de la corde.

« Ça y est. Je suis en bas. Envoie la torche ! », cria-t-il.

Prestement, Tirrinân remonta la corde, attacha par le milieu une torche enflammée et la fit descendre avec précaution.

A la lueur vacillante du flambeau, Roud découvrit l'endroit où il se trouvait. Le gouffre était large, ses parois verticales recouvertes de retombées de calcite scintillante. Torche en main, il regarda autour de lui : le fond du puits était encombré de blocs. Il était dans une anfractuosité délimitée par de gros rochers ; ses pieds foulaient des débris de charbon et de bois pourri.

Il se hissa par-dessus les blocs et, soudain, son cœur s'arrêta de battre. Un cri lui échappa. Là, sur le sol inégal, gisait une forme humaine, les restes décharnés de ce qui avait été un homme de haute taille, à la chevelure grisonnante. La peau du cadavre était desséchée sur les os, le corps à demi recouvert par un vêtement teinté en jaune. A côté du crâne aux orbites vides, une coiffure de cuir portait une calotte osseuse découpée dans la tête d'un cerf dont on avait conservé les bois. Un collier de griffes d'aigle et de dents de phoque pendait sur le thorax aux côtes saillantes. Dans un ultime rictus, la bouche s'entrouvrait sur des dents jaunies dont plusieurs manquaient. La main droite était crispée sur une corde de cuir, celle-là même dont un tronçon était resté noué en haut du puits.

« Roud ? Que se passe-t-il ? Pourquoi as-tu crié ? » Là-haut, Tirrinân s'inquiétait. Il se laissa glisser prestement le long de la corde, les jambes en équerre, et se retrouva au côté de Roud, immobile, penché sur le corps momifié.

« C'est Oglobân-le-Chamane. C'est bien lui. Il venait ici en secret accomplir les rites. Un jour, la corde s'est rompue et il a fait une chute fatale. » Roud secoua la tête.

« Non, Tirrinân. Il ne s'est pas tué en tombant. Regarde son crâne : il est défoncé sur le sommet. Or il est tombé sur le dos. C'est l'arrière de la tête qui devrait être brisé, non le dessus. Quelqu'un l'a frappé.

– Mais qui ? Et pour quelle raison ? C'était un homme respecté de tous. Qui aurait pu savoir qu'il venait ici ?

– Je n'en sais rien, mais je suis sûr qu'il n'est pas tombé par hasard. On l'a frappé, puis on l'a poussé dans le vide.

– Mais qui ? Qui ? En tout cas, il faudra remonter le corps et le ramener au camp, pour qu'il soit inhumé selon nos coutumes.

– Nous ne sommes pas assez nombreux. Il faudra revenir avec de l'aide : plusieurs hommes seront nécessaires. » En parlant, Roud s'était accroupi pour examiner le cadavre de plus près. « Tirrinân ! Regarde, là ! » De la poitrine du mort, à demi masqué par les lambeaux de vêtements, dépassait un fragment de bois. Surmontant sa crainte devant le mystère de la mort, Roud le saisit avec précaution et extirpa du cadavre l'extrémité d'une sagaie. Maculée de sang séché, la pointe en os poli était munie de barbelures formées de petites lamelles de silex. « Encore les Azalaï ? interrogea Roud.

– Non. Cette arme appartient à quelqu'un de notre clan ! s'exclama Tirrinân. Il n'y a que nous qui savons fabriquer ces sortes de pointes.

– C'est quelqu'un de son propre clan qui aurait tué le chamane ? dit Roud, incrédule.

– Il n'y a pas d'autre explication. Il faut rentrer au plus vite pour avertir Gharlabân, notre chef, et le conseil des Anciens que préside Samatân-le-Brave.

– N'oublie pas le morceau de sagaie, Tirrinân. Tu le remettras au chef.

– Je remonte le premier. Une fois en haut, je pourrai t'aider », dit Tirrinân.

Lorsqu'ils furent sortis du gouffre, ils mirent Jân au courant de leur macabre découverte et lui montrèrent la pointe de sagaie. « Ne dis rien à personne en arrivant au camp. Ne raconte pas ce qui s'est passé avant que nous ayons parlé au chef », conseilla Tirrinân.

Les fumées montaient droit dans l'air calme du jour finissant lorsqu'ils parvinrent enfin en vue des grottes qui surplombaient les huttes groupées au bas de la pente. Du plus loin qu'ils les aperçurent, quelques enfants accoururent en poussant des cris : « Ils sont de retour ! Tirrinân est revenu avec le chamane et Jân, les hommes de l'arc… »

Ils se dirigèrent tout droit vers la hutte du chef. Assis sur une peau de lynx, Gharlabân se réchauffait à la flamme d'un brasier de genévrier. « Vous voici enfin ! Nous étions inquiets. Comment s'est passée votre exploration ? Roud, ta compagne n'est pas avec vous ? Vous ne l'avez pas rencontrée en route ?

– Léti ? Mais non. Elle n'est pas ici ? » Roud avait pâli.

« Lorsque vous avez quitté le camp, elle est partie peu de temps après en emportant son arc. Nous avons pensé qu'elle allait vous rejoindre.

– Et elle n'est pas revenue ?

– Personne ne l'a revue depuis. Nous étions tous persuadés qu'elle était avec vous. C'est pourquoi on n'est pas partis à sa recherche. »

Roud et Tirrinân se regardèrent, angoissés : « Les Azalaï ! Elle aura été enlevée par les Azalaï !

– Mais les Azalaï sont loin. Pourquoi serait-elle allée dans cette direction ? Elle savait où se trouve leur territoire. Tous ici l'avaient mise en garde contre eux, répliqua Gharlabân.

– Les Azalaï font des incursions de plus en plus proches. Nous avons découvert une de leurs haltes de chasse non loin d'ici, au levant du Lac-aux-Oiseaux. C'étaient des traces récentes, expliqua Tirrinân.

– Et au cœur du Territoire interdit, dans la plaine au pied de la Montagne-Rouge, nous avons tué un bison déjà blessé par une sagaie azalaï, ajouta Roud.

– Il y a autre chose. Grâce au jeune Jân, nous avons retrouvé la Caverne sacrée, la Caverne oubliée dont parlent nos anciens mythes. Elle s'ouvre à l'extrémité des falaises du Bout-du-Monde, comme le disait la tradition. Oglobân la connaissait. Il y allait en solitaire, sans en parler à personne, dit Tirrinân.

– Vous avez retrouvé la Caverne sacrée ! C'est un grand jour pour le clan ! Oglobân-le-Chamane ? Vous l'avez revu ? Et pourquoi n'est-il pas avec vous ?

– Il est mort. C'est son cadavre que nous avons retrouvé au fond de la caverne. Il a été assassiné et jeté dans un gouffre. Et voici l'arme qui l'a tué, Grand Chef. » En disant ces mots, Roud tendit à son interlocuteur le fragment de sagaie qu'il avait enveloppé dans une bande de peau. Le chef prit l'arme et l'examina longuement, visiblement troublé.

« Mais ce n'est pas une pointe azalaï ! C'est une arme qui vient de notre peuple, Roud ! Comment est-ce possible ? Il y a donc un meurtrier parmi nous… C'est terrible ! Je vais en parler à Samatân et à Ouahnâr, pour que dès demain ils réunissent les Anciens. Pour l'instant, allez prendre du repos. Laissez-moi seul.

– Et Léti ? Qu'a-t-il pu lui arriver ? Je veux partir à sa recherche, dit Roud.

– Je ne l'oublie pas. Nous lancerons une expédition en territoire azalaï dès que possible. Les meilleurs de mes hommes t'accompagneront. Nous ferons tout pour la retrouver, sois-en sûr. »

Après qu'ils eurent pris un repas rapide, Roud quitta ses compagnons et se retira dans sa grotte, au flanc des rochers. Il était accablé de tristesse. Ainsi Léti, sa Léti-aux-yeux-clairs était sans doute aux mains des féroces Azalaï. Il se sentait coupable. « C'est ma faute, songeait-il. Si j'avais consenti à ce qu'elle nous accompagne, elle serait ici ce soir… »

Il passa une nuit agitée, assailli de cauchemars dans lesquels il combattait seul une horde de guerriers Azalaï dont le chef ressemblait à Yackou, tandis que Léti, perchée sur un rocher, lui criait sa colère de l'avoir abandonnée. Au jour, il somnolait encore quand on le héla depuis les huttes : « Roud ! On t'attend. Tous doivent écouter le chef. »

Sur l'esplanade, devant le camp, le peuple de la Côte était rassemblé, silencieux. Le groupe des Anciens était là, vieillards aux cheveux blancs vêtus de peaux de loup et de lynx, entourant le vieux Samatân, Sage parmi les Sages, et son assistant Ouahnâr, respecté pour sa science des êtres de la Grande Eau.

Solennel, le visage fermé, le chef prit la parole. En quelques mots, il conta les événements et exposa la situation : la Caverne sacrée retrouvée, la mort du chamane, la menace que les Azalaï faisaient peser sur le camp, la disparition de la compagne de Roud… Tous se taisaient, attentifs, le front soucieux. Les femmes serraient instinctivement leurs enfants contre elles.

La voix du chef se fit plus forte, plus âpre aussi :

« Ainsi le cadavre d'Oglobân a été retrouvé au fond d'un gouffre, dans la caverne du Bout-du-Monde, mais il ne s'est pas tué dans sa chute. Quelqu'un l'a frappé... avec ceci, et c'est quelqu'un de notre clan ! » Il brandissait violemment la pointe de sagaie rapportée par Tirrinân et Roud. « Honte sur lui ! Que la malédiction des Esprits de la Nuit le pourchasse où qu'il se cache ! Il ne sera jamais en paix ! Il n'échappera pas au châtiment qu'il mérite ! »

Accablé par ces révélations, l'auditoire baissait la tête. Les hommes n'osaient pas se regarder. Brusquement, l'un d'eux sortit du cercle et se campa devant le chef. Bras croisés sur la poitrine, tête haute, il défiait l'assemblée : « C'est moi qui ai tué le chamane, moi seul. Et je le referais si c'était à refaire. »

Un murmure de stupeur s'éleva du groupe.

« Toi, Chapacân ? Peux-tu nous dire pourquoi ? », questionna le chef.

Chapacân était grand et maigre ; il se distinguait des autres par ses cheveux roux et surtout ses yeux d'un gris très pâle, qui surprenaient par leur froideur. C'était un chasseur solitaire, secret car peu loquace. Traqueur habile, il possédait en outre la science des roches : il savait reconnaître au premier coup d'œil le meilleur silex ou le quartzite au grain le plus fin. C'était un tailleur expert, qui confectionnait des armes et des outils aussi efficaces qu'esthétiques.

Malgré ses compétences, les autres l'appréciaient modérément, car il était arrogant et dispensait volontiers des critiques acerbes qui n'épargnaient personne. De plus, il était le fils d'une Azalaï, ce qui ajoutait à son impopularité.

Dans les collines du Levant, des chasseurs de bouquetins avaient un jour recueilli une jeune femme à bout de forces, couverte d'ecchymoses, un œil à demi fermé par les coups. Réconfortée et ramenée au camp, elle conta sa lamentable histoire : incapable de supporter plus longtemps les mauvais traitements dont on l'accablait, elle s'était enfuie loin des siens, les Azalaï, et serait morte d'épuisement sans la rencontre providentielle des gens de la Côte. Pris de pitié, le père de Chapacân, homme au grand cœur, la prit pour épouse. Elle lui donna un garçon et mourut quelques années plus tard lors d'un hiver particulièrement rigoureux. Enfant, Chapacân dut subir les brimades de ses compagnons de jeu, qui se moquaient sans cesse de ses origines.

Il en souffrit en silence et devint de plus en plus taciturne. Pourtant, lorsqu'il fut en âge de fonder un foyer, il prit femme, et bientôt deux garçons, des jumeaux, semblèrent lui redonner un peu de gaîté.

Hélas, ils se noyèrent accidentellement, ainsi que leur mère qui tentait de leur porter secours. Après ce malheur, le caractère de Chapacân s'aigrit définitivement. Désormais, il vécut comme un loup solitaire, parlant le moins possible aux autres membres du clan.

« Tes paroles sont pleines de haine, Chapacân. Mais tu ne nous dis pas pourquoi tu as tué Oglobân, répéta le chef.

– Je l'ai frappé parce qu'il méritait la mort. Je n'avais jamais tué personne avant lui. C'était la première fois que je m'attaquais à un homme.

– Mais pourquoi ? Pour quelle raison ?

– C'est lui qui a causé la mort de mes deux fils, et aussi celle de leur mère.

– Mais ils se sont noyés dans la Grande Eau, un jour de grand vent ! Oglobân n'y était pour rien… »

Alors, Chapacân parla. Il raconta comment ce jour-là, ce jour maudit, ses fils, qui étaient attirés par la mer, avaient voulu atteindre des récifs loin du rivage pour y récolter des moules, en s'aidant de troncs d'arbre comme ils l'avaient déjà fait. Le chamane les avait chargés de ramasser pour lui certaines algues qui ne poussaient que là et dont il faisait un mystérieux usage. Chapacân partait ce même jour vers le nord faire provision de silex sur l'autre versant des collines et ne pouvait se joindre à eux. Le chamane l'avait assuré que les Esprits étaient favorables, et que tout se passerait bien. La mer était calme comme un lac et le resterait, il s'en portait garant.

Or, alors que les garçons s'apprêtaient à regagner la grève, en pagayant sur leur esquif improvisé chargé de paniers remplis d'algues et de coquillages, un ouragan s'était mis brusquement à souffler, gonflant en peu de temps les flots. Les adolescents se trouvèrent rapidement en difficulté, incapables de diriger le lourd assemblage de troncs contre le vent qui les drossait vers le large. Courageusement, leur mère, qui les observait depuis la plage, s'était jetée à l'eau. Tous trois avaient péri, emportés par les vagues.

A son retour, Chapacân avait appris la terrible nouvelle. Depuis lors, il s'était enfermé dans un mutisme inquiétant, évitant de croiser le regard du chamane lorsqu'il le rencontrait.

« C'est Oglobân qui est la cause de leur mort. Il savait que la tempête allait venir. Pourtant, il les a encouragés à partir sur la Grande Eau. Je ne le lui ai jamais pardonné. J'attendais seulement le moment de venger les miens. Le sang appelle le sang… Je savais qu'il partait parfois vers le Territoire interdit, toujours seul. Un jour, je l'ai suivi de loin en me cachant. A sa suite, j'ai osé pénétrer dans le ventre de la Terre, dans l'univers des ténèbres, jusqu'au bout de la Caverne sacrée. Quand je l'ai rejoint, il s'apprêtait à descendre dans un gouffre terrifiant : il allait m'échapper. C'est alors que j'ai décidé de le tuer. Lorsque je l'ai menacé de mon arme, il s'est moqué de moi ; il m'a dit en ricanant qu'il était invincible, que les Esprits le protégeaient. J'étais fou de rage ; j'ai abattu ma hache sur son crâne et j'ai enfoncé avec joie ma sagaie dans sa poitrine, avec tant de force qu'elle s'est brisée. Il a basculé dans le noir. Les miens étaient vengés. Puisse son esprit errer pour toujours dans les ténèbres, qu'il ne connaisse jamais le repos ! »

L'assistance restait muette. Certains échangeaient des regards lourds de sous-entendus. On sentait les avis partagés… Chapacân n'avait guère d'amis, mais la mort tragique de deux très jeunes garçons n'avait laissé personne indifférent. Les rudes conditions de vie, qui étaient celles des peuples chasseurs, renforçaient les liens d'affection. Les enfants tenaient une large place dans les clans. Ceux dont, par malheur, les parents disparaissaient, n'étaient jamais abandonnés ; ils étaient adoptés par un proche ou, à défaut, par un ami des défunts.

Quant au chamane disparu, il ne faisait pas l'unanimité. Trop souvent il avait abusé de son pouvoir et de la crainte qu'il inspirait pour exiger des offrandes disproportionnées en contrepartie de talismans préparés dans le plus grand mystère et dont l'efficacité était souvent discutable.

Beaucoup étaient choqués d'apprendre qu'il avait gardé

jalousement, pendant tant d'années, le secret de la caverne vénérée. Dans quel but avait-il agi ainsi ? Voulait-il accaparer à son seul profit la protection des Esprits ? Autant de questions, autant d'énigmes irritantes qui jetaient le trouble parmi l'assemblée.

Gharlabân restait impassible, comme il sied à un chef. Il fit un geste majestueux. « Que les Anciens parlent. Quelle que soit leur décision, nous la ferons nôtre, car ils détiennent la sagesse des pères de nos pères. » Alors, le vieux Samatân s'avança, s'appuyant sur un bâton poli par un long usage. Dans ses jeunes années, il avait été un chasseur et un pêcheur intrépide. A présent, des douleurs sournoises faisaient craquer ses articulations ; ses jambes le soutenaient difficilement. Il avait fréquemment recours aux soins de Nelli-la-Guérisseuse, une brune aux yeux envoûtants, dont les mains expertes savaient calmer les douleurs les plus tenaces. Elle massait les membres noueux du vieillard avec un onguent à base de graisse de pingouin, animal réputé pour ne pas craindre l'eau glacée. On disait qu'elle prodiguait plus volontiers ses soins aux hommes jeunes et vigoureux qu'aux vieillards, mais celles qui colportaient ces rumeurs étaient en fait jalouses de sa notoriété méritée.

« Chapacân, tu as gravement enfreint la Loi. Nul en effet ne doit prendre la vie d'un membre de son propre clan. C'est une règle immuable, qui nous vient des pères de nos pères. Seuls les Azalaï vont parfois jusqu'à s'entre-tuer, mais ce sont des sauvages qui vivent comme des loups. Le sang appelle le sang, dis-tu. Tu as tort de parler ainsi, car Oglobân n'était pour rien dans la mort des tiens. En le tuant, tu as privé le clan d'un homme précieux. Celui dont tu as pris la vie savait communiquer avec les Esprits ; il connaissait les rites secrets qui préservent des mauvais sorts ; il savait soigner et guérir. Nous te chassons du clan. Tu dois partir au loin. Tel est mon avis. J'ai parlé. A présent, que d'autres s'expriment s'ils le désirent.

– Je demande la parole, clama Iorimar, au premier rang des auditeurs.

– Parle. Tous t'écoutent ! répliqua Gharlabân en se tournant vers Samatân, qui acquiesça d'un signe de tête.

– Je connais bien l'endroit où s'est déroulé le drame. Ce sont des récifs trop éloignés du rivage pour qu'on y aille à la nage. C'est pourquoi il est indispensable pour les atteindre de s'aider d'un ou plusieurs troncs. Même par mer calme, c'est un lieu dangereux à cause des courants. Si Oglobân a poussé les enfants à s'y aventurer, il a eu tort. Je ne veux pas excuser le geste de Chapacân, mais je ne sais pas ce que j'aurais fait moi-même dans le même cas... Nous devrions réfléchir encore, avant de prendre une sanction aussi lourde que l'exil.

– Je ne veux pas de votre pitié. Je sais que beaucoup ici me haïssent. Vivre seul ne m'effraie pas. Je partirai, dit Chapacân en défiant l'assemblée.

– C'est à nous seuls, et non à toi, de décider de ton sort. A présent, tu dois te taire. Retire-toi dans ta hutte en attendant la décision du Conseil », répliqua sèchement Samatân.

Vaincu, Chapacân baissa la tête et s'éloigna.

Les discussions se poursuivirent durant une partie de la nuit. Selon la coutume, seuls les hommes, réunis près du feu autour du chef et des Anciens, pouvaient y participer. Certains suggérèrent de chasser le coupable sans arme vers le Territoire interdit, d'autres de l'obliger à passer le Grand Fleuve, accroché à un tronc d'arbre.

Comme les esprits s'échauffaient, Gharlabân intervint : « Moi, Gharlabân, votre chef, je vous demande de rester calmes, de ne pas céder à la colère. Oglobân est mort. Infliger à son meurtrier le pire des châtiments, le bannissement, ne rendra pas la vie au disparu. Les Esprits de la Grande Eau amère – grâces leur soient rendues ! – nous ont envoyé un autre chamane, Roud, que voici. Ne les offensons pas en nous montrant pires que les loups ou les Azalaï... Être banni de son propre clan est une punition suffisamment sévère. Les hommes sont faits pour vivre ensemble. C'est un terrible sort que de se retrouver seul dans le vent glacé et la neige, d'affronter sans aide les fauves et les clans hostiles. Laissons Chapacân aller où il voudra. Qu'en penses-tu, Samatân ?

– La sagesse a parlé par ta bouche, Gharlabân. Qu'il aille vers l'inconnu, loin du peuple de la Côte. Désormais, il n'est plus des nôtres. Ce sera son châtiment. »

Beaucoup approuvèrent à leur tour ; d'autres se taisaient. Assis dans la pénombre en retrait du cercle qui entourait le feu, Roud se garda d'intervenir. Il revoyait sa propre aventure, banni à tout jamais loin des siens, loin de la vallée de son enfance. Mais lui, au fond de son malheur, il n'avait jamais été seul ; tout au long de sa longue route, sa compagne était avec lui. Léti était sa chance dans son errance. Léti... Où était-elle à présent ? Les Azalaï l'avaient-ils épargnée ? Était-elle encore vivante ? Une vague de tristesse l'envahit. Le découragement pesa sur ses épaules comme une charge trop lourde ; il enfouit sa tête entre ses bras, sourd à ceux qui l'entouraient.

« Viens, la nuit devient froide. » Une main amicale touchait son épaule. Il leva les yeux. C'était Tirrinân-le-

Grimpeur. Le groupe s'était dispersé, chacun rejoignant sa hutte. L'espace au milieu du camp était désert. Le feu ne dispensait plus qu'une faible lueur. Dans la plaine, on entendait le glapissement des hyènes en maraude. A peu de distance, un loup hurla longuement. Dans les falaises, le hululement lugubre d'un hibou lui fit écho. Au milieu des nuées poussées par le vent de la mer luisait un croissant de lune. Roud se leva et suivit son ami.

Le camp était en ébullition. On entendait des cris, des exclamations. Des hommes arrivèrent en courant devant la hutte du chef. Celui-ci apparut sur le seuil.

« Gharlabân, Chapacân a disparu ! Il a profité de la nuit pour s'enfuir en emportant ses armes. Il a pris aussi un arc et un carquois de flèches.

– Il est parti ? Et après ? Pourquoi tout ce bruit ? C'est aussi bien ainsi. Il a été banni et n'a pas attendu qu'on le chasse. Il était trop fier pour subir cette honte devant tous. Désormais, il n'existe plus pour nous. Que nul ne prononce plus son nom ! »

La vie reprit, au rythme des tâches quotidiennes. Les chasseurs partaient à l'aube vers la plaine ou les collines. Un peu plus tard, des femmes se dirigeaient vers le lac ou la côte pour relever les nasses, pêcher ou récolter des coquillages. D'autres s'affairaient à préparer les peaux, tandis que des adolescents allaient à la recherche d'arbres morts pour assurer la provision de bois.

A plusieurs reprises, Roud avait demandé au chef de lui permettre d'aller à la recherche de Léti. A leur tour, Iorimar, Agdar et Loâban avaient appuyé sa requête. « Nous devons avant tout nous rendre à la Grotte sacrée pour ramener le corps d'Oglobân et lui donner une sépulture selon la coutume », objectait Gharlabân. A la surprise générale, le vieux Samatân intervint : « Les morts peuvent attendre. Il est plus urgent de rechercher cette jeune femme et en même temps de chasser les Azalaï de notre territoire, s'ils s'y trouvent encore. Ils sont un danger permanent pour nos femmes et nos filles, une menace pour tous.

– C'est entendu. Iorimar et Roud, prenez cinq hommes avec vous – à vous de les choisir – et partez en reconnaissance. Si vous repérez les Azalaï et qu'ils sont en nombre, évitez le combat. Revenez nous avertir. Je lancerai alors contre eux une troupe plus importante, ordonna Gharlabân.

– Je te remercie. J'aimerais que nous partions le plus tôt possible, répondit Roud.

– Je souhaite de tout mon cœur que tu retrouves ta compagne, Roud. S'il lui est arrivé malheur, je te promets que nous t'aiderons à la venger », assura le chef.

La petite troupe longeait les collines en direction du levant. Iorimar guidait le groupe. Ses compagnons l'avaient choisi pour sa vue perçante et sa connaissance approfondie de la contrée, bien que tous soient en mesure de s'orienter pour y avoir chassé. Roud le suivait, l'arc à l'épaule, puis venaient Tirrinân, Agdar, Loâban-le-Velu. Deux jeunes gens athlétiques, Yoranar et Hodolân, fermaient la marche.

Seuls Roud et Tirrinân portaient un arc et des flèches ; les autres restaient fidèles à leurs sagaies, confiants dans leur adresse à manier le propulseur. Roud avait pensé que

Jân demanderait à faire partie de l'expédition, mais à son grand étonnement, le jeune homme ne s'était pas manifesté. « Il est parti très tôt avec d'autres jeunes gens. Ils escortent les femmes qui vont pêcher sur la côte, lui expliqua Tirrinân.

– Et je suppose que Faâni se trouve parmi elles ? demanda Roud, amusé.

– Tu as vu juste, Roud. Les biches attirent les jeunes cerfs. C'est une des lois de la vie... »

Vers le milieu du jour, ils avaient traversé une succession de petits plateaux couverts d'une herbe rase, séparés par des vallonnements, où des bouleaux s'alignaient le long des ruisseaux. Puis le relief devint plus accidenté. De profonds ravins bordés d'à-pics entaillaient la roche qui affleurait fréquemment. Bientôt, ils furent en vue d'une longue crête dominée par un piton se détachant sur le ciel. Une brèche s'ouvrait à droite dans l'arête du sommet.

« Le Baoù Traoùca. Sur l'autre versant, on aperçoit la Montagne-aux-Sources-Chaudes, le pays des Azalaï, dit Iorimar.

– Là-bas ! Un feu ! », s'exclama Roud.

Il fallait l'œil vigilant du chasseur pour distinguer le filet de fumée bleue, ténu comme une écharpe de brume déchirée par la brise, qui s'élevait au-dessus de la cime des pins.

« Ce sont sûrement nos ennemis. Leur feu est encore loin. Apprêtez vos armes ; nous approcherons sous le vent », dit Iorimar.

Furtifs, silencieux, tous les sens en éveil, ils progressaient entre les troncs. De temps à autre, sur un signe d'Iorimar, ils se tapissaient derrière les arbres et les rochers, immobiles, à l'écoute du moindre bruit. Mais ils ne décelaient aucune présence humaine. Ils n'entendaient que le cri agaçant des corneilles répercuté par les falaises.

Ils s'arrêtèrent à la lisière des arbres. Tapis dans les broussailles, invisibles, ils scrutaient l'espace qui s'étendait devant eux. La pente montait vers les crêtes. La fumée sortait d'un chaos rocheux, presque à la cime. Au-dessus tournoyait un vol de corneilles.

Déployés en demi-cercle, courbés en deux, l'arme prête, ils approchèrent et bondirent tous ensemble. La surprise les figea sur place. Les rochers formaient un cercle inégal entourant une dépression abritée du vent. Au centre, une souche achevait de se consumer parmi un amas de cendre. Il n'y avait personne. Personne de vivant.

Derrière le foyer se dressait un arbre mort, sans doute brisé par la foudre. Une forme humaine pendait contre le tronc. Les bras avaient été ployés derrière l'arbre, les mains liées par une lanière de peau fraîche qui avait entamé la chair des poignets. Un autre lien enserrait les chevilles. Entièrement nu, couvert de sang, le corps était atrocement mutilé.

La tête manquait, ainsi que le sexe. Le torse et les cuisses étaient criblés de blessures, causées apparemment par des coups de sagaie. En maints endroits, le corps du supplicié avait été tailladé avec une lame tranchante.

« Ce ne sont pas les corbeaux qui ont fait ça, constata Roud. On dirait qu'on a voulu découper la chair avec un couteau, comme s'il s'agissait d'un animal ! Pourquoi ? Il était déjà mort à ce moment-là… »

Le sol avait été piétiné tout autour. Les tortionnaires

avaient marché dans le sang de leur victime et laissé des traces qui rougissaient l'herbe et les pierres.

Tous se taisaient, horrifiés. Iorimar s'approcha du cadavre et l'examina longuement. « C'est bien Chapacân. Cette longue cicatrice au bras gauche lui venait d'une charge de bison évitée de justesse. Voici ses vêtements et ses armes brisées. Ils ont même brûlé l'arc et les flèches, dit-il en poussant du pied les débris qui jonchaient le sol.

– Il n'est pas allé bien loin... Les Azalaï l'auront capturé par surprise, sans doute pendant son sommeil. Malgré son crime, il ne méritait pas une telle fin, commenta Agdar.

– Mais pourquoi lui avoir tranché la tête ? Qu'en ont-ils fait ? demanda Roud.

– Les Azalaï conservent la tête de leurs ennemis comme trophées. Ils les accrochent aux arbres autour de leur camp. Ils croient que cela les protège des Esprits malfaisants et empêche les morts de revenir les tourmenter, dit Loâban.

– Ce ne sont pas des hommes. Ils sont pires que les loups. Les fauves, eux, ne tuent que pour manger, comme nous, ajouta Hodolân.

– On prétend que les Azalaï mangent parfois de la chair humaine, dit Yoranar.

– Je ne peux pas le croire. Ce sont des racontars de voyageurs. Aucun homme ne mange ses semblables. Détachez le corps. Nous allons le mettre à l'abri des charognards », répliqua Iorimar.

Une fois la dépouille de Chapacân ensevelie sous un monticule de pierres, ils décidèrent d'un commun accord de se lancer à la poursuite des meurtriers. « Le feu brûlait encore. Ils n'ont que peu d'avance sur nous. Nous devrions les rejoindre sans peine », dit Iorimar.

La piste était aisée à suivre, les Azalaï n'ayant pris aucune précaution pour brouiller leurs traces. Ils franchirent la crête, et un panorama grandiose s'offrit à leurs yeux. A leurs pieds, une forêt de pins recouvrait tout le versant nord. Au loin, par-delà une large plaine, se dressait une montagne imposante, aux sommets étincelants de neige. Ses flancs abrupts surplombaient un plateau tabulaire bordé de falaises rougeâtres.

« Là-bas commencent les Terres sauvages, le territoire azalaï, dit Tirrinân. C'est leur montagne sacrée qu'on aperçoit. Leur camp se trouve au pied, près des Sources-Chaudes. »

Se relayant pour relever les traces, ils traversèrent la forêt. La piste les conduisit d'abord vers le levant, puis elle s'infléchit au nord. Depuis le matin, ils n'avaient pris aucune nourriture ; tout entiers à leur traque, ils en avaient presque oublié la faim. Comme ils passaient un ruisseau à gué, Iorimar décida une halte, qu'ils mirent à profit pour se désaltérer.

Loâban, Yoranar et Hodolân entrèrent dans l'eau. En peu de temps, ils capturèrent à la main, sous les pierres du torrent, suffisamment de truites pour que tous puissent reprendre des forces.

A la fin de l'après-midi, Agdar, qui marchait en tête, leva le bras et s'accroupit. « Les hommes sont là, tout près ! », chuchota-t-il. Des silhouettes apparaissaient en effet entre les arbres. Comme ils s'approchaient en rampant, une femme cria : c'était une longue plainte, un cri de bête blessée.

« Léti ! C'est Léti ! », pensa Roud ; son cœur battit à se rompre.

Déjà, en courant, il avait encoché une flèche, sans même s'assurer que ses compagnons le suivaient. Il déboucha dans la clairière comme un fauve en furie. Un homme accroupi tentait d'allumer un feu ; deux autres dépeçaient une biche, tandis que deux formes allongées semblaient dormir.

Il embrassa la scène en un éclair. Il n'avait d'yeux que pour la femme prostrée sur laquelle un colosse s'acharnait à coups de pied et de poing. La femme hurla à nouveau. Bien campé sur ses jambes, Roud banda son arc : la flèche pénétra entre les côtes, traversant de part en part le torse puissant. Les poumons déchirés par la pointe de silex aux arêtes tranchantes, le géant s'abattit sur sa victime en vomissant un flot de sang.

Celui qui s'occupait du feu était le plus proche. Il se releva d'un bond qui surprit Roud, et se rua sur lui en brandissant un gourdin. Roud n'eut pas le temps d'encocher une autre flèche ; il cingla le visage de l'assaillant avec le bois de l'arc. Sous le choc, à moitié aveuglé par la douleur, celui-ci lâcha son arme improvisée. De toutes ses forces, Roud le frappa à l'abdomen avec son couteau de silex. L'Azalaï tomba sur les genoux, les mains crispées sur son ventre.

Les autres n'eurent pas le loisir de réagir. Iorimar, Tirrinân, Loâban s'étaient rués sur eux, la sagaie haute, et les avaient terrassés. A demi réveillés, les dormeurs furent cloués au sol par Agdar, aidé de Yoranar et Hodolân.

L'attaque n'avait duré que quelques instants. Ils se regardèrent : aucun n'était blessé. L'homme que Roud avait frappé râlait, plié en deux. Iorimar l'acheva d'un coup de hache sur la nuque. Alors, Roud se précipita vers la femme, toujours recroquevillée sur le sol, la tête cachée sous ses bras. Elle trembla et poussa un hurlement lorsqu'il lui saisit le bras pour la relever. Se tordant sous sa poigne, elle tenta de lui échapper, mais ses forces la trahirent. Elle s'effondra à nouveau. Avec douceur, Roud la retourna sur le dos. Il resta muet de stupeur.

Celle qui le regardait avait des yeux immenses, d'un noir profond. Malgré la terreur qui emplissait son regard de bête traquée, malgré les larmes qui traçaient des sillons dans la poussière recouvrant son visage, malgré sa chevelure brune emmêlée, salie de débris végétaux, elle était d'une beauté à couper le souffle. Ses vêtements déchirés laissaient entrevoir un corps splendide, aux courbes émouvantes, une peau dorée, des seins au galbe parfait… Mais ce n'était pas Léti !

De saisissement, Roud resta sans réaction. Il s'exprima lentement, d'une voix sourde : « Voici que j'ai tué de ma main deux étrangers ; voici que nous avons massacré tous ces hommes… pour rien ? »

Iorimar intervint : « N'aie aucun regret, Roud. C'étaient des Azalaï, des ennemis cruels et sanguinaires. Tu as vu ce qu'ils ont fait à Chapacân ? Crois-tu qu'ils nous auraient épargnés, si c'étaient eux qui nous avaient surpris ? Désormais, les Azalaï se tiendront loin de nos terrains de chasse, crois-moi. »

Roud baissa la tête. Des pensées contradictoires se bousculaient sous son crâne. Il ne sut que répondre. Se tournant vers la jeune femme, dont les grands yeux le fixaient avec anxiété, il tenta de la rassurer : « Qui es-tu ? D'où viens-tu ? Tu n'as rien à craindre de nous. Nous ne brutalisons pas les étrangères, comme le font les Azalaï. Tiens, bois et nettoie ton visage », dit-il en lui tendant une outre à demi remplie d'eau.

Agenouillée, elle tendit les bras vers lui : « Merci, merci à toi et à tes compagnons de m'avoir sauvée. Cet homme m'aurait tuée. Mon nom est Naomi. Je viens de la côte du Levant. Mon peuple, les Varouhanaï, occupe des grottes proches de la mer, au pied de collines giboyeuses. Mais il n'y a pas de silex sur notre territoire. Aussi sommes-nous obligés, pour nous en procurer, de faire appel aux voyageurs venus des pays du couchant. Comme depuis bien des lunes nous n'en avons plus vu, nos Anciens ont décidé d'envoyer quelques-uns d'entre nous à la recherche de gîtes de silex. J'accompagnais mon père qui, à la tête de quatre chasseurs, dirigeait une de ces expéditions. Ma mère est morte depuis longtemps et mon père, n'ayant pas de fils, m'emmenait parfois avec lui. »

Elle parlait très lentement, en hésitant et en cherchant ses mots, mais Roud la comprenait sans trop de mal. Elle continua :

« Quand nous avons rencontré ces hommes que vous appelez les Azalaï, ils ne se sont pas montrés hostiles au premier abord. En apprenant que nous étions en quête de silex, ils ont proposé de nous conduire vers un gîte qu'ils connaissaient sur leur territoire. Mon père a eu le tort de leur faire confiance. Ils ont profité de la nuit pour le massacrer ainsi que ses compagnons. Moi seule ai eu la vie sauve ; ils avaient l'intention de m'offrir à leur chef. Selon leurs coutumes, ils peuvent avoir plusieurs épouses. Ce sont le plus souvent des captives. Comme je refusais de les suivre, ils m'ont rouée de coups à plusieurs reprises.

– Tu as assisté à la capture d'un homme et à sa mise à mort ? questionna Loâban.

– Oui. Ils l'ont surpris sur l'autre versant : un homme très maigre, assez grand, avec des cheveux rouges. Il était seul. Il s'est défendu furieusement : il a tué deux d'entre eux avant de succomber sous le nombre et d'être fait prisonnier. Ensuite, ils l'ont torturé... C'était un homme d'un grand courage. Il a affronté la mort presque sans se plaindre. Il appartenait à votre clan ? »

Loâban hésita un instant. « Oui. Il était des nôtres. Il s'appelait Chapacân », répondit-il laconiquement en se tournant vers Iorimar. L'air grave, ce dernier approuva en silence : le courage d'un homme devant la mort méritait le respect en toutes circonstances, quoi qu'il ait pu faire auparavant.

« Ainsi, les Azalaï ont fait définitivement leurs les gîtes de silex les plus proches ? Désormais, il ne nous restera plus qu'à aller nous approvisionner de plus en plus loin, dit Iorimar.

– A moins de les combattre une fois pour toutes..., répliqua Agdar.

– Le chef décidera », coupa Iorimar.

Matière première irremplaçable, le silex faisait l'objet d'une quête obstinée. Lorsqu'il n'était pas disponible sur place, près de leur camp, les clans se le procuraient par troc auprès d'autres peuples plus favorisés, qui en faisaient commerce. Cependant, de nombreux gîtes naturels situés dans des contrées vides d'hommes étaient considérés comme appartenant à tous. Chacun était libre de venir s'y approvisionner.

La recherche du silex motivait des expéditions parfois lointaines, toujours aventureuses, car elles exigeaient des efforts pénibles et étaient semées d'embûches de toutes sortes.

Tantôt la roche convoitée affleurait au flanc des falaises, tantôt les rognons siliceux détachés par l'érosion se récoltaient dans le lit des cours d'eau ou des ravins. Quelquefois, le silex se présentait sous forme de plaquettes plus ou moins volumineuses intercalées dans des strates de calcaire tendre. A l'aide de pics en quartz ou en bois de cervidés, on creusait alors des excavations étroites et profondes, longues parfois de plusieurs mètres, où les individus les plus minces se risquaient munis d'une torche pour extraire la précieuse roche. C'était un travail dangereux : plus d'un était revenu mutilé ou avait même trouvé la mort à la suite d'un éboulement.

On utilisait des silex de toutes les couleurs, pourvu que le grain en soit fin et exempt d'impuretés. Les plus prisés, parce que se prêtant le mieux à la confection des lames, étaient les silex jaune clair, couleur d'herbe sèche, et ceux d'une teinte fauve comme la robe d'un bison, avec des veines plus sombres. Ces roches recherchées provenaient des montagnes situées au nord, à plusieurs jours de marche. Il existait cependant un gisement fournissant un silex de bonne qualité à seulement une demi-journée du camp des gens de la Côte, au bord d'un grand lac poissonneux. C'était ce gîte qui était, depuis longtemps déjà, la source de conflits avec les

Azalaï. Ils prétendaient l'exploiter à leur profit exclusif et en défendaient jalousement l'accès.

Transporter le silex sur de longues distances représentait une épreuve harassante. Ceux qui la subissaient s'ingéniaient à réduire la charge autant que faire se pouvait. A l'aide d'un percuteur, généralement un galet de roche dure, compacte et lourde, le tailleur épannelait le bloc en éliminant la gangue calcaire. Cette opération permettait de vérifier la qualité du matériau, la finesse du grain, et de s'assurer de l'absence de fissures ou d'impuretés. On poursuivait le travail en dégrossissant le bloc avec un marteau en bois de cervidé. Certains allaient jusqu'à débiter des séries de lames ou former des ébauches pour alléger encore le transport. Légères mais fragiles, ces lames devaient être emballées dans des paquets d'herbes, des lanières d'écorce ou de peaux.

Rechercher et sélectionner les blocs, les dégrossir, les préparer par une taille sommaire, nécessitait un séjour plus ou moins long sur le site même ou à proximité immédiate. On pouvait d'ailleurs observer sur les gisements de silex les vestiges de nombreux campements, dont certains remontaient à des temps oubliés.

Avant de repartir chargés de leur récolte, les hommes ne manquaient jamais de faire aux Esprits de la Pierre les offrandes indispensables : quartiers de viande ou massacres de grands animaux, que l'on suspendait aux arbres ou aux rochers les plus proches après avoir accompli les rites prescrits par les chamanes.

« Venez voir. J'ai trouvé des vivres ! » Dans un filet tressé en fibres végétales, Agdar venait de découvrir des lanières de viande, sommairement boucanée : des provisions de route, apparemment. Maculée de cendre, la chair était noircie par la fumée. Il en prit un morceau pour l'examiner de plus près : la peau était curieusement fine, avec quelques poils clairsemés, grillés par le feu.

Il allait mordre dedans, se demandant de quel animal il s'agissait, lorsque, brusquement, Roud lui saisit le poignet, le forçant à tout lâcher : « Arrête ! Ne vois-tu pas que c'est de la chair d'homme ? »

Incrédule, Agdar pâlit. Il poussa le sac du pied et recula avec dégoût. « De… de la viande… humaine ? C'est donc vrai ? Les Azalaï dévorent leurs semblables ? J'ai toujours cru que ce n'était qu'une légende qu'ils entretenaient pour terroriser les autres clans.

– Jette ce sac plus loin ! Ravive le feu. Il faut le brûler ! ordonna Iorimar.

– Que faisons-nous des corps des Azalaï ? demanda Yoranar.

– Ils ne méritent pas une sépulture. Les loups, les hyènes et les corbeaux s'en chargeront. Un jour ou l'autre, d'autres chasseurs de leur clan retrouveront leurs restes. Ainsi, ils comprendront l'avertissement que nous leur lançons, répondit Iorimar en haussant les épaules.

– Et la biche ? Nous n'allons pas la laisser aux loups ? dit Hodolân, en montrant l'animal que leurs ennemis avaient commencé à dépecer sur une litière de feuillage.

– Finissez de la découper. Nous l'emporterons, car nous sommes encore loin du camp. Nous dormirons dans la grotte du Loup Géant. Nous devrions y arriver avant la nuit, répondit Iorimar.

– La grotte du Loup Géant ? Et tu veux y dormir ? », s'étonna Roud.

Iorimar s'esclaffa : « On l'appelle ainsi car jadis un de nos ancêtres y aurait, paraît-il, tué un loup énorme. Depuis, les loups n'y sont jamais revenus. Personne n'en a jamais vu aucun. Elle sert de halte aux chasseurs de bouquetins. C'est une grotte très profonde. Il y aurait même un lac à l'intérieur, dit-on, mais je n'ai jamais pénétré jusque-là. Les chasseurs s'installent toujours sous le porche. Très rares sont ceux qui osent s'aventurer dans l'obscurité. C'est le domaine des Esprits. Tu le sais bien, toi qui es chamane et qui viens d'un pays où existent des grottes immenses, comme tu nous l'as raconté. »

Une fois la crête franchie à nouveau, il leur fallut fournir une longue marche pour arriver à la grotte. Elle s'ouvrait sur un porche de dimensions moyennes, très sec, exposé au couchant. Un ruisseau ombragé d'aulnes et de noisetiers coulait en contrebas.

La jeune femme était exténuée. A plusieurs reprises, Roud avait dû l'aider à franchir les passages escarpés. Il l'avait même portée à moitié sur la dernière partie du trajet. Fréquemment, elle jetait sur son sauveur des regards reconnaissants. Elle se laissa tomber sur le sol avec soulagement. Malgré sa fatigue, elle sourit à Roud. Il fut frappé par l'éclat de ses yeux.

Une provision de bois sec était entassée contre la paroi.

« Les chasseurs qui séjournent ici renouvellent toujours le tas avant de repartir. Ainsi ceux qui viennent par la suite peuvent aisément allumer leur feu, même par temps de pluie. Ce sont nos pères qui nous ont enseigné cette règle, expliqua Tirrinân.

– Vos pères étaient des sages. Votre peuple observe des règles pleines de bon sens », dit Roud.

Il déroula les peaux qu'il portait en travers des épaules et installa Naomi dans un recoin de la salle. Agdar fit rôtir la viande et Roud prit plaisir à voir l'appétit de la jeune femme. Elle s'était lavé le visage et les bras. Visiblement, elle avait repris des forces. A la chaleur des flammes, ses joues s'étaient colorées. Ses yeux brillaient chaque fois qu'ils rencontraient le regard de Roud, à tel point que le jeune homme en éprouvait un trouble indéfinissable.

La nuit était tombée depuis longtemps. Les chasseurs s'étaient rassemblés sous l'auvent du porche, près du feu qu'ils entretenaient régulièrement. Roud alla s'allonger à côté de Naomi, déjà plongée dans un profond sommeil. Elle reposait couchée sur le côté, un bras replié sous la tête. Dans la pénombre, il distinguait à peine le visage aux traits fins au milieu de l'opulente chevelure sombre. Il la recouvrit d'une peau et s'endormit à son tour.

Lorsqu'il ouvrit les yeux, réveillé par la fraîcheur de l'aube, il la trouva pelotonnée contre lui. Un sentiment de gêne l'effleura, vite balayé par le contact de ce corps dont il pouvait sentir les rondeurs troublantes. Comme il la regardait, elle fit entendre un soupir d'aise et se lova encore plus étroitement contre sa poitrine. Il jeta un œil vers l'entrée de la grotte. Les autres lui tournaient le dos, accroupis devant le feu, trop occupés à réchauffer leurs membres engourdis. A son tour, elle émergea du sommeil et étira ses bras au-dessus de sa tête, faisant saillir sa poitrine. Ses lèvres s'ouvrirent sur un sourire en voyant Roud penché sur elle.

« Comment te sens-tu ? demanda-t-il.

– Beaucoup mieux. J'ai encore mal dans les côtes, les bras et les cuisses, là où ils m'ont frappée, mais ce n'est pas bien grave. Le camp est encore loin ?

– Un peu moins d'une journée de marche ; nous y serons bien avant la nuit à condition de partir sans trop tarder », répondit Tirrinân qui s'était approché du couple.

Ses yeux s'attardèrent sur Naomi, puis croisèrent ceux de Roud, qui se sentit mal à l'aise. « Nous serons prêts dans un instant », dit-il en bondissant sur ses pieds.

De l'entrée de la caverne, la vue couvrait la vallée, bordée de collines verdoyantes. Des points se déplaçaient sur le vert de l'herbe. « Des cerfs et des biches », dit Loâban.

Au loin scintillait une tache bleue. « Le Lac-aux-Oiseaux. En longeant les collines sur notre droite, on parvient au camp. On peut aussi descendre jusqu'à la rivière et la suivre jusqu'au lac, à travers la plaine, précisa Iorimar.

– On ne voit pas la mer ? interrogea Roud.

– C'est trop loin, et il y a de la brume sur la côte. Allons, en route ! Il est temps. »

Ils ne se pressèrent pas pour rejoindre le camp. Comme le vent, soufflant en sens contraire, leur était propice, la passion de la chasse s'empara d'eux. Avançant contre le vent, ils surprenaient des animaux sans méfiance qui détalaient au dernier moment : chevaux, cerfs, sangliers. Sagement, ils se contentèrent d'abattre un sanglier et un jeune cerf, tandis que Roud et Tirrinân exerçaient leur adresse sur les lièvres et les oiseaux. Ils fléchèrent plusieurs lièvres et trois outardes.

Naomi, qui le suivait d'un bon pas, portait le gibier abattu par Roud. Gorgées de baies et de graines, les outardes étaient grasses et lourdes. La jeune femme était courbée sous la charge, mais pas une fois elle ne fit entendre la moindre plainte.

Enfin, le camp apparut, avec ses huttes éparses, devant lesquelles des poissons ouverts en deux, suspendus à des perches, séchaient dans la fumée des foyers.

Comme chaque fois que se produisait un événement insolite, on entoura les arrivants. Naomi surtout suscita la curiosité. Immédiatement prévenus, Gharlabân, Samatân, escorté de son inséparable Ouahnâr, et plusieurs Anciens vinrent aux nouvelles.

« Vous n'avez pas retrouvé Léti ? Qui est cette femme que vous avez ramenée ? Une Azalaï ? Vous les avez donc combattus ? »

Les questions pleuvaient. Chacun était avide de savoir ce qui s'était passé. Des femmes apportèrent aux arrivants une boisson rafraîchissante à base de baies de sureau. Ils burent longuement. Puis, Iorimar fit le récit détaillé des événements. La fin tragique de Chapacân souleva l'indignation. En apprenant le massacre de ses bourreaux, les jeunes gens poussèrent des hurlements de triomphe. Quelques-uns se mirent à danser en cercle, en brandissant leurs sagaies, mimant un combat imaginaire.

Gharlabân interpella Roud : « Ainsi, tu n'as pas retrouvé ta compagne aux yeux clairs, Roud, mais je constate que tu en as découvert une autre presque aussi belle ?

– Naomi n'est pas ma compagne. Nous l'avons sauvée des Azalaï. Lorsqu'elle sera reposée et, dès que ce sera possible, elle repartira vers les siens, si elle le désire bien sûr », répondit l'intéressé.

En entendant ces mots, un voile de tristesse assombrit le visage de la jeune femme, qui resta silencieuse.

« Viens avec moi, tu dormiras dans ma hutte. Je vais te donner des vêtements ; les tiens sont en lambeaux », lui dit Isara-la-Rousse, qui était connue pour sa générosité.

Le camp était silencieux. Après l'euphorie du retour, suivie d'une orgie de viande fraîche arrosée de l'habituelle boisson de baies fermentées, à laquelle avaient succédé chants et danses, tous dormaient profondément.

Seul dans sa grotte, Roud avait du mal à trouver le sommeil. Soudain, il se tendit, les sens aux aguets : des pas furtifs approchaient. Une main hésitante écarta la peau de cerf qui fermait l'entrée et une silhouette se détacha sur le ciel. Il bondit sur l'intrus, qui poussa un cri de surprise. Ses mains serraient un corps souple qui, loin de lui résister, se plaqua plus étroitement contre lui. Il reconnut alors le fin visage tendu vers le sien.

« Naomi ? Que fais-tu ici ? Que t'arrive-t-il ?

– Tu m'as sauvé la vie, Roud. Sans toi, je serais morte ou, pire, esclave des Azalaï. Désormais, je t'appartiens. J'ai appris que ta compagne avait disparu. Un homme ne peut vivre seul. Je suis à toi. Tu peux faire de moi ce qu'il te plaira. J'irai où tu voudras. »

Roud était troublé. Il ne pouvait s'empêcher de penser à Léti. A présent, l'espoir de la retrouver s'estompait. Elle était sûrement morte, tuée par un fauve. Il ne la reverrait jamais. Et voici qu'il tenait dans ses bras cette autre femme si désirable, qui tout en lui parlant se serrait contre lui à l'étouffer.

Elle avait parfumé son corps avec des fleurs sauvages à la senteur enivrante, un raffinement que lui avait enseigné Isara, femme experte dans l'art d'attirer les hommes.

Brusquement, le sang afflua aux tempes de Roud ; un torrent de désir le submergea. Il y avait si longtemps qu'il n'avait pas connu de femme… A son tour, il l'étreignit. Enlacés, ils basculèrent sur la couche d'herbes et de peaux. Leurs corps enfiévrés ne firent plus qu'un.

Déjà, ils étaient nus. Les doigts de Roud caressaient la peau lisse et douce comme un galet, s'attardant sur les cuisses, la rondeur émouvante des fesses, pétrissant les seins gonflés dont les mamelons se dressaient au souffle haletant de sa partenaire. Comme un étalon au printemps dans la steppe, il la prit avec toute la fougue de son désir.

Les ongles de Naomi labouraient son dos. Sa langue courait sur le visage du jeune homme, sur son cou, sa poitrine. Elle poussait des cris plaintifs en l'étreignant encore davantage. Puis elle hurla, un râle de plaisir qui résonna dans la nuit. Ils retombèrent épuisés, la respiration courte, couverts de sueur.

Une bourrasque secoua la peau qui tenait lieu de porte. Le vent venu de la mer se mit à souffler plus fort… Ils s'endormirent serrés l'un contre l'autre.

Les jours et les nuits s'écoulaient. Désormais, Roud et Naomi vivaient ensemble, avec l'assentiment de tous. Nul n'avait soulevé la moindre objection à leur union : elle s'inscrivait dans le cours des choses.

La jeune femme s'était révélée aussi sociable qu'efficace. Adroite à la pêche, elle savait également dépecer le gibier, apprêter les peaux, les assembler, distinguer les plantes comestibles de celles qui ne l'étaient pas. Elle ignorait par contre l'usage des armes, car dans son clan les femmes n'étaient pas autorisées à chasser. Lorsqu'il lui proposa de lui enseigner le maniement de l'arc, elle refusa, effrayée. Aussi n'accompagnait-elle Roud hors du camp que très rarement. Elle n'allait avec lui que lorsqu'il se rendait sur la côte. Tandis qu'il traquait les oiseaux marins et les phoques, elle récoltait des coquillages et des algues comestibles, ou harponnait des poissons. Élevée sous l'autorité de son père, elle était effacée et soumise, toujours d'humeur égale. Roud appréciait la douceur de son caractère.

Elle s'était révélée une amoureuse passionnée. Tout à la dévotion de l'homme qui l'avait sauvée, elle le comblait de caresses, que Roud lui rendait volontiers. Mais malgré ces moments d'extase, au fond de lui-même le souvenir de Léti resurgissait souvent, le plongeant dans une mélancolie qui inquiétait Naomi.

Il s'absentait parfois des journées entières, assoiffé de solitude. Il s'isolait alors au sommet d'un piton, fouetté par le vent, ou dans le silence d'une grotte cachée dans une gorge à l'écart. Là, perdu dans ses pensées, il laissait son esprit vagabonder, fermé au monde extérieur, hanté par des visions qu'il ne contrôlait pas. Jadis, Arkham l'avait initié à ces séances de méditation mystique. Roud en avait toujours conservé la pratique, en particulier dans les moments difficiles de son existence.

La tête levée vers les nuages, la main abritant ses yeux de l'éclat du soleil d'automne, Gharlabân observait le ciel.

« Les canards et les oies sont de plus en plus nombreux à se diriger vers la côte. Depuis quelques jours le Lac-aux-Oiseaux en est couvert. Le temps des feuilles jaunes et des tempêtes est proche. C'est maintenant que nous devons nous rendre à la Grotte sacrée, la Caverne oubliée que tu as su redécouvrir, pour y chercher le corps d'Oglobân et remercier les Esprits de nous avoir protégés des Azalaï, dit-il en s'adressant à Roud, occupé à montrer à un groupe d'adolescents comment tailler des pointes de flèche à partir d'éclats de silex préalablement chauffés.

– Je suis à ta disposition, Grand Chef : à toi et aux Anciens de décider quand, répondit Roud.

– Je vais demander à Samatân d'interroger le vol des oiseaux pour connaître le jour favorable. A moins que toi, Roud-le-Chamane, tu préfères t'en charger ? répliqua Gharlabân.

– Je laisse la parole aux Anciens de ton peuple. Ils possèdent la sagesse et l'expérience que le grand âge seul procure. »

Le jour fixé, une dizaine d'hommes se mirent en marche vers les collines du Levant. Tirrinân et Roud allaient en tête, ainsi que Jân, puisque c'était grâce à lui que la caverne avait été redécouverte, de manière providentielle. Le jeune homme n'était pas peu fier d'avoir été admis parmi les privilégiés qui allaient pénétrer dans le lieu sacré.

Un peu en arrière, le chef avançait gravement, de l'air

solennel qui lui était coutumier, devisant avec Samatân et Ouahnâr, escortés du reste de la troupe, pour la plupart des hommes d'âge mûr : Iorimar, Agdar, Hodolân et d'autres.

Exposés à des risques quasi quotidiens et à un climat impitoyable, peu d'hommes atteignaient la cinquantaine. D'où le prestige dont jouissaient ceux que l'on dénommait les « Anciens » ou les « Sages ». Ils étaient la mémoire du groupe.

En son absence, le chef avait confié à Loâban la garde du camp, aidé par les jeunes chasseurs.

Aucune femme n'avait été autorisée à les accompagner. Telle était la Loi. Groupées devant les huttes, elles regardaient en silence les hommes s'éloigner dans l'immensité de la plaine. Naomi fit un geste de la main à l'intention de Roud. Vêtue d'une longue tunique à franges qui moulait son corps harmonieux, elle avait orné sa chevelure de coquillages et de plumes multicolores. Sa beauté resplendissait parmi les autres femmes. Roud la regarda longuement et lui rendit son salut.

*

Ils avançaient lentement, pour ménager l'Ancien qui s'aidait de son bâton. Pourtant, il marchait d'un pas alerte. Au terme de chaque halte, c'était toujours lui qui donnait le signal du départ. Enfin, deux jours plus tard, les falaises blanches furent en vue.

« Le Territoire interdit ! Les rochers du Bout-du-Monde ! Je pensais ne jamais les revoir, dit Samatân. Je n'étais encore qu'un jeune garçon lorsque mon père m'emmenait chasser avec lui jusqu'ici. C'était avant que la Grande Eau ne ravage le camp, là-bas au pied de la Montagne-Rouge. Il y a si longtemps !... Mais j'ai toujours ignoré que la Grotte sacrée s'ouvrait ici. Si mon propre père était dans le secret, il ne me l'a jamais révélé. Sans doute parce que j'étais trop jeune, ou bien alors l'ignorait-il lui-même ? Avant de pénétrer dans la caverne, il nous faut respecter les règles immémoriales et accomplir les rites. Que les chasseurs rapportent de la viande pour les offrandes et le repas rituel ! Nous camperons là-bas, au pied de la falaise, et nous y dormirons. Ensuite, nous devrons jeûner un jour et une nuit pour purifier nos corps, avant d'entrer dans la grotte : telle est la coutume. Lorsque Roud-le-Chamane pénétrera dans la caverne, je l'accompagnerai et me tiendrai à ses côtés. J'ai parlé !

– Vénérable Ancien, que ferons-nous du corps d'Oglobân ? Allons-nous l'enterrer ici ou au fond de la grotte ? demanda Tirrinân.

– Nous avons apporté des cordes, ainsi que la peau d'un cerf pour envelopper ses restes, ajouta Iorimar.

– On ne doit jamais placer la demeure des morts dans une grotte sacrée. Les Esprits en seraient gravement offensés. C'est ce que m'a enseigné mon maître, Arkham, intervint Roud.

– Tu as raison, Roud. Oglobân-le-Sage lui-même parlait ainsi, et avant lui Irahonar. Nous le ramènerons et lui donnerons une sépulture non loin du camp. Ainsi, il pourra veiller sur les nôtres et protéger le clan », dit Samatân en s'adressant au chef, qui acquiesça avec déférence.

Quand le moment fut venu, ils gagnèrent à travers les éboulis et les genévriers l'entrée de la caverne, devant laquelle ils firent halte, à bonne distance.

« Roud et moi, nous entrerons les premiers. Lorsque nous aurons observé les rites, alors seulement vous pourrez nous rejoindre. Tirrinân et Jân vous serviront de guides puisqu'ils connaissent déjà les lieux. De toute façon, vous n'aurez qu'à suivre nos pas. Nous laisserons des torches enflammées pour éclairer le chemin sous terre », dit Samatân.

Brandissant la torche, Roud avançait prudemment dans les ténèbres, se retournant fréquemment pour aider le vieillard. Il fut surpris de voir avec quelle aisance ce dernier progressait dans la galerie, évitant habilement les obstacles, se courbant pour ne pas heurter les stalactites. En peu de temps, ils parvinrent aux panneaux de mains négatives.

« Voici les signes des Temps oubliés. C'est ici que nous devons accomplir les rites. Maintenant, c'est à toi de remplir ton rôle, Roud, dit Samatân.

– En laissant l'empreinte de leur main sur la pierre, les Anciens ont voulu montrer la Voie, celle qui permet d'accéder au territoire des Esprits », dit Roud en s'agenouillant devant la paroi.

Il tira de son sac plusieurs morceaux de bois résineux, du cœur de pin sylvestre, des éclats de genévrier, et les disposa au sommet d'un massif de concrétions. Il alluma le foyer avec sa torche. Les flammes s'élevèrent, dissipant l'obscurité, et illuminèrent la paroi devant eux. A gauche des empreintes de mains, s'étendait une surface vierge. Samatân s'était accroupi ; assis sur ses talons, il entama une lente mélopée. Roud prit dans son sac des feuilles séchées qu'il jeta dans le feu : un parfum étrange, entêtant, se mêla à la fumée odorante du genévrier. Il respirait profondément, la tête rejetée en arrière, les yeux mi-clos, les narines dilatées pour mieux inhaler la fumée.

Desserrant le cordon d'un sachet de peau, il versa dans le creux de sa main une poudre brune qu'il mit dans sa bouche. Il la mâchonna avec application. C'était une préparation magique dont Arkham lui avait révélé le secret : la composante essentielle provenait d'un champignon d'un beau rouge semé de points blancs, que le commun des mortels évitait prudemment de consommer, car il passait, à juste titre, pour être toxique si on en ingérait une quantité suffisante.

Après l'avoir fait sécher au-dessus d'un feu et réduit en poudre, les chamanes le mélangeaient à diverses plantes. Ils utilisaient cette mixture pour entrer en communion avec les Animaux-Esprits, lors de cérémonies réservées aux initiés, dans le mystère des grottes.

A présent, les yeux clos, les bras étendus, se balançant d'un pied sur l'autre, Roud chantait lui aussi. Samatân l'accompagnait, en rythmant ses paroles à l'aide de deux andouillers de cerf qu'il entrechoquait en cadence. Roud se mit à tournoyer de plus en plus rapidement. La drogue commençait à agir. Une curieuse sensation l'envahissait : il se sentait de plus en plus léger, comme libéré du poids de son corps. La lueur vacillante du feu et des torches fichées dans des fissures faisait vivre les ombres et s'animer le relief des parois. Des visions colorées s'imposaient à ses yeux dilatés sous l'effet des substances circulant dans ses veines.

Bientôt, il fut en proie à une succession d'hallucinations échevelées, dans lesquelles il se transformait en animal. Tantôt, il était l'étalon qui fendait au galop l'océan des herbes ; tantôt, l'aigle planant au-dessus des pics inaccessibles. Il fut le bouquetin bondissant de rocher en rocher au bord des précipices ; le cerf défiant les autres mâles, la ramure dressée, faisant retentir les forêts de son brame.

Dans chaque fibre de son être, il était tout cela. Il se sentait bondir, courir, voler, hurler, comme si des forces irrésistibles occupaient son corps en même temps que son esprit.

Maintenant, voici qu'il était le bison fonçant tête baissée, faisant jaillir les cailloux sous ses sabots, dans un tourbillon de poussière... Et puis, soudain, le grand bison fut là, devant lui, comme s'il était sorti brusquement de la pierre. Roud pouvait le toucher de la main, suivre les contours de sa robe, sentir le souffle humide jailli du mufle mouillé de bave. Il se baissa, ramassa un morceau de bois à demi consumé : à grands traits, il commença à fixer sur la roche la silhouette de l'animal, son garrot couvert de poils hirsutes, les cornes acérées, le mufle aux naseaux dilatés, la queue à demi dressée fouettant les flancs.

Manié d'une main fébrile, le charbon s'incrustait dans le calcaire altéré par l'humidité. Debout à ses côtés, Samatân le regardait dessiner. Sans un mot, il lui tendit un autre fragment charbonneux. Roud représenta le ventre, esquissa les pattes, puis il se recula, trempé de sueur, agité de frissons nerveux et contempla le résultat.

Des pas, des chuchotements se firent entendre derrière eux. La lueur tremblotante de plusieurs torches éclaira la salle. Leurs compagnons les rejoignaient. Arrivés devant la paroi, ils se figèrent, muets de saisissement et d'admiration : le bison était criant de vie. La tête tournée vers les arrivants, les fixant de ses yeux globuleux, il semblait prêt à charger.

Épuisé par la transe, Roud s'était de nouveau assis sur les talons. Ils se prosternèrent à côté de lui, psalmodiant des incantations pour conjurer le mystère oppressant du ventre de la Terre, cet univers terrifiant où tout leur était étranger.

Le premier, Roud brisa le silence : « A présent, nous savons que les Esprits nous sont favorables. C'est grâce au bison blessé par les Azalaï, celui que nous avons dû achever, que nous avons redécouvert la Caverne oubliée. Il fallait qu'il meure pour que son esprit voyage au cœur de la pierre et qu'il nous indique le chemin. C'est ce que m'a dit le Grand Bison, lorsqu'il m'est apparu. Maintenant, nous pouvons aller chercher le corps d'Oglobân. »

Guidés par Roud et Tirrinân, ils parvinrent au bord du gouffre. Ils demeuraient groupés. Aucun d'eux, pas même le chef, n'osait s'écarter vers les recoins de l'immense caverne, comme si des êtres malfaisants s'étaient tenus là, tapis dans les ténèbres, à l'affût de ces humains assez téméraires pour violer leur antre.

Au pied du massif de concrétions couvert de mains négatives, Roud alluma un autre feu afin d'éclairer le puits.

Les flammes s'élevèrent. Claires et vivantes, elles leur permirent de distinguer l'autre côté du gouffre, dont les profondeurs demeuraient plongées dans l'obscurité. Roud noua une corde autour de sa taille.

« Tirrinân et moi, nous allons descendre. Nous l'avons déjà fait. Vous nous enverrez au bout d'une corde de quoi envelopper les restes d'Oglobân ; ensuite, vous les hisserez jusqu'ici. »

Laissant filer la corde avec précaution, trois hommes aidèrent Roud, puis Tirrinân, à atteindre le fond de l'aven.

Avec des gestes empreints de respect, religieusement, ils emmaillotèrent dans la peau de cerf le cadavre du chamane assassiné. Lorsqu'ils le soulevèrent, ils eurent la surprise de le trouver curieusement léger. Tirrinân en était impressionné. « Ce n'est plus que son enveloppe que tu vois là. Il s'est envolé pour toujours au Pays des Ombres, où il vivra éternellement », dit Roud.

Une fois le ballot macabre hissé hors du puits, les deux hommes rejoignirent leurs compagnons avec soulagement. Encore sous l'emprise de la drogue, dont les effets tardaient à se dissiper, Roud avait les gestes lents, la tête lourde. Il agissait comme dans un rêve.

« A présent, vous devez porter la dépouille d'Oglobân à l'extérieur. Tirrinân vous conduira vers la sortie. Je reste en arrière car je dois encore accomplir des rites, dit-il en s'exprimant difficilement.

– Je reste avec toi », dit Samatân-l'Ancien.

Laissant le cortège s'éloigner vers le boyau d'accès, ils longèrent la paroi des mains pour atteindre, après une courte escalade, le sommet de la grande salle. Là se voyaient les vestiges de foyers d'éclairage. La plupart semblaient très anciens, car les cendres et les charbons étaient scellés par la calcite.

Roud resta en arrêt devant une retombée de la voûte.

« Éclaire-moi, Samatân. » En disant ces mots, il tira de son sac un morceau de charbon. Sa main droite se mit à courir sur la roche, fébrile, comme si elle échappait à son contrôle. Sous ses doigts apparut d'abord l'avant-train d'un cheval à l'épaisse crinière, puis une tête ronde aux courtes oreilles, figurée de face, les yeux fixant l'observateur. « C'est l'Esprit de la Panthère. Pour mon père Arkham, pour tous ceux de mon peuple, ceux de la Rivière-aux-Saumons, là-bas où je suis né, c'était l'animal sacré qui protégeait le clan. Je sais que son esprit est ici également, car elle m'est apparue lorsque j'ai abattu le bison blessé. Elle ne m'a pas attaqué, ni moi ni mes compagnons. » Il ajouta : « La Panthère a fait alliance avec le Cheval, l'animal protecteur d'Oglobân. Tous deux sont ici. Je les vois. » Il se tut et resta un long moment en contemplation devant son œuvre. Enfin, il se releva, comme s'il émergeait d'un songe.

« Nous pouvons partir... », dit-il en se tournant vers son compagnon.

La lumière du soleil les aveugla. Les autres les attendaient devant les falaises, au bas de la pente. Tirrinân vint vers eux, l'air grave.

« Roud, nous avons oublié au fond du gouffre la coiffure du chamane, le massacre de cerf dont Oglobân ornait sa tête pour accomplir les rites. Il faut retourner là-bas.

– Non. L'esprit du chamane disparu habite maintenant la caverne. Laissons-lui sa coiffe. C'est bien ainsi. A présent, nul ne doit plus violer le mystère du puits sacré.

– Tu as bien parlé, Roud. Mettons-nous en route. Nous ferons halte lorsque nous serons en vue de la caverne de l'Ours », dit Gharlabân.

Après une longue marche, ils arrivèrent au pied de falaises qui dressaient leurs murailles vertigineuses au-dessus de la plaine. Haut dans la paroi s'ouvrait un porche qui, étant donné la distance, devait être fort vaste.

« La caverne de l'Ours. On l'appelle ainsi depuis des temps immémoriaux. Je me demande pourquoi, car personne n'y a jamais vu d'ours ni de traces d'ours..., dit Agdar.

– Nous allons dormir là-haut ? demanda Jân.

– Non. L'accès à la grotte est difficile. De plus, c'est une cavité très humide ; l'eau ruisselle des parois. Nous camperons ici, près de ces arbres. Il y a de l'eau et du bois sec. Placez les restes d'Oglobân sur ce rocher. Cette nuit, nous le veillerons à tour de rôle, à cause des hyènes, dit le chef. Quatre hommes vont aller chasser. Nos ventres sont creux. Après le jeûne, il faut reprendre des forces. »

Il faisait presque nuit lorsque les chasseurs revinrent, peinant sous le poids d'un cerf découpé en quartiers suspendus à de jeunes aulnes. Tous se gavèrent de viande et, une fois de plus, Jân étonna ses aînés par son appétit.

« Comment pourras-tu marcher si tu remplis ton ventre ainsi ? plaisanta Hodolân.

– Et comment pourras-tu courir si un fauve te poursuit ? ajouta Yoranar en riant.

– C'est lorsque j'ai le ventre vide que je ne peux pas courir », répliqua le jeune homme, la face barbouillée de graisse.

Enfin, ils étaient de retour ! Du plus loin qu'elle l'avait aperçu, Naomi avait couru vers Roud. Il n'y avait pas eu d'étreinte, ni même un baiser échangé. Devant les autres, une femme ne devait pas manifester ses sentiments. Elle avait simplement marché à ses côtés, épanouie, les yeux brillants de joie lorsqu'il avait posé sa main sur son épaule.

Toujours enveloppée dans son linceul de cuir, la dépouille d'Oglobân avait été déposée avec respect sur un assemblage de troncs recouverts de peaux, au centre du camp.

A côté du mort, Roud alluma un feu où il fit brûler des plantes odorantes, afin que leur parfum apporte la paix à l'esprit du défunt. Il plaça ensuite sur le brasier des quartiers de viande et de poisson. Rassemblés autour du dépôt funèbre, hommes et femmes entonnèrent un chant monotone, faisant l'éloge du disparu. Les Anciens rythmaient la mélopée avec des flûtes d'os et des tambours. Deux hommes tapaient sur des troncs évidés, tandis que d'autres soufflaient dans des coquillages.

Le vieux Samatân s'avança. Levant les bras, il réclama le silence. « Voici qu'Oglobân est de retour parmi nous. Son corps est mort, mais son esprit ne nous quittera jamais. Durant de longues années, il fut le chamane de notre peuple. Il savait soigner les blessures ; il possédait le don de guérir les malades. Il connaissait les secrets des plantes de la terre et de la mer, celles qui sont bonnes pour les humains et celles qui sont maléfiques. Nul ne partait chasser sans le consulter, car il parlait avec les Animaux-Esprits. Il savait aussi prédire l'avenir. Nous savions grâce à lui qu'un nouveau chamane le remplacerait, un chamane sorti de la Grande Eau, et voici que

Roud est venu. Il a retrouvé la caverne, la Grotte sacrée dont parlaient les Anciens. Il a retrouvé le corps d'Oglobân, et nous l'avons ramené parmi les siens. A présent, nous devons lui rendre un dernier hommage et préparer une sépulture digne de lui. »

Le choix de l'emplacement revint aux Sages. Ils décidèrent que la tombe serait creusée au sommet d'une colline qui dominait le camp au levant. Là se trouvait une aire limitée par des blocs rocheux émergeant de l'herbe. On aménagea une fosse circulaire, dallée de galets, où le mort fut installé en position repliée, couché sur le flanc droit, la face tournée vers le couchant, car telle était la coutume chez les gens de la Côte. Ainsi, Oglobân pourrait contempler le camp et veiller sur les siens.

On disposa près du corps, saupoudré du précieux ocre rouge, des coquillages rares, des dents de phoques percées, des cornes de bouquetin. On plaça près de sa tête un crâne de cheval, puis on recouvrit la dépouille d'un enchevêtrement de massacres de cerfs, avant de remblayer soigneusement la tombe. Quatre hommes parmi les plus robustes furent nécessaires pour placer une énorme dalle au-dessus de la fosse. Ainsi, Oglobân serait à l'abri de la convoitise des hyènes.

Depuis la veille, poussés par le vent de la mer, de gros nuages noirs assombrissaient le ciel. Les funérailles touchaient à leur fin, lorsqu'un éclair déchira le plafond des nuées, suivi du grondement du tonnerre. Tous ceux qui assistaient à la cérémonie s'étaient jetés à terre. On redoutait par-dessus tout le Feu du ciel, cette arme terrifiante brandie par les Esprits d'En-Haut. La foudre pouvait briser les rochers, fendre en deux l'arbre le plus élevé, parfois l'embraser, mettre le feu aux herbes sèches de la steppe. Comme une sagaie géante et invisible, elle pouvait aussi tuer les hommes ou les plus puissants des animaux.

Seul Roud resta debout. Bravant la tempête, les bras levés, sa chevelure flottant dans le vent, il clama d'une voix forte, hurlant pour couvrir le tumulte des éléments déchaînés :

« N'ayez aucune crainte, peuple de la Côte ! C'est l'esprit d'Oglobân qui vous parle ! Il remercie son clan de lui avoir donné une sépulture digne de son rang. »

Comme pour lui faire écho, d'autres éclairs jaillirent, accompagnés de roulements de tonnerre. Les premières gouttes s'écrasèrent sur le sol. Puis l'orage se déchaîna. Un rideau de pluie masqua l'horizon. Il n'y avait aucun abri en vue. Courbés sous les averses qui les cinglaient douloureusement, ils s'acheminèrent vers le camp.

*

Bien des lunes s'étaient écoulées. Pour les gens de la Côte, la vie suivait son cours, au rythme des saisons, avec ses joies, ses peines, ses instants heureux, parfois ses drames. Les Azalaï semblaient s'être résignés à ne plus s'aventurer hors de leur territoire : on n'avait plus signalé leur présence. Des éclaireurs partis chercher du silex par-delà les collines du nord, près des rives du grand lac, n'avaient relevé aucune trace récente du clan redouté.

Les deux derniers hivers avaient été beaucoup moins rigoureux qu'à l'accoutumée. Curieusement, les chevaux, les bisons, les aurochs étaient moins nombreux dans la steppe. Quant aux antilopes saïgas, elles étaient devenues si rares qu'en abattre une relevait de l'exploit. Rapporter une saïga était désormais une mise à l'épreuve de plus parmi toutes celles imposées aux jeunes chasseurs par les Anciens.

Si les bouquetins et les chamois n'avaient pas déserté les massifs côtiers, ils y étaient nettement moins abondants. Cette diminution du gibier inquiétait Gharlabân et les autres chasseurs. Certes, il y avait le lac, les rivières, la mer et ses ressources innombrables ; sur le littoral, les phoques, les oiseaux, les poissons, les mollusques étaient toujours aussi nombreux. Mais cela ne remplaçait pas les traques prestigieuses aux grands herbivores, dont on tirait la viande, mais aussi la graisse, la délicieuse moelle, les peaux, les tendons... Tout ce qui était indispensable à la vie.

Roud était harcelé de questions qu'il laissait souvent sans réponses, au grand désarroi de ses interlocuteurs. Son autorité de chamane désormais bien assise, il jouissait de la confiance générale et était censé détenir la solution de tous les problèmes. Aussi, certains comprenaient mal qu'il fût parfois embarrassé en face de situations particulières.

Périodiquement, il s'en retournait pour quelques jours vers la Caverne oubliée, où il passait de longues heures à méditer, le plus souvent seul, dans le silence des ténèbres, couvrant les parois de figures d'animaux et de signes mystérieux. Il en revenait amaigri par le jeûne rituel, les joues creuses, le teint blafard, mais comme transfiguré par ces incursions dans un univers fermé aux autres.

A chacun de ses retours, Naomi s'ingéniait à prévenir tous ses désirs, le comblant de caresses et d'attentions, comme si elle craignait de le perdre à jamais. A son grand regret, elle s'était aperçue qu'elle ne pouvait pas lui donner d'enfant. Les vieilles femmes du clan en voyaient la cause dans les violences qu'elle avait subies lors de sa captivité chez les Azalaï.

Elle reportait son affection sur les enfants des autres, s'occupant à merveille des bambins lorsque leurs mères partaient à la pêche ou en quête de bois. Sa gentillesse, sa disponibilité lui avaient fait gagner l'amitié de presque toutes les femmes, à l'exception de quelques mégères devant lesquelles nulle ne trouvait grâce.

« Crois-tu que les Esprits nous soient hostiles, Roud ? Pourquoi les troupeaux deviennent-ils plus clairsemés ? Pourquoi le gibier est-il plus rare ? » demandait-on au jeune chamane.

Il tentait de les rassurer : « Non, les Esprits n'ont rien à vous reprocher. Je le sais par les Animaux-Esprits, qui me parlent au fond de la Grotte sacrée. Les rites sont respectés, comme le veut la coutume, les offrandes effectuées comme il se doit. Que je sache, nul n'a enfreint la Loi. La seule explication, je crois bien, c'est que les derniers hivers ont été moins froids. Le Lac-aux-Oiseaux n'a même pas gelé entièrement l'an passé. Il y a de l'herbe partout, tout au long de l'année, y compris très haut sur les hauteurs. De ce fait, les animaux remontent vers la Grande Vallée et les montagnes, loin des hommes, car ils craignent les chasseurs davantage que les loups et les lions.

– Alors, que faut-il faire ? Devons-nous déplacer le camp ? Faudra-t-il quitter ce territoire ?

– Partir pour de nouveaux horizons est une décision

grave qui mérite qu'on y réfléchisse longuement. Rassurez-vous, nous n'en sommes pas là. Pour l'instant, nous ne manquons pas de nourriture, même si les chasses paraissent moins fructueuses que par le passé. Quoi qu'il en soit, si cela s'aggravait, c'est au chef et au conseil des Anciens qu'il reviendrait de proposer une solution. Faites-leur confiance. »

On était au début de la belle saison. Les premières fleurs égayaient de couleurs vives le vert de la prairie. Autour du Lac-aux-Oiseaux, comme dans les rochers de la côte, femmes et enfants s'affairaient à récolter les œufs, entre deux séances de pêche.

Avec les beaux jours, l'eau se réchauffait un peu, et la pêche battait son plein car les bancs de poissons venaient à la côte. L'odeur entêtante des poissons en train d'être fumés, suspendus en longues guirlandes au-dessus des feux de branchages, régnait sur le campement, imprégnant les peaux des huttes, les vêtements et jusqu'aux cheveux des femmes. Des adolescents, armés de pierres et de bâtons, surveillaient les opérations de séchage, tentant d'éloigner les vols d'oiseaux voraces. Les plus âgés s'essayaient au tir à l'arc, prenant pour cibles les corbeaux, les milans, les goélands effrontés attirés par la profusion de nourriture.

Tout en conservant l'usage du propulseur pour les sagaies, les gens de la Côte avaient été peu à peu conquis par l'arc et les flèches, que Roud et Jân leur avaient patiemment appris à fabriquer et à employer. Quelques-uns étaient même devenus des archers accomplis. C'était le cas de Tirrinân-le-Grimpeur, qui désormais rivalisait d'adresse avec Roud, dont il était le compagnon privilégié.

Pressé par les chasseurs, Gharlabân s'était finalement décidé, sur les conseils de Roud, à réunir les Anciens. Le vieux Samatân avait de plus en plus de difficultés à se déplacer, même avec l'aide dévouée de Ouahnâr. Aussi l'assemblée se tenait-elle devant sa hutte, entourant le vieillard, confortablement installé sur un siège fait de bottes de roseaux recouvertes d'une peau de bison. Sollicité par le chef, c'est d'une voix chevrotante qu'il prit la parole :

« Je me souviens… Oui… Je me souviens… Lorsque le camp de nos pères a été emporté par les eaux, il y a tant et tant de lunes, là-bas au pied de la Montagne-Rouge, je n'étais encore qu'un enfant. Aucun des survivants ne voulait plus rester dans ce lieu maudit où tant des nôtres avaient disparu. Pendant des jours, nous avons erré vers le couchant. Quelques-uns, désespérés par la mort d'un proche, voulaient s'arrêter en lisière des collines, près de la rivière qui coule au levant du Lac-aux-Oiseaux ; certes, animaux et poissons abondaient, mais il n'y avait là aucun abri. Alors, nous avons marché encore, des jours et des jours, en direction du couchant. Un soir, le Grand Fleuve est apparu, roulant ses eaux infranchissables. Nous avons longé la rive en remontant vers le nord. C'étaient des étendues herbeuses sans fin, balayées par des vents incessants qui transperçaient les vêtements. La chasse était difficile, les troupeaux sans cesse sur le qui-vive. Aux premiers froids, des malades et des enfants sont morts, car le vent emportait les huttes de branchages et dispersait les feux que l'on avait tant de mal à allumer et à entretenir, faute de bois. Après bien des souffrances, la décision fut prise de revenir en arrière, en rejoignant la côte en ligne droite. C'est ainsi que, finalement, nous sommes parvenus ici, où nous sommes protégés du vent par les collines, proches du lac et de la côte, avec des grottes au-dessus du camp, du silex à peine à une demi-journée de marche... Peut-on rêver meilleur territoire ? Pourquoi le quitter pour l'inconnu ? Quant à moi, je suis trop vieux, c'est ici que je finirai ma vie. »

Tirrinân-le-Grimpeur s'avança et demanda la parole.

« Nous t'écoutons toujours avec beaucoup de respect, ô Samatân. Tu es un homme vénérable et grande est ta sagesse. Ce que tu dis est juste : bien que le gibier soit moins abondant que naguère, rien ne nous presse encore de quitter ces lieux. Cependant, il serait peut-être utile de prévoir l'avenir. Nul ne sait ce qui peut arriver, sauf peut-être les chamanes, eux qui fréquentent les cavernes sacrées et parlent avec les Animaux-Esprits ? dit-il en interrogeant Roud du regard. Si nous connaissons les terres du couchant jusqu'aux abords du Grand Fleuve, et vers le nord les confins du lac jusqu'aux frontières du pays Azalaï, si quelques rares audacieux ont poussé au-delà de la Montagne-Rouge, personne que je sache ne s'est aventuré, jusqu'ici, au cœur des montagnes du Levant. Qui sait si plus loin, à l'est, il n'existe pas des terres accueillantes, des vallées giboyeuses menant à des côtes où pullulent phoques, oiseaux et poissons ? Oglobân-le-Sage en parlait quelquefois, à mots couverts, pour avoir conversé avec des voyageurs venus du pays des Varouhanaï, là-bas où le soleil apparaît chaque matin sortant de la Grande Eau. Je n'en sais pas davantage, car vous savez combien Oglobân était secret et peu loquace. »

En entendant évoquer son clan, Naomi, qui se tenait aux côtés de Roud, eut un élan et ouvrit la bouche. Gharlabân la foudroya du regard et l'arrêta d'un geste :

« Quand c'est aux hommes de parler, les femmes doivent faire silence et écouter. Une femme ne doit prendre la parole que si on l'y autorise. C'est maintenant à toi de donner ton avis, Roud-le-Chamane. »

Rouge de confusion, Naomi baissait la tête. Roud parla d'une voix forte : « A plusieurs reprises, j'ai déjà dit ce que je pensais. Je rejoins l'opinion de Samatân-l'Ancien : il n'y a pas lieu de s'alarmer inutilement. Aucun signe ne m'est apparu dans le ciel ; je n'ai aperçu aucun présage dans le vol des oiseaux. Mais l'idée de Tirrinân vaut d'être retenue : pourquoi ne pas explorer les contrées du Levant, en prévision du futur ? Aller voir si les Esprits sont prêts à nous accueillir dans des territoires inconnus est une tâche qui me revient. Si le chef en décide ainsi, je suis prêt à partir quand il le désirera. Tirrinân m'accompagnera, car c'est un homme habitué aux montagnes. »

Quand ils furent prêts à quitter le camp, quelques jours plus tard, Naomi se blottit contre Roud, les larmes aux yeux. La nuit précédente, elle s'était donnée à lui avec encore plus de passion que d'habitude, avant de s'endormir serrée dans ses bras.

« Pourquoi donc es-tu aussi triste, Naomi ? Tu sais bien que les Esprits me protègent. Je ne crains rien. Aie donc confiance. Nous serons de retour plus tôt que tu ne le penses. Allons, il est temps ! »

Une dernière fois, il caressa les cheveux de la jeune femme et se dégagea avec douceur de son étreinte. Il plongea ses yeux dans les siens, mettant dans son regard toute la tendresse qu'il éprouvait pour cette compagne si aimante. Puis, il se détourna. A grandes enjambées, il rejoignit Tirrinân.

Grimpée sur un rocher, elle les suivit des yeux tant qu'elle put, jusqu'à ce qu'ils ne fussent plus que deux points perdus dans l'immensité de la plaine, puis qu'ils aient disparu derrière une crête. Alors, une boule monta dans sa gorge. Tandis qu'elle descendait de son perchoir, la tristesse la submergea. Elle ne retint plus ses larmes. Secouée de sanglots, elle reprit la direction des huttes...

*

Cela faisait des jours qu'ils remontaient la rivière. Après la plaine, coupée de marécages entourés de roselières, ils avaient enfin gagné les premières collines. Là, le cours d'eau tranquille se transformait en un torrent bondissant parmi les rochers au creux d'un vallon encaissé. Des arbres séculaires, aux troncs couverts de lichens chevelus, poussaient à l'abri du vent.

Avec l'instinct ancestral des chasseurs, ils suivaient les pistes tracées par les animaux. Aucun humain ne semblait les avoir précédés dans ces lieux reculés. Les bêtes rencontrées au hasard de la marche – cerfs, biches, sangliers – les regardaient sans crainte, ignorant encore la cruauté de l'animal vertical, la plus féroce des créatures...

L'eau formait des séries de bassins séparés par des chutes et des rapides. Le torrent regorgeait de truites à la robe sombre piquetée de noir et de rouge, presque immobiles, le nez dans le courant, mais ils ne s'arrêtèrent pas pour pêcher. Ils avaient hâte de s'évader de cette gorge où le soleil pénétrait difficilement, d'échapper à cette atmosphère oppressante, gorgée d'humidité. Des rochers glissants, des arbres morts à demi pourris retardaient leur marche.

Le cours d'eau se rétrécissait de plus en plus au fur et à mesure qu'ils gagnaient de l'altitude. C'était à présent un simple ruisseau, qu'ils n'avaient aucune peine à franchir, de l'eau aux genoux, lorsque les obstacles devenaient trop nombreux sur la rive. Contournant les cascades, ils s'élevaient dans des pentes de plus en plus raides, de moins en moins boisées, où les genévriers avaient remplacé les pins.

A un détour du vallon, ils parvinrent enfin à la naissance du torrent. L'eau sortait d'une bouche noire béant au pied d'une paroi calcaire. Des genévriers centenaires, aux troncs torturés par le vent, s'accrochaient désespérément à la roche.

« Tu vois, la rivière vient du ventre de la Terre. Il existe donc des cavernes remplies d'eau, là, derrière la roche, pour que l'eau puisse couler ainsi sans cesse, jusqu'à la Grande Eau ? dit Tirrinân.

– Arkham disait que la Terre est la mère de toute vie, que toutes les eaux proviennent des montagnes et du sein de la Terre. Il affirmait qu'il y a deux mondes : celui d'En-Bas – le monde des ténèbres où demeurent les Esprits, auquel seuls ont accès les chamanes –, et celui d'En-Haut – le monde des humains et des animaux, le nôtre, répliqua Roud.

– Alors, quand nous buvons à la rivière, c'est l'eau du monde des Esprits que nous avalons ?

– Oui, et c'est pour cela que nul être vivant, homme ou

bête, ne peut se passer d'eau. L'eau est la vie et la source de toute vie.

– Elle peut aussi être la mort lorsqu'elle est en colère. C'est le courroux de la Grande Eau qui a décimé jadis notre clan. Je ne l'oublie pas. »

Assis sur les pierres du torrent, ils restèrent longtemps à contempler la gueule sombre de la résurgence, s'attendant à tout moment à en voir surgir quelque être monstrueux. Mais ils ne voyaient que l'eau claire, scintillante de bulles irisées, qui courait en clapotant sur les cailloux brillants. Ils trompèrent la faim qui commençait à les tenailler avec des baies d'argousier, acidulées et toniques, dont ils firent une ample récolte au bord du ruisseau.

La falaise était infranchissable. Ils durent faire un détour pour trouver un passage, à la faveur d'un couloir d'éboulis.

Ils se trouvaient maintenant à l'extrémité d'un plateau étiré en longueur en direction du levant. L'herbe y était plus courte, mais plus drue que dans les vallées, avec une profusion de plantes inconnues d'eux. De loin en loin, un pin sylvestre ramassé sur lui-même ou un genévrier à la silhouette trapue rompait l'unité de la steppe. Sur leur droite se dressait, à perte de vue, une immense barre rocheuse dont les crêtes se perdaient dans les nuages.

Entre le plateau et la base des falaises, les pentes, d'abord couvertes de pins sombres, cédaient la place à un glacis de névés qui formaient un tapis continu au pied de l'à-pic. Des vols de corbeaux tournoyaient sans cesse ; leurs cris discordants, répercutés par les parois, résonnaient avec une intensité inhabituelle. Très haut dans le ciel, de grands rapaces planaient en cercle.

L'air vif les saisit au visage, les obligeant à resserrer les cordons de cuir qui fermaient le haut de leurs casaques. Au nord, le plateau surplombait une succession de vallées et de collines qui se perdaient dans la brume. Au loin, ils distinguaient une montagne couronnée de blanc, dominant un plateau tabulaire.

« C'est la montagne des Azalaï ; leur camp est par là-bas, dans la Vallée-des-Sources-Chaudes, dit Tirrinân.

– Les Sources-Chaudes ?

– Oui. L'eau n'y gèle jamais. Elle jaillit toujours tiède, même en hiver. De temps à autre, les Azalaï célèbrent des rites sanglants en l'honneur des Esprits des sources. Ils leur sacrifient des prisonniers capturés dans d'autres clans. Après les avoir torturés, ils leur coupent la tête. Ils suspendent ces trophées hideux à des pieux ou des arbres près des sources. On prétend même que leurs chamanes, leurs chefs et certains chasseurs mangent de la chair humaine.

– Comme les hyènes ?

– Comme les loups et les hyènes. Oui, c'est horrible... On a peine à le croire et pourtant nous savons maintenant que c'est la vérité. »

Tout en parlant, ils avançaient à travers le plateau. A part quelques lièvres et des marmottes, peu d'animaux s'enfuyaient devant eux. Ils furent bientôt en lisière des arbres.

« Il me semble apercevoir une grotte, là-haut, au pied des falaises.

– Alors, grimpons jusque-là ; nous pourrons y dormir. Les nuits doivent être glacées ici », dit Roud.

La vue perçante de Tirrinân ne l'avait pas trompé : c'était bien l'entrée d'une cavité. Relativement spacieuse, elle s'ouvrait au nord, dans un renfoncement de la falaise. Ils s'en approchèrent avec précaution, l'arc prêt, redoutant la présence d'un fauve. Peu profonde, la grotte était déserte. Une plaque de neige gelée en obstruait à demi l'entrée.

Ils redescendirent en contrebas ramasser du bois mort. Roud en profita pour flécher une marmotte imprudente qui les observait, dressée sur une pierre.

« Elle est bien grasse. Ce sera notre repas », commenta-t-il.

A la lueur du feu, ils examinèrent leur abri. Quelques débris d'os épars sur le sol marquaient le passage de quelque prédateur. Par contre, ils ne virent ni reliefs de repas, ni charbons, ni traces de foyer.

« Aucun homme n'est jamais venu jusqu'ici. La grotte s'ouvre face au nord. Quand le vent souffle, on doit y geler, dit Tirrinân.

– Et pourtant, voici un outil en silex », répondit Roud en ramassant un objet sur le sol. Grossièrement taillée sur un large éclat, c'était une sorte de pointe comme ils n'en avaient jamais vu, épaisse et robuste.

« Trop lourde pour armer un javelot ou une sagaie, constata Roud.

– On a pu s'en servir comme pointe de lance ou d'épieu, ajouta Tirrinân. En tout cas, le chasseur qui l'a taillée n'était pas très habile ; dans notre clan, même un enfant ferait mieux.

– Si ces hommes ont campé ici, c'était il y a très longtemps. On ne voit plus trace de leurs feux. Qui pouvaient-ils être ? Pas des Azalaï en tout cas. »

Malgré le feu, ils ne dormirent guère, tant le froid était vif. Au petit matin, ils quittèrent sans regret cet abri inhospitalier pour continuer leur exploration.

De tous côtés retentissaient les sifflements d'alerte des marmottes, surprises de voir des intrus violer leur domaine. Un peu plus loin, ils aperçurent une harde de bouquetins. Perchés dans un éboulis, les mâles les regardaient de leurs yeux jaunes.

« Le gibier n'est guère abondant dans ces montagnes, constata Tirrinân.

– Rien d'étonnant. Nous sommes sur la face exposée aux vents du nord. Le versant au midi doit être plus accueillant », répondit son compagnon.

Évitant les névés, ils longèrent longtemps la falaise avant d'atteindre un espace plus dégagé.

« Là-haut, une autre grotte ! » s'exclama Roud.

Beaucoup plus vaste que celle où ils avaient passé la nuit, la caverne était d'accès malaisé, perchée comme un nid d'aigle sur une étroite corniche. De l'entrée, la vue devait s'étendre à l'infini, mais la brume masquait le paysage. Bien que l'intérieur ne fût pas complètement obscur, Roud sortit une torche de son sac et fit tourner rapidement le bâton à feu entre ses paumes. Levant la torche devant lui, il précéda Tirrinân et s'arrêta net. Sur le sol durci gisait une carcasse desséchée par le gel.

« Une panthère ! Comment est-elle venue mourir ici ? »

Ce qui avait été un fauve splendide n'était plus qu'un amas d'os et de peau racornie. La magnifique fourrure ocellée ne subsistait plus qu'à l'état de lambeaux. Dans la gueule grande ouverte, les crocs, jadis terrifiants, brillaient dans la pénombre.

« Je ne vois aucune blessure. C'est donc la panthère qui a choisi de grimper jusqu'ici pour y attendre la mort », continua Roud, d'un air soudain pensif.

Déjà, Tirrinân se baissait pour récupérer les canines. Roud l'arrêta d'un geste.

« N'y touche pas ! Tu vas l'irriter. L'esprit de la panthère me protège, comme il a toujours protégé mon clan. Souviens-toi de la panthère rencontrée lorsque nous avons trouvé le bison blessé, près de votre Caverne sacrée... L'esprit de la panthère m'est encore apparu la nuit passée. Il m'a dit d'éviter ce territoire, que le peuple de la Côte ne devait pas venir s'établir ici, près de cette montagne. Crois-moi, nous devons écouter ses conseils. »

Impressionné par le ton grave de Roud, Tirrinân garda le silence. Il contempla avec respect le cadavre momifié de la bête et recula prudemment, comme s'il allait reprendre vie.

« Partons, à présent, dit Roud. Cette caverne est un endroit magique. Elle appartient à la panthère. Nous n'avons pas le droit de nous y attarder. »

Le lendemain, alors qu'ils étaient parvenus à l'extrémité de la chaîne, ils découvrirent une brèche ouverte dans la falaise comme par un gigantesque coup de hache, ce qui leur permit de gagner sans trop de mal le versant méridional de la montagne.

Contrairement aux flancs nord, il n'y avait pas de névés. Les arbres y poussaient plus haut sur les pentes que de l'autre côté, avant de laisser la place à l'herbe. Ici, la vie était partout. Des chamois et des bouquetins broutaient tranquillement, égaillés sur les alpages. Presque à chaque pas, ils levaient des lièvres ou des lagopèdes, tandis qu'à leur approche les marmottes se dépêchaient de trotter vers leur terrier. Ils croisèrent également de nombreuses pistes de loups et, à la lisière des arbres, les traces d'un lynx solitaire.

Tous deux étant rompus à la marche, ils furent au sommet en peu de temps.

Sur la ligne de crête, la roche était dénudée et brillait au soleil. Ils se trouvaient au point culminant. Ni l'un ni l'autre n'était jamais monté aussi haut. Avec le vent, la brume s'était levée. Où que se portât leur regard, la vue s'étendait jusqu'aux lointains bleutés.

En face d'eux, au nord, se dressait la montagne des Azalaï, presque aussi haute que le sommet où ils se tenaient.

Au levant comme au midi, en contrebas des herbages, les collines boisées aux teintes sombres alternaient avec les vallées, où les prairies, les bosquets de bouleaux, d'aulnes et de peupliers formaient des taches claires. A l'horizon méridional s'étendait à l'infini le bleu-vert de la Grande Eau.

« On n'aperçoit aucune fumée. Il n'y a donc pas d'hommes sur tous ces territoires ? dit Tirrinân.

– Les hommes sont peu nombreux, tu le sais. Les clans vivent souvent très éloignés les uns des autres. Seuls les chevaux, les bisons, les rennes parcourent les vallées en troupeaux immenses. La terre appartient aux animaux, pas aux humains. C'est pourquoi nous devons toujours vénérer les Animaux-Esprits, répondit Roud. Là-bas, au levant, se trouve le peuple des Varouhanaï, le clan de Naomi. Mais c'est à des jours et des jours de marche, à ce qu'elle m'a dit. Et encore plus loin, vivent les gens des Cavernes-Rouges. »

La main en visière devant les yeux, Tirrinân scrutait les lointains. « Roud, ne vois-tu rien, là-bas, tout au bout de la Grande Eau ? » Le bras tendu vers le sud-est, il désignait un point sur l'horizon, à l'infini de la mer.

« Tu as l'œil de l'aigle, Tirrinân. En effet, on dirait les sommets de montagnes enneigées... Il y aurait donc des terres, de l'autre côté de la Grande Eau ?

– Personne ne m'en a jamais parlé. Il est vrai que personne n'est jamais monté jusqu'ici, pas plus qu'il n'a marché sur l'eau, dit Tirrinân.

– Avec un radeau comme celui qui nous a amenés jusqu'à vous, on pourrait peut-être atteindre cette terre mystérieuse, répliqua Roud.

– Voyager sur la Grande Eau ? Qui donc oserait s'y risquer ?

– Moi. J'aimerais tellement vivre une telle aventure, découvrir un monde que personne n'a vu. Ça ne te tente donc pas ? », demanda Roud.

Il n'y eut pas de réponse.

Le vent soufflait de plus en plus fort ; ils avaient du mal à se tenir debout. Ils commencèrent leur descente en direction du midi. Le milieu du jour les trouva au bord d'une dépression entourée de collines boisées. Un lac occupait la partie sud de la plaine.

« Regarde. Il y a de nombreux oiseaux près du lac. Nous allons essayer d'abattre un canard ou une oie. Il faut quelquefois penser à manger », observa Tirrinân.

Se faufilant dans les roseaux, ils approchaient de l'eau lorsqu'une dizaine d'animaux s'enfuirent à grand bruit. A peu près de la taille du cerf, c'étaient des bêtes trapues, à la silhouette massive, dont le long pelage brun foncé, plus clair sur le dos, pendait presque jusqu'à leurs sabots, leur donnant une allure grotesque. Les mâles comme les femelles portaient des cornes curieusement incurvées sur les côtés de la tête, très larges, aplaties à la base.

Ils gagnèrent la prairie d'un galop lourd et s'arrêtèrent à environ deux cents pas, serrés les uns contre les autres, têtes baissées, faisant face aux deux hommes qui les observaient.

« Quelle est cette sorte de petit bison ? Je n'en avais jamais vu, demanda Roud.

– Ce ne sont pas des bisons. Nous les appelons les bœufs chevelus. Leurs longs poils sont très robustes ; on s'en sert pour confectionner des cordes. La corne aussi est utile ; nous en tirons des récipients pour puiser l'eau. Il suffit de la chauffer pour lui donner la forme voulue, répondit Tirrinân sans les quitter des yeux.

– Pourquoi se tiennent-ils ainsi groupés en cercle ?

– Quand ils sont attaqués par des loups ou des chasseurs, ils réagissent toujours de cette manière. Les adultes sont pleins de courage ; ils ne craignent pas les loups. Ils entourent leurs petits pour les protéger et repoussent les fauves à coups de corne. Par contre, ils se laissent approcher par les humains. On peut les abattre facilement à la lance ou à la sagaie. Ils se tiennent dans les régions froides et on a peu de chances de les rencontrer près de la côte.

– Laissons-les en paix. Pour l'instant, nous nous contenterons d'un canard », répondit Roud.

Voyant les humains leur tourner le dos, rassurés, les bœufs musqués s'éloignèrent au petit trot, leur pelage flottant sur leurs flancs comme une longue chevelure.

Les chasseurs avaient fléché deux sarcelles. Rôties, elles furent dévorées de bon cœur, puis la marche reprit, cette fois vers le soleil couchant. A la fin du jour, un profond ravin où dévalait un torrent leur barra le chemin. Ils cherchèrent longtemps un gué. Finalement, ils traversèrent dans une eau glacée jusqu'à mi-corps et entreprirent de gravir le versant opposé, une pente parsemée de pins chétifs et de rochers. Parvenu à la crête, Tirrinân, qui allait en tête, se jeta soudain à plat ventre derrière une touffe de bruyère. Par gestes, il invita Roud à le rejoindre, lui indiquant du doigt des points qui se déplaçaient lentement à quelques centaines de pas.

« Des bouquetins, chuchota-t-il. Tu devrais essayer d'en tuer un. Nous n'avons pas mangé beaucoup de viande depuis plusieurs jours, et il reste un long chemin à parcourir. »

Roud se débarrassa de son sac, qu'il laissa près de son compagnon. L'arc dans une main, trois flèches dans l'autre, il prit le vent pour calculer son approche. Jetant son dévolu sur un jeune mâle qui broutait un peu à l'écart des autres, il progressa de buisson en buisson, de rocher en rocher, avec l'aisance d'une longue pratique. Courbé, rampant parfois sur les coudes et les genoux, il était à portée de flèche lorsqu'il avisa un arbre mort, sans doute fracassé par la foudre, qui gisait à peu de distance : un poste de tir idéal.

Agenouillé derrière le tronc, retenant son souffle, il se préparait à encocher une flèche quand il aperçut, plantée dans le bois, une flèche brisée. Sa curiosité fut la plus forte : il la saisit. Quand il l'eut en main, un cri de stupeur lui échappa. Alerté, le bouquetin bondit ; toute la harde détala avec lui.

Tirrinân arrivait. « Que s'est-il passé ? Pourquoi n'as-tu pas tiré ? Tu étais à bonne portée. »

Roud le regardait, hébété, n'en croyant pas ses yeux. « Cette flèche… C'est moi qui l'ai faite ! C'est moi qui ai taillé cette pointe, selon la technique qu'on m'avait enseignée enfant. C'est moi qui ai serré la ligature de tendons de cette manière. Ces marques peintes sur la hampe, ce sont les miennes !

– Mais enfin, comment est-ce possible ? »

Roud réfléchissait : « Il n'y a que Léti qui ait pu détenir et utiliser cette flèche… Ou alors, celui qui lui a pris son carquois, après l'avoir capturée… peut-être même… tuée ? Ça ne peut être que les Azalaï ! » A cette pensée, la rage s'empara de lui, il bondit sur ses pieds et, brandissant son arc, son couteau dans l'autre main, il hurla sa colère face aux montagnes : « Montrez-vous, assassins, tueurs de femmes, mangeurs d'hommes ! Je suis Roud-le-Chamane, je n'ai pas peur de vous ! Je vous trouverai et je vous tuerai ! »

Tirrinân l'observait sans bouger, médusé. Soudain, il lui prit le bras : « Roud, Roud ! Arrête ! Regarde là-haut. »

D'un chaos de rochers, haut dans la pente, une silhouette hésitante émergeait lentement. Elle se mit brusquement à courir vers eux, en agitant les bras. Vêtue d'une tunique de peau bordée de franges, sa chevelure défaite flottant au vent, l'inconnue, car c'était une femme, dévala les derniers mètres qui les séparaient… et se jeta contre la poitrine de Roud.

« Roud ! Oh, Roud ! Tu es enfin venu ! Que je suis heureuse !

– Léti ? C'est bien toi ? Tu es vivante ? Je croyais ne plus jamais te revoir. Que fais-tu dans ces montagnes ? Que t'est-il arrivé ? C'est toi qui as perdu cette flèche ? »

Serrée contre lui, elle pleurait et riait en même temps. Alors, seulement, il remarqua sa peau brûlée par le soleil et le vent ; au sommet de son front, une cicatrice se perdait dans sa chevelure. Des égratignures zébraient ses jambes. De fines rides aux tempes rendaient son visage encore plus beau qu'auparavant. C'était à présent une femme mûre, solide, sûre d'elle. Sa poitrine était plus pleine, plus lourde aussi. Ses bras et ses cuisses s'étaient musclés.

Il retrouvait ses yeux couleur d'eau verte, ses lèvres au dessin délicat, ses dents éclatantes, son sourire charmeur. Tirrinân les regardait, la mine épanouie. Elle l'étreignit aussi en riant : « Tirrinân ! Tu es là toi aussi ? Comme je suis contente ! Suivez-moi, j'ai une surprise à vous montrer. »

A sa suite, ils franchirent un autre ravin, gravirent un autre versant. Elle se dirigea vers une paroi qui se dressait tout en haut.

En approchant ils aperçurent une barrière de grosses pierres entassées, renforcée par une palissade, puis l'entrée d'une faille fermée par des peaux rapiécées avec soin. Un filet de fumée s'en échappait. Un très jeune enfant sortit de la grotte et se précipita vers les arrivants, en appelant : « Maâma ! Maâma ! »

Vêtu d'une petite casaque de peau ornée de coquillages et de queues d'écureuils, il avait le teint mat, les cheveux noirs et bouclés. Il paraissait avoir un peu plus d'un an. Une femme coiffée de longues nattes sombres semées de fils argentés, plus âgée que Léti mais encore très belle, le suivait : « Hîroud ! Fais attention ! Tu vas tomber ! » Léti prit l'enfant dans ses bras et se tourna vers Roud, le visage rayonnant de joie : « Voici Shâantah, celle qui m'a sauvée, et voici Hîroud, ton fils », dit-elle avec fierté.

Ils étaient assis tous les quatre dans la tiédeur de la grotte. Protégé par des dalles de grès destinées à conserver la chaleur, un foyer de braises rougeoyait dans la pénombre. Munie d'une mèche de lichen, une lampe à graisse, formée d'une géode de calcite à peine retaillée, diffusait une lumière douce. Elle répandait une odeur âcre qui ne paraissait nullement incommoder les convives, occupés à déchirer à belles dents la chair d'un coq de bruyère doré à point. Dans un recoin, l'enfant dormait profondément sous une peau de loup. Près de lui, béatement installé sur la fourrure, le compagnon de Shâantah, le gros chat Kâli, ronronnait d'aise.

Léti avait terminé son récit. Avec force détails, elle avait raconté aux deux hommes attentifs comment, plus de deux années auparavant, après leur départ pour le Territoire interdit, elle s'était aventurée dans les collines du Levant et s'y était égarée.

Elle avait décrit sa chute, ses blessures, le bras brisé, sa rencontre providentielle avec Shâantah, sans laquelle elle aurait connu une mort certaine. Elle lui devait la vie. Elle ne pourrait jamais oublier avec quel courage celle-ci l'avait aidée à atteindre la grotte, avec quel dévouement obstiné elle l'avait soignée et réconfortée. Grâce à ses soins experts, ses plaies s'étaient cicatrisées. Elle avait retrouvé peu à peu l'usage de son bras.

Elle projetait de repartir vers la côte, lorsqu'elle s'était aperçue qu'elle attendait un enfant. Sa joie fut de courte durée : à l'annonce de ses projets, Shâantah s'efforça de la dissuader d'entreprendre un tel voyage dans son état, au seuil de la saison froide. Elle énuméra les dangers qui la guettaient : les tempêtes de plus en plus fréquentes à mesure que l'hiver approchait, les loups qui se regroupaient en hordes affamées. En outre, un matin qu'elle relevait ses pièges, Shâantah avait repéré dans la vallée du couchant les traces du passage récent d'une bande azalaï, apparemment en expédition guerrière.

Léti se laissa convaincre de surseoir à son départ.

« Il te faudra attendre la naissance de l'enfant. Ensuite, patiente jusqu'à ce qu'il puisse supporter les fatigues du voyage », lui répétait Shâantah.

L'enfant vint au monde au début du printemps, alors que la neige fondait, gonflant les torrents, faisant gronder les cascades, tandis que des myriades de fleurs piquaient l'herbe des prairies de taches multicolores. Elle coupa le cordon avec son couteau de silex, frictionna le nouveau-né avec de la neige, enduisit son crâne et son sexe d'ocre rouge, comme le lui avait enseigné sa propre mère.

Elle lui donna pour nom Hîroud, ce qui dans le dialecte de son clan originel signifiait « Petit Roud », car c'était un garçon. D'avoir enfanté un mâle la gonflait de fierté. « Roud sera heureux d'avoir un fils lorsque nous nous retrouverons. Ainsi il pourra lui enseigner tout ce qu'il sait », songeait-elle.

Désormais, toute son attention et son énergie furent consacrées à l'enfant de celui qu'elle aimait.

Au fil des lunes, le bébé vagissant se transforma en un bambin éveillé, vif et robuste comme l'avait été son père à cet âge. Bientôt, il se traîna partout à quatre pattes, cabriolant en compagnie des chevreaux de bouquetins familiers, jouant avec le chat Kâli, qui le laissait pétrir de ses petites mains son pelage soyeux et même sa queue touffue, au grand étonnement de Shâantah.

Lorsque Léti partait chasser, relever des pièges ou cueillir des baies, Shâantah s'occupait de l'enfant. Elle réalisait là un vieux rêve impossible, elle qui ne connaîtrait jamais la joie d'être mère. De ses doigts habiles, elle lui confectionnait des petits vêtements en peaux de lièvre ou de marmotte, qu'elle ornait de queues d'écureuil et de martre, de minuscules peaux d'hermine, de plumes bleues de geai, de précieux coquillages rapportés de ses incursions sur le rivage de la Grande Eau. A présent, il se tenait fièrement debout et trottinait autour de l'enclos, curieux de tout.

A son tour, Léti écouta le récit de Roud. Elle apprit ainsi comment ils avaient découvert, ou plutôt redécouvert, la Caverne oubliée, la Grotte sacrée des Anciens. Elle trembla lorsque son compagnon évoqua la trouvaille macabre du cadavre d'Oglobân, au fond du gouffre ténébreux des entrailles de la Terre. Elle frissonna au récit de la mort horrible de Chapacân et du combat contre les Azalaï. Mais lorsque Roud parla de Naomi, la captive qu'ils avaient délivrée, il ne put se résoudre à avouer à Léti les tendres liens qu'il avait noués avec la jolie Varouhanaï...

*

Le jour tant attendu était venu. Ils étaient prêts à repartir vers le soleil couchant, vers le peuple de la Côte, leur clan désormais. Shâantah les regardait terminer leurs préparatifs. Un bandeau de portage passé sur le front, Léti ajustait sur son dos un ballot de fourrures et de vêtements. Elle porterait l'enfant sur sa hanche, ainsi qu'elle avait toujours vu faire les femmes de son clan.

« Pourquoi ne viens-tu pas avec nous, Shâantah ? Cohinan, ton ancien mari, est mort. Sa première femme n'est plus qu'une vieille édentée à présent. Oublie le passé. Le clan te fera le meilleur accueil. Tu ne peux pas rester seule dans la montagne, lui répétait Léti.

– Tu me manqueras, toi, et ton fils surtout... Mais ma place est ici désormais. J'ai fait mon choix depuis longtemps. Les humains m'ont trop fait souffrir, je préfère vivre en compagnie des animaux... Eux me comprennent, et je les comprends aussi. Mais nous nous reverrons, je le sais. Vous reviendrez. »

Chacun à son tour la prit dans ses bras. La femme des montagnes serra longuement l'enfant contre elle, avant de le donner à Roud, qui le jucha sur ses épaules.

« Shâantah, je n'oublierai jamais ce que tu as fait pour moi et pour mon fils, dit Léti en lui tendant son arc et son carquois. Prends-les. Ils sont à toi. Je t'ai enseigné à t'en servir. L'arc sera ton compagnon fidèle. Roud m'en fera un autre. D'ailleurs, je crois que je n'aurai plus guère l'occasion d'aller chasser à présent que je suis mère. »

Roud laissa à Shâantah une hache en quartzite, Tirrinân une sagaie à pointe d'os. Un dernier signe de la main et ils entamèrent la descente.

Le chat se frottait contre les jambes de Shâantah. Elle se baissa pour le caresser. « Heureusement que tu es là, Kâli », dit-elle avec un sourire triste.

La hache offerte par Roud à la main, elle se dirigea vers un arbre mort. A grands coups, elle entreprit de couper une branche. Les copeaux volaient dans tous les sens.

« Le Lac-aux-Oiseaux. Enfin, nous arrivons ! », dit Roud.

A cause de l'enfant, le voyage avait été plus long que prévu. Léti, surtout, était harassée ; elle laissa tomber sa charge et s'assit dans l'herbe avec soulagement.

Dans l'eau à mi-cuisses, un groupe de femmes et de jeunes filles s'affairaient à placer des nasses en bordure des herbiers, non loin de la berge. Apercevant les arrivants, elles accoururent en criant :

« Léti ? Où étais-tu ? Tout le monde te croyait morte, dévorée par les fauves ou, pire, prisonnière des Azalaï. Cet enfant est le tien ? Qu'il est beau ! Comment s'appelle-t-il ? »

Agacé par leur verbiage, Roud les fit taire :

« Oui. C'est bien notre fils. Son nom est Hîroud. Nous sommes fatigués. Reprenez votre travail. »

Il avait parlé avec autorité. Elles obéirent au chamane et retournèrent vers l'eau. Deux d'entre elles se séparèrent toutefois du groupe et partirent en courant vers le camp.

Dès qu'elles atteignirent les premières huttes, elles se mirent à crier :

« Venez vite ! Roud-le-Chamane est de retour ! Il a retrouvé Léti ! Elle est là avec son enfant ! »

De toutes parts, hommes, femmes et enfants accouraient en poussant des cris de joie. Courbée sous un gros fagot de genévrier, Naomi arrivait des collines. En entendant la nouvelle, elle se figea et, de saisissement, laissa choir son fardeau. Elle resta là, hébétée.

Ainsi, Roud avait retrouvé sa chère compagne… Il lui avait souvent parlé de Léti. Elle avait compris combien la jeune femme avait compté pour lui et n'ignorait pas que sa disparition restait pour Roud une plaie à jamais ouverte. Et voici que sa rivale dans le cœur de Roud était là, bien vivante, et que, de surcroît, elle lui avait donné un fils…

Soudain, un poids énorme pesa sur ses épaules. Elle resta là, anéantie : tout s'écroulait autour d'elle. Pourrait-elle continuer à vivre auprès de lui ? Voudrait-il encore d'elle ?

Bien que la polygamie fût peu fréquente, il arrivait parfois qu'un homme vive avec deux épouses.

Une veuve était libre de demeurer seule, si elle le désirait. Mais la plupart du temps, c'était le frère ou le plus proche parent du défunt qui les prenait en charge, elle et ses enfants si elle en avait. Sinon, ce devoir sacré incombait au meilleur ami du mort. Telle était la coutume, instituée jadis par les Sages pour que nul, veuve ou orphelin, n'ait à souffrir de la faim et du froid. Ces règles d'entraide étaient très respectées au sein des clans ; toutes et tous s'y conformaient toujours spontanément.

Ces lois coutumières pleines de sagesse n'excluaient cependant pas les heurts occasionnels entre coépouses, surtout lorsqu'il s'agissait de femmes jeunes et jolies. Les hommes s'en mêlaient rarement, préférant laisser leurs compagnes régler entre elles leurs différends…

Naomi ne se sentait pas le courage de faire face, d'affronter la dure réalité en tenant tête à sa rivale. Elle voulut courir se cacher, n'importe où, loin.

Une main solide la saisit par le bras : « Où vas-tu ? Que se passe-t-il, Naomi ? » C'était son amie Isara. Voyant ses traits noyés de larmes, la matrone s'exclama : « Ne dis rien, va, j'ai tout compris ! Viens avec moi, allons parler dans ma hutte ; tu sais que tu y es chez toi. Ne pleure donc pas ainsi ; aucun homme ne vaut une larme, pas même Roud. Jolie comme tu es, tu ne manqueras jamais de prétendants. Je t'en trouverai d'autres, moi, et encore plus beaux, même s'ils ne sont pas chamanes ! »

Gharlabân accueillit les arrivants avec l'air solennel dont il ne se départissait que rarement.

« Te voici donc de retour parmi nous, Roud-le-Chamane. Paix et salut à toi et les tiens ! Vous me raconterez plus tard ce que vous avez vu dans les montagnes du Levant, Tirrinân et toi. Pour l'instant, allez prendre un repos mérité. Je vois avec satisfaction que tu as eu la chance de retrouver ta compagne saine et sauve. De plus, tu la ramènes avec un fils, un beau garçon qui fera un vaillant chasseur… ou un grand chamane, qui sait ? Voici que tu as maintenant deux épouses, aussi belles l'une que l'autre. Décidément, les Esprits t'ont comblé. »

En entendant cela, Léti sursauta comme si un essaim de guêpes l'avait piquée. Elle se tourna vers Roud, furibonde, le foudroyant du regard :

« Tu ne m'as pas dit que tu avais pris une autre femme. Cette Naomi, cette Varouhanaï, je présume ? Ainsi, tu m'avais déjà remplacée et par une étrangère ! Et moi qui ne rêvais que de te revoir… Idiote que j'ai été ! »

L'assistance riait. Au premier rang des spectateurs, tenant Faâni par la main, Jân était bouche bée. Il ne reconnaissait plus ses amis ; son regard allait de la femme qui vociférait à l'homme qu'il admirait le plus. Roud restait impassible, comme il se doit à un chamane, mais au fond de lui il était plongé dans l'embarras. Que faire ? Que dire ? Il choisit l'attitude qu'il jugeait la plus digne en de telles circonstances : le silence et l'indifférence.

Prenant l'enfant sur sa hanche, Léti lui tourna le dos et s'éloigna, furieuse.

Un peu plus tard, quand Roud arriva en haut de l'éboulis menant à sa grotte, il s'arrêta, médusé. Léti avait éparpillé sur la pente, jeté à la volée tout ce qui pouvait appartenir à sa rivale : vêtements, peaux, fourrures, colliers et parures de toute sorte, jusqu'aux sacs de cuir, aux vanneries et aux instruments de pêche. Du seuil, elle l'apostropha : « C'est cette Naomi ou moi. Choisis. Je ne resterai pas avec un homme qui se partage entre plusieurs femmes, un homme qui me préfère une étrangère. »

Indifférent à ce tumulte, l'enfant jouait avec des coquillages aux vives couleurs qu'il avait dénichés parmi les affaires de Naomi.

Roud se remémorait des scènes analogues, auxquelles il avait assisté en spectateur, quelques années auparavant. Dans une société dominée par les mâles, on lui avait toujours appris que c'était l'homme qui commandait. C'était au chasseur – lui qui s'attaquait aux grands ruminants pour nourrir et vêtir les siens, qui, lorsqu'il le fallait, affrontait les fauves pour les défendre –, c'était à lui et à lui seul de décider et de donner les ordres. La femme était là pour obéir et se taire.

Il écarta la peau qui pendait devant la grotte. Elle était là, les bras croisés, avec sa mine butée des mauvais jours, le défiant du regard.

Il était très calme lorsqu'il donna les premières gifles, un peu moins pour les suivantes. Elle encaissait sans desserrer les dents, ivre de colère contenue.

Enfin, les coups cessèrent. Elle se laissa tomber sur les peaux.

« C'est moi qui commande. Tâche de ne jamais l'oublier, Léti. Naomi vivra ici tant que je le déciderai, tant qu'elle ne repartira pas chez les siens. Maintenant, va ramasser tout ce que tu as jeté dehors ! »

La tête baissée, elle obéit sans un mot.

Roud alla s'asseoir un peu plus loin pour réfléchir. Bien des lunes avaient passé depuis que Léti et lui avaient quitté la Rivière-aux-Saumons, si loin là-bas vers le nord. Ensemble, ils avaient vécu tant d'aventures, fait face à tant de dangers qu'ils ne pouvaient en rester là, pensa-t-il.

Il fit un effort sur lui-même, réfrénant l'envie qui le tenaillait de la plier encore à sa volonté. Il se leva et retourna vers elle. Fermement, il lui saisit les poignets et plongea son regard dans les yeux verts que la colère assombrissait.

« Calme-toi et écoute-moi. Tu es la mère de mon fils. Je ne voulais personne d'autre que toi, mais lorsque j'ai rencontré Naomi, je te croyais morte ou disparue à jamais, comme tous ici. Elle m'a aidé à supporter ma solitude ; tu ne dois pas lui en vouloir. Comme nous, elle a perdu son clan ; elle est très loin de son pays. Sois bonne avec elle. N'oublie pas que nous aussi nous étions des étrangers, lorsque le peuple de la Côte nous a accueillis. Ne t'a-t-on jamais enseigné les lois de l'hospitalité ? Personne ne t'a donc appris qu'un étranger en difficulté était sacré ? »

Un long moment, elle resta silencieuse, tête baissée, avec le visage fermé qu'il lui connaissait parfois. Puis, brusquement, elle se jeta contre sa poitrine et l'entoura de ses bras.

« Tu as raison, Roud. Pardonne-moi. Faisons la paix. Il y a Hîroud à présent, il faut penser à lui. Tu m'aimes toujours ? »

Il acquiesça en souriant. Vivre désormais avec deux épouses ne l'aurait pas gêné : elles étaient si jolies toutes les deux, avec un charme différent... Décidément, il ne comprendrait jamais les femmes; c'étaient des êtres bizarres, imprévisibles, qui ne pensaient jamais comme les hommes. Le vieux Samatân avait raison, lorsqu'il disait : « Crois-moi, Roud, toutes les femmes se valent. Je ne comprends pas pourquoi les hommes en viennent à se battre pour l'une ou l'autre. Qu'elles aient les yeux noirs comme le charbon, ou bleus comme la mer, ou verts comme ta Léti, que leur chevelure soit brune comme la toison du bison, jaune comme l'herbe sèche, ou même couleur de feu comme celle d'Isara-la-Rousse, ne sont-elles pas toutes pareilles, lorsque la nuit elles ôtent leur tunique pour se glisser sous les peaux de ta couche ? »

La vie reprit son cours. Devant le chef et les Anciens, Tirrinân et Roud avaient fait le récit de leurs aventures dans les montagnes. Après des discussions interminables, car les gens de la Côte aimaient par-dessus tout parler, les Anciens conclurent que, pour le présent, il n'y avait pas lieu d'émigrer vers de nouveaux horizons, et surtout pas vers le levant.

Bien que coexistant tant bien que mal, les deux femmes s'évitaient, s'ignorant ostensiblement lorsque leurs chemins se croisaient.

Roud était allé voir Naomi et lui avait exposé la situation : maintenant qu'il avait retrouvé sa femme et son fils, elle ne pouvait vivre tout le temps avec lui. Il valait mieux qu'elle habite à part pour éviter les heurts. Il irait la voir régulièrement.

Elle s'attendait à ces paroles, bien qu'elle ait espéré jusqu'au dernier moment qu'il trouverait un meilleur compromis. Résignée, elle l'écouta, l'air triste. « Tu m'as sauvé la vie, Roud-le-Chamane. Tu ne me dois rien. Mais j'étais si heureuse avec toi ! Je te comprends : moi, je ne peux pas te donner d'enfant, et toute ta magie n'y pourra rien. »

Avec une douceur dont elle ne l'aurait jamais cru capable, il la serra contre lui et l'étreignit longuement. Elle se dégagea la première et s'éloigna sans se retourner. Roud était triste lui aussi : entre eux, quelque chose s'était brisé.

Ce jour-là, la brume d'automne, chargée d'humidité, noyait les contours de la plaine. Au loin, les collines restaient invisibles.

Léti était partie vers la côte avec d'autres femmes, parmi lesquelles Faâni, flanquée de son inséparable Jân. Le garçon s'était transformé en un jeune homme athlétique, qui faisait se retourner sur son passage les femmes du clan. Mais Jân n'avait d'yeux que pour la rieuse Faâni, la fille de Nôrina. Pour lui plaire, il avait mis à profit ses talents de piégeur, la comblant de fourrures de martres, de renards argentés et de castors qu'il allait traquer le long de la rivière, en amont du Lac-aux-Oiseaux.

Il avait confirmé son surnom de Tueur-de-loups, apportant un jour fièrement à la jeune fille un collier de canines percées qui faisait l'admiration de ses amies. Leur union devait être célébrée au printemps prochain. Selon la coutume, il pourrait alors, aidé de ses meilleurs amis, édifier sa propre hutte à l'emplacement prescrit par le chamane. Il y accueillerait sa jeune épouse, une fois les rites accomplis.

Près du rivage, le brouillard était encore plus épais. A en croire Samatân-l'Ancien, dont l'expérience égalait le grand âge, c'était le signe qu'une tempête se préparait. « Quand la saïga met sa casaque, chasseur prends garde à la bourrasque », disait-il en montrant d'une main tremblotante une crête couronnée de nuages bas, dont l'arrondi évoquait vaguement le nez busqué de l'animal. Le vieux Samatân était d'ailleurs prodigue de dictons de ce genre, qu'il tenait absolument à enseigner aux jeunes générations.

Les jeunes gens riaient de lui en cachette, mais il fallait bien reconnaître qu'il se trompait rarement dans ses prévisions. C'était en outre un conteur merveilleux, au répertoire inépuisable, et les gens de la Côte raffolaient des histoires. On ne se lassait pas de l'écouter.

Le petit groupe se hâtait vers la mer. On pouvait déjà percevoir la rumeur sourde du ressac, régulière comme le souffle de quelque animal monstrueux. Il fallait récupérer avant la tempête annoncée les engins de pêche disposés deux jours auparavant. Les nasses surtout étaient précieuses, car leur fabrication exigeait du temps et une expérience que seules quelques femmes âgées possédaient. Maîtriser l'art de la vannerie demandait un long apprentissage, aussi bien pour le choix des végétaux utilisés que pour le tressage des brins, et la pêche en mer exigeait la sélection de matériaux résistant à l'eau salée.

Une fois sur les rochers, les femmes s'égaillèrent le long des criques, chacune occupée à une tâche précise.

Faâni avait ramassé des bois flottés, et Jân, avec beaucoup de peine, avait réussi à allumer un feu destiné à réchauffer leurs membres, transis après la pêche. Gorgé de sel, le bois brûlait mal, mais il y en avait de telles quantités accumulées par les tempêtes, en retrait des grèves, qu'on avait pris l'habitude de puiser dans ces réserves inépuisables, aucun arbre ne poussant près du littoral.

Dans l'eau jusqu'aux cuisses, Léti détachait des rochers, à l'aide d'un crochet en bois de cerf, des grappes de moules qu'elle entassait dans un sac de fibres accroché à son épaule. Elle avait laissé Hîroud sur une petite plage, dans l'anse proche. Chaudement emmitouflé, il jouait avec le sable, ne se lassant pas de filtrer entre ses mains les grains de quartz brillants parsemés de coquillages minuscules et de paillettes de mica.

Ce jeu l'amusa un moment. Puis il se dirigea, de sa démarche encore mal assurée, vers le flot qui, à intervalles réguliers, venait mourir sur la grève, poussant des flocons d'écume légère, des algues, des coquilles vides, mille débris bizarres arrachés aux profondeurs de la Grande Eau.

Ayant repéré de gros mollusques sur un récif, Léti venait de contourner la pointe, lorsqu'elle crut entendre un cri, vite couvert par le bruit du ressac. Tout à sa collecte, elle ne réagit pas immédiatement. Inquiète toutefois, elle se rapprocha du bord.

Son pied glissa sur les algues dont la roche était tapissée. Elle chuta de tout son long dans l'eau froide. Lorsqu'elle tenta de se relever, elle poussa un cri : elle s'était tordu le pied. Péniblement, elle se traîna hors de l'eau et grimpa en boitillant sur le promontoire. Elle crut défaillir : cette petite tête brune qui émergeait à peine au creux d'une vague, c'était celle de son fils !

Instinctivement, l'enfant se débattait contre le courant qui l'entraînait, mais, alourdi par ses vêtements, paralysé par le froid et la peur, il n'allait pas tarder à couler. Avant que Léti affolée ait esquissé un geste, une femme se précipita en courant à l'extrémité opposée de l'anse. En un tournemain, elle se débarrassa de sa robe et plongea.

Elle nageait à longues brassées, fendant l'eau avec aisance. En peu de temps, elle eut rattrapé l'enfant. Le serrant contre elle tout en lui maintenant la tête hors de l'eau de son bras replié, elle entreprit de regagner le rivage.

Bien que nageant d'un seul bras, elle parvenait à lutter contre le courant. D'autres femmes étaient accourues, ainsi que Jân. Il plongea à sa rencontre. Déjà, elle avait pris pied et lui tendait Hîroud qui grelottait. Quelqu'un ravivait le feu. Léti se jeta sur son fils et le serra contre elle. Prestement, elle le dévêtit et le frictionna vigoureusement, le présentant aux flammes. La nageuse qui l'avait sauvé s'approcha à son tour et s'accroupit devant le feu.

Alors seulement Léti reconnut Naomi. Ni l'une ni l'autre ne parla. Elles échangèrent un long regard et ce fut tout. Quand tous se furent séchés et réconfortés par un repas de moules ouvertes sur les braises, ils reprirent le chemin des collines.

Plusieurs jours avaient passé. Assise devant la hutte qu'elle partageait désormais avec Isara, Naomi assemblait des peaux de bouquetin à l'aide d'une aiguille en os et de fils en tendon de cheval. Un long poinçon tiré d'un métapode de cerf lui servait d'alêne. Tout entière à sa besogne, elle ne vit pas l'arrivante s'approcher d'un pas hésitant. Elle leva la tête.

Léti se tenait devant elle, un sourire gêné sur le visage. Elle ouvrit la bouche, mais aucun son ne franchit ses lèvres.

Naomi prit les devants : « Tu voulais me parler, Léti ? Je t'écoute », dit-elle d'une voix douce.

Léti s'accroupit et lui prit les mains. Elle plongea ses yeux verts dans ceux de sa rivale : « Naomi, j'ai été injuste et méchante avec toi. Voici que nous aimons le même homme : est-ce une raison pour nous haïr ? Grâce à toi, notre fils est vivant. Désormais, Hîroud aura deux mères. Accepte mon amitié. Viens vivre dans notre grotte. »

Perché sur la cime des falaises du Bout-du-Monde, sur la crête du rocher qu'on appelait « la Dent du lion », surplombant l'orifice de la Caverne oubliée, Roud-de-la-Rivière-aux-Saumons, Roud-du-clan-de-la-Panthère, Roud-le-Chamane restait des journées entières à contempler l'horizon. Loin des passions dont il était l'objet, il rêvait à cette petite ligne brune couronnée de blanc, cette terre inconnue, au-delà de la Grande Eau amère, qu'il avait entrevue un matin, du sommet des montagnes…

Marseille, octobre 1997.

Glossaire

Aiguille. Souvent passée sous silence, l'invention de l'aiguille se classe pourtant parmi les grandes découvertes de l'humanité. Elle a permis aux chasseurs des temps glaciaires de résister efficacement au froid en confectionnant des vêtements mieux ajustés. Grâce à l'étude de la nécropole de Sounguir, en URSS, où des éléments de parure étaient cousus le long des coutures et des franges, on peut avoir une idée assez précise de ces vêtements, proches du costume traditionnel eskimo : anorak avec capuche, pantalons, bottes. Les premières aiguilles à chas, en os, apparaissent dès le Solutréen, il y a 20 000 ans. Leur usage se généralise au Magdalénien (17 000-10 000). Certaines sont d'une finesse étonnante. Elles pourraient presque rivaliser avec des exemplaires modernes en métal.

Arc. En Europe, on situe l'apparition de l'arc à l'extrême fin des temps glaciaires, il y a environ 10 000 ans. Les plus anciens arcs retrouvés dans les tourbières d'Europe du Nord (Danemark, îles Britanniques, URSS) sont datés du Mésolithique. Ils ne remontent guère au-delà de 8 000 avant notre ère. Ils sont pour la plupart en if, parfois en orme.

Cependant, plusieurs préhistoriens, s'appuyant sur la présence de pointes en silex de petites dimensions dès le Solutréen (pointes à ailerons du Parpallo en Espagne, pointes à cran de Combe-Saunière en Périgord, par exemple), ainsi que sur des expérimentations, avancent l'hypothèse d'une invention de l'arc au Paléolithique supérieur (Solutréen). En tout cas, il est très possible que Roud et les Solutréens de l'Ardèche aient connu l'arc, alors que leurs contemporains du littoral provençal l'ignoraient. Qui peut affirmer le contraire ?

Azalaï (en provençal, *Azaï* = Aix). On connaît près d'Aix-en-Provence quelques habitats du Paléolithique supérieur, notamment dans le massif de la Sainte-Victoire. Si l'on en croit la tradition orale du Peuple de la Côte à l'époque de Roud, les Azalaï, gens cruels aux mœurs belliqueuses, pratiquaient le rite sanguinaire des têtes coupées. Près de 200 siècles plus tard, leurs descendants (?), les Ligures-Salyens d'Entremont et de Roquepertuse, continuaient à trancher les têtes de leurs ennemis. Ils les embaumaient dans de l'huile de cade (*Juniperus oxycedrus* ou Genévrier oxycèdre) avant de les clouer à des poteaux ou de les suspendre aux arbres, en l'honneur de leurs divinités. Horrifiés par ces pratiques barbares, les Romains décidèrent d'imposer aux Salyens les bienfaits de la civilisation. En 124 avant notre ère, une armée romaine s'empara de leur principale place forte, Entremont, qui fut incendiée et rasée. Les défenseurs furent massacrés, les survivants, femmes et enfants réduits en esclavage. En contrebas de la colline d'Entremont, les vainqueurs fondèrent en 122 Aquae Sextiae, qui deviendra Aix-en-Provence. Malgré quelques révoltes indigènes, dues à des sursauts d'indépendance vite réprimés par les « civilisateurs », la Provence connut dès lors ce qu'il est convenu d'appeler la « paix romaine ».

Baoûssénaï. Réputée au Paléolithique supérieur pour la beauté de ses femmes et la prestance de ses mâles, cette peuplade se distinguait par son goût prononcé pour les parures corporelles. Les Baoûssénaï honoraient leurs défunts – hommes, femmes et enfants – au cours de cérémonies funéraires aux rites complexes. Ils occupaient une série de grottes situées en bord de mer, cavités connues aujourd'hui sous le nom de grottes de Menton, de Grimaldi, des Baoùssé Roussé ou Balzi Rossi.

Baoù Traoùca. Ce rocher à la forme remarquable porte encore aujourd'hui ce nom et se trouve dans la chaîne de l'Étoile, à l'est de Marseille.

Bouquetin. Comme de nos jours, le bouquetin affectionnait les collines rocheuses au relief escarpé. Toutefois, en raison de la présence des glaciers, il était contraint de vivre à basse altitude, et il était même très abondant dans les massifs côtiers. En Provence, où le renne était absent, le bouquetin représentait le gibier de prédilection des Cro-Magnons méditerranéens.
En Ardèche, sur le sol de la grotte Chauvet, on a retrouvé, scellé par la calcite, le crâne de bouquetin offert par Roud à l'Esprit de la Panthère (cf. Jean-Marie Chauvet, Éliette Brunel Deschamps, Christian Hillaire, *La Grotte Chauvet*, Éd. du Seuil, 1995, p. 43).

Bout-du-Monde (falaises du). Dans les calanques de Marseille, les falaises du cap Morgiou sont aujourd'hui battues par la mer. Au Paléolithique supérieur, au maximum de la régression marine, elles étaient hautes d'une centaine de mètres. A leur pied s'ouvraient plusieurs cavernes, aujourd'hui sous-marines, dont la désormais célèbre grotte Cosquer, dont l'entrée est à présent submergée sous 40 mètres d'eau. Ces falaises formaient alors un promontoire qui dominait la plaine côtière. Le Peuple de la Côte l'avait baptisé « le Bout-du-Monde ».

Brasco. A en croire certains spécialistes de la toponymie, la très ancienne racine *brasc* désignerait des marais, des terres inondées. En Provence, nombreux sont les lieux-dits la Brasque, la Bresque, Bresc, qui sont toujours des lieux humides, marécageux ou inondés.

Camp du Cerf Géant (ou du Mégacéros). Il s'agit du vaste abri sous roche de la Salpêtrière (Rémoulins, Gard) sur la rive droite du Gardon, tout proche du célèbre aqueduc romain du Pont-du-Gard. L'abri a été occupé pendant toute la durée du Paléolithique supérieur. Les fouilles y ont révélé une séquence remarquable

(Aurignacien, Solutréen, Salpêtrien, Magdalénien, etc.). On y a retrouvé les vestiges de campements de chasseurs de rennes et de chevaux.

Caverne de l'Ours. Bien connue des amateurs d'escalade, elle s'appelle encore aujourd'hui la grotte de l'Ours. Elle jouxte une autre cavité, également perchée à flanc de falaise, la grotte de Saint-Michel-d'Eau-Douce. Toutes deux surplombent la calanque de Callelongue, le cap Croisette et l'île Maïre, au sud de Marseille.

Caverne des Ours Géants. Dans les gorges du Gardon, comme dans les Pyrénées, les Alpes, le Vercors, etc., de nombreuses grottes profondes ont servi de repaires d'hivernage à l'Ours des cavernes (*Ursus spaelaeus*), lors des glaciations. A une phase avancée du Paléolithique supérieur, les hommes qui osaient s'aventurer dans ces cavernes récupéraient parfois les canines sur les crânes d'ours morts depuis longtemps, pour les transformer en parures, sans doute chargées de pouvoirs magiques (cf. grottes des Pyrénées ariégeoises).

Caverne du Félin Géant. Dans le canyon du Gardon, en amont de la Salpêtrière, s'ouvrent plusieurs cavernes (La Balauzière, grotte Bayol, grotte de Pâques, grotte Nicolas, La Baume-Saint-Vérédème, La Baume-Latrone). La Baume-Latrone abrite des peintures originales, considérées comme très anciennes (Aurignacien ? Gravettien ?), représentant des mammouths stylisés et un curieux félin aux crocs démesurés, au corps serpentiforme.

Caverne oubliée. C'est bien sûr la grotte Cosquer, située dans les calanques de Marseille, au cap Morgiou, et dont l'entrée aujourd'hui sous-marine a été découverte en 1991 par un scaphandrier de Cassis, Henri Cosquer (cf. Jean Clottes et Jean Courtin, *La Grotte Cosquer*, Éd. du seuil, 1994).

Chamane ou ***shaman.*** Ce terme, emprunté à l'ethnologie des peuplades sibéro-arctiques, mais aussi à celle des chasseurs-collecteurs amérindiens et même sud-africains, désigne un personnage doté de pouvoirs surnaturels ou considéré comme tel par son entourage. Intermédiaire entre le monde des esprits et celui des vivants, entre le visible et l'invisible, le réel et l'imaginaire, le chamane savait interpréter les songes, prédire l'avenir, guérir les malades en pratiquant des rites particuliers. Généralement, le chamane tirait son pouvoir de visions obtenues en état de transe. Il était en effet capable d'entrer en transe, en état de « conscience altérée », par le biais du jeûne, de boissons ou de substances hallucinogènes telles la muscarine, tirée d'un champignon réputé toxique, l'Amanite tue-mouche (*A. muscaria*) (cf. Jean Clottes et David Lewis-Williams, *Les Chamanes de la Préhistoire*, Éd. du Seuil, 1996).

Faâni. La si jolie fille de Nôrina, qui bouleversait le cœur de Jân, était-elle une (très, très...) lointaine ancêtre de la Fanny immortalisée par Marcel Pagnol ? Les historiens sont divisés sur ce sujet ô combien délicat.

Feu, bâton-à-feu. Les premiers hominiens ne connaissaient pas le feu. Sa découverte revient à l'*Homo erectus*, il y a 500 000 à 600 000 ans. Les plus anciens foyers sont ceux de Vertszöllos en Hongrie et, en France, ceux de la grotte de l'Escale, près d'Aix-en-Provence (600 000 ans). Mais s'il savait parfois l'utiliser, l'*Homo erectus* ne savait pas reproduire le feu. Ce n'est que vers 300 000 ans que l'homme va être capable de « faire du feu » à volonté, soit par percussion d'un silex contre un minerai de fer, pyrite ou marcassite, soit par friction de deux pièces de bois tendre. L'ethnologie et de nombreuses expérimentations ont montré que le procédé le plus répandu à travers le temps et l'espace était le « bâton-à-feu », procédé qui consiste à faire tourner, entre les paumes ou au moyen d'un archet, une broche de bois placée dans une encoche ménagée dans une planchette, elle aussi en bois tendre (cf. J. Collina-Girard, *Le Feu avant les allumettes*, Éd. de la MSH, 1997).

Gâvouhânaï. La tribu montagnarde d'où Shâantah est originaire a peut-être transmis son nom, par-delà les millénaires, aux « Gavots », surnom donné aux habitants des Alpes de Haute-Provence, du Bas-Dauphiné et de la partie méridionale des Hautes-Alpes. (Ce n'est bien sûr qu'une supposition.)

Gharlabân (camp de). Près de Carry-le-Rouet, charmant petit port de pêche et de plaisance à l'ouest de Marseille, a été découvert en 1992 un site comprenant plusieurs niveaux du Paléolithique supérieur. Il s'agit probablement des vestiges du camp du Peuple de la Côte. Un sommet des environs de Marseille a conservé le nom prestigieux d'un de ses chefs, Gharlabân.

Grand Fleuve. Libre et immense, le Rhône paléolithique a pu représenter un obstacle infranchissable pour certaines espèces, tels le Renne et le Mammouth, à peu près inconnus en Provence, alors qu'ils étaient présents (et chassés) en rive droite (Ardèche, Gard). Le niveau marin se situant alors 120 mètres plus bas, le fleuve devait être semé de rapides, sa pente étant plus forte.

Grande Eau. C'est la « grande bleue », notre Méditerranée. Bien que beaucoup plus froide que de nos jours, elle attirait déjà les « touristes » descendus des terres du Nord. Du fait des glaciations, le niveau de la mer était alors à près de 120 mètres *au-dessous* du zéro actuel, découvrant la quasi-totalité du golfe du Lion et du golfe de Marseille. A partir de 10 000 avant le présent, le réchauffement climatique va entraîner la fonte et le recul des glaciers. En quelques millénaires, le niveau marin va remonter jusqu'au zéro actuel, qui sera atteint peu avant notre ère. D'après de nombreux géologues, ce réchauffement se poursuivrait. De nos jours, la mer serait en train de monter régulièrement, d'où une menace certaine pour les côtes basses de par le monde.

Grands Couteaux de pierre. Ces grandes strates redressées à la verticale, qui aujourd'hui plongent dans la mer, se situent dans les calanques de Marseille, entre les falaises du Devenson et la calanque de l'Oule.

Grotte du Loup Géant. De nos jours, il n'y a plus de tanière de loups dans la grotte Loubière, à Château-Gombert, dans la banlieue nord-est de Marseille. Pourtant, il existe au Muséum d'histoire naturelle de la ville un grand loup naturalisé, abattu près de cette grotte en 1877.

Homme-bison, homme-phoque. Au fond de la grotte Chauvet, à Vallon-Pont-d'Arc (Ardèche), on peut voir peint en noir sur une paroi un être fantastique, mi-humain, mi-animal, un « homme-bison ». Il peut s'agir d'un humain revêtu d'une dépouille de bison (cf. les « sorciers » magdaléniens des cavernes ariégeoises ou périgourdines) ou d'un chamane ayant pris l'aspect d'un animal, lors d'un « voyage » hallucinatoire. Dans la grotte Cosquer, c'est un « homme-phoque » transpercé par un long projectile barbelé qui a été gravé sur une voûte.

Lac (Grand Lac). Au nord-ouest de Marseille, l'étang de Berre est aujourd'hui un lac salé de 155 kilomètres carrés. Au Paléolithique supérieur, le niveau marin étant très bas, l'étang ne communiquait pas avec la mer. C'était alors une vaste étendue d'eau douce, alimentée par la rivière l'Arc et les petits cours d'eau issus des massifs voisins. Plusieurs habitats du Paléolithique supérieur ont été fouillés près de l'étang, sur les communes d'Istres, Saint-Chamas, Fos. Outre sa richesse en gibier et en poissons, des gîtes de silex crétacé d'excellente qualité en faisaient un site attractif.

Lac-aux-Oiseaux. Aujourd'hui submergée par la remontée de la mer sous 60 à 70 mètres d'eau, c'est une dépression fermée de forme ovale, longue de 8 à 10 kilomètres, située dans le golfe de Marseille, entre l'archipel du Frioul et la côte rocheuse de la Nerthe (cf. carte). A l'époque où se situe le récit, elle devait être occupée par un lac, alimenté par les cours d'eau descendus des collines de l'Étoile et de la Nerthe.

Lèque (en provençal, *lèque* = pierre plate ; synonyme : *lauzo*). En Provence comme en Languedoc existent de nombreux lieux-dits

La Lèque, La Liquière, La Liquisse, désignant des étendues jonchées de pierres plates. Par extension, le terme *lèque* désigne un piège à oiseaux formé d'une pierre plate (cf. pièges).

Lion des cavernes. Avec l'Ours des cavernes, c'était un des fauves les plus redoutés par les chasseurs paléolithiques. Plus grand et plus puissant que le lion actuel, il était adapté au climat froid qui régnait alors sur l'ensemble de l'Europe. Les peintures très naturalistes de la grotte Chauvet montrent que les mâles n'avaient pas de crinière, tout comme les lions actuels d'Afrique de l'Ouest.

Mains négatives. Parmi les plus anciens témoignages artistiques figurent les « mains négatives », tracées sur les parois des grottes par le procédé du pochoir, en crachant, lèvres serrées, du colorant dilué dans la bouche sur la main posée sur la roche. Ces mains présentent parfois des doigts incomplets. On a voulu y voir des mutilations rituelles ou pathologiques. On pense qu'il s'agit en fait de doigts repliés, selon un code en usage encore naguère chez plusieurs peuples chasseurs-cueilleurs (Aborigènes australiens, Bushmen du Kalahari). Dans la grotte Cosquer à Marseille et celle de Gargas dans les Pyrénées ariégeoises, ces mains sont datées de 27 000 à 28 000 ans. Mais on en connaît un peu partout dans le monde à des époques diverses : Sahara néolithique, Patagonie, désert australien, Amérique centrale (grottes sacrées des Mayas du Yucatan), Bornéo, etc.

Mégacéros, Cerf géant, Cerf des tourbières. Appelé aussi parfois Cerf d'Irlande, de la taille d'un élan canadien, c'était un animal majestueux. Le mâle portait une ramure étalée qui pouvait atteindre trois mètres d'envergure. Rarement représenté par les peintres et graveurs paléolithiques, il figure à plusieurs reprises sur les parois de la grotte Chauvet et de la grotte Cosquer.

Montagne-de-l'Ocre. Les collines d'ocres multicolores de Roussillon en Vaucluse avoisinent de riches gisements de silex, ce qui explique que les alentours (massif du Lubéron, vallée du Calavon) aient été très fréquentés au Paléolithique supérieur et recèlent de nombreux sites de cette époque.

Montagne-des-Sources-Chaudes ou des Azalaï. Immortalisé par Cézanne, le massif de la Sainte-Victoire, près d'Aix-en-Provence, culmine à 1 011 mètres. Certaines de ses grottes ont été fréquentées au Paléolithique supérieur. Des sources thermales jaillissent à proximité et ont donné son nom au site antique d'Aquae Sextiae.

Montagne-du-Levant. A deux jours de marche à l'est de Marseille, le massif de la Sainte-Baume s'articule autour d'une longue crête alignée ouest-est, qui culmine à 1 147 mètres. Ce massif calcaire recèle plusieurs grottes, dont l'une, fréquentée dès le Paléolithique moyen, a donné des restes de bouquetin, glouton, loutre, loup, lynx, renard polaire, bœuf musqué.

Montagne-du-Vent. Du haut de ses 1 909 mètres, le mont Ventoux marque la limite nord de la Provence. Ses contreforts sont riches en gîtes de silex exploités par l'homme dès le Paléolithique. Au Paléolithique supérieur, il devait être couronné de neiges pérennes et devait par conséquent être visible de très loin.

Montagne-Rouge. Formée de calcaires alternant avec des poudingues, la falaise du cap Canaille, considérée comme la plus haute falaise de France (plus de 400 mètres d'à-pic), domine à l'est la baie de Cassis. Au Paléolithique supérieur, elle était éloignée de quelques kilomètres du littoral, situé alors au sud des récifs de la Cassidaigne.

Montagnes qui crachent du feu. Si l'on en croit les données géologiques, les hommes du Paléolithique supérieur ont pu assister à des éruptions volcaniques dans la chaîne des puys en Auvergne, ainsi qu'en Haute-Ardèche.

Nasse. Les plus anciennes nasses connues à ce jour sont datées du Mésolithique (vers 8 000-7 000). Elles ont été retrouvées préservées par la vase ou la tourbe (Ertebölle, au Danemark ; Noyen-sur-Seine, en France). Certaines sont de grandes dimensions : plus de 3 mètres de long. Ces pièges à poissons ont pu exister au Paléolithique supérieur. Les habitats côtiers de cette époque étant à peu près inconnus parce que submergés, toute évocation demeure conjecturale. Rien cependant n'interdit de penser que les premiers Marseillais étaient déjà férus de pêche et friands de poissons, de crustacés et fruits de mer.

Némosaïni ou ***Têtes Rouges***. Tribu belliqueuse, les Némosaïni ou Têtes Rouges fréquentaient les terres marécageuses jouxtant à l'ouest le Grand Fleuve. On sait peu de chose sur eux, car les autres clans les évitaient prudemment.

Oomoùlou. Chamane réputé, dont l'autorité spirituelle rayonnait sur de vastes territoires. C'était également un magicien, dont les pouvoirs surnaturels subjuguaient les hommes, et encore davantage les femmes. Les gens de son clan prétendaient qu'il avait le pouvoir de se trouver en plusieurs endroits à la fois.

Osselets. L'utilisation dès le Paléolithique d'astragales de petits ruminants pour des jeux d'adresse relève bien sûr de la pure imagination. Mais après tout, pourquoi pas ? Dans l'Antiquité, les osselets étaient considérés comme des talismans.

Peuple de la Côte. Iorimar, le rusé chasseur de phoques, aurait-il vécu à l'emplacement de Carry-le-Rouet ? C'est très probable, puisqu'un habitat du Paléolithique supérieur y a été récemment découvert (cf., plus haut, Gharlabân). Ancêtres lointains des Marseillais, les gens de la Côte occupaient, près de 200 siècles avant les Grecs venus de Phocée, l'actuel golfe de Marseille, alors exondé (cf. carte). C'était alors une immense plaine herbeuse, coupée par un lac (Lac-aux-Oiseaux) et des collines rocheuses (aujourd'hui les îles du Frioul).

Phoque. Quelques restes osseux de phoques, datés du Paléolithique supérieur, ont été retrouvés jusque en Dordogne. Des silhouettes de phoques gravées sur des objets mobiliers sont connues par ailleurs en contexte magdalénien. On sait depuis peu que les chasseurs paléolithiques installés sur les côtes traquaient et consommaient les phoques. En effet, dans la grotte Cosquer, des représentations de phoques surchargées de signes en forme de projectiles ont été gravées sur les parois. Il est toutefois impossible de préciser de quelle espèce de phoque il s'agit : phoque moine, phoque marbré ou phoque gris ?

Piège, piégeage. Bien que très probable, l'usage des pièges au Paléolithique reste conjectural en l'absence de vestiges archéologiques probants. On a voulu parfois voir des figurations de pièges dans certains signes peints ou gravés dans les grottes ornées, mais ces interprétations sont loin de faire l'unanimité. Les trébuchets, utilisant une pierre plate maintenue en équilibre précaire par un assemblage de bâtonnets (« quatre de chiffre ») sont certainement d'invention très ancienne. En Provence, un mode de chasse aux oiseaux traditionnel au moyen de « lèques » (piège formé d'une pierre plate) était encore pratiqué il y a quelques décennies, notamment par les bergers, dans les Alpes de Haute-Provence.

Pingouin. Divers habitats côtiers du littoral atlantique et méditerranéen, occupés au Paléolithique supérieur et au Mésolithique, ont donné des ossements de Grand Pingouin (*Alca impennis*). Cette espèce disparue a survécu dans l'Atlantique nord jusqu'à son extermination par l'homme, au milieu du XIXe siècle. Le Grand Pingouin a été représenté, peint en noir, sur une voûte de la grotte Cosquer.

Propulseur. Utilisé pour la pêche autant que pour la chasse, cet accessoire constitué d'un fût rectiligne terminé par un crochet permettait de lancer avec davantage de force et de précision divers projectiles tels que harpons, sagaies, javelots. Des exemplaires paléolithiques, datés du Solutréen ou du Magdalénien, on ne connaît que l'extrémité en bois de cervidé, souvent sculptée, le fût étant en bois végétal qui ne s'est pas conservé. Le propulseur était connu des peuples chasseurs d'Asie et d'Amérique, Eskimo notamment, des Océaniens et des Aborigènes australiens, ces derniers l'ayant toujours préféré à l'arc, qui existe pourtant en Nouvelle-Guinée depuis des temps très reculés.

Raquettes. De même que les skis ou les patins à glace, les raquettes à neige sont représentées sur des gravures rupestres d'Europe du Nord, d'âge tardif. Ont-elles existé au Paléolithique ?

Renne. La providence des chasseurs du Paléolithique. Présent en rive droite du Rhône, ce cervidé était absent de la Provence, où le gibier de base était le bouquetin.
« Le renne a poussé à un tel point la déformation du milieu qu'il ressemble d'aussi loin à un cervidé que l'ours polaire à un ours terrestre. C'est dans sa famille un parent lointain, une sorte de lourdaud, une caricature de cerf. Il a une ramure mais massive, peu déliée, aux andouillers courts et obtus. Il a les pieds du cerf mais ce sont de ridicules souliers de troupe, larges, aplatis, perdus dans une toison rebelle ; il a la courbe du dos de son cousin mais ses flancs s'étirent en cylindre sans galbe. Si on détaille cruellement chacun de ses traits, il a la tête trop lourde, le col trop court, les pattes trop écartées, le garrot perdu, le dos flou, le rein mal attaché. Mais si on le place sur la neige, dans son milieu naturel, il devient fort, souple, rapide, et sa masse mal équarrie vibre à l'unisson des contours mous du paysage » (André Leroi-Gourhan, *La Civilisation du renne*, 1935).

Rhinocéros. Représenté dans la grotte Chauvet avec une fréquence et une précision inusitées, le rhinocéros laineux était avec le mammouth un animal redoutable, un adversaire très dangereux car irascible et agressif. Faisait-il l'objet de traques délibérées ? Ou bien les hommes se contentaient-ils d'achever les animaux malades, blessés ou tombés dans des pièges naturels tels que les marécages ? Si on connaît, par exemple près de Soyons en

Ardèche, des sites de dépeçage de mammouths, le rhinocéros, quant à lui, semble avoir été chassé de façon beaucoup moins systématique.

Rivière-aux-Aurochs. Petit fleuve issu du massif de la Sainte-Baume, à l'est de Marseille, l'Huveaune, qui de nos jours se jette dans la mer dans l'anse du Prado, au sud de Marseille, coulait alors à travers la plaine côtière pour atteindre le littoral paléolithique près des rochers de Planier, distants aujourd'hui du rivage actuel de plus de 15 kilomètres. Roud et Tirrinân remontent le cours de l'Huveaune, lorsqu'ils partent explorer les Montagnes-du-Levant (la Sainte-Baume).

Rivière-aux-Castors. La Durance, au cours large et sauvage, devait être un obstacle sérieux pour les chasseurs des temps glaciaires. Un gué a pu toutefois exister près du seuil rocheux de Mirabeau, au nord-est d'Aix-en-Provence, dominé par la caverne de l'Adaouste. Cette grotte a été fréquentée au Paléolithique moyen, puis au Paléolithique supérieur par des chasseurs de chevaux et de bouquetins.

Rivière-aux-Saumons. Chère au cœur de Roud et de Léti, la rivière l'Ardèche, avec ses eaux poissonneuses, ses grottes spacieuses, ses gîtes de silex et autres roches dures (basalte, quartz, quartzite), les plaines et les plateaux giboyeux qui bordaient son cours, a été le centre vital d'une région privilégiée pour les chasseurs paléolithiques. Outre les cavernes et les abris occupés à l'Aurignacien, au Solutréen, au Magdalénien, on y a découvert de nombreuses grottes ornées, dont la dernière en date, la grotte Chauvet, à Vallon-Pont-d'Arc, constitue le fleuron, par la qualité, l'originalité, la richesse et l'ancienneté de son art (cf. *La Grotte Chauvet*, *op. cit.*).

Saïga. Reconnaissable à son gros nez évoquant une courte trompe, cette antilope au profil disgracieux (*Saïga tatarica*) affectionnait comme aujourd'hui les steppes froides, les immenses étendues herbeuses balayées par le vent. En Provence, ses restes ont été retrouvés en lisière de la Crau, notamment dans des abris sous roche près d'Istres.

Silex, silex chauffé. Matière première d'importance vitale pour les chasseurs-cueilleurs de l'Age de pierre, le silex était relativement abondant en Provence, mais avec une répartition très inégale. Ainsi, l'est de la région est quasiment dépourvu de silex de bonne qualité, apte à la taille. Quant aux massifs anciens – Maures, Estérel, Tanneron –, le silex en est bien évidemment totalement absent.
Les gîtes qui semblent avoir été les plus exploités sont ceux des contreforts du mont Ventoux (environ de Malaucène et Veaux, Vaucluse), des monts de Vaucluse (région de Murs et de Gordes), du Lubéron, de la Nerthe (au sud de l'étang de Berre, entre Martigues et Châteauneuf-les-Martigues), de Châteauneuf-du-Pape, de la vallée du Largue (environs de Forcalquier, Alpes de Haute-Provence) pour ne citer que les principaux. Très tôt, les hommes du Paléolithique supérieur avaient découvert que la chauffe du silex (sous la cendre ou le sable) à près de 300 degrés améliorait la texture de la roche et facilitait considérablement la taille par pression.

Silure. Originaire des fleuves, lacs et eaux saumâtres (golfes de la Baltique, mer Noire, mer Caspienne) d'Europe centrale et septentrionale, le Silure glane ou Grand Silure n'aurait été introduit que tardivement en Europe occidentale et méridionale. Mais en fait, qu'en sait-on ? En tout cas, Roud et Léti sont formels : c'est bien un silure qu'ils ont pêché dans le Grand Fleuve.

Tracés digitaux. Dans de nombreuses grottes ornées de France, d'Espagne, mais aussi du continent australien, on observe sur les parois et les voûtes des tracés parallèles, le plus souvent non figuratifs, rectilignes, curvilignes ou sinueux, réalisés en raclant avec les doigts la pellicule de roche ramollie par l'humidité ou l'altération, que l'on rencontre au fond de la plupart des cavernes calcaires. Ces graffiti couvrent quelquefois des surfaces considérables (Pech-Merle dans le Quercy, Rouffignac en Dordogne, grotte Cosquer en Provence, Koonalda en Australie). Leur signification demeure hypothétique : prise de possession des lieux ? ou rites magiques visant à entrer en communication avec les esprits ?

Varouhanaï. Les Varouhanaï, le clan de la belle Naomi, occupaient des territoires correspondant aujourd'hui à la côte des Maures, dans le Var. Le golfe de Saint-Tropez était alors exondé en totalité, le littoral se situant à plusieurs kilomètres à l'est de l'extrémité de la presqu'île. Les îles d'Hyères actuelles, les Stoechades de l'Antiquité, étaient rattachées au continent, de même que les îles de Lérins devant Cannes.
Formé d'un substrat de roches cristallines, le territoire des Varouhanaï ne recelait ni cavernes ni gîtes de silex, mais il était à l'abri des blizzards glacés, et riche en gibier de toute sorte. Les Varouhanaï taillaient leurs outils et leurs armes dans des roches dures locales (quartz, ryolite), mais ils se procuraient aussi du silex par troc auprès de peuplades mieux favorisées.

RÉALISATION : PAO ÉDITIONS DU SEUIL.
IMPRESSION : S.N. FIRMIN-DIDOT AU MESNIL-SUR-L'ESTRÉE.
DÉPÔT LÉGAL : MARS 1998. N° 30682 (41833).